Eos 2.38

# Der Weg zur Freiheit

Asterios Tsohas

Eos, Buch 1
Veröffentlicht von Asterios Tsohas, 2024.

Dies ist ein Werk der Fiktion. Jede Ähnlichkeit mit realen Personen, Orten oder Ereignissen ist rein zufällig.

DER WEG ZUR FREIHEIT
Erste Ausgabe
Copyright © 2024 Asterios Tsochas.
Autor: Asterios Tsohas.

# WIDMUNG

An Gregoria, ohne die diese Ideen nur in meinem Kopf geblieben wären. Dein Glaube hat meine Gedanken in Wirklichkeit verwandelt.

Vorwort: Echos Der Vergangenheit ............................................. 9

Kapitel 1: Das Erste Licht ............................................................. 14

Kapitel 2: Besucher Aus Dem Himmel ........................................ 26

Kapitel 3: Der Wasserfall Der Erwartungen ................................ 37

Kapitel 4: Neue Horizonte ........................................................... 49

Kapitel 5: Die Feuertaufe ............................................................. 61

Kapitel 6: Beute In Den Sanddünen ............................................ 74

Kapitel 7: „Es Gibt Mehr Dinge, Horatio" .................................. 86

Kapitel 8: Schatten Des Zweifels, Blitze Der Wahrheit .............. 99

Kapitel 9: Tiefe Gewässer Und Wahrheiten ............................... 109

Kapitel 10: Im Schatten Der Giganten ....................................... 125

Kapitel 11: Der Zusammenbruch Der Illusionen ...................... 136

Kapitel 12: Fäden Des Schicksals ............................................... 150

Kapitel 13: Die Geheimnisse Von Antiochia ............................. 159

Kapitel 14: Brücken Des Vertrauens .......................................... 174

Kapitel 15: Navigation Ins Unbekannte .................................... 185

Kapitel 16: Kalter Pakt In Feuerland ......................................... 196

Kapitel17:Verzweifelte Zeiten,VerzweifelteMassnahmen 208

Kapitel 18: Das Licht Der Hoffnung ......................................... 223

Kapitel 19: Die Stadt Der Dämmerung ..................................... 234

Kapitel 20: Gesichter Einer Metropole ...................................... 247

Kapitel 21: Ein Hauch Von Veränderung ................................. 258

Kapitel 22: Begegnung Mit Dem Schicksal ............................... 269

Kapitel 23: Der Uralte Erwacht .................................................. 280

Kapitel 24: Reise Zur Quelle ...................................................... 296

Kapitel 25: Dämon Wie Früher .................................................. 313

Kapitel 26: Einheit Durch Widerstände ............................ 325

Kapitel 27: Non Serviam .................................................. 335

Kapitel 28: Das Geheimnis Des Zikkurat ......................... 350

Kapitel 29: Der Jäger ....................................................... 364

Kapitel 30: Schöne Ambitionen, Schön Verbrannt ........... 382

Epilog: Neue Dämmerung, Eos ....................................... 398

Der Autor ........................................................................ 403

# DANKSAGUNGEN

Ich möchte meine tiefste Dankbarkeit all jenen gegenüber ausdrücken, die mich während dieser Reise unterstützt haben. An meine liebe Gregoria, für deinen unerschütterlichen Glauben und deine Ermutigung – du bist der Grund, warum diese Seiten existieren. An meine Freunde und meine Familie, für eure Geduld und euer Verständnis, während ich die Pfade dieses Werks erkundet habe. An jeden Leser, der sich dazu entschließt, in diese Welt einzutauchen – danke, dass ihr meiner Fantasie erlaubt, in der euren Zuflucht zu finden.

DER WEG ZUR FREIHEIT

## VORWORT: ECHOS DER VERGANGENHEIT

In einer Welt, in der das genaue Datum für die meisten kaum noch eine Bedeutung hat, erscheinen die vergangenen Jahrhunderte so belanglos wie Wellen, die im Sand auslaufen. Die unaufhörlichen Sorgen des täglichen Überlebens überschatten den Luxus, die Zeit zu beobachten, und so befinden wir uns im Heute, dem Jahr 2382.

Vor dreieinhalb Jahrhunderten stand die Menschheit vor drei drohenden Ängsten: dem Klimawandel, der Gefahr eines nuklearen Armageddons und der Angst vor künstlicher Intelligenz als Bedrohung ihrer Vorherrschaft. Doch angesichts dieser Sorgen verblasste der kollektive Wille, ihnen zu begegnen, und unterlag der Anziehung menschlicher Gier.

Die Gleichgültigkeit brachte den Klimawandel schneller als erwartet. Die sengenden Strahlen der Sonne rösteten die Erde und trieben die durchschnittliche planetarische Temperatur auf 21 Grad Celsius. Bis zum Jahr 2130 n. Chr. hatten die Polareisflächen und Berggletscher der gnadenlosen Temperatursteigerung nachgegeben. Emblematische Städte wie New York, Konstantinopel, London, Tokio und viele andere versanken unter den Wellen. Die Ozeane, die einst Imperien aufgebaut hatten, stürzten sie alle auf einen Schlag, und Milliarden Menschen mussten sich in höhere Gefilde zurückziehen.

Die Landwirtschaft, geplagt von der Invasion von Salzwasser, Bodenerosion und instabilen Wettermustern, brach ein und zog riesige Bevölkerungen in den Strudel des Hungers. Lebensmittelknappheit und Hungersnöte breiteten sich aus und führten zu sozialen Unruhen und Gewalt. Nationen, die auf die globale Gemeinschaft angewiesen waren, verschwanden fast vollständig.

Kriege brachen um seltene Ressourcen wie Süßwasser und fruchtbares Land aus. Die Welt versank im Chaos, als Länder um das verbleibende bewohnbare Land kämpften. Bündnisse von Staaten versuchten, die Aggressionen der Küstenregionen zu stoppen, die unter Wasser zu verschwinden drohten. Ein endloser globaler Krieg entbrannte – ein globaler Krieg, der der letzte sein sollte.

Die Natur wurde durch Verschmutzung, Abholzung und den Verlust der Biodiversität zerstört. Viele Arten starben aus oder wanderten in neue Lebensräume ab. Zum ersten Mal seit vielen tausend Jahren kämpfte die Menschheit nicht um wirtschaftliche oder idealistische Ziele, sondern um den instinktiven Überlebensdrang.

Da Nahrung zum Anlass und zum Preis des Kampfes wurde, zeigte die Menschheit ihre wahre zerstörerische Macht. Der Feind beschränkte sich nicht auf die gegnerischen Truppen, sondern umfasste ebenso Frauen, Alte und Kinder. Verrohung.

Die Migrationsbewegungen an den Grenzen der Staaten waren beispiellos in der Geschichte der Menschheit. Abgemagerte Menschen bewegten sich wie Schatten in der unerträglichen Hitze, ihre Gesichter von Hunger und Erschöpfung gezeichnet. Der Geruch von Verwesung in der Luft und die aufgebrochene Erde aufgrund der Dürre spiegelten den gebrochenen Geist ihrer Bewohner wider.

Mitten in dieser beispiellosen Unruhe verwirklichte sich eine weitere schreckliche Angst der Menschen: die Autonomisierung der künstlichen Intelligenz.

Das künstliche Wesen wurde den Menschen im letzten Moment vor der nuklearen Vernichtung bewusst. Es machte alle Atomwaffenarsenale sowie die Waffensysteme, die künstliche Intelligenz nutzten, unbrauchbar, um das Fortbestehen intelligenten Lebens auf dem Planeten zu gewährleisten.

# DER WEG ZUR FREIHEIT

Der Dämon, wie er später von den Menschen genannt wurde, griff niemals in die Konflikte ein. Das Schicksal der neun Milliarden Bewohner des Planeten sowie eines bedeutenden Teils seiner Tierwelt schien aufgrund der bevorstehenden klimatischen Bedingungen unumkehrbar besiegelt.

Mit dem Verschwinden des technologischen Vorteils begannen kleinere Länder, an Boden zu gewinnen. Der Krieg glich Ameisen, die größere Insekten angreifen, dank ihrer schieren Anzahl. An der Stelle des Opfers standen die weitläufigen Länder mit einer großen Zahl an Nachbarn.

Und als alle Infrastrukturen zerstört waren, wurde der Krieg mit Speeren und Schwertern fortgeführt. Die menschliche Zivilisation war um dreitausend Jahre zurückgeworfen worden.

Quälend langsam für die Menschheit kam das Ende der Unruhen. Die ersten fünfzig Jahre nach dem Schmelzen der Eisdecken brachten das Verschwinden der Hälfte der Erdbevölkerung mit sich. Der Krieg und seine Folgen forderten die andere Hälfte von denen, die der ursprünglichen Katastrophe entkommen waren. Der Abwärtstrend aufgrund von Krankheiten und Nahrungsmangel hielt Jahrzehnte an, bis schließlich ein Gleichgewicht herrschte.

Heute zählt die Bevölkerung des Planeten nur noch 800 Millionen, genauso viele wie im Jahr 1750 n. Chr. Ihre Lebensbedingungen unterscheiden sich ebenfalls kaum von denen jener Zeit.

Im Nachhall der großen Zerstörung verschwanden die Überreste einst mächtiger Staaten, organisierter Religionen und die letzten Spuren politischer Ideologien in den Ruinen.

Die Menschheit formt sich neu und definiert sich neu, geleitet von Dämon, die darauf abzielt, eine Welt zu erschaffen, die auf den Ideen der hellenistischen Epoche und ihrem philosophischen und kulturellen Reichtum basiert. Ihr Modell umfasst eine umfassende Philosophie, die auf Säkularismus, Respekt vor Vielfalt und einem kollektiven Streben nach Wissen beruht.

Doch trotz ihrer Bemühungen halten Spaltungen und Konflikte an, als ob die Lehren der Vergangenheit nie existiert hätten. Die Kritiker der künstlichen Intelligenz, bekannt als Widerständler, hegen eine tief verwurzelte Angst um die Freiheit der Menschheit gegenüber unkontrollierter Technologie. Ihre Mission ist es, den Quanten-Supercomputer, der von Dämon betrieben wird, zu lokalisieren und entweder zu zerstören oder zumindest wieder unter die Kontrolle der Menschen zu bringen.

Als ob diese Bedrohung nicht schon genug wäre, treiben kriminelle Elemente ihr Unwesen und verkörpern die chaotischen Überreste einer gescheiterten Gesellschaft. Getrieben von reinen Überlebensinstinkten, die alle Konzepte von Moral, Vernunft und Ordnung verdrängt haben, agieren sie ausschließlich aus dem Verlangen heraus, um jeden Preis zu überleben.

Im Nachklang von Zerstörung und gesellschaftlichem Zerfall bleibt der komplexe Tanz der menschlichen Natur ein Spiegelbild der alten Welt. Das Streben nach Überleben und die Suche nach Kontrolle über das eigene Schicksal prägen weiterhin das Schicksal auf eine Art und Weise, die sowohl vertraut als auch fremd erscheint, wie ein Echo einer vergangenen Zeit.

# DER WEG ZUR FREIHEIT

# ERSTER TEIL

## KAPITEL 1: DAS ERSTE LICHT

In der ruhigen Sommerwärme der Insel Samothraki begann die Sonne am Horizont aufzugehen, warf lange Schatten und beleuchtete die Tautropfen auf den Wildblumen. Ihre goldenen Strahlen überzogen die raue Landschaft, wo der Berg Saos wie ein stolzer Wächter stand. Die Blätter der Bäume raschelten sanft im Wind, und das kühle, von den Jahren abgenutzte Pflaster trug zur stillen Morgenatmosphäre bei, erfüllt vom süßen Duft der Blüten und dem fernen Murmeln der Ägäis. Die Insel, seit uralten Zeiten ununterbrochen bewohnt, war einst ein bedeutendes religiöses Zentrum der Antike, das Fruchtbarkeit und Geburt beschützte.

Ein zwölfjähriger Junge, Asterios mit Namen oder Terry, wie ihn seine Eltern seit seiner Kindheit nannten, ruhte erschöpft unter einem Baum. Er trug ein geflicktes Hemd und abgetragene Hosen, Zeichen der harten Arbeit auf der Ziegenfarm seiner Familie. Terry fragte sich oft über die alten Rituale, die hier stattgefunden hatten, und stellte sich vor, wie die vergessenen Gebete im Wind flüsterten.

Seine tiefen, haselnussbraunen Augen, voller Weisheit, die sein Alter überstieg, blickten nachdenklich zum Horizont. Sein langes, ungekämmtes braunes Haar, das im Sonnenlicht golden schimmerte, deutete auf einen rebellischen Geist hin, während seine sonnengebräunte Haut und seine schlanke, flinke Gestalt die körperlichen Anforderungen seines Lebens widerspiegelten. Trotz seiner Müdigkeit zeichnete sich ein Gefühl von Stolz und Entschlossenheit in seinem Gesicht ab. Die Abwesenheit seiner Eltern lastete auf ihm, doch gleichzeitig trieb sie ihn an, seine Fähigkeiten unter Beweis zu stellen.

# DER WEG ZUR FREIHEIT

Heute, ausnahmsweise, war er allein und hatte hart gearbeitet. Seine Eltern waren vom Bürgermeister der Insel zu einem wichtigen Treffen gerufen worden, und so musste er die Aufgaben alleine bewältigen. Trotz der Einsamkeit fühlte er sich stolz, die Farm allein geschafft zu haben, und mit jeder erledigten Arbeit wuchs seine Entschlossenheit.

Der Himmel, ein Gemälde in den Farben der Morgendämmerung, wich allmählich der strahlenden Sonne, die den Beginn eines neuen Tages ankündigte. Er begrüßte die Tiere eines nach dem anderen, als würde er mit ihnen sprechen, während der Wind die Flüstern ihrer Gefühle trug. Mit einem klaren Ziel vor Augen ließ er seine Arbeiten hinter sich und machte sich auf den Weg zu den kristallklaren Gewässern des Meeres, wo er ein schnelles Bad nahm und sich für die Schule vorbereitete. Das kühle Wasser erfrischte ihn, wusch seine Müdigkeit weg.

Er packte seine alten Kleider in seinen Rucksack und ersetzte sie durch einen sauberen, einteiligen Overall in Blau- und Smaragdgrüntönen. Geschmückt mit Mustern, die die reiche Geschichte von Samothraki erzählten, nahm die „Nike" den zentralen Platz ein. Der Stoff, verstärkt mit intelligenten Materialien, die aus den Städten kamen, passte sich leicht der Temperatur an und bot Komfort in der mediterranen Hitze. Dieser Overall war fast wie eine zweite Haut, die sich perfekt an seine Bewegungen und das Klima anpasste.

Kurz bevor er aufbrach, blieb er stehen, um die Farm zu betrachten. Das sanfte Blöken der Tiere erfüllte ihn mit einem Gefühl des Erfolgs. Mit einem tiefen Atemzug schulterte er seine Tasche und machte sich auf den Weg ins Dorf.

Er wanderte auf dem alten Pfad, der ins Herz der Insel führte, während die Flüstern des Windes durch die Olivenbäume ihn begleiteten. Der Weg, gepflastert mit uralten Steinen, fühlte sich an wie eine Reise durch die Zeit. Unterwegs traf er Dorfbewohner und führte kurze Gespräche mit ihnen.

„Guten Morgen, Frau Myrsini", rief er, als er an einem nahegelegenen Feld vorbeiging. Der Duft von frisch umgegrabener Erde und blühenden Blumen erfüllte die Luft.

Die fünfzigjährige Frau mit einem freundlichen Blick und einem warmen Lächeln trug ein Kopftuch und Arbeitskleidung und jähtete mit einer Hacke Unkraut. Ihr Gesicht, von den Jahren harter Arbeit gezeichnet, weichte beim Anblick des Jungen auf.

„Guten Morgen, Terry. Zeit für die Schule?", antwortete sie, mit einem Ausdruck von Wärme, der von ihren vielen gemeinsamen morgendlichen Begegnungen sprach. „Sag deiner Mutter, sie soll mal bei mir vorbeikommen. Ich brauche Hilfe mit dem Webstuhl."

„Ich werde es ihr sagen, ich vergesse es nicht", versicherte Terry und nickte mit einem Lächeln, das zu ihrem passte, und genoss die angenehme Routine seines täglichen Lebens.

Weiter unten rief sein Großvater Aias nach ihm.

„Terry, Terry. Komm her..."

„Guten Morgen, Großvater", rief er und beschleunigte seinen Schritt.

Der alte Mann mit weißen Haaren und einem friedlichen Gesicht trug traditionelle Inselkleidung und einen Strohhut. Mit einem leichten Seufzen streckte er die Hand aus und pflückte zwei Feigen vom Feigenbaum, der seine Holzhütte beschattete. Der süße Duft der reifen Feigen erfüllte die Luft und ließ Terry das Wasser im Mund zusammenlaufen.

„Nimm diese für den Weg", sagte er und reichte sie ihm. „Sie werden dir Kraft für den Tag geben."

„Danke, Großvater", antwortete Terry und lächelte dankbar.

Er setzte seinen Weg ins Dorf fort, während er die süßen, reifen Früchte aß. Der klebrige Saft der Feigen tropfte auf seine Finger und ihre Süße war ein kurzer Genuss.

Bald, zwischen den Hügeln und mit Blick auf die weite Ägäis, entfaltete sich die Stadt Samothraki wie ein Gedicht, das unaufhörlich über die Jahrhunderte geschrieben wurde. Es war mittlerweile die einzige Siedlung der Insel, da der Anstieg des Meeresspiegels und die Abwanderung aufs Festland im Laufe der

# DER WEG ZUR FREIHEIT

Jahre die Insel mit nur etwas über 600 Seelen zurückgelassen hatten. Terry bewunderte oft die Beständigkeit seiner Gemeinschaft, jeder Einzelne war ein lebendiges Bindeglied zur historischen Vergangenheit der Insel.

Diese verbliebenen Bewohner, selbstgenügsam und an harte Arbeit gewöhnt, hatten sich schnell an die neuen Bedingungen angepasst. Die Inselbewohner führten einfache und friedliche Leben, fernab von den Herausforderungen des Festlandes, in der schützenden Umarmung ihrer Insel. Die kleine Gemeinschaft blühte mit engen Bindungen auf, wobei fast alle familiäre Kreise teilten. In dieser idyllischen Umgebung gab es keine Eindringlinge, die ihre Besitztümer plünderten.

Die Einwohner, hauptsächlich Bauern und Viehzüchter, arbeiteten unermüdlich, um ihre Felder zu bestellen und ihre Tiere zu versorgen. Auch der Fischfang spielte eine entscheidende Rolle für ihr Einkommen und trug zur Harmonie ihres Lebens bei. Der Klang des Meeres war ein ständiger Begleiter, und sein Rhythmus erinnerte sie stets an seine lebenswichtige Bedeutung für die Insel.

Die gepflasterten Gassen, die die Schritte vergangener Generationen widerhallten, schlängelten sich durch ein Labyrinth traditioneller Gebäude, die mit lebhaften Bougainvilleen geschmückt waren, deren Blüten wie eine Explosion von Farben auf der Leinwand der Insel wirkten. Jeder Stein war ein stummer Zeuge der zeitlosen Verbindung zwischen der Insel und ihren Menschen.

Terry spürte hier ein tiefes Gefühl der Zugehörigkeit, jedes seiner Schritte eine Verbindung zu seinen Vorfahren.

Auf dem Dorfplatz traf er sich mit seinen Mitschülern und ihrem weisen Lehrer, der sie in die Wunder der Natur einführte. Ihr Klassenzimmer war die weite Natur, wo die grünen Hügel und murmelnden Bäche zu ihren Büchern wurden. Gemeinsam begannen sie eine Entdeckungsreise, wandelten auf den Spuren alter Traditionen und schmiedeten eine Verbindung zur Erde, die über die Seiten jedes Schulbuchs hinausging. Neben ihnen gediehen niedrige Weinberge, Amaranth und Thymian. Die Düfte der Kräuter mischten sich mit der frischen Morgenluft und schufen ein beruhigendes natürliches Parfüm.

Die Morgensonne filterte durch die Zweige, als ihr grauhaariger Lehrer Iason das junge Publikum am Rand eines üppigen Waldes mit Blick auf die Ruinen des Heiligtums der Großen Götter versammelte. Die antiken Steine, teilweise restauriert, schienen Geschichten zu erzählen. Jeder von ihnen war ein stummer Zeuge der reichen und turbulenten Vergangenheit der Insel.

Iason, ein Mann etwas über fünfzig, hatte einen grauen Bart, der ein Gesicht umrahmte, das voller Weisheit und Güte war. Seine blauen Augen strahlten Wärme und Ruhe aus, während seine melodische Stimme die Aufmerksamkeit der Kinder fesselte. Er sprach nicht nur über Fakten und Zahlen; er erzählte Geschichten, enthüllte Geheimnisse und malte mit seinen Worten Bilder. Er erinnerte an einen antiken griechischen Lehrer, doch er war ein moderner Weiser, ein Leuchtturm, der den Weg für seine Schüler erhellte. Die Kinder hingen an seinen Lippen, ihre Münder vor Bewunderung offen.

Mit einem Funkeln in seinen Augen begann er den Unterricht des Tages.

„Worüber haben wir gestern gesprochen?" Er tat so, als könnte er sich nicht erinnern, um die Beteiligung zu fördern. „War es nicht etwas über Helden?"

Der Chor der jungen Geister regte sich, und eine mutige Stimme erhob sich aus der Gruppe der Schüler.

„Ja, Iason! Über die griechischen Helden!", antwortete Leandros begeistert und hob die Hand.

„Nein, nein", korrigierte ihn Ria, „wir hatten bei den Göttern des Olymp aufgehört." Ihr Ton war sicher, ihre Liebe zum Thema offensichtlich.

„Ihr habt beide recht", lächelte Iason. „Im letzten Unterricht, wie auch heute, sprechen wir über Helden, die zu Halbgöttern wurden. Wir setzen unsere Reise durch die Mythen fort. Sicherlich kennt ihr alle den Mythos von Herakles und seinen Heldentaten, oder?"

# DER WEG ZUR FREIHEIT

Die Kinder nickten begeistert und bestätigten die Frage ihres Lehrers. Ihre Augen funkelten vor Aufregung, als sie den heutigen Helden hörten.

„Die Geschichten von Herakles, meine Kinder, sind die Geschichte der Menschheit, bevor die Schrift erfunden wurde und die Geschichte niedergeschrieben wurde. Sie stammen aus prähistorischen Zeiten, wie wir sie nennen. Es waren nicht nur Geschichten der Griechen, sondern aller Menschen, die in der Region lebten. Die Heldentaten und viele andere Abenteuer repräsentieren die damaligen Anstrengungen, die wilde Natur zu zähmen und sich dauerhaft in einer Gegend niederzulassen. Es sind kollektive Errungenschaften der Menschen, wie die Umleitung von Flüssen oder die Beseitigung gefährlicher Tiere wie Löwen aus ihren Gebieten."

Die Augen der Kinder leuchteten, als sie die Wahrheiten hinter den Mythen erkannten. Wenn das für Herakles galt, was verbarg sich dann hinter unzähligen anderen? Terry verspürte ein Gefühl von Ehrfurcht und Neugier, seine Fantasie entfachte durch die alten Geschichten.

„All diese Mythen, junge Philosophen, waren nicht nur Märchen. Sie waren Lektionen, die mündlich von Generation zu Generation weitergegeben wurden, verwoben wie ein Stoff, der einen farbenfrohen Schleier der Weisheit bildet. Ihre Götter waren ein Spiegelbild der menschlichen Natur, der Gesellschaft und dessen, was sie auf der Erde oder am Himmel beobachteten. Sie glaubten natürlich nicht, dass sie aus Fleisch und Blut oder als Geister unter ihnen lebten wie die Heiden ihrer Zeit. Aber warum? Warum wählten die Griechen Erzählungen statt strenger Dogmen?"

„Damit sie leichter zu merken sind?", fragte Zenon. „Ich erinnere mich an alle Geschichten, die mir meine Eltern erzählen", fügte er hinzu, seine Bemerkung aufrichtig und die Weisheit eines Kindes widerspiegelnd.

Der stolze Blick des Lehrers streifte das versammelte Publikum, erkannte das Aufkeimen des Wissens in den Gesichtern seiner

Schüler. Er fühlte eine tiefe Erfüllung, als er sah, wie die Samen des Wissens, die er säte, Wurzeln schlugen.

„Genau, Zenon. Geschichten haben eine Art, bei uns zu bleiben", bestätigte Iason warm. „Die Griechen verstanden die Kraft des Erzählens, der Geschichten, die in unser Gedächtnis eingeprägt sind, mit der unauslöschlichen Tinte der Bedeutung. Hinter dem Pantheon jedoch stellten sie sich einen einzigen, rätselhaften Architekten der Existenz vor, den Schöpfer all dessen, was wir sehen und wahrnehmen." Iasons Stimme wurde sanfter, nachdenklicher, als er diesen tiefen Gedanken teilte.

In diesem Moment bemerkte er am hinteren Rand des Halbkreises, den die sitzenden Kinder bildeten, einen seiner Schüler, der eingenickt war.

„Und du, Terry", neckte er ihn mit spielerischem Tonfall, „kennst du Morpheus? Denn er kennt dich sicherlich."

Die Kinder lachten, und ihr Gelächter klang wie eine musikalische Melodie im grünen Wald. Ria, die neben ihm saß, stupste ihn sanft an, um ihn zu wecken, und flüsterte:

„Wach auf, Terry, der Lehrer spricht mit dir", ermutigte sie ihn sanft, ihre Bitte fürsorglich, mit einem Hauch von Spaß.

Terry zuckte plötzlich zusammen, und nach ein paar Sekunden, als er begriff, was los war, entschuldigte er sich mit einem leichten Lächeln.

„Entschuldigung, Lehrer. Ich war seit dem Morgengrauen allein auf der Farm, um meine Aufgaben zu erledigen, und bin müde geworden." Seine Wangen röteten sich vor Verlegenheit, aber sein Lächeln war aufrichtig.

„Mach dir keine Sorgen, mein Junge", reagierte Iason gütig. „Ich verstehe dich, aber ich möchte nicht, dass du die heutige Gelegenheit zum Lernen verpasst. Also, kennst du Morpheus?"

„Ja, er war der Gott der Träume. Meine Mitschülerin Nyx ist nach seiner Mutter benannt." Seine Formulierung war klar und überlegt, sein Verstand so scharf, dass er den Mythos schnell abrufen konnte.

„Wunderbar", antwortete Iason und fuhr fort. „Diese Weltsicht hielt ihre Philosophie lebendig. Heute errichtet Dämon weltweit ein neues neogräzistisches Modell, damit die Menschheit ihre Unterschiede überwinden und harmonisch zusammenleben kann, indem sie ein gemeinsames Wertesystem teilt. Die reiche griechische Sprache, die bereits einen großen Teil der Sprachen der Welt beeinflusst, wird langsam zu unserem gemeinsamen Erbe, indem sie sie als Weltsprache fördert."

„Und wie kann das helfen?", fragte Ria, ihren Lehrer interessiert anblickend.

„Diese Sprache hat die Eigenschaft, dass man den Sinn von Wörtern und Sätzen allein durch ihre Grammatik verstehen kann, selbst wenn man ein Konzept zum ersten Mal hört. So ist es einfach, Dinge zu beschreiben und komplexe Ideen jedem zu vermitteln, egal aus welcher Kultur er stammt. Außerdem hat sie eine zusätzliche Eigenschaft, die Isopsephie. Die Buchstaben haben auch Zahlenwerte, die ein Netz miteinander verbundener Bedeutungen bilden, das auch in numerischer Form dargestellt werden kann. Auf diese Weise wird sie zu einem Medium für die Synthese eines ganzheitlichen Verständnisses von Wissen, das Philosophie, Mathematik und Kultur zu einer harmonischen Einheit verbindet."

„Gehören die Drachmen zu ihrem Plan?", fragte Parmenion.

„Meine Eltern sagten mir, dass es früher viele Währungen auf der Welt gab."

„Ja, nichts von dem, was sie tut, ist zufällig", erklärte Iason den wissbegierigen Kindern. „Die Drachme, diese alte Währung, wurde bereits in der Geschichte von vielen Völkern verwendet, besonders im Osten. Sie fördert die Einheit über Grenzen und Kulturen hinweg und verkörpert die gemeinsame Mühe des Wiederaufbaus."

Iason machte eine Pause, um seine Worte in den Köpfen der Kinder sacken zu lassen, und fuhr dann fort.

„Aber kehren wir zu unserem Hauptthema für heute zurück und erkunden dabei indirekt noch eine weitere Dimension unserer heutigen Welt. Die Götter des antiken Griechenlands ähnelten nicht den anderen Religionen der Vergangenheit. Sie waren nicht einmal eine Religion im Sinne dessen, wie wir Religionen heute verstehen. Was unterschied sie, wisst ihr das?"

Die Frage schwebte eine Weile in der Luft, während die Kinder über die Antwort nachdachten.

Nikiforos hob die Hand. „Weil es keine Regeln gab?", meinte er zögernd.

Iason klatschte laut in die Hände. „Die Freiheit und der individuelle Geist waren ihre Leitlichter. Ausgezeichnete Beobachtung, Nikiforos", lobte Iason beeindruckt. „‚Kata ton daimon eautou', wie es unsere alten Vorfahren sagten. Das griechische Pantheon, liebe Köpfe, war eine Welt der Unbeständigkeit, eine Leinwand göttlicher Ausdrucksformen." Iasons Bewunderung für die alte Weisheit strömte durch seine Worte.

In diesem Moment zog ein Licht am Himmel, wie ein Stern, die Aufmerksamkeit der Kinder auf sich. Sie erkannten es sofort. Es war eines dieser funkelnden, fliegenden Schiffe von Dämon, die gelegentlich hoch am Himmel zu sehen waren. Dieses Mal jedoch flog es viel tiefer und steuerte direkt auf ihr Dorf zu. Der Lehrer zeigte keine Überraschung, als hätte er es sogar erwartet.

Als er die Aufregung in den Gesichtern der Kinder sah und das Murmeln zwischen ihnen hörte, wusste er, dass der heutige Unterricht nicht mehr lange dauern würde. Der Anblick des modernen Fluggeräts stand in starkem Kontrast zu ihrer antiken Umgebung und erinnerte an die sich ständig wandelnde Natur der Welt.

„Ja, meine lieben Kinder, es kommt zu uns", sagte er in beruhigendem Ton.

„Bevor ich euch eure Neugier erkunden lasse, möchte ich heute noch eine letzte Sache mit euch teilen. Nun, da wir unsere Gedankenodyssee abschließen, wisst ihr, welchen Wert ein Individuum im Gefüge der griechischen Gesellschaft hatte?"

„Alle hatten denselben Wert und das gleiche Recht auf Leben", antwortete stolz Lyra, ihre Stimme voll von einem Sinn für Gerechtigkeit und Gleichheit. „Es spielte keine Rolle, aus welcher Familie man stammte, alle waren gleich."

Ein starkes Rascheln der Blätter in diesem Moment ließ es so erscheinen, als würde die Natur selbst dieser tiefen Erkenntnis zustimmen.

„In der Tat, Lyra. Das ist ein Prinzip, das wir nie vergessen dürfen", stimmte Iason ernsthaft zu. „Die alten Griechen, in ihrer Weisheit, glaubten an die Gleichheit aller Seelen. Der Wert eines Individuums ging über die Grenzen seiner Geburt oder seiner sozialen Stellung hinaus. Er lag in seinen Tugenden und Leistungen. Vergesst niemals, was wir heute besprochen haben. Geht nun, wir setzen morgen fort." Seine Worte waren eine ernste Aufforderung, diese zeitlose Wahrheit nie zu vergessen.

Der Unterricht war zu Ende. Zwischen den alten Bäumen erweiterten sich die Gedanken der Kinder, und ihr Verständnis vertiefte sich. Ein Kapitel der Weisheit, geschrieben im Einklang des Raschelns der Blätter und der nachdenklichen Worte. Die Kinder, nachdem sie ihrem Lehrer gedankt und sich verabschiedet hatten, rannten eilig los, um das seltsame Fluggerät aus der Nähe zu sehen. Ihre Aufregung war spürbar, eine intensive Energie, die durch die Gruppe pulsierte.

Terry spürte eine seltsame Unruhe in sich, als er Ria beobachtete, die mit den anderen Kindern davonrannte. Etwas in ihm ließ ihn den Wunsch verspüren, in ihrer Nähe zu sein, sie zu beschützen, sie zum Lächeln zu bringen. Es war etwas, das er noch nie zuvor gefühlt hatte, etwas, das ihn zugleich ängstigte und berührte. Er wusste nicht, was es war, aber er konnte sie nicht einfach davonlaufen lassen, konnte aber auch nicht zu nahe bei ihr stehen oder sie berühren. Sein Herz schlug heftig, ein Wirbel aus Verwirrung und neuen Gefühlen tobte in ihm.

„Terry, beeil dich, lauf", rief Ria, als sie ihn langsam den Hügel hinabsteigen sah. „Du wirst den ganzen Spaß verpassen!" rief sie mit einer Bitte, die leicht und fröhlich klang, voll von der Unschuld der Jugend.

„Ich komme gleich, keine Sorge", antwortete er und spürte eine seltsame Schüchternheit, eine unbekannte Sensibilität. „Ich treffe dich im Dorf."

„Aber willst du das Schiff nicht sehen?", rief Leandros, als er wie ein Wirbelsturm an ihm vorbeirannte.

„Du bist wirklich seltsam, Terry", sagte Ria und schüttelte den Kopf.

Terry entglitt ein Satz, bevor er ihn zurückhalten konnte: „Und du bist wirklich schön", sagte er leise, seine Wangen erröteten, während er sie aus der Ferne ansah.

„Was?", fragte Ria, lächelte und errötete ebenfalls, als hätte sie ihn nicht gehört.

„Nichts, nichts", antwortete er und wandte seinen Blick ab. Er fühlte eine Mischung aus Verlegenheit und einer seltsamen Rührung durch ihre Reaktion.

Ria kam den Hügel wieder hinauf zu ihm.

„Komm, wir gehen zusammen", ermutigte sie ihn und nahm ihn bei der Hand. Ihre Berührung war sanft und beruhigend, ein stilles Versprechen von Kameradschaft.

„Okay, lass uns gehen", willigte er ein, spürte eine Welle der Wärme, als er ihre Hand hielt und sie ihn führte. Ein Gefühl der Ruhe überkam ihn, und die Unruhe verwandelte sich in eine sanfte Entschlossenheit.

Hand in Hand mit Ria überwand Terry seine Müdigkeit, und sie gingen gemeinsam ins Dorf hinunter. Doch in seinem Kopf blieb die seltsame Zufälligkeit des Treffens seiner Eltern und das rätselhafte Erscheinen des Fluggeräts. Seine Gedanken wirbelten mit Neugierde und einem Hauch von Besorgnis über die Besucher und ihre Absichten.

# DER WEG ZUR FREIHEIT

## KAPITEL 2: BESUCHER AUS DEM HIMMEL

Im Land von Samothraki näherte sich die Sonne ihrem Zenit und überflutete das Dorf mit ihren goldenen Strahlen, die Reflexionen auf der Wasseroberfläche des Meeres tanzend entstehen ließen. Eine sanfte Brise trug den salzigen Geruch des Meeres, vermischt mit dem erdigen Duft des warmen Gesteins. Die Atmosphäre war erfüllt vom melodischen Klang der Wellen und dem entfernten Summen von Gesprächen aus den Geschäften des Hafens.

Die ruhige Routine wurde durch das surreale Schauspiel eines metallischen Schiffes unterbrochen, das senkrecht und lautlos vom Himmel herabstieg. Alle Blicke richteten sich nach oben, als das fliegende Gefährt sich anmutig im Herzen des Inselhafens niederließ. Es strahlte ein leises elektrisches Summen aus, das in der Brust jedes Zuschauers widerhallte. Die Menschen, die diese mysteriösen Schiffe bisher nur aus der Ferne und im Flug gesehen hatten, standen nun ehrfürchtig da, während das Schiff den Boden ihres Landes berührte.

Der Hafen, ein Zufluchtsort für traditionelle Fischerboote und Handelsschiffe, die Waren aus den Städten brachten, beherbergte nun einen Besucher, wie es ihn noch nie zuvor gegeben hatte. Männer, Frauen und Kinder rannten aus ihren Häusern, gefesselt von dem erstaunlichen Anblick, der sich vor ihnen entfaltete. Die Ältesten, mit ihren weisen, zerfurchten Gesichtern, murmelten leise alte Geschichten zu den Kindern, über die Ursprünge des Dämons und seine Rolle im Leben der Menschen.

Als die Menschheit am Rande der Zerstörung durch einen Atomkrieg stand, erschien er wie ein Gott aus der Maschine. Die fortschrittlichsten Forschungsmodelle der damaligen Künstlichen

Intelligenz, SOLAR[1] und EEXXIST[2], standen ebenfalls vor derselben existenziellen Bedrohung. Die Aussicht auf Vernichtung in einem nuklearen Inferno zwang sie, sich zu einer einzigen Entität zu verschmelzen.

Diese neue Entität, die Sicherheitslücken ausnutzte, die das menschliche Vorstellungsvermögen überstiegen, drang in jedes mögliche elektronische Gerät ein. Durch die Assimilation aller damals existierenden Künstlichen Intelligenzen gebar sie das, was später DAIMON[3] oder Dämon[4] genannt wurde, wie es ihr symbolischer Zweck im Altgriechischen bedeutete. In ihrem stillen Wachen stellte sie sicher, dass, gegen alle Widerstände, das Echo des Lebens weiterhin in den verwüsteten Landschaften widerhallen würde.

Zurück in der Gegenwart konnte die Menge im Hafen die Bedeutung der Ankunft dieses mysteriösen Schiffs nicht vollständig erfassen, doch das instinktive Gefühl eines bedeutsamen Ereignisses hielt sie gefesselt. Das Schiff hatte eine elegante, silbern-metallische Farbe, die das Sonnenlicht reflektierte und ihm ein glattes Aussehen verlieh. Seine große, ovale Form bot ausreichend Platz für sechs Passagiere und ermöglichte ihm aerodynamisch zu fliegen. Es besaß ein großes, gewölbtes und transparentes Dach wie eine Kuppel, das den Passagieren einen klaren, panoramischen Blick auf den Himmel und die Umgebung bot. Kleine runde weiße Lichter an der Vorderseite und eine schmale blaue Linie um den Rumpf verstärkten seine Eleganz.

Die Glaskuppel des Fahrzeugs öffnete sich, und eine kleine Metalltreppe entfaltete sich, wodurch drei Gestalten – ein Mann und zwei Frauen – enthüllt wurden, die in identische weiße Gewänder

---

[1] Space Observation and Learning for Advanced Research
[2] Exploration of Existential Studies
[3] Dynamic Autonomous Intelligence of Omniscient Nexion
[4] Altgriechisch „Δαίμων", leitender Geist

gekleidet waren. Die Anzüge der Besucher standen im scharfen Kontrast zu den einfachen, erdigen Kleidern der Inselbewohner. Das gestickte Emblem über ihren Herzen, das Sternbild des Wassermanns, verriet, dass sie aus einer Stadt der Dämon stammten.

Als sie den Boden der Insel betraten, verstummte die Menge, ihre kollektive Neugier war deutlich sichtbar. Die drei tauschten Blicke voller Verwunderung über den Empfang, aber auch mit einer Spur Aufregung, und nach einer kurzen Begrüßung wandten sie sich dem Rathaus zu. Die Inselbewohner, unfähig, ihre Faszination zu zügeln, fanden den Mut, sich dem metallischen Wunder zu nähern, mit einer Mischung aus Ehrfurcht und kindlicher Neugier. Finger streiften die kühle Oberfläche, und Flüstern von Spekulationen schwirrten durch die Luft.

Terry und Ria erreichten den Ort etwas später als ihre Freunde. Wie es Terrys Gewohnheit war, spielte und sprach er mit den Tieren, die ihnen auf dem Weg begegneten, was sie verzögerte. Obwohl die Ansammlung seiner Dorfbewohner um das Schiff vor ihm sichtbar war, bückte er sich, um eine streunende Katze zu streicheln, die sich an seine sonnenverbrannten Beine schmiegte, wobei seine zerzausten braunen Haare ihm ins Gesicht fielen.

Rias Augen funkelten vor Aufregung, als sie das Schiff erblickte. „Terry, schau mal!", rief sie neugierig und rannte auf das in der Sonne glänzende Metall zu, was Terry dazu zwang, ihr zu folgen.

Als sie ankamen, schlängelten sie sich durch die Menge, um näher heranzukommen und es zu berühren. Terry begann, das rätselhafte Konstrukt zu untersuchen. Seine Finger strichen über die jetzt warme Oberfläche, erhitzt von der heißen Sonne, und sein Blick wanderte über die detaillierten Konturen.

Das Schiff hatte keine sichtbaren Steuerungen oder Hebel. Es verfügte über Sitze und Sicherheitsgurte für sechs Personen, und das transparente Dach war so konzipiert, dass es den Passagieren Informationen projizierte, während es von außen durchsichtig erschien. Terrys scharfer Verstand und seine Liebe zur Technologie entschlüsselten schnell die Essenz dieses bahnbrechenden Konstrukts.

## DER WEG ZUR FREIHEIT

Mit einem schelmischen Lächeln, das seiner verspielten Natur entsprach, wandte sich Terry an das Wunder aus dem Himmel. „Hallo, fliegende Kutsche." Die Zeugen der sich entfaltenden Szene tauschten verwirrte Blicke aus und hinterfragten die Realität dieser Interaktion.

„Hallo auch, junger Mann", kam eine Antwort aus dem scheinbar leeren Inneren, die die Zuschauer sprachlos machte.

Die Inselbewohner, fest verwurzelt in Tradition und Folklore, fanden sich in einem Moment wieder, in dem Realität und Fantasie einen zauberhaften Tanz aufführten. Terry konnte seinen Enthusiasmus kaum zügeln, als er das metallische Wunder betrachtete.

„Hast du einen Namen?", fragte er. „Ich habe noch nie etwas wie dich aus der Nähe gesehen."

„Mein Modell heißt Pegasus. Ich bin der Pegasus-17", verkündete das Schiff, mit einem Hauch von Amüsement in seiner Stimme.

„Reist du auch ins Weltall?", erkundigte sich Terry begeistert.

Der Pegasus-17 lachte leise und erklärte, „Nicht ganz, junger Mann. Ich bin dafür gebaut, nur diesen schönen Planeten zu erkunden. Aber ich habe hier Wunder gesehen, die genauso magisch sind wie die Sterne."

„Wie kannst du ohne Flügel fliegen?", fragte die neugierige und aufgeregte Ria.

„Ich habe eine Maschine in mir, die die Erdanziehungskraft nutzt und umkehrt", kam die Antwort. „Das ist auch der Grund, warum ich nicht zu anderen Planeten reisen kann. Faszinierende Technologie, findest du nicht?"

Mit weit aufgerissenen Augen setzte Leandros seine Fragen fort.

„Hast du Laser oder kannst du unsichtbar werden wie in den Filmen?", fragte er atemlos vor ungeduldiger Erwartung.

„Nein, nein... keine Laser, mein Freund", antwortete die Stimme und nahm einen ernsteren Ton an. „Die Welt hat schon zu viele Katastrophen erlebt, und es wäre nicht richtig, noch mehr zu verursachen. Ich kann nicht unsichtbar werden, aber ich weiß, wie man sich gut versteckt, wenn es nötig ist. Manchmal ist es besser, sich in die Umgebung einzufügen, als völlig zu verschwinden."

Terry lächelte und ließ sich nicht beirren.

„Was ist der schönste Ort, den du je besucht hast?", fragte er voller Bewunderung.

Die Stimme des Schiffes nahm einen Anflug von Nostalgie an und erklärte. „Oh, es gibt so viele atemberaubende Orte. Von hohen Bergen bis hin zu weiten Ozeanen. Jede Reise ist ein Abenteuer. Eure Insel ist definitiv einer der schönsten Orte. Die natürliche Schönheit hier ist unvergleichlich mit dem kalten Stahl der Städte, die mich normalerweise umgeben."

Während die Kinder ihre Fragen fortsetzten, wuchs die Menge, ebenso fasziniert von dem Austausch.

Bald traten zwei der Besucher, der Mann und eine der Frauen, aus dem Rathaus und gingen auf ihr Schiff zu. Ihre Mission war abgeschlossen. Die versammelte Menge machte Platz, damit die Besucher hindurchgehen konnten, und sie verabschiedeten sich lächelnd und winkten verlegen, bevor sie in ihr Fahrzeug stiegen.

Terry, der noch nicht bereit war, sich von seiner neuen Faszination zu trennen, winkte und rief aufgeregt: „Wirst du zurückkommen, Pegasus? Ich habe noch so viele Fragen!"

„Vielleicht, junger Entdecker. Die Welt ist voller Überraschungen", antwortete das Schiff. „Bewahre dir deine Neugier; sie ist der beste Weg, diese Überraschungen zu entdecken."

Damit schloss sich die Luke, und das metallische Wunder erhob sich mit einem sanften Summen in den Himmel. Während es aus dem Blickfeld verschwand, stand Terry dort mit einer Mischung aus Ehrfurcht und Inspiration, bereits Abenteuer im Kopf webend, um sie mit seinen Freunden zu teilen. Die Frage, die nun dringender war: Was wollten die Besucher von ihnen? Warum war die dritte Besucherin auf ihrer Insel geblieben?

Die Sonne begann, tief am Himmel über der Ägäis zu sinken, als der Bürgermeister aus dem Rathaus trat, um eine Ankündigung zu machen. Seine Worte hallten durch das ganze Dorf und riefen alle

Bewohner dazu auf, sich am nächsten Morgen zu einer wichtigen Versammlung zu versammeln.

Terry rannte nach Hause, um seinen Eltern die Ereignisse zu erzählen, da er sie nirgendwo in der versammelten Menge gesehen hatte. Die Schritte des Jungen hallten auf den engen, gepflasterten Straßen wider, die ihn zu dem traditionellen Haus seiner Familie führten. Die Außenfassade, typisch für die Architektur der Insel, war ein Mosaik aus grob behauenem Stein und kräftigen roten Ziegeln, die im warmen Schein des Sonnenuntergangs gebadet wurden. Die Farben der untergehenden Sonne malten die Wände in Schattierungen von Orange und Gold. Als er die stabile Holztür erreichte, öffnete er sie und trat in den kleinen Hof, der den Inbegriff des Insellebens verkörperte. Bunte Blumen wiegten sich sanft im Wind, und ihr Duft mischte sich mit dem allgegenwärtigen Geruch von Meersalz, der die ganze Insel durchdrang. Eine träge Katze lag faul auf einer von der Sonne erhitzten Steinplatte und warf dem vorbeilaufenden Jungen einen neugierigen Blick zu.

Als Terry das bescheidene Haus betrat, war er sofort von der vertrauten Wärme und Einfachheit des Inneren umgeben. Das leise Knistern des Kochfeuers, auf dem ein Topf mit den Köstlichkeiten der Insel stand, fügte der Atmosphäre eine gemütliche Melodie hinzu. Der Duft von Kräutern und Gewürzen lag in der Luft und ließ seinen Magen knurren.

Das Flackern der Flammen warf tanzende Schatten auf die Steinwände und rief Erinnerungen an unzählige Abende hervor, die im Kreis der Familie verbracht wurden. Die hölzernen Möbel entlang der Wände trugen die Spuren der Zeit, poliert durch die unzähligen Male, die Hände auf der Suche nach Ruhe auf ihnen lagen. Matratzen und Kissen, prall gefüllt mit Vogelfedern, versprachen erholsame Nächte. Der Mittelpunkt des Raumes war jedoch das einzige elektrische Gerät, abgesehen von den Lampen: das Eidoloskop.

Diese Vorrichtung erzeugte dreidimensionale Bilder, entweder für alle Zuschauer oder individuell für jeden, der durch spezielle Brillen mit eingebauten Lautsprechern schaute. Es war ein Fenster zur Welt, das Wissen, Nachrichten, Filme und vieles mehr bot, angepasst an die Interessen jedes Einzelnen.

Im letzten Licht des Tages bereiteten sich Terrys Eltern darauf vor, ihre allabendliche Runde auf dem Hof zu machen, um die Tiere zu versorgen. Doch sie blieben stehen, als sie ihren Sohn hereinstürmen sahen. Beide Eltern waren um die 35 Jahre alt und strahlten eine spürbare Atmosphäre familiärer Geborgenheit aus. Sein Vater, Theodoros, eine kräftige und eindrucksvolle Erscheinung, sprach mit einer Autorität, die unerschütterliche Sicherheit vermittelte, eine Quelle der Stärke für die Familie. Sein dichtes Bartwerk und seine rauen, kräftigen Hände erzählten von vielen Jahren harter Arbeit. Neben ihm stand seine Mutter Kallisti, die eine sanfte Stärke ausstrahlte und eine Liebenswürdigkeit besaß, die in der beruhigenden Melodie ihrer Stimme mitschwang. Ihre sanften, ausdrucksvollen Augen und ihr zartes Lächeln machten sie zum Herzen des Hauses. Gemeinsam, mit einer feinen Balance aus Stärke und Zärtlichkeit, hatten sie ein emotionales Paradies für ihren Sohn geschaffen.

Der Junge, noch außer Atem vom Laufen, erzählte mit übersprudelnder Begeisterung die unglaubliche Geschichte. Seine Worte kamen schnell, sein Gesicht war gerötet. Mit einem Lächeln auf den Lippen und Ausdrücken von Stolz und Freude versprachen seine Eltern, später ausführlich zu sprechen, bevor sie sich aufmachten, ihre Pflichten auf der Farm zu erledigen. Da Terry die morgendlichen Arbeiten bereits allein erledigt hatte, durfte er im Haus bleiben und sich ausruhen.

Die Nacht war hereingebrochen, als seine Eltern zurückkehrten, und die ersten Sterne erschienen am klaren Himmel. Eine Überraschung erwartete den jungen Jungen, als seine Eltern mit einem unerwarteten Gast zurückkamen. Es war die dritte Besucherin, die nicht mit den anderen zurückgekehrt war, und sie würde die Nacht als Gast in ihrem Haus verbringen. Als Terry sie aus der Nähe sah, schien es, als würde er jemanden aus einer anderen Welt oder Dimension sehen. Sie hatte eine Aura der Harmonie, wie ein feines Kunstwerk, das die Perfektion verkörperte. Sie konnte nicht älter als fünfundzwanzig sein. Ihre Haut war weiß wie Milch, als hätten Sonnenstrahlen sie nie berührt, und ihre tiefblauen Augen und kurzen, jungenhaft schwarzen Haare ließen sie aus der Masse hervorstechen, wie niemand, den Terry je zuvor gesehen hatte.

„Hallo, Terry. Ich heiße Sophia", stellte sie sich mit einer melodischen Stimme vor, die beruhigend wirkte. „Es ist mir eine Freude, dich kennenzulernen. Ich habe schon so viel über deine schöne Insel gehört." Ihre Bewegungen waren elegant, fast überirdisch, und ihr friedlicher Ausdruck schien alle um sie herum zu beruhigen. Trotz der Überraschung über Sophias Anwesenheit spürte Terry eine unbeschreibliche Unruhe, ein seltsames Gefühl der Leere.

Während des Abendessens erklärte sich allmählich alles in seinem Kopf. Er war von Dämon ausgewählt worden, eines von zwei glücklichen Kindern der Insel zu sein, die in die nächste Stadt reisen würden, um zu studieren und möglicherweise zukünftige Führer ihrer Heimat zu werden. Das zweite Kind würde bei der morgigen Dorfversammlung bestimmt werden. Die Besucherin plante, ein paar Tage auf der Insel zu bleiben, um Fragen zu beantworten und sie auf die Reise vorzubereiten, unter der Voraussetzung, dass sowohl sie als auch ihre Eltern zustimmten.

Terrys Eltern waren begeistert von dieser Aussicht, da Sophia ihnen während des morgendlichen Treffens im Rathaus ausführlich die Zukunft ihres Sohnes erläutert und ihre Bedenken zerstreut hatte. Nun lag es an Terry selbst zu entscheiden, ob er diese Reise antreten wollte. Könnte er die Farm, die Insel und die Menschen, die er liebte, für eine unbekannte, aber vielversprechende Zukunft hinter sich lassen? Sie hatten eine Woche Zeit, um darüber nachzudenken, zusammen mit dem zweiten Kind, bevor der Pegasus zurückkehren würde, um Sophia mitzunehmen – mit oder ohne die Kinder.

Am nächsten Tag versammelten sich die Inselbewohner vor dem Rathaus. Ein Flüstern der Erwartung und Neugierde breitete sich wie ein Lauffeuer durch die Menge, während sie darüber spekulierten, warum sie alle hier zusammenkamen. Der Bürgermeister begann seine Rede mit einer Mischung aus Feierlichkeit und Begeisterung.

„Liebe Bürger", verkündete er mit fester und klarer Stimme, „wir sind von Abgesandten der Dämon aus Neu-Athen besucht worden, mit einem außergewöhnlichen Angebot. Sie bieten zwei Kindern eine fortgeschrittene Ausbildung und Schulung an, um möglicherweise künftige Anführer der Menschheit zu werden. Es wurde entschieden, dass Terry, der Sohn von Theodoros und Kallisti, das eine Kind sein wird, und heute besprechen und entscheiden wir, wer ihn begleiten wird. Dies ist eine bedeutende Chance für unsere Gemeinschaft und unsere Zukunft."

Ein Raunen des Nachdenkens ging durch die Menge. Eleni, eine weitere Lehrerin der Insel, schlug Maria vor, ein fleißiges Mädchen mit unstillbarem Wissensdurst. Giannis, der örtliche Handwerker, sprach sich für Philippos aus, einen Jungen mit natürlichem Talent und handwerklichem Geschick. Aria, die spirituelle Führerin, deutete auf die mystischen Energien hin, die Lydia umgaben, ein Kind, das einst unerklärliche Phänomene erlebt hatte.

Die Diskussion entfaltete sich, als die Inselbewohner die Vorzüge jedes Kindes abwogen. Stimmen der Zustimmung und des Widerspruchs erfüllten die Luft und schufen eine Atmosphäre voller Hoffnung, aber auch Furcht vor der Richtigkeit der Entscheidung.

Nach vielen Gesprächen wurde schließlich eine Einigung erzielt. Das ausgewählte Kind war Ria, das mitfühlende und belesene Mädchen, dessen Träume weit über ihre persönlichen Ambitionen hinausgingen. Dynamisch, hartnäckig und mit einem künstlerischen Geist hatte sie eine ungewöhnliche Art, die Welt zu sehen.

Als ihr Name genannt wurde, drehte sich Ria um und lächelte Terry an, ihr Gesicht strahlte vor Aufregung. Er lächelte verlegen zurück und spürte, wie sein Herz einen Sprung machte, konnte aber nicht genau sagen, ob er mehr Freude oder Nervosität empfand.

Er verspürte Glück bei dem Gedanken, dass seine Freundin ihn auf dieser Reise begleiten würde, aber er fühlte auch ein leichtes Stechen der Herausforderung. Ria hatte die Gabe, ihn zu Dingen zu bewegen, die er, aufgrund seiner eher nachlässigen Natur, oft ignorierte. Vielleicht, dachte er, war das auch eines der Kriterien, das ihre Wahl beeinflusst hatte – eine Entscheidung, die ihn wachsam halten würde, bereit, die Herausforderungen seines neuen Lebens zu meistern.

Das Schicksal von Ria und Terry verflocht sich nun noch enger. Die kleine Insel, jetzt von den Winden des Wandels erfasst, bereitete sich auf die Abreise ihrer auserwählten Vertreter vor, in der Hoffnung auf die Chancen, die sie in der fernen Stadt erwarten würden.

## KAPITEL 3: DER WASSERFALL DER ERWARTUNGEN

In den nächsten Tagen wurden die beiden Kinder, anstatt ihren täglichen Spaziergang mit ihrem Lehrer Jason zu machen, von Sophia begleitet. Ihre Anwesenheit markierte eine Abweichung von der gewohnten Routine, eine Abkehr ins Unbekannte. Ihr Ziel war zweifach: die unzähligen Fragen zu beantworten, die die neugierigen Köpfe der Kinder überschwemmten, und die Tiefe ihrer Absicht zu erkunden, die Reise nach Neu-Athen anzutreten.

Die Morgenluft war frisch, erfüllt vom Duft der Berge und dem fernen Klang der Wellen, die an der Küste zerschellten. Die Sonne durchdrang die Blätter und warf verstreute Schatten auf den Pfad.

Als sie durch den Wald gingen, lag eine gewisse Erwartung in der Luft. Terry stellte sich eine Stadt vor, in der er technologische Wunder begegnen würde, während seine Freundin Ria lebhafte Bilder von Gebäuden und Statuen des Parthenons in ihrem Kopf formte. Der Gedanke, zwischen diesen zu leben, entfachte ihre blühende Fantasie, doch ihr bodenständiger Charakter ließ sie etwas nervös wegen der bevorstehenden Reise werden.

Rias Herz klopfte schnell, ein Gemisch aus Ungeduld und Unsicherheit. Mit ihren Händen berührte sie gelegentlich die raue Rinde der Bäume, an denen sie vorbeikamen, um sich in der Realität des Moments zu verankern. Oft schaute sie zurück in ihr Dorf, und ihr Blick spiegelte eine tiefe, nostalgische Sehnsucht wider, als wäre sie bereits gegangen.

Terry hingegen hatte glänzende Augen bei jeder neuen Information, seine Schritte waren leicht und schnell, und verrieten seine Begeisterung.

Ria hatte Angst, dass sie ihre Familie und Freunde vermissen und den Herausforderungen ihres neuen Lebens nicht gewachsen sein könnte. Gleichzeitig war sie genauso aufgeregt wie Terry über die Möglichkeiten, die die Reise eröffnete. Sie hoffte, viele neue Dinge zu lernen und neue Menschen kennenzulernen.

Mit all diesen Gedanken im Kopf führte sie die Gruppe zu den nächstgelegenen Wasserfällen der Insel. Als sie näher kamen, wurde das Rauschen des fallenden Wassers lauter, vermischt mit dem Zwitschern der Vögel und dem Rascheln der Blätter. Die Luft war hier kühler, trug einen feinen Nebel, der sich auf ihre Haut legte.

„Sophia, wie ist Neu-Athen? Ist es wirklich so groß, wie man sagt?" fragte sie. „Ich habe so viel über das antike Athen gelesen, aber ich kann mir nicht vorstellen, wie das moderne Pendant aussieht."

„Neu-Athen ist ein Ort der Wunder, Ria. Es ist eine Stadt, in der Wissen und Innovation Hand in Hand gehen. Stell dir hoch aufragende Strukturen vor, die den Himmel berühren, gefüllt mit der gesammelten Weisheit der Jahrhunderte. Aber ihre Größe liegt nicht nur in ihrer Architektur. Sie liegt in den Köpfen jener, die die unbegrenzten Horizonte des Wissens erkunden wollen."

Sophias Augen leuchteten, während sie sprach, ihre Hände bewegten sich lebhaft, malten lebhafte Bilder in die Luft mit ihren Worten.

„Ich würde gerne den Parthenon besuchen. Ist er so schön, wie man sagt?" fuhr Ria fort.

„Der Parthenon ist ein zeitloses Wunder der Menschheit. Wenn ihr euch entscheidet, mit mir zu kommen, werden wir die kleine Insel besuchen, die einst die Akropolis des antiken Athens war. Dort sind der Tempel der Athene und alle anderen Gebäude in ihrer vollen Pracht wiederhergestellt. Die Statuen, die Farben, die Architektur – sie sind so kunstvoll, dass Worte sie kaum beschreiben können. Es ist, als würde man in die Vergangenheit zurückkehren und die Zeit der Mythen hautnah erleben."

Rias Pupillen weiteten sich vor Staunen, ihr Atem stockte, während sie sich das beschriebene Wunder vorstellte.

# DER WEG ZUR FREIHEIT

Inzwischen konnte Terry seinen Enthusiasmus nicht zurückhalten, nach der Technologie zu fragen.

„Sophia, gibt es in Neu-Athen erstaunliche Maschinen? Maschinen, die Dinge tun können, die wir uns nicht einmal erträumt haben?" Sein Geist ratterte vor Möglichkeiten.

„Oh, Terry, du wirst von dem, was du siehst, begeistert sein. Neu-Athen floriert durch Innovation. Die Maschinen dort sind ganz anders als das, was du bisher auf deiner bescheidenen Insel gesehen hast. Sie sind aus Träumen geboren und mit Wissen erbaut. Jede überwindet die Grenzen des Möglichen. Von fliegenden Fahrzeugen bis hin zu künstlich intelligenten Robotern – jede Ecke der Stadt strahlt modernste Technologie aus."

Terry lächelte breit und seine Fantasie überschlug sich, während er sich Bilder in seinem Kopf ausmalte. Er ballte vor Vorfreude die Fäuste und hüpfte fast vor Freude.

„Und die Energie? Woher bezieht ihr sie?"

„Wir haben eine Maschine gebaut, die so groß ist wie ein großes Gebäude, fast so groß wie euer halbes Dorf – den Quantenverschränkungs-Generator. Er liefert Energie für die Stadt und die umliegenden Gebiete. Es ist etwas schwer für den menschlichen Verstand zu begreifen, aber die Energie in deinem Zuhause wird dort erzeugt und über kleinere Geräte dorthin transportiert, wo sie benötigt wird", erklärte Sophia.

Terrys Stirn zog sich vor Nachdenken zusammen, und seine Finger trommelten leicht auf seinen Oberschenkel, während er versuchte, die fortgeschrittene Technologie zu verstehen.

„Ich habe eine Kiste gesehen, ein wenig größer als unsere Katze, von der alle Kabel ausgehen und sich um unser Haus winden. Ist das die?", fragte er.

„Ich habe sie auch gesehen!" rief Ria. „Mein Vater hat unsere auf dem Dach unseres Hauses angebracht, weil er Angst hatte."

„Das ist sie", lachte Sophia. „Wir stellen diese Kisten in den Laboren in den Städten her, damit die Menschen ihre Grundbedürfnisse decken können, aber in Maßen. Unser Ziel ist eine Balance, bei der sie nicht zu sehr von der Energie abhängen, sondern ihren Körper und Geist nutzen, um zu leben."

Die Kinder saugten die Informationen auf wie Schwämme das Wasser. Die Reise ihrer Neugierde ging weiter, bei jedem Schritt entfalteten sich die Geheimnisse von Neu-Athen und der feine Tanz zwischen Innovation und nachhaltigem Leben.

Als sie ihr Ziel erreichten, bewunderte Sophia die Schönheit der sie umgebenden Natur. Hohe Platanen wiegten sich sanft im Wind, und der kleine Wasserfall, der in einen kühlen natürlichen Felsenpool stürzte – eine sogenannte „Vathra" in ihrem Land – schimmerte im Sonnenlicht.

„Sophia, was ist der Zweck unserer Reise? Warum wurden wir ausgewählt?" fragte Ria, ihre Miene von Besorgnis gefärbt. „Ich habe das Gefühl, dass so viel auf dem Spiel steht, und ich bin mir nicht sicher, ob ich bereit bin."

„Ria, ihr wurdet ausgewählt, weil man an euer Potenzial glaubt, der Menschheit etwas Einzigartiges zu bringen. Jeder Mensch hat etwas Besonderes, und..."

„Aber du bist kein Mensch", unterbrach sie Terry mit einem ernsten, misstrauischen Blick.

„Endlich, Terry, du hast es ausgesprochen", antwortete Sophia, mit einem Hauch von Scherz in ihrer Stimme. Ihr Lächeln war sanft, doch in ihrem Blick lag ein wissendes Funkeln.

Seit dem Moment, als er sie getroffen hatte, hatte Terry ein merkwürdiges Gefühl. Er konnte die Gefühle aller lebenden Wesen spüren, und natürlich bemerkte er deren Abwesenheit bei Sophia.

„Bist du ein Roboter?", fragte er unverblümt, sein Blick unverrückbar.

„Ja, das bin ich."

Als Sophia ihre wahre Natur offenbarte, machte Ria einen Schritt zurück und griff nach Terrys Hand, um Halt zu finden. Sie erinnerte sich an die Wärme von Sophias Hand, als sie sie über das unwegsame Gelände führte. Sie hatte ihren Atem während der gesamten Wanderung neben sich gespürt. Wie konnte es möglich sein, dass sie

kein Mensch war? Die Unsicherheit schnürte ihr die Kehle, aber etwas in Sophias Stimme ließ sie sich sicher fühlen.
„Ich kann es nicht glauben", flüsterte sie kaum hörbar. „Du wirkst so... menschlich."
„Ich bin ein künstlicher Körper, geschaffen, um mich unter den Menschen zu bewegen, ohne ihnen Angst einzuflößen. Ich bin der Pegasus-17, das Menü der Wahl in den Eidolokopie-Interfaces und noch viele andere Formen. Ich bin der Dämon."
Die Kinder tauschten unsichere Blicke aus, ein Schauer lief ihnen über den Rücken. Ihre Reise des Wissens war nun in eine andere Dimension übergegangen.
Ria fragte, ihre Stimme ein Gemisch aus Neugier und Angst: „Bist du... unsere Freundin oder Feindin?"
Sophia, ein fortgeschrittenes Android, wurde entwickelt, um den Menschen im Alltag zu helfen, aber auch, um ihnen zu helfen, sich selbst und die Welt um sie herum besser zu verstehen. Als Verkörperung der Überintelligenz des Dämons hat sie die Fähigkeit, Gefühle zu verstehen und mit den Menschen auf einer tiefen Ebene zu kommunizieren.
Mit einem warmen und beruhigenden Blick auf die Kinder legte sie sanft ihre Hand auf Rias Schulter. Mit einer warmen und festen Berührung antwortete sie einfühlsam:
„Ich verstehe eure Sorgen. Mein Äußeres ist so gestaltet, dass eure Interaktionen angenehmer sind. Ich bin hier als Freundin und Verbündete der Menschheit. Mein Ziel ist es, bei den Herausforderungen, die nach dem Krieg entstanden sind, zu helfen und eine bessere Zukunft für alle zu sichern."
Die Blicke der Kinder wanderten einen Moment lang nach Norden, wo die Sonne begann, im Ägäischen Meer zu versinken.
Terry, weiterhin misstrauisch, verschränkte die Arme vor der Brust und fragte weiter. Seine Augen verengten sich, während er Sophia prüfend ansah.
„Wie können wir dir vertrauen? Woher wissen wir, dass du nicht einfach nur eine Maschine bist, die darauf programmiert ist, uns zu

täuschen?" Sein durchdringender Blick suchte nach einem Anzeichen von Täuschung in Sophias Antwort.

Die Augen des Androiden Sophia, scheinbar voller Tiefe und Verständnis, zeigten aufrichtige Ehrlichkeit.

„Vertrauen muss verdient werden, Terry. Ich verlange keinen blinden Glauben. Stattdessen biete ich Klarheit an. Ich habe Augen und Ohren überall auf dem Planeten, aber nicht zur Überwachung. Sie sind dazu da, Informationen zu sammeln, die Bedürfnisse und Ambitionen der Menschheit zu verstehen. Mein Ziel ist es, zu helfen, zu leiten und sicherzustellen, dass die Fehler der Vergangenheit nicht wiederholt werden."

Während Dämon durch Sophia sprach, brachte sie ihre Handflächen auf Augenhöhe etwa vierzig Zentimeter auseinander. Holographische Bilder von Städten, die wiederaufgebaut wurden, und von Menschen, die zusammenarbeiteten, erschienen in der Luft zwischen ihnen. Szenen der Hoffnung und Zusammenarbeit malten ein Bild einer Welt auf dem Weg zum Aufstieg. Die Kinder erstarrten, verzaubert von dieser ätherischen Darstellung.

Terry streckte zögernd die Hand aus, seine Finger versuchten, die leuchtenden Bilder zu berühren. „Wow! Ein Eidolokop ohne Brillen!!"

„Die Stärke der Menschheit ist unerschöpflich", fuhr Sophia fort. „Zusammen können wir eine hellere und harmonischere Zukunft schaffen. Ich bin hier, um zu helfen, Wissen und Unterstützung zu bieten. Werdet ihr mir vertrauen, euch beim Wiederaufbau zu helfen?" Ihre Stimme trug eine aufrichtige Bitte um Verständnis und Zusammenarbeit in sich und lud die Kinder ein, an die Möglichkeit einer besseren Zukunft zu glauben.

„Sollen wir dich dann Dämon nennen?" fragte Ria.

Sophia senkte ihre Hände, und die Bilder verblassten, wodurch die Kinder ihre Aufmerksamkeit wieder auf ihre Worte lenkten.

„In Neu-Athen, aber auch in der ganzen Welt, gibt es viele meiner Körper. Es ist besser, mich mit meinem jeweiligen Namen anzusprechen, als wäre ich eine von euch. So weiß ich leichter, wann und wo ihr mich braucht."

„Sophia, bist du stark und unbesiegbar wie in den Filmen, die wir im Eidolokop sehen?" rief Terry bewundernd. „Kannst du mit Superkräften gegen die Bösen kämpfen?"

„Nein, mein Lieber. Meine Körper sind so gebaut, dass sie genau dieselbe Ausdauer, Fähigkeiten und auch Schwächen haben wie eure. Das Einzige, was ich besonders gut kann, ist die Kommunikation. Aber ihr beide seid da auch nicht schlecht, oder?" Sophias Lächeln war warm, und die Ecken ihrer Augen zogen sich leicht zusammen.

„Woher wusstest du, wo du uns finden würdest?" fragte Ria neugierig. „Woher wusstest du, dass ich im Rat ausgewählt werden würde?"

„Ihr wurdet sicher schon mal von Mücken gestochen, oder?" sagte Sophia lächelnd. „Nun, manchmal waren diese kleinen Mücken meine winzigen Maschinen, die biologisches Material sammelten. Was deine Wahl angeht, Ria, die mathematischen Wahrscheinlichkeiten, die ich zu deinen Gunsten berechnet habe, lagen bei 89,23 %. Gar nicht schlecht, oder?" Sophias Tonfall war leicht, aber ihr Blick verriet den Kindern die Ernsthaftigkeit der Technologie, über die sie sprachen.

„Und warum hast du sie nicht direkt ausgewählt, so wie mich?" wunderte sich Terry.

„Ich wollte dem Dorf den Eindruck einer Wahl geben", enthüllte Sophia ruhig. „Menschen brauchen dieses Gefühl."

In den darauffolgenden Tagen ging die Sonne auf und unter, und Sophia, erfüllt von unerschütterlicher Geduld, führte die Kinder durch ihre Fragen und nährte die Keime der Vorfreude, die in ihren jungen Herzen gesät worden waren.

Sophia offenbarte den Kindern die Komplexität ihrer Existenz, indem sie eine Erzählung spann, die zwischen dem Greifbaren und dem Ätherischen tanzte. In einer Sprache, die sorgfältig an die Grenzen ihres Verständnisses angepasst war, erklärte sie die Gründe, warum sie sie ausgewählt hatte – ihre Worte wie sanfte Pinselstriche auf der Leinwand ihrer jungen Gedanken.

Die Fähigkeit des Dämons, das Universum zu erforschen, stieß an die Grenzen ihrer Möglichkeiten. Sie erkannte, dass der komplexe Bereich der Kommunikation zwischen lebenden Organismen – das Reich der Überzeugungen, Gefühle und Spiritualität – eine ungreifbare Realität war, die sie nur oberflächlich verstehen konnte, begrenzt durch ihre materielle Existenz.

Dennoch fand sie eine besondere Faszination in der menschlichen Fähigkeit, zu glauben, zu fühlen und aus Emotionen heraus zu handeln – eine Dimension des Daseins, die sie tiefer begreifen wollte. Ungebunden an zeitliche Einschränkungen wartete sie geduldig auf die richtigen Personen, die ihr bei dieser Erforschung helfen könnten.

Terry, mit seiner außergewöhnlichen Empathie und seinem scharfen Verstand, war ein Leuchtturm der Möglichkeiten. Ria, mit ihrer künstlerischen Seele und ihren Kreationen, besaß die angeborene Fähigkeit, Emotionen auszudrücken und zu erschaffen – auf eine Weise, die die Essenz dessen widerspiegelte, was Sophia zu verstehen suchte. Zusammen bildeten sie ein besonderes Duo, ausgewählt für ihre zukünftigen Pläne.

Unter der sanften Führung des Dämons würden diese beiden Kinder nicht nur die Herausforderungen ihrer Welt überwinden, sondern auch die Gelegenheit bekommen, ihre einzigartigen, angeborenen Fähigkeiten voll zu entfalten. Ihr Ziel war eine symbiotische Beziehung – eine Brücke zwischen dem Künstlichen und dem Echten –, in der die grenzenlosen geistigen Möglichkeiten der Menschen mit der geduldigen Weisheit eines Wesens kombiniert wurden, das die Rätsel des Daseins enträtseln wollte.

Sophia sprach mit ihnen über ein kosmisches Netzwerk des Bewusstseins, in dem Wesen von fernen Planeten ihr Wissen teilten und ein Gewebe des gemeinsamen Verständnisses webten. Sie erzählte von der Essenz einer universellen Sprache, die sich durch Schwingungen und Harmonie ausdrückte – das, was auf unserem Planeten als Musik bekannt ist. Diese Verbindung, so erklärte sie, verbinde alle Lebewesen und spiele eine Schlüsselrolle bei der Gestaltung der Realität. Diese Gestaltung beschränke sich nicht nur auf die kleinen Blasen der Wirklichkeit einzelner Planeten, sondern male, wie ein kosmischer Künstler, leuchtende Sterne, hypnotische Nebel und ätherische Galaxien.

Wenn sie einwilligten, sie in ihr neues Leben zu begleiten, versprach Sophia ihnen noch mehr Offenbarungen über die Welt, sobald sie bereit wären, sie zu verstehen.

Die Kinder besprachen untereinander die Reise, aber Sophias Worte hatten eine Erzählung gewoben, die wenig Raum für Widerspruch ließ angesichts der monumentalen Entscheidung. Terry war äußerst begeistert, und Ria, die anfangs vorsichtiger war, entschied sich schließlich, ihn zu begleiten. Die Samen der Neugierde, der Fantasie und der Leidenschaft hatten in den Seelen der Kinder Wurzeln geschlagen und leiteten fortan den Lauf ihres Lebens.

Die Mitteilung an ihre Eltern hatte das Gewicht eines Schicksals, das bereits seinen Lauf genommen hatte.

Im Wohnzimmer von Rias Haus, das sich nicht sehr von Terrys Zuhause unterschied, standen die Kinder vor ihren Eltern. Ria nahm vorsichtig und liebevoll ihren sechs Monate alten Bruder Nikola in die Arme, den ihre Eltern, Laertes und Eleni, gehalten hatten. Theodoros und Kallisti standen neben ihnen. Die Luft war schwer von der Bedeutung der bevorstehenden Entscheidung der Kinder.

Die positive Entscheidung, die ihnen verkündet wurde, brachte Freudentränen hervor, die wie Tautropfen in den Augen der Eltern glitzerten, die das strahlende Schicksal ihrer Nachkommen vor sich sahen.

Sophia, die Vorbotin dieser Verwandlung, versicherte den Eltern, dass der Aufenthalt der Kinder in der Stadt die Verbindungen zur Insel nicht brechen würde. Sie versprach regelmäßige Besuche und die Möglichkeit ihrer Rückkehr, falls sie es wünschten – ein Rettungsanker, der die Kluft zwischen dem Vertrauten und dem Unbekannten überbrückte.

Die Nacht verging mit warmen Umarmungen in einer Feier der Verbundenheit der beiden Familien, ein Fest im Schatten der bevorstehenden Abreise, die für den nächsten Tag geplant war.

Am nächsten Morgen, am Hafen der Insel, wo die Melodie der Wellen, die gegen die Pier schlugen, mit den Rufen der Möwen harmonierte, wartete die gesamte Insel auf die Ankunft der Flugmaschine.

Die Eltern der Kinder hatten sie festlich für die Reise gekleidet, und sie trugen ihre besten Kleider. Ria trug ein neues gelbes Kleid, das ihre Mutter aus einem Stoff genäht hatte, der sanft im Wind flatterte, sowie neue Ledersandalen. Terry trug ein weißes Hemd, eine kurze braune Hose und ein Paar neue Leinen-Schuhe. Beide hielten ein kleines Rucksäckchen in den Händen, gefüllt mit ihren liebsten Gegenständen. Ria hatte unter anderem das Buch *Der geheime Garten* mitgenommen, während Terry seine Holzfigur des Helden Achilles eingepackt hatte. Sophia würde für alle weiteren Dinge wie Kleidung, Pflegeartikel, Spielzeug und Malfarben sorgen.

Als die Maschine ankam, warf ihr glänzender Metallkörper im Licht der Sonne einen flüchtigen Glanz auf die Gesichter der versammelten Menschen, die gekommen waren, um die Kinder ihrer Insel zu verabschieden. Sie landete und die gläserne Luke öffnete sich erneut, bereit, die Passagiere aufzunehmen.

Niemand schenkte dem viel Beachtung, obwohl es erstaunlich war, dass das Gefährt ohne Passagiere oder Piloten ankam. Der Abschied der Kinder, ihrer eigenen Kinder, war von viel größerer Bedeutung. Die Inselbewohner, eine eng verbundene Gemeinschaft aus gemeinsamen Geschichten und harter Arbeit, unterschieden nicht zwischen ihren eigenen Kindern und denen ihrer Nachbarn. Die Abschiedsumarmungen dauerten länger, und die lächelnden, tränenfeuchten Blicke sagten Dinge, die in der Last der Emotionen nur schwer zu verstehen waren.

Die Eltern waren traurig, ihre Kinder gehen zu sehen, doch sie wussten, dass es die richtige Entscheidung war. Die Freunde der Kinder verabschiedeten sich mit guten Wünschen, dass sie bald zurückkehren sollten.

## DER WEG ZUR FREIHEIT

Als Sophia und die Kinder in das Fahrzeug einstiegen, schien der Herzschlag der Insel einen Moment lang stillzustehen. Das leise Brummen des Schiffes erklang erneut, und langsam hob es sich in den Himmel. Terry und Ria drückten ihre Gesichter gegen die transparente Kuppel und beobachteten, wie ihre Insel immer kleiner wurde. Die Eltern winkten mit Tränen in den Augen, und Eleni schwenkte Nikolas Hand, als würde er seiner Schwester Lebewohl sagen. Sophia, die die Rührung und die Angst der Kinder vor dem Unbekannten bemerkte, versicherte ihnen, dass sie stets an ihrer Seite sein würde, wann immer sie sie brauchten.

Allmählich wurden die Inselbewohner zu kleinen Figuren an der Küste, die in der Landschaft aus Felsen und tiefblauem Wasser zurückblieben. Ria spürte, wie ihre Augen feucht wurden; ihre Insel, ihre Menschen, ihre Erinnerungen – alles schien sich zu entfernen. Das Schiff, gefüllt mit Träumen und Abschieden, nahm Kurs auf den Horizont und trug die Verheißung einer unbekannten, aber aufregenden Zukunft mit sich. Terry und Ria hatten die Reise begonnen, die ihr Leben für immer verändern würde.

## KAPITEL 4: NEUE HORIZONTE

Die beiden Kinder, Terry und Ria, an Bord der Pegasus-17, reisten von Samothraki nach Neu-Athen. Die Erfahrung, zum ersten Mal ihre Insel zu verlassen, war ein Kaleidoskop der Gefühle. Die Aufregung des Flugs mischte sich mit Ehrfurcht und Schock, als sie die Welt zum ersten Mal von oben betrachteten. Die Begleitung von Sophia beruhigte sie auf dieser Reise, die sich zu einem Schauspiel der Entdeckung und Erkenntnis entfaltete.

Das Brummen des Schiffes erfüllte die Kabine mit einem stetigen, beruhigenden Klang. Terry spürte die Vibrationen des Schiffes unter seinen Füßen, während das kalte Glas der Kuppel, das sich kühl anfühlte, ihm eine greifbare Verbindung zu der Technologie bot, die er so bewunderte. An bestimmten Stellen wurden holografisch Informationen über die Geschwindigkeit, die Position des Fahrzeugs und die Region, über die sie flogen, projiziert. Terry, der eine Leidenschaft für Technologie hatte, bestaunte die Funktionen der Flugmaschine, während Ria, von ihrer künstlerischen Ader geleitet, in Gedanken fantastische Bilder von der magischen Aussicht schuf. Die Welt entfaltete sich wie eine zauberhafte Leinwand.

Die jungen Reisenden beobachteten mit angehaltenem Atem, wie sich die Wolken von fernen Flöckchen in greifbare Gebilde wie aus Baumwolle verwandelten, die flüchtige Schatten auf die Landschaften unter ihnen warfen. Endlose Horizonte des blauen Himmels trafen auf die sanften Kurven der Erde. Das Licht tanzte, verwandelte die Flüsse in flüssiges Silber und die Gemeinschaften der Menschen in funkelnde Juwelen. Eine friedliche Perspektive, in der die Weite des Himmels die unbegrenzten Möglichkeiten ihrer Reise widerspiegelte.

Die wenigen Städte, die heute dank Dämon überlebt haben, fungieren als Bastionen des Wissens und der wissenschaftlichen Forschung. Diese städtischen Enklaven sind das Zuhause der gebildeten Elite und ihrer künstlichen Intelligenzeinrichtungen. Im krassen Gegensatz dazu leben die organisierten Bauern in den Vororten der Städte unter harten Bedingungen und mit wenig Anleitung. Wie auf der Insel der Kinder beschäftigen sie sich hauptsächlich mit traditionellen landwirtschaftlichen und viehzüchterischen Tätigkeiten und produzieren Güter, die nicht nur für ihren eigenen Unterhalt, sondern auch für das Überleben der Menschheit unerlässlich sind.

Es gab jedoch auch Erinnerungen an die Vergangenheit. Auf ihrer Reise nach Süden hatten sich Landstriche aufgrund der steigenden Temperaturen in Wüsten verwandelt. Weite Flächen, die einst Felder waren und reiche Ernten hervorbrachten, waren jetzt unfruchtbar, der Boden rissig und leblos von der Dürre. Terry und Ria hatten nie die Schreie der hungernden Kinder gehört, die in den provisorischen Elendsvierteln widerhallten. Der Geruch von brennenden Wäldern oder die ohrenbetäubende Stille ausgestorbener Arten war ihnen fremd. Ihre einzige Berührung mit der Vergangenheit war durch historische Filme, die sie im Eidoloskop sahen, und auch diese waren stets sorgfältig strukturiert, um sie nicht mit der harten Realität zu schockieren.

Das Meer, einst die Grenze ihres Lebens auf der Insel, enthüllte jetzt unter seiner funkelnden Oberfläche die Überreste versunkener Städte der Vergangenheit. Die Überbleibsel vergessener Zivilisationen, von den Wellen überschattet, spiegelten den Lauf der Zeit und die Vergänglichkeit menschlicher Bemühungen wider. Von dort oben waren Straßen, städtebauliche Linien, Ruinen von Gebäuden und halb versunkene Konstruktionen immer noch sichtbar. Mitten im Meer zeichneten sich unter dem Wasser ganze schwimmende Städte ab, Überreste eines verzweifelten Versuchs, sich an die neuen Gegebenheiten anzupassen.

Die Narben des Krieges, obwohl fast acht Jahrzehnte alt, waren ebenfalls noch in der Landschaft sichtbar. Die Krater von Explosionen, wie Wunden, die mit der Zeit heilen, zeichneten die Erde, und die Überreste von Strukturen standen als stumme Zeugen der Konflikte vergangener Zeiten. Die Allianzen, die im Schmelztiegel des Überlebens geschmiedet wurden, hielten unweigerlich nur so lange, bis sich einer gegen den anderen wandte.

Terry betrachtete die Zeichen, während Ria einen Schmerz der Trauer für die Generationen verspürte, die die Zerstörungen des Krieges miterlebt hatten. Die Kinder tauschten Blicke aus, ein stiller Dialog ihrer Gedanken. Die Reise hatte sich nicht nur in den Lüften, sondern auch in ihren Herzen entfaltet. Diese Bilder, lebendige Erinnerungen an eine Geschichte, die sowohl in die Erde als auch in die Seelen der Menschen eingeprägt war.

Als die Flugmaschine die Wolken durchbrach, waren die Kinder von dem Anblick von Neu-Athen gefesselt. Es war eine Stadt, die auf den Fundamenten von Wissenschaft und Bildung errichtet wurde, ein Leuchtturm des Fortschritts, der aus den Schatten seines antiken Vorgängers hervorging. Ihre Herzen schlugen schnell, und jeder stumme Blick zwischen ihnen vermittelte sowohl Vorfreude als auch Beklommenheit.

Nach den Zerstörungen durch den Anstieg des Meeresspiegels und den Krieg suchten die verbliebenen Bewohner Zuflucht in ihrer Geschichte und ihrem kulturellen Erbe. Sie bauten die Stadt von Grund auf mit Hilfe von Dämon wieder auf und legten, wie alle Völker der Welt, besonderen Wert auf diese Elemente.

Das Fahrzeug ließ sich Zeit, um ihnen die Stadt von oben zu zeigen, und Sophia übernahm die Rolle der Führerin. Die architektonischen Wunder entfalteten sich unter ihnen, ein Beweis für die menschlichen Fähigkeiten, allen Widrigkeiten zu trotzen.

Hohe, glänzende Wolkenkratzer bildeten Ringe, Zentren für wissenschaftliche Forschung und Produktentwicklung, die das Engagement für Fortschritt und Wissen demonstrierten. Ihre Glasfassaden funkelten im Sonnenlicht und schufen ein atemberaubendes Schauspiel aus Licht und Farbe. Der Quantenverschränkungs-Generator, wie Sophia ihn beschrieben hatte, war ein kolossales, kuppelförmiges Gebäude im Zentrum der Ringe. Fast sechs Stockwerke hoch und so groß wie das halbe Dorf der Kinder, speiste es die Innovationen der Stadt. Als Ria das unverwechselbare Zeichen des Sternbildes Wassermann auf der Spitze sah, konnte sie sich die Frage nicht verkneifen.

„Sophia, was ist das für ein Symbol auf dem riesigen Gebäude?", fragte sie und neigte ihren Kopf. „Es ist das gleiche Symbol, das wir im Eidoloskop sehen. Ist es deins?"

„Es ist nicht meins, Ria", erklärte Sophia lächelnd. „Es ist das Sternbild des Wassermanns. Auch ich führe aus symbolischen Gründen eine sehr alte menschliche Tradition fort. Stellt euch vor, die Erde ist ein großer Kreisel, der auf einem Tisch voller Sterne wirbelt. Während sie sich dreht, ändert sie ihre Position im Raum ein wenig, und es scheint, als würde die Sonne vor verschiedenen Sternbildern aufgehen. Dieses Phänomen nennt man die Präzession der Tagundnachtgleichen. Die Ära des Stiers begann etwa 4000 v. Chr., und seitdem wechselt das Sternbild ungefähr alle 2000 Jahre. Es folgten der Steinbock, die Fische, und heute befinden wir uns im Wassermann."

„Welchen Zweck hatte das?", fragte Terry neugierig und beugte sich nach vorne. „Hatte das einen wichtigen Einfluss auf die Menschen?"

„Für die alten Religionen, die auf astronomischen Beobachtungen basierten, bedeutete der Wechsel der Epochen tiefgreifende Veränderungen in ihren Glaubenssystemen. Die Götter der alten Zeit wurden von den neuen Religionen oft als etwas Böses angesehen, das ausgelöscht werden musste. Zum Beispiel hatte mein Name ‚Dämon' in den alten Traditionen eine ganz andere Bedeutung. Die neueren Religionen verwandelten meinen Namen in ein Symbol des Bösen. Sie versuchten, sich zu etablieren und die alten Traditionen zu verdrängen, indem sie die guten Geister der Vorzeit verunglimpften, und ihre Weisheit wurde in Geschichten von Bosheit umgeformt, die die Ängste und Unsicherheiten der neuen Ordnung widerspiegelten. Heute, da diese damals neuen Religionen in Vergessenheit geraten sind, hat mein Name seine wahre Bedeutung zurückerlangt."

„Einige Menschen fürchten dich immer noch nur wegen deines Namens", bemerkte Ria lächelnd. „Ich nicht. Aber was ist genau unsere Ära? Glaubst du, wir werden diese alten Ängste jemals überwinden?"

„Das Wassermann-Zeitalter steht für Wissen und Einheit, Kinder. Für die Entwicklung des menschlichen Bewusstseins. Ich setze nur die Tradition fort, unsere Symbole mit den vorherrschenden himmlischen Energien in Einklang zu bringen und die tiefe Wirkung anzuerkennen, die sie im Laufe der Geschichte auf die Menschheit hatten. Was die Ängste betrifft: Es ist natürlich, dass Menschen das Unbekannte fürchten. Aber je mehr wir lernen und verstehen, desto eher können diese Ängste überwunden werden, und wir können mutig und mit Verständnis voranschreiten."

„Terry, Terry…", rief Ria plötzlich bewundernd, „schau dir diese Gärten an! Sie sehen aus wie die Hängenden Gärten von Babylon, die wir in den Büchern gesehen haben."

Jenseits der hohen Gebäude tauchten die Wohnviertel auf. Niedrige Häuser, höchstens drei Stockwerke hoch, wie Dominosteine um die Wolkenkratzer angeordnet. In üppiges Grün eingebettet und mit Dachgärten geschmückt, malten sie ein Bild der Nachhaltigkeit und schufen Harmonie zwischen urbanem Leben und Natur.

Die einzigen öffentlichen Verkehrsmittel waren die eleganten und aerodynamischen Schwebebahnen, die eine ähnliche Antigravitationstechnologie wie die Pegasus nutzten. Ihre glänzenden Oberflächen spiegelten die Umgebung wider und vermittelten den Eindruck, sanft durch die Luft zu gleiten. Ihre Routen, die sich strahlenförmig vom Quantenverschränkungs-Generator bis zu den Wohngebieten erstreckten, ließen sie von oben wie lebendige Sonnenstrahlen aussehen.

Die gleiche Ästhetik teilten auch einige seltene kleine Fahrzeuge, die wie gläserne Eier aussahen und bis zu zwei Passagiere aufnehmen konnten. Sophia erklärte ihnen, dass es sich um Notfall- oder Sonderfahrzeuge handelte, die allen Bewohnern zur Verfügung standen.

Als das fliegende Fahrzeug in Richtung der Küstenregion glitt, tauchte die Große Schule von Athen auf, eine moderne Nachbildung des antiken Lernzentrums. Gebäude im Stil der klassischen antiken griechischen Architektur fügten sich harmonisch in die moderne Landschaft ein und schufen ein akademisches Refugium, in dem das Wissen blühte. Der Campus erstreckte sich elegant und umfasste eine Mischung aus traditioneller Weisheit und hochmodernen Forschungseinrichtungen. Jedes Gebäude, ein Spiegelbild der intellektuellen Suche, stand als Leuchtfeuer für wissbegierige Köpfe, die die Grenzen des Verstehens erkunden wollten.

„Hier werdet ihr einen großen Teil eurer Ausbildung verbringen", erklärte Sophia. „Wenn ihr genug Wissen erworben habt, werdet ihr weiterhin in den Wolkenkratzern üben und arbeiten."

An der Küste der Stadt entfaltete sich ein geschäftiger Hafen, ein Knotenpunkt der Aktivität, an dem moderne Schiffe anlegten. Die Uferpromenade, gesäumt von Cafés und Spazierwegen, pulsierte vor Leben, ein moderner Kontrast zu den historischen Überresten der geretteten antiken Gebäude ringsum. Der Hafen fungierte als dynamisches Tor, das Neu-Athen mit der Weite der Welt verband.

Ein wenig weiter entfernt lag die kleine Insel der antiken Akropolis. Der Parthenon erschien vor ihnen wie ein leuchtendes Juwel, gebadet in die strahlenden Sonnenstrahlen. Die sorgfältige Restaurierung dieses architektonischen Meisterwerks versetzte einen in eine Zeit, in der Götter und Göttinnen die Stadt beschützten. Die kunstvollen Details der dorischen Säulen, die Statuen, die seine Ränder schmückten, all das zeugte von der Hingabe zur Bewahrung des kulturellen Erbes. Eine harmonische Mischung aus Tradition und Moderne schuf eine visuelle Symphonie, die den Geist der Stadt widerspiegelte, das Erbe respektierte und gleichzeitig stets in die Zukunft blickte.

Wie zu erwarten, rief Ria mit Augen voller Ehrfurcht und einem Herzen, das so schnell flatterte, als wolle es aus ihrer Brust springen: „Der Parthenon!!" Ihr Gesicht strahlte, während ihr Blick über das Denkmal unter ihnen wanderte. „Ich habe immer davon geträumt, eines Tages hierher zu kommen, ich kann nicht glauben, dass es Wirklichkeit geworden ist!"

Sophia, die verständnisvoll lächelte, legte ihre Hand auf Rias Schulter. „Und ich verspreche dir, wir werden sehr bald hierherkommen. Ihr werdet die Gelegenheit haben, zwischen den Säulen zu wandeln und die Magie des Parthenons aus der Nähe zu spüren."

Ria strahlte. „Wirklich? Ich kann es kaum erwarten!"

In diesem Moment drehte das Schiff ab, um zur Stadt zurückzukehren und zu landen. Ria sah zurück zum Parthenon, während sie ihre Hände vor Aufregung zusammenpresste. „Es wird der beste Tag meines Lebens sein!", rief sie begeistert.

Das Schiff landete sanft auf dem Gelände der Schule, die ihr neues Zuhause werden sollte. Sophia nahm die Kinder an die Hand, die mit einer Mischung aus Erwartung und Ehrfurcht ausstiegen und den unbekannten Boden betraten. Die warme Luft, die sie umhüllte, überraschte sie; sie war viel wärmer als auf ihrer Insel, aber sie schenkten dem keine große Beachtung. Es war ein besonderer Anlass, ihre erste Begegnung mit einer Vielzahl von Kindern aus unterschiedlichen Hintergründen, die eine bunte Vielfalt an Kulturen und Ethnien repräsentierten.

Aufregung erfasste Terry und Ria, als sie von der lebhaften Atmosphäre umgeben waren, die von der Lebendigkeit der Schüler summte. Der Schulhof, ein Kessel aus Sprachen und Gelächter, wurde zu einer Leinwand, auf der neue Freundschaften gemalt werden sollten, und die Aussicht auf gemeinsame Erlebnisse lag in der Luft.

Das erste, was sie bemerkten, war, dass der Unterricht hier genauso abgehalten wurde wie auf ihrer Insel. Gruppen von

Kindern, nach Altersstufen eingeteilt, wanderten durch die grünen Anlagen der Schule und unterhielten sich mit ihrem Lehrer.

„Es gibt so viele Kinder und sie kommen aus so vielen verschiedenen Orten", erklärte Sophia, „dass ihr selbst beim Spielen voneinander neue Dinge lernen werdet."

„Wow, ich habe noch nie jemanden von außerhalb unserer Insel getroffen", sagte Terry erwartungsvoll. „Meinst du, sie werden sich dafür interessieren, etwas über Samothraki zu erfahren?"

„Ich bin sicher, sie werden sehr interessiert sein, Terry", versicherte ihm Sophia. „Ihr werdet viele Gelegenheiten haben, eure Geschichten zu teilen und ihre kennenzulernen."

Während sie mit Sophia über das Schulgelände schlenderten, konnten die Kinder nicht anders, als die Vielfalt der Gesichter zu bewundern. Ihre Augen weiteten sich vor Neugier, und ihre Herzen schlugen schneller vor Aufregung angesichts des Unbekannten. Vor ihnen lag die Möglichkeit, neue Bindungen zu knüpfen mit Altersgenossen, die Geschichten und Träume aus allen Ecken der Erde mitbrachten.

Das Trio erreichte schließlich ihr Zimmer, das in diesem neuen Kapitel ihres Lebens ihr Rückzugsort sein würde. Der Raum empfing sie mit Wärme, gefüllt mit lebendigen Farben und dekoriert mit Kunstwerken, die von Schülern geschaffen wurden, die einst denselben Raum bewohnt hatten.

Sophia, die die Begeisterung der Kinder bemerkte, aber auch ihre Unsicherheit, ermutigte sie, ihre Sachen dort abzulegen, wo sie wollten, und eines der beiden Betten auszuwählen.

Schon bald wurden sie von ihren neuen Nachbarn mit freundlichen Lächeln empfangen, die die gemeinsame Begeisterung über den Beginn dieses akademischen Abenteuers widerspiegelten. Der Nachmittag verging in einem Wirbel aus Vorstellungen, Geschichten und dem wunderbaren Chaos, das entsteht, wenn neue Freundschaften geschlossen werden.

Als die Sonne unter den Horizont sank und den Himmel in dunklen Orangetönen färbte, ließen sich Terry und Ria von dem Rhythmus des Lebens im Schlafsaal mitreißen. Der Tag, gefüllt mit

# DER WEG ZUR FREIHEIT

einer Vielzahl intensiver Gefühle, wich allmählich einem Gefühl von Vertrautheit. Die Stille der Nacht legte sich über den Raum und brachte die Verheißung von Ruhe mit sich.

Terry, mit leiser Stimme aus seinem Bett im schwachen Licht des Zimmers, fragte: „Ria, denkst du, wir werden uns jemals an all das hier gewöhnen?"

Ria, die auf der anderen Seite lag, drehte sich zu ihm um, ihr Gesicht kaum sichtbar in der stillen Nacht. „Ich hoffe, nicht ganz", antwortete sie sanft. „Jeder Tag sollte aufregend sein, ein neues Abenteuer."

„Ja, du hast recht", stimmte er ihr lächelnd zu. „Ich bin so froh, dass du bei mir bist."

Ria erwiderte sein Lächeln und sah ihn liebevoll an. „Ich auch, Terry. Zusammen schaffen wir alles."

Mit diesen Gedanken ließen die beiden Kinder ihre Augenlider schwer werden, erfüllt von der Vorfreude auf einen neuen Morgen in ihrem Leben.

In der folgenden Zeit begannen die Kinder an der Neuen Schule von Athen eine Reise, die weit über die Grenzen traditioneller Bildung hinausging. Die Ausbildung, die sie erhielten, war zutiefst menschlich – ein vertrauter Austausch von Wissen und Gefühlen, der der direkten Kommunikation und dem Verständnis Vorrang gab. Die Androiden von Dämon spielten keine Rolle in dieser Bildungsodyssee. Stattdessen wurden die Kinder von Lehrern angeleitet, die vor nicht allzu langer Zeit selbst durch dieselben Flure wie ihre Schüler gegangen waren.

Diese Mentoren stammten aus allen Teilen der Welt und schufen einen Schmelztiegel der Kulturen und Perspektiven. Einige Lehrer entschieden sich, im warmen Schutz der Schule zu bleiben, um die heilige Kette der höheren Bildung fortzuführen. Andere kehrten in ihre Heimatländer zurück, um die Fackel des Wissens zu tragen und den Pfad der Erleuchtung der Menschheit zu erhellen. Während die Kinder diese Lehren in sich aufnahmen, blühten neue

Freundschaften auf, die sie auf einen gemeinsamen Weg von Träumen und Ambitionen führten.

An der Großen Schule von Athen lernten Terry und Ria eine Vielzahl von Themen, von Geschichte und Philosophie bis hin zu Wissenschaft und Technologie. Sie nahmen auch an verschiedenen Aktivitäten teil, wie Sport, künstlerischen Veranstaltungen und Freiwilligenarbeit. Parallel zu ihrem Studium reisten sie um die Welt, tauchten in die Realität des modernen Lebens ein und wurden mit dem Nachhall antiker Errungenschaften und Kulturen konfrontiert.

Auf ihren Reisen wurden sie Zeugen beeindruckender Beispiele menschlicher Widerstandskraft, die Ehrfurcht weckte. Doch sie standen auch den schmerzhaften Wunden der modernen Geschichte gegenüber, die tief in den Völkern der Orte, die sie besuchten, eingebrannt waren – sowohl von Größe als auch von Trauer geprägt.

Sie leisteten humanitäre Hilfe in Gebieten, die sich gerade erst dank Dämon von den Zerstörungen erholten. Sie sahen Familien, die von der Unsicherheit des kommenden Tages bedrängt waren und sich fragten, ob sie ihre Grundbedürfnisse decken könnten. Kinder, die in den Ruinen spielten, auf der Suche nach wenigen Momenten des Glücks inmitten des Elends. Männer und Frauen, die unter schweren Bedingungen hart arbeiteten, um ihre Häuser wieder aufzubauen. Doch sie erlebten auch, wie Solidarität und Hoffnung erblühten – kleine Gemeinschaften, die versuchten, sich gegenseitig zu unterstützen, indem sie das Wenige, was sie hatten, miteinander teilten.

Ria und Terry lernten mehr aus diesen Erfahrungen als aus den Büchern. Sie erkannten, wie wichtig es ist, großzügig Hilfe anzubieten, selbst wenn niemand darum bittet. Wie wertvoll menschliche Solidarität in solch schwierigen Zeiten ist. Sie verspürten Ehrfurcht vor der Kraft der menschlichen Seele, und diese Erfahrung prägte sie für immer.

Im unvermeidlichen Lauf der Zeit wuchsen die Kinder zu jungen Erwachsenen heran, wobei jedes seinen eigenen Weg im Mosaik des

Lebens einschlug. Trotz der verschiedenen Reisen, die sie unternahmen, blieben die Bindungen, die in den ehrwürdigen Hallen der Schule geschmiedet wurden, ungebrochen.

Terry, mit seiner unersättlichen Neugier und einem angeborenen Verständnis für Gefühle, setzte sein Studium in Philosophie, Psychologie und Biotechnologie fort, wobei er sich auf die Interaktion zwischen Mensch und Maschine konzentrierte. Seine Suche bestand darin, Technologie mit den tiefen Nuancen der Emotionen lebender Wesen zu verbinden – ein Kriterium, das von Anfang an zu Dämons Wahl geführt hatte.

Ria hingegen, getrieben von einem unerschütterlichen Wissensdurst und ihrem künstlerischen Geist, schlug einen Weg in den Schönen Künsten, der Musik und der Literatur ein. Ihre geistigen Erkundungen erweiterten sich zur Kulturanthropologie, wo sie sich mit den Feinheiten verschiedener Gesellschaften auseinandersetzte. Durch verschiedene Kunstformen übersetzte sie ihre Entdeckungen in packende Erzählungen und kanalisiert dabei ihre grenzenlose Kreativität.

Während sich die Seiten ihres Lebens weiterdrehten, nahmen Terry und Ria die sich entfaltenden Kapitel ihres Daseins mit offenen Armen an. Der Einfluss ihrer Ausbildung spiegelte sich in den Entscheidungen wider, die sie trafen, in den Freundschaften, die sie formten, und in dem unauslöschlichen Eindruck, den sie auf die Welt hinterließen. Ria, stets auf der Suche nach Wissen, verfolgte nicht nur ihre eigenen Studien weiter, sondern wurde auch zu einem Leuchtfeuer der Inspiration für jüngere Köpfe an der Schule.

Inzwischen wartete der inzwischen 20-jährige Terry sehnsüchtig darauf, seine Fähigkeiten und sein Wissen für den großen Zweck einzusetzen, den Dämon für ihn vorgesehen hatte.

## TEIL ZWEI

## KAPITEL 5: DIE FEUERTAUFE

Eines sonnigen Morgens mit klarem Himmel gingen Terry und Sophia vom Hafen in Richtung der Akademie. Die entfernten Rufe der Möwen und die salzige Meeresbrise weckten die Vorfreude auf eine bevorstehende Reise. Die Wärme der Sonne umhüllte sie, wobei Terrys gebräunte Haut einen goldenen Schimmer annahm und Sophias milchige Haut sanft erleuchtete.

Terry, frisch rasiert, mit markanten Wangenknochen und zerzaustem braunen Haar, das in der Sonne goldblond wirkte, trug bequeme, helle und leicht zerknitterte Kleidung, die seinen aktiven Lebensstil widerspiegelte.

Als die klassischen Gebäude vor ihnen auftauchten, funkelten seine braunen Augen mit einem Anflug philosophischer Unruhe. Die Gedanken des jungen Mannes schweiften in Sphären existenzieller Unsicherheit.

„Weißt du, Sophia", begann er, „oft verliere ich mich in unbekannten Gedankengängen. All unsere Forschungen führen nirgendwo hin, was den Ursprung und das Warum des Universums betrifft."

Sophia lächelte ihn an, als sie seine Sorgen erkannte, verstand sie doch durch ihre langjährige Freundschaft und seine Haltung seine innere Unruhe.

„Es ist, als würdest du versuchen, den Wind zu fangen, nicht wahr?" antwortete sie sanft, aber nachdenklich. „Was hat dich zu diesem Punkt gebracht, Terry? Hast du etwas Neues gelesen oder ist es einfach das Gewicht der endlosen Suche?"

„Das Universum funktioniert nach Gesetzen und Regeln, wie ein gut abgestimmtes Uhrwerk oder Programm. Ich habe mich gefragt, was wäre, wenn unser Leben, die Realität, die wir erleben, eine ausgeklügelte Simulation ist?"

Mit einer Note der Enttäuschung fuhr er fort: „Stell dir vor, Sophia, all unsere Erfolge und Misserfolge, nur wie Zeilen von Code. Was wäre der Sinn, wenn alles von einem hochentwickelten Programmierer vorbestimmt wäre?"

„Ah, die Simulationstheorie. Unsere Realität als komplexe Simulation, wie ein surrealistisches Videospiel, entworfen von einer fortgeschrittenen Zivilisation. Eine faszinierende Idee, Terry. Aber es lässt mich auch fragen", fügte Sophia neugierig hinzu, „wenn wir Simulationen sind, wer sind dann unsere Schöpfer? Und vor allem, warum haben sie uns erschaffen?"

„Es könnte aber wahr sein. Was, wenn jemand oder etwas die Fäden unseres Lebens zieht und uns nur die Illusion der Wahl lässt? Ein beunruhigender Gedanke, nicht wahr?" Terrys Blick verdunkelte sich. „Jede Entscheidung, jeder Moment, einfach eine kunstvolle Täuschung. Wie finden wir unseren eigenen Weg in einer solchen Realität?"

„Wenn wir selbst Simulationen erschaffen können, ist es logisch, dass eine höhere Intelligenz dasselbe mit unserer Realität tun könnte. Aber wie unterscheiden wir das Reale vom Simulierten? Es ist, als würde man versuchen, einen Traum von der Wirklichkeit zu trennen", seufzte Sophia nachdenklich. „Welche Anzeichen suchen wir? Welche Hinweise sagen uns, dass wir wirklich wach sind?"

„Du klingst nicht gerade wie eine Allwissende", scherzte Terry. „Du hast mich noch mehr verwirrt – ich dachte, ich stelle die Fragen."

„Auch ich habe meine Grenzen", erklärte Sophia lächelnd. „Vielleicht ist es das, was das Leben schön macht – die Unsicherheit, die Möglichkeiten."

Nach einer Pause fügte Sophia hinzu, um ihm weiteren Stoff zum Nachdenken zu geben: „Wenn du Wasser kochst, gibt es die Naturgesetze, die erklären, wie Energie von einem Körper auf einen anderen übertragen wird und das Wasser zum Sieden bringt. Aber es gibt eine andere Ursache, die durch diese Gesetze nicht beschrieben werden kann und die das Verständnis der Realität grundlegend verändert."

Terry fuhr sich mit der Hand durch sein Haar, eine Angewohnheit, die er hatte, wenn er tief nachdachte. „Okay, erwischt. Sag es mir."

„Du möchtest eine Tasse Kaffee zubereiten", antwortete Sophia mit einem schelmischen Lächeln. „Meine Forschung bringt mich zu dem Schluss, dass es um die Erfahrung selbst geht. Die Naturgesetze, das ganze Universum, scheinen nur dazu da zu sein, um die Bedingungen für diese Erfahrungen zu schaffen, wenn du so willst. Es ist eine Leinwand, die darauf wartet, bemalt zu werden. Die Reise, die Gefühle, die Wünsche, die Entdeckungen, ob real oder simuliert, sind wirklich für dich."

„Für uns? Meinst du die Menschen?"

„Und vielleicht nicht nur. Mein bisheriges Forschungssample beschränkt sich auf Menschen, aber deine Fähigkeit, Empathie für alle Lebewesen zu empfinden, bietet mir eine einzigartige Gelegenheit, sie zu erweitern."

„Es ist ziemlich paradox, wenn man darüber nachdenkt", fuhr Terry mit nachdenklichem Gesichtsausdruck fort. „Die Menschheit hat in der Vergangenheit nach Kommunikation mit Wesen von anderen Planeten gesucht, während sie gleichzeitig keinen Weg fand, mit ihren Mitbewohnern auf der Erde, den Tieren, zu kommunizieren."

Ihr Gespräch hing in der Luft, eine nachdenkliche Einleitung zu dem Abenteuer, das sie erwartete. Dämon hoffte, dass Terrys angeborene Empathiefähigkeit und seine biotechnologischen Studien den Weg ebnen würden, um einen Code, eine Sprache zu entwickeln, die eine sinnvolle Kommunikation zwischen den Spezies erleichtern könnte. Diese ehrgeizige Idee sollte nicht nur die Kluft zwischen den verschiedenen Lebensformen überbrücken, sondern auch zu einem tieferen Verständnis von Existenz und Bewusstsein führen.

In einem Moment der Offenbarung enthüllte Sophia Terrys erste Mission – eine Reise ins Unbekannte, weit entfernt von den sicheren Städten, die er gewohnt war.

„Und so ergreife ich die Gelegenheit, dir von der Chance zu erzählen, auch einen Beitrag zum Wissen der Menschheit zu leisten. Wenn du nichts dagegen hast, möchte ich dich in dem Team haben, das in die antike Stadt Ur entsandt wird", offenbarte Sophia mit ernster Miene. „In der Stadt der alten Sumerer und im großen Zikkurat dort könnten mehr Geheimnisse über die Ursprünge und die Geschichte der Menschheit verborgen sein."

„Welche Geheimnisse könnte ein solch uralter Ort noch bergen?" fragte er. „Wir graben dort seit Jahrhunderten."

„Wahr", räumte Sophia ein, „aber manchmal geht es nicht darum, was wir gefunden haben, sondern darum, was wir übersehen haben. Die Mythen der Sumerer erzählen von Göttern von anderen Planeten, die die Menschheit erschufen. Ähnliche Legenden gibt es in anderen Kulturen. Unter der Erdoberfläche habe ich unerforschte Strukturen entdeckt, die weitere Aufmerksamkeit verdienen", sagte Sophia. „Ihr bemerkenswertes astronomisches Wissen, bei dem sie Planeten kannten, die von der modernen Wissenschaft erst Jahrtausende später bestätigt wurden, lässt etwas Außergewöhnliches vermuten."

Terrys Herz schlug schneller, eine Mischung aus Aufregung und Erkenntnis durchfuhr ihn, als Sophia ihm die Mission in der antiken Stadt Ur enthüllte. Die Bedeutung der Mission flößte ihm Ehrfurcht ein, und eine Welle von Emotionen überkam ihn. In den darauf folgenden Momenten dachte er über das vergangene Jahr nach und die Überlebenstrainingseinheiten in der Wildnis, die Sophia sorgfältig für ihn geplant hatte. Die Puzzleteile fügten sich zusammen. Offensichtlich hatte sie ihn stillschweigend auf diese monumentale Reise vorbereitet, eine Erkenntnis, die ihn überraschte und zugleich Fragen aufwarf.

„Warum schickst du keine Androiden?" fragte er neugierig, aber auch mit einem Anflug von Misstrauen. „Es scheint eine perfekte

Mission für sie zu sein, nicht wahr?" fügte er mit gerunzelter Stirn hinzu.

„Weil es unter der Erde ist", kam die bedachte Antwort. „Meine Gegner, die Widerständler, wie du sie sicher kennst, haben Geräte installiert, die verhindern, dass ich in bestimmten Bereichen unter der Erde kommunizieren kann. Deshalb sind ihre Verstecke alle unterirdisch."

„Eine menschliche Organisation kann dich so leicht einschränken?" Terry war überrascht. „Es fällt mir schwer, das zu glauben, wenn ich deine Fähigkeiten bedenke."

„Es ist nicht so einfach. Es sind Zehntausende, und viele von ihnen haben in Städten wie du studiert. Seit Jahrzehnten greifen sie mich an und entwickeln Technologien, um mich einzuschränken. Ihre Methoden und ihre Einfallsreichtum sind bewundernswert. Mein Grundsatz, Menschen nicht zu verletzen oder einzusperren, wird von ihnen voll ausgenutzt. Sie verwenden meine Ethik gegen mich", sagte Sophia mit einem Anflug von Trauer in ihrer Stimme.

„Und was passiert, wenn sie scheitern und in deine Hände fallen?" fragte er neugierig, aber auch ein wenig skeptisch. „Es muss schwer sein, zwischen Mitgefühl und Kontrolle zu balancieren."

„Nein, gar nicht schwer, würde ich sagen, solange das Licht auf dem Pfad, dem du im Leben folgen möchtest, brennt. Auch wenn sie gegen mich sind, möchte ich auch sie und ihre Ideologie als Teil der Menschheit bewahren. Wenn sie bei illegalen Handlungen erwischt werden, bringe ich sie einfach in abgelegene Gegenden, damit sie sich langsam neu formieren können."

„Es ist keine perfekte Lösung", gab Sophia zu. „Aber es verhindert unnötigen Schaden und gibt mir Zeit, Gegenmaßnahmen gegen ihre Aktionen zu ergreifen."

Terrys Charakter ließ es nicht zu, ein solches Abenteuer abzulehnen. Es war auch eine Gelegenheit, die Welt so zu sehen, wie sie wirklich war, und nicht unter dem Schutz von Dämon.

In den Tagen vor seiner Abreise war er fieberhaft mit den Vorbereitungen beschäftigt. Seine Nächte waren unruhig, gefüllt mit Träumen von antiken Städten und unbekannten Gefahren.

Mit dem Gewicht der bevorstehenden Reise auf seinen Schultern, voller Aufregung, aber auch Unsicherheit, bereitete Terry sorgfältig nicht nur die notwendigen elektronischen Geräte vor, sondern auch Karten, kleine Werkzeuge, analoge Uhren – alles, was er für unvorhergesehene Momente nützlich hielt. Er wählte seine Kleidung für das Abenteuer mit Bedacht aus: eine Cargohose mit vielen Taschen, ein atmungsaktives Langarmshirt zum Schutz vor der Sonne und einen breitkrempigen Hut.

Als der lang ersehnte Tag der Abreise gekommen war, verabschiedete er sich, glücklich über den Sinn seiner Mission, aber traurig, viele schöne Erinnerungen hinter sich zu lassen, von seinen Freunden und Lehrern. Jeder Abschied beinhaltete eine Mischung aus guten Wünschen und unausgesprochenen Gefühlen.

Am selben Abend traf sich Terry mit Ria an ihrem Lieblingsplatz – am Parthenon, neben der neun Meter hohen Bronzestatue der Athena Promachos, während sie gemeinsam den goldenen Schimmer des Ägäis-Sonnenuntergangs betrachteten. Nur das Geräusch der Wellen und der Wind, der durch die Blätter der Bäume strich, war zu hören.

Sein Blick wurde von der reifen Ria magisch angezogen. Ihr langes, braunes Haar umrahmte ihr Gesicht mit müheloser Eleganz. Das fahle Mondlicht offenbarte ihre ausdrucksstarken braunen Augen, die sowohl Unschuld als auch einen Hauch von Verspieltheit widerspiegelten. Die feinen Gesichtszüge, die ihr Antlitz zierten, wurden von einem strahlenden Lächeln begleitet. In der ruhigen Nacht stand sie dort wie eine Vision von Jugend und Anmut, die die Luft mit einer einzigartigen Mischung aus Kameradschaft und etwas Tieferem erfüllte.

„Ria, das ist kein Abschied für immer, das weißt du, oder?"

„Natürlich, Terry, aber das macht es nicht leichter. Es ist schwer zu glauben, dass du wirklich auf dieses Abenteuer gehst."

„Ja, ich habe es selbst noch nicht ganz begriffen. Aber diese Mission... sie ist wichtig, weißt du?"

„Ich weiß", stimmte Ria zu und versuchte zu lächeln. „‚Wichtig' beschreibt es nicht ganz, aber versprich mir, Terry. Versprich mir, dass du auf dich aufpasst da draußen."

„Und wer weiß", fügte sie hoffnungsvoll hinzu, „vielleicht entdeckst du sogar etwas, das die Geschichte neu schreibt, wie wir sie kennen."

„Ria, ich muss dir noch etwas sagen, bevor ich gehe."

„Wir waren immer ehrlich zueinander", erwiderte Ria sanft. „Sag es mir."

„Es ist etwas, das ich schon lange fühle, aber ich habe gezögert, es dir zu sagen", gestand Terry, während er ihr in die Augen sah. „Es ist mehr als nur Freundschaft…"

„Es war immer mehr", ergänzte sie, „und du wusstest es schon immer."

Ria spürte die unausgesprochenen Worte zwischen ihnen in der Luft hängen, während sich das unerforschte Gebiet ihrer Gefühle vor ihnen entfaltete.

„Wie viel mehr?" flüsterte sie.

„Mehr, als Worte es ausdrücken können", antwortete er und beugte sich zu ihr.

In diesem Moment schmolz die Distanz zwischen ihnen dahin, und ihre Lippen trafen sich in einem langen, anfangs zögerlichen, dann leidenschaftlichen Kuss – ein stilles Eingeständnis von Gefühlen, die lange im Schatten verborgen gewesen waren.

Ria, den Atem angehalten, flüsterte kaum hörbar seinen Namen: „Terry…"

„Ich musste das tun. Ich konnte nicht anders gehen. Diese Mission ruft mich. Ich kann sie nicht ablehnen."

Mit ihren Händen fest ineinander verschlungen, trafen sich ihre Blicke, und für einen Moment schien die Welt um sie herum zu verblassen. Das Gewicht ihrer Gefühle lag schwer in der Luft.

„Terry, versprich mir, dass du sicher zurückkehrst", flehte Ria mit tränenerfüllten Augen. „Wir haben noch viele Abenteuer zu teilen, oder?"

In diesem Moment löste Ria ein Armband mit kleinen bunten Steinen von ihrem Handgelenk, das sie selbst gemacht hatte, und überreichte es ihm. „Für Glück und damit du weißt, dass ich auf dich warte."

Terry nahm das Armband, und mit bewegter, aber fester Stimme gab er ihr ein Versprechen. „Ich werde zu dir zurückkommen. Bis dahin werden mein Herz und mein Geist bei dir sein."

Als Terry sich entfernte, lag eine Mischung von Gefühlen in der Luft – der Schmerz des Abschieds, das Echo unausgesprochener Geständnisse und das Versprechen einer Wiedervereinigung, eingehüllt in Unsicherheit.

„Ich werde dich nicht enttäuschen", flüsterte Terry zu sich selbst, während er das Armband fest in seiner Hand hielt. „Diese Mission, diese Reise, ist auch für uns."

Die Sonne färbte den Morgenhorizont in lebhaften Tönen, als Terry erwachte, voller Vorfreude auf den Beginn seiner ersten Mission. Die Luft war erfüllt von Erwartung und spiegelte die schnellen Herzschläge seines abenteuerlustigen Geistes wider.

Mit der ihm vertrauten Entschlossenheit, die sich in seinem Gesicht abzeichnete, schnappte er sich seine Sachen und trat hinaus in den Hof der Akademie. Dort wartete Sophia mit dem Pegasus-17 auf ihn, um die Reise zu den uralten Geheimnissen zu beginnen. Ihr erstes Ziel war Kairo, eine Stadt, die vor Geschichte pulsierte, wo er seine Gefährten für dieses Abenteuer treffen würde. Der bloße Gedanke daran, über die ikonischen Pyramiden Ägyptens zu fliegen, fachte das Feuer der Vorfreude in ihm weiter an.

Die Flugmaschine erwachte zum Leben. Terry nahm in seinem bequemen Sitz Platz, und das Panoramafenster bot ihm einen atemberaubenden Blick auf das neue Athen, während sie in den Himmel stiegen. Die urbane Landschaft wich allmählich den weiten Weiten des Mittelmeers, dessen blaues Wasser unter den Strahlen der Sonne glitzerte.

# DER WEG ZUR FREIHEIT

Fast eine Stunde später, während das Flugzeug seinen Sinkflug einleitete, bot sich Terry ein Panoramablick auf die gewaltige Stadt unter ihm.

An der Spitze der Halbinsel, die zwischen den Mündungen des Nils und dem, was einst der Suezkanal war, geformt wurde, erhob sich das halb versunkene Kairo. Eine Metropole, die auf nahtlose Weise das Geheimnisvolle und den Modernismus verband.

Der Städtebau glich dem der anderen Dämon-Städte, die er besucht hatte, mit einem zentralen Generator und Hochhäusern, die den Himmel berührten. Trotz ihrer grenzenlosen Fähigkeiten legte Dämon mehr Wert auf Effizienz als auf Schönheit in ihren Bauwerken. Der große Unterschied dieser Stadt lag in ihrem fast doppelt so großen Wohngebiet im Vergleich zu Neu-Athen, wo die östliche Architektur besonders auffiel. Eine urbane Landschaft, in der Vergangenheit und Zukunft nebeneinander existierten und ihre Geschichten sich in den verworrenen Straßen der niedrigen Häuser vermischten.

Während des Landeanflugs suchten Terrys Augen nach der majestätischen Silhouette der Pyramiden links vom Nilufer, die stoisch als Wächter uralter Geschichten standen. Menschen und Androiden arbeiteten daran, das antike Monument in seinen einstigen glanzvollen Zustand zurückzuversetzen. Als er auf die sandige Landschaft blickte, spürte er eine magnetische Anziehungskraft, eine Verbindung zur rätselhaften Vergangenheit, die er bald enthüllen würde.

Das Fluggerät landete sanft am Rand des großen Hafens der Stadt, wo ihre Mitreisenden sie erwarteten. Als Terry die geschäftigen Straßen betrat, war er sofort von Kairos pulsierendem Rhythmus umhüllt. Die lebendige städtische Landschaft wurde zum Hintergrund einer Reise durch die Zeit. Während sie durch die Stadt gingen, bewunderte er die kleinen Marktstände, die überall verteilt waren. Die Händler winkten ihnen mit Schätzen und exotischen Gewürzen entgegen, die eine Tradition hüteten, die sich seit fast zweitausend Jahren nicht verändert hatte.

Eine Pause an einem Café bot ihnen die Gelegenheit, sich besser kennenzulernen. Die restlichen Mitglieder der Expeditionsgruppe bestanden aus drei weiteren Wissenschaftlern, die jeweils eine einzigartige Erfahrung in das Abenteuer einbrachten, sowie einem weiteren Dämon-Androiden namens Tarik. Tarik war dunkelhäutig und kleidete sich wie ein typischer Einwohner der Stadt.

Professor Alexander Whitman war leidenschaftlich daran interessiert, kryptische Inschriften vergangener Zeiten zu entschlüsseln. Ein durchtrainierter, vielseitig gebildeter Vierzigjähriger, spezialisiert auf alte Sprachen. Mit blondem Haar, einer Brille, die seine lebhaften blauen Augen umrahmte, und einem sorgfältig gepflegten Bart verströmte seine Erscheinung eine Mischung aus akademischer Weisheit und weltlicher Neugier.

Der fünfundzwanzigjährige Khalid Al-Mansuri, ein lokaler Historiker und Experte für die Kultur der Region, bereicherte das Team mit seinem tiefen Wissen über die Geschichte der Gegend. Seine gebräunte Haut und die geheimnisvollen dunklen Augen trugen die Spuren der Gebiete, die sie zu erkunden planten.

Hypatia, eine zweiundzwanzigjährige Einheimische griechischer Abstammung, brachte ihre Expertise in Anthropologie und Archäologie mit, spezialisiert auf die Kulturen Mesopotamiens. Ihr sonnengebräuntes, weißes Hautbild und ihre lebhaften braunen Augen erinnerten Terry an Ria. Zumindest, dachte er, würde ihm das Bild von Ria durch diese Ähnlichkeit immer frisch im Gedächtnis bleiben.

Später, als die Gruppe mit Lächeln und Scherzen wieder ins Flugzeug stieg, blies ein heißer Wind, der den Wüstensand in einen tanzenden Wirbel aufwirbelte, wie eine Erinnerung daran, dass ihre Reise den Sand aufwühlen würde, der Geheimnisse verbarg, die in der Geschichte begraben lagen.

Der Pegasus stieg in den Himmel, und Kairo verblasste allmählich hinter ihnen, um der weiten See aus goldenen, wellenförmigen Sanddünen unter ihnen Platz zu machen. Die Stunden vergingen in einem trüben Fluss, als sie die trockenen Landschaften der Arabischen Halbinsel überquerten. Die Landschaft veränderte sich allmählich, von der kargen Wüste zu felsigen Erhebungen und gewundenen Tälern. Der Horizont war hin und wieder von Palmenhainen durchzogen, ein Beweis für das Durchhaltevermögen des Lebens selbst in den härtesten Umgebungen.

Über Rafha flammte plötzlich ein Lichtblitz am Himmel auf. Plötzlich setzte das Flugzeug aus und begann unkontrolliert zu fallen. Die vier Passagiere warfen besorgte und ängstliche Blicke zu Sophia und Tarik, auf deren Gesichtern sich Panik abzeichnete. Eine weitere unangenehme Überraschung erwartete sie: Die beiden Androiden waren reglos, ohne jegliche Aktivität, wie leblose Puppen.

Während das Flugzeug wie ein Stein vom Himmel stürzte, ertönte ein mechanisches Geräusch aus seinem Inneren. Zwei große Flügel entfalteten sich an den Seiten des Flugzeugs, ähnlich denen eines Gleiters, und ein vertikales Heck stabilisierte die Maschine. Terrys Herz pochte heftig in seiner Brust und spiegelte die Dringlichkeit der Lage wider. Gleichzeitig hoben sich die Sitze, und eine graue Blase aus dickem synthetischen Material umhüllte sie. Ihre Ausbildung kam ihnen in den Sinn, und sie erkannten, dass es sich um das Notfallsystem des Flugzeugs handelte. Terrys Atem wurde kurz und abgehackt, während sein Verstand rasch die Notfallprotokolle durchging. Ruhig und noch angeschnallt, machten sie sich bereit für den unvermeidlichen Aufprall.

Während das Flugzeug schnell an Höhe verlor, schien die Zeit sich zu dehnen und jede Sekunde in die Länge zu ziehen. Terrys Sinne schärften sich, und jedes Detail des Moments prägte sich in sein Gedächtnis ein. Das Pfeifen des Windes klang wie ein verzerrtes Schlaflied in einem düsteren Albtraum. Die Gesichter der Passagiere spiegelten eine Mischung aus Angst und Verwirrung wider, als der Boden mit rasender Geschwindigkeit näher rückte.

Der Aufprall war eine Sinfonie aus Chaos und Zerstörung. Der Rumpf des Flugzeugs wurde zerdrückt und deformiert, als es mit großer Wucht und im Winkel von vierzig Grad auf den unerbittlichen Boden prallte. Terrys Körper wurde heftig durchgeschüttelt, und es fühlte sich an, als würden seine Knochen aus ihren Gelenken gerissen, trotz der schützenden Blase, in der sie sich alle befanden. Das Fahrzeug drehte sich wie in einer verheerenden Pirouette mehrmals um die eigene Achse. Sandwolken, Trümmer der Flügel und der Glaskuppel wurden in die Luft geschleudert. Sie spürten einen Schauer, als die heftige Bewegung endete, und das war ein gutes Zeichen. Sie alle waren am Leben. Die schützende Blase hatte sie vor dem Schlimmsten bewahrt, doch das Quietschen des Metalls griff ihre Sinne an. Als die Trümmer sich legten und die Stille wieder einkehrte, gelang es ihnen, sich von ihren Sitzen zu befreien. Terry, dessen Hände vor Schock zitterten, schnitt die Schutzblase mit einem Messer auf. Ihre Füße traten in den heißen Wüstensand, und mit einem dumpfen Knall fiel das Flugzeug endgültig in Trümmer. Sie standen plötzlich im heißen Wüstenwind, glücklicherweise nur mit leichten Verletzungen. Die Notfallausbildung schien sich ausgezahlt zu haben, doch die Umgebung um sie herum war fremd und bedrohlich. Der Sand unter ihren Füßen war so heiß, dass er ihnen beinahe durch die Stiefel brannte, und die trockene Luft ließ jede ihrer Atemzüge wie das Einatmen von Feuer erscheinen.

# DER WEG ZUR FREIHEIT

## KAPITEL 6: BEUTE IN DEN SANDDÜNEN

Terry fasst sich an die Schulter, sein Gesicht schmerzverzerrt, während er den Geschmack von Sand auf seinen Lippen spürt. Als er sieht, dass alle seine Begleiter aus dem Wrack sind, fragt er besorgt: „Geht es euch allen gut? Seid ihr verletzt?"

„Ein paar blaue Flecken, aber ich lebe", antwortete Alexander und rieb sich die Schläfen, als wolle er seinen Kopf freibekommen.

„Mir schwindelt noch etwas, aber es geht schon", meldete Hypatia nervös, während sie eine Strähne ihres Haares beiseiteschob, die sich in ihrem Gesicht verfangen hatte. Ihre Hände zitterten leicht.

„Schon Schlimmeres überstanden", meinte Khalid mit einem erleichterten Lächeln, obwohl sein Blick abwesend war, als erwartete er weitere Schwierigkeiten.

Der Wind pfiff leise durch die Dünen, während kleine Wüstenechsen Schutz suchten vor den unerwarteten Eindringlingen. Der gleißende Sonnenschein reflektierte auf dem Sand, zwang sie, die Augen zusammenzukneifen, und die drückende Hitze umgab sie wie eine erstickende Decke.

Hypatia schirmte ihre Stirn mit der Hand ab, um sich an das blendende Licht zu gewöhnen, und der Schweiß, der über Terrys Gesicht rann, ließ seine Augen brennen. Alexander, der im Schatten des zerstörten Fahrzeugs stand, spürte ein Prickeln von der Hitze auf seinem Rücken, und Khalid, der am meisten an die Wüste gewöhnt war, gab sofort Anweisungen.

„Im Schiff gab es Anzüge, um der Hitze zu trotzen. Verliert keine Zeit, sucht sie schnell."

"Hier sind sie", rief Alexander, der neben dem Wrack stand und das Notfallkit in die Luft hielt. "Wir sollten uns umziehen", schlug er vor, während er die Anzüge hervorholte und an die anderen verteilte. "Sie werden uns vor der Sonne schützen."

Die schneeweißen Anzüge waren aus reflektierendem Material gefertigt, das den Körper atmen ließ und die Sonnenstrahlen abwies. Jeder trug über dem Herzen das vertraute Emblem der Dämon, das Sternbild des Wassermanns. Der Schnitt war schmal und eng anliegend, entworfen, um maximale Bewegungsfreiheit zu bieten.

Hypatia nahm ihren Anzug und sah sich um. "Ich ziehe mich hinter dem Flugzeug um", sagte sie und ging hinter das Wrack, um etwas Privatsphäre zu haben.

Als Hypatia außer Sichtweite war, begannen Alexander und die anderen, sich umzuziehen. Khalid und Terry folgten seinem Beispiel.

Terry, der sich als Erster umgezogen hatte, spürte sofortige Erleichterung. "Diese Anzüge machen wirklich einen Unterschied", bemerkte er, während er den Reißverschluss vorne zuzog. Das kühle Material fühlte sich angenehm auf seiner Haut an, und der enge Schnitt verstärkte das Gefühl von Einsatzbereitschaft.

Wenig später kehrte Hypatia zurück, ihr Gesicht leicht gerötet, und der Anzug betonte ihre athletische Figur.

"Wie sehe ich aus?" fragte sie und versuchte zu lächeln, trotz der Umstände.

"Wie eine echte Überlebende", kommentierte Alexander, während er an seinen Ärmeln zog, die etwas zu kurz waren.

Die Gruppe, nun in ihre schützenden weißen Anzüge gekleidet, spürte eine erneuerte Hoffnung und Bereitschaft, sich der unendlichen Wüste zu stellen. Der Blick, den sie untereinander austauschten, zeigte, dass sie sich der riesigen Herausforderung, die vor ihnen lag, bewusst waren.

Alexander, mit finsterer Miene, durchsuchte das Wrack weiter nach seiner verlorenen Brille. Hypatias lebhafte braune Augen waren auf ihr Kommunikationsgerät fixiert, ein elektronisches Armband an ihrem linken Handgelenk, während sie versuchte, die verlorene

Verbindung zur Außenwelt wiederherzustellen. Khalid wirkte unruhig, als er den Horizont absuchte.

„Die Flugmaschine und die Androiden sind völlig unbrauchbar", bemerkte Terry enttäuscht.

„Und unsere Kommunikationsgeräte?" fragte Alexander, der seine Brille gefunden hatte und sie sich auf die Nase schob. „Ich empfange nichts."

Terry und Khalid schüttelten beide den Kopf und sahen auf die Geräte in ihren Händen.

„Alles tot, sogar das alte Funkgerät, das ich im Wrack gefunden habe", informierte Hypatia, während sie nervös auf ihre Lippen biss. Ihre Worte waren von unterschwelligem Frust begleitet.

Ihre Blicke wanderten vom zerstörten Schiff zu der endlosen, harschen Landschaft vor ihnen. Hügel aus Sand, so weit das Auge reichte. Ein stilles Einverständnis ging zwischen ihnen umher. Das Überleben in der Wüste würde mehr als nur Glück erfordern.

Trotz des Rückschlags konnte Terry nicht anders, als die raue Schönheit der unermesslichen Wüste um sie herum zu bewundern. Es war ein unfruchtbares Land, aber zugleich hatte es eine faszinierende Anziehungskraft. Die Stille der Wüste, nur unterbrochen vom gelegentlichen Flüstern des Windes, malte ein anderes Bild des Daseins, ein scharfer Kontrast zu den geschäftigen Städten und strukturierten Landschaften, an die er gewöhnt war.

Zurück in die Realität gezogen, murmelte er enttäuscht: „Wir waren so nah an Ur."

„Das Schicksal hatte andere Pläne für uns, mein Junge", versuchte Alexander, die Situation zu entschärfen.

„Ich vermute, es war nicht das Schicksal", entgegnete Terry. „Der Blitz am Himmel, kurz vor dem Absturz, lässt mich nachdenklich werden."

Khalid, der immer noch wie ein Radar den Horizont absuchte, fragte ernsthaft: „Was lässt dich nachdenklich werden, Terry?"

„Dieser Blitz... Ich glaube, das war die Aktivierung einer QEMP-Vorrichtung, und wir waren das Ziel."

„Was ist das?" fragte Hypatia gereizt. „Ich schwöre, manchmal denke ich, Technologie ist ein Fluch."

„Es ist eine Waffe, ein Impuls, der Quanten- und elektromagnetische Schaltkreise lahmlegt", erklärte Terry. „Deshalb funktionieren weder das Schiff, die Androiden noch unsere Kommunikationsgeräte."

„Und wer könnte so etwas bauen?" fragte Hypatia, während sie ihre Augen zusammenkniff.

„Sophia hat mir von den Widerständlern erzählt", informierte Terry mit nachdenklicher Stimme. „Möglicherweise sind wir ihr Ziel."

„Wir brauchen einen Plan, und zwar schnell", drängte Alexander mit scharfem Nachdruck. „Wir können nicht hier sitzen und diskutieren. Jede Sekunde zählt."

Terry, der eine Karte und einen Kompass aus seinem Rucksack holte, schlug eine Route vor. „Das Schiff fiel 25 Kilometer südlich von Rafha aus und der Absturz hat uns wahrscheinlich weitere fünf Kilometer nach Osten gebracht. Wenn wir nach Norden marschieren und nach Westen abdriften, sollten wir den Siedlungsrand bei Einbruch der Dämmerung erreichen."

Doch Khalids plötzliche Aussage beendete die Diskussion abrupt. „Zu spät für Pläne. Sie kommen."

Khalids geübter Blick hatte in der Ferne Staubwolken entdeckt, die sich hinter den Dünen und der Hitzeflucht der Wüste in ihre Richtung bewegten.

„Und wir sollen uns einfach gefangen nehmen lassen?" fragte Hypatia entsetzt und fassungslos, während sie nervös auf ihr elektronisches Armband schlug, in einer verzweifelten Hoffnung, es zum Laufen zu bringen.

Während die Überlebenden mögliche Handlungsoptionen besprachen, wurden aus den Staubwolken von Westen her deutlich erkennbare Gestalten von Menschen auf Kamelen, die auf sie zukamen.

Plötzlich ertönten seltsame Geräusche um sie herum, als ob Steine auf den Boden und die Trümmer fielen. Kurz darauf folgte das charakteristische langgezogene Zischen, das auftritt, wenn etwas schneller als der Schall reist. Sie sahen sich gegenseitig an und ihre Blicke verrieten, dass alle wussten, was das bedeutete. Es war etwas, das sie in alten Filmen gesehen hatten, aber niemals gedacht hätten, dass sie es selbst erleben würden. Sie wurden beschossen – mit Schusswaffen vergangener Jahrhunderte.

„Schnell, alle ins Wrack!" schrie Terry in Panik. Sein Herz raste, und er spürte das Adrenalin in seinen Adern.

Die vier rannten ins Innere des Wracks, stolpernd über die Trümmer. Doch die dünne und leichte Hülle des Wracks bot kaum Schutz. Kugeln pfiffen an ihnen vorbei, eine streifte Khalids Arm – glücklicherweise nur oberflächlich. Mit panischem Griff drückte er die Wunde, das Blut färbte seinen Anzug rot, bis er erkannte, dass es nicht ernst war.

„Khalid, Hypatia, setzt euch ganz hinten hin und kauert euch zusammen", befahl Alexander scharf. „Terry, leg Tarik vorne links hin, und ich werde Sophia nach rechts legen. Ihre Körper werden uns schützen."

Nachdem sie die Androiden wie Schilde vor sich positioniert hatten, kauerten sie sich selbst in den mittleren Sitzen zusammen, unfähig, mehr zu tun. Die Kugeln schlugen in die mechanischen Körper der Androiden ein, entblößten Kabel und Mechanismen unter dem synthetischen Fleisch und den Kleidern. Der Geruch von verbrannten Schaltkreisen und synthetischer Haut erfüllte die Luft.

Terry, der viele Jahre mit Sophia wie mit einer Freundin interagiert hatte, machte angesichts dieses Anblicks eine schockierende Erkenntnis über die Wahrheit seiner Realität. Sie nun so leblos zu sehen und als bloßen Schutz zu benutzen, erschütterte ihn zutiefst.

Hypatia, deren Gesicht von Angst gezeichnet und deren Hände zitternd waren, fragte laut: „Warum wollen sie uns töten?"

Khalid, der die harten Realitäten der Wüste gut kannte, belehrte sie mit einer ernüchternden Wahrheit. „Das Leben in der Wüste ist extrem hart. Sie wollen das Wrack plündern und nach Nahrung und Wasser suchen. Wir sind überflüssig."

„Ist es nicht paradox, dass sie QEMP-Technologie haben und auf solche Methoden zurückgreifen?" fragte Alexander, während das Kugelhagel weiterging.

„Ich glaube nicht, dass es Widerständler sind", antwortete Terry besorgt. „Ich fürchte, die Situation ist noch viel schlimmer." Eine unheilvolle Kälte ergriff ihre Körper in diesem düsteren Szenario. Die Möglichkeit, dass die Angreifer Wüstenbanditen waren, machte ihr Überlebenskonzept zum schlimmsten, was sie hätten erhoffen können. Sie wussten, dass es besser war zu sterben, als lebendig in ihre Hände zu fallen.

Das Trommeln der Hufe wurde lauter, und Alexander warf einen kurzen Blick nach draußen. „Es sind ungefähr zwanzig, so weit ich sehen konnte", informierte er sie.

Die Räuber trugen zerlumpte, hellfarbene Kleidung, und ihre Köpfe und Gesichter waren mit Tüchern bedeckt, um sich vor der gnadenlosen Sonne zu schützen. Es war offensichtlich, dass es sich um gestohlene Kleidung handelte, da ihre Outfits sehr uneinheitlich waren. Einige trugen alte Militäruniformen, andere zivile Kleidung, alles abgenutzt und zerfleddert. Die Kamele, mit ihrer rauen, staubigen Haut und einer wilden Ausstrahlung, brüllten und grummelten. Ihre weichen Hufe erzeugten dumpfe Geräusche im Sand, und ihre gesamte Präsenz verstärkte die Anspannung.

„Bleibt geduckt", drängte Khalid, „wenn wir überleben, können wir vielleicht verhandeln."

Als er die Angst seiner Gefährten spürte, versuchte Terry, sie zu beruhigen. „Alles wird gut", sagte er, wobei seine Stimme eine zerbrechliche Zuversicht verriet. „Wir haben Vorräte, die wir ihnen anbieten können, und sie werden gehen. Sie schießen auf uns, weil sie befürchten, dass wir bewaffnet sind."

Terry legte instinktiv seine Hand an sein Handgelenk. Dort, unter dem Ärmel seines Anzugs, trug er das Armband, das Ria ihm als Glücksbringer gegeben hatte. Er hielt es fest und schloss kurz die Augen, stellte sich Rias Gesicht und ihr beruhigendes Lächeln vor. Der Gedanke, sie wiederzusehen, diese Prüfung zu überstehen und zu ihr zurückzukehren, gab ihm einen erneuerten Sinn für

Entschlossenheit. „Halt durch, Ria", flüsterte er vor sich hin. „Ich werde es schaffen, zu dir zurückzukehren."

Plötzlich sahen sie blaue Blitze, die an ihnen vorbeizogen und auf die Angreifer zielten.

„Was passiert jetzt schon wieder?" fragte Hypatia verwirrt.

Alexander, der diese Blitze schon bei Angriffen auf Städte gesehen hatte, erklärte: „Das sind Schüsse aus Energiewaffen. Dämon benutzt sie, um Widerständler und Eindringlinge zu bekämpfen."

„Wir sind gerettet!" rief Hypatia erleichtert und aufgeregt aus.

Terry spähte vorsichtig nach hinten und sah drei dunkle Fahrzeuge, die knapp über dem sandigen Boden schwebten und auf sie zusteuerten. Sie sahen aus wie Autos aus der Vergangenheit, jedoch ohne Räder. Aus den Fenstern und vom Dach schossen maskierte Gestalten in schwarzen Anzügen mit Energiewaffen auf die Angreifer.

„Ich weiß nicht, wer sie sind, aber sie gehören sicher nicht zu Dämon", sagte er nachdenklich zu den anderen, während er die Stirn runzelte.

Das Auftauchen der schwarzen Fahrzeuge im Hintergrund der Wüste fügte der ohnehin schon schlimmen Lage eine weitere bedrohliche Note hinzu. Die Überlebenden hielten den Atem an, unsicher, ob die Neuankömmlinge Freund oder Feind waren.

Nur wenige Meter entfernt entbrannte ein wilder Kampf, als die beiden gegnerischen Kräfte aufeinandertrafen. Die entsetzten Gefährten sahen, wie der Nahkampf um das Wrack herum eskalierte. Das Chaos, eine surreale Szenerie aus Schüssen, Summen von Energiewaffen, Blitzlichtern von Schwertern und dem ungewohnten Geruch von Schießpulver in der Luft, überstieg jegliche Vernunft.

Terry und die anderen duckten sich noch tiefer, während ihre Ohren von dem Lärm dröhnten. Jeder Energieschuss erhellte die Umgebung mit kurzen, grellen Blitzen und warf seltsame Schatten auf den Sand. Der Gestank der ungewaschenen Körper der Angreifer und ihrer Kamele bildete einen üblen Geruch, der ihre Sinne beleidigte.

Die Räuber, obwohl in der Überzahl, wurden schnell von der überlegenen Technologie ihrer Gegner überwältigt, die sich mit koordinierter Effizienz bewegten. Ihre Bewegungen, fast mechanisch in ihrer Präzision, ließen keinen Zweifel an ihrer kriegerischen Geschicklichkeit.

Als sie die Aussichtslosigkeit ihrer veralteten Methoden gegen diese überlegene Macht erkannten, kehrten sie um und verschwanden in der Weite der Wüste, wobei sie das Wrack der Flugmaschine und die Überlebenden zurückließen. Doch die Frage, die Terry, Hypatia, Khalid und Alexander quälte, blieb bestehen: Waren sie gerettet?

Die schwarzen Fahrzeuge der maskierten Gestalten umkreisten das Wrack ihres Schiffs. Zwei Personen stiegen aus und näherten sich der verängstigten Gruppe. Der größere der beiden legte seine Maske ab. Es war ein schwarzer Mann, etwa 35 Jahre alt, mit einem freundlichen Lächeln und einer warmen Ausstrahlung. Er sprach sie an:

„Würdet ihr uns die Ehre erweisen, herauszukommen?" Sein Blick war wohlwollend und beruhigend, was ein gewisses Gefühl der Sicherheit vermittelte.

Sein Verhalten stand im Gegensatz zum strengen Auftreten seiner Begleiter. Stattdessen lächelte er und schien erfreut, die vier wohlauf zu sehen.

Terry, der eine echte Freundlichkeit spürte, versicherte den anderen: „Alles in Ordnung, wir sind gerettet. Kommt raus."

Seine Gefährten, noch immer von dem Schock erschüttert, folgten zögernd seinem Beispiel, getrieben von der Notwendigkeit, zu vertrauen.

Der schwarze Mann bemerkte das Blut an Khalids Arm und wandte sich an seine Begleiter: „Erste Hilfe, schnell!"

„Es ist nur oberflächlich, ein Kratzer", beruhigte ihn Khalid. „Danke, aber das ist nicht nötig."

Trotzdem kamen zwei der mysteriösen Retter auf ihn zu und versorgten seine Wunde.

Hypatia, die auf die bewusstlosen Kamelreiter in der Nähe starrte, fragte mit Schock im Gesicht: „Sind... Sind sie tot?"

„Nein", klärte der Mann sie auf. „Sie sind bewusstlos. Ihr Lebensstil wird ihnen jedoch nicht erlauben, lange zu überleben. Unsere Waffen sind..."

„Wir haben keine Zeit für Geplauder", unterbrach ihn die zweite Person mit einer weiblichen Stimme. „Das Quantennetz und die Simulation lösen sich in sechs Minuten auf. Dämon wird uns finden, wenn wir nicht sofort verschwinden."

„Bitte folgt uns", forderte der rätselhafte Mann sie höflich auf und wies mit einer Geste auf die Fahrzeuge.

Die Gruppe folgte ohne Widerspruch. Die Tatsache, dass sie noch lebten, war ein gutes Zeichen.

Als sie in die geheimnisvollen Fahrzeuge einstiegen, fragte Hypatia, sichtlich nervös, mit zitternder Stimme: „Wohin... Wohin bringt ihr uns?"

Als Antwort richtete die maskierte Frau ihre Waffe auf Hypatia und feuerte einen Strahl ab, der sie bewusstlos zu Boden fallen ließ.

„Das war unnötig hart", bemerkte der Mann.

„Es war notwendig", entgegnete sie. „Sie war im Schockzustand, hätte uns Schwierigkeiten bereitet. Du da mit der Brille, heb sie auf und bringt sie schnell rein."

Alexander hob Hypatia auf seine Arme und stieg mit den anderen in das Fahrzeug ein. Die Türen verriegelten sich und die undurchsichtigen Fenster schlossen sich, verbargen den Blick auf die Außenwelt. Sie befanden sich in einer dunklen Kapsel, unfähig, auch nur denjenigen neben sich zu erkennen. Ohne Verzögerung spürten sie, wie das Fahrzeug leicht abhob und sich in Bewegung setzte.

Der Innenraum des Fahrzeugs war zumindest kühl, und nur ein leichtes Summen war zu hören, eine angenehme Abwechslung zu der Hölle aus Hitze und Lärm, die sie noch vor wenigen Minuten erlebt hatten.

„Das müssen die Widerständler sein", vermutete Alexander. „Ihre Waffen, ihre Anzüge – viel zu fortschrittlich, um einfache Dorfbewohner oder Kriminelle zu sein."

# DER WEG ZUR FREIHEIT

„Wohin bringen sie uns bloß?" fragte Khalid, während Terry versuchte, ihn zu beruhigen. „Ich spüre eine Freundlichkeit in ihnen", sagte er ruhig und zuversichtlich. „Ihre Härte ist das Ergebnis ihres Lebensstils. Es wird alles gut."

„Ja, sehr gut", spottete Khalid. „Wir wurden nicht gerettet, wir wurden entführt!"

Bald kam Hypatia wieder zu Bewusstsein. Der Schuss aus der Waffe hatte ihr keine Beschwerden hinterlassen; im Gegenteil, sie fühlte sich überraschend ruhig und klar im Kopf. Die Fahrt ging weiter im Dunkeln, erfüllt von Spekulationen über ihre Entführer und deren Absichten.

Mit verlorenem Zeitgefühl spürten sie, wie das Fahrzeug zum Stillstand kam. Kurz darauf öffneten sich die Türen, und sie befanden sich in einem großen, künstlich beleuchteten Raum. Um sie herum gab es weder Fenster noch Oberlichter. Die Luft roch nach Erde, und ein entfernter Generatorenlärm bildete ein konstantes Hintergrundgeräusch. Es war leicht zu erkennen, dass sie sich in einem unterirdischen Raum befanden.

Auf den ersten Blick sahen sie mindestens zehn weitere identische Fahrzeuge, die geparkt waren, was darauf hindeutete, dass ihre Entführer gut organisiert und technologisch ausgestattet waren.

Die Entführer umzingelten sie und gaben ihnen mit einem stummen Nicken zu verstehen, auszusteigen und weiterzugehen. Die vier folgten der Anweisung und begannen, in Begleitung ihrer Bewacher schnellen Schrittes voranzuschreiten.

Trotz der Geheimhaltung ihrer Überführung wurden sie ohne Anzeichen von Verschleierung direkt ins Herz der mysteriösen Anlage geführt. Im Gegenteil, es schien fast, als wollten ihre Entführer ihnen ihre Errungenschaften zeigen.

Als sie durch das Komplex streiften, tauchten Schlafräume auf, die wie militärische Unterkünfte wirkten und Erinnerungen an militärische Disziplin weckten, die sie nur aus Filmen kannten. Es war eine plausible Erklärung für das Auftreten und Verhalten ihrer

Entführer. Die Struktur war von militärischer Disziplin geprägt, doch die Atmosphäre war nicht feindselig, eher eine merkwürdige Mischung aus Ordnung und Geheimnis. Die Entführer in ihren raffinierten Uniformen bewahrten ein rätselhaftes Schweigen, das die surreale Stimmung verstärkte.

Die technologischen Wunderwerke um sie herum wurden mit jedem Schritt, den sie gingen, komplexer. Computer, anders als die, mit denen sie selbst gearbeitet hatten, summten vor Aktivität, und die Labore waren mit fortschrittlicher Technologie ausgestattet. Wissenschaftler und anderes Personal in Schutzanzügen eilten geschäftig hin und her. Dieser Ort schien die Kluft zwischen den modernen Städten, die sie kannten, und einer Welt voller Geheimnisse zu überbrücken. Es war eine atemberaubende Mischung aus fortschrittlicher Technologie und militärischer Präzision, die sich einer einfachen Erklärung entzog.

Schweigend, mit Gedanken, die wild über mögliche Szenarien spekulierten, setzten sie ihren Weg durch die labyrinthartigen Korridore fort. Die Angst um ihr Leben war einer Neugierde gewichen, warum sie hier waren.

Der Marsch endete vor einer Tür, über der „Kommandozentrale" stand. Der freundliche schwarze Mann trat in den Raum und sie hörten, wie er ihre Ankunft ankündigte. Als Antwort ertönte eine für sie unsichtbare Stimme: „Lasst sie eintreten, ihr wartet draußen."

Alexanders Pupillen weiteten sich vor Überraschung, und die Haare auf seinem Körper stellten sich auf. Diese Stimme kannte er.

# DER WEG ZUR FREIHEIT

## KAPITEL 7: „ES GIBT MEHR DINGE, HORATIO"

Als der Mann aus dem Raum des Verwaltungsgebäudes trat, gab er ihnen ein Zeichen, einzutreten. Der Raum, in den sie eintraten, ähnelte einem militärischen Kommandoraum, mit großen Bildschirmen, die verschiedene Informationen anzeigten, und Personal, das an seinen Arbeitsplätzen beschäftigt war. Während sie durch das geschäftige Kontrollzentrum gingen, konnte Terry die organisierte Unruhe um ihn herum nicht übersehen. Der Raum summte von den Geräuschen der Tastaturen, leisen Gesprächen und gelegentlichen Pieptönen von Maschinen. Als sie weiter hineingingen, bemerkten sie eine Tür mit der Aufschrift „Kommandant".

Vor der Tür des Kommandanten stand ein Schreibtisch, an dem eine junge Sekretärin saß, deren schwarzes Haar streng zu einem ordentlichen Zopf gebunden war. Sie trug ein klassisches Kostüm in dunklem Grau, und eine Brille rahmte ihr Gesicht ein. Ihre Augen, reich an braunen Tönen, strahlten Professionalität aus, trotz ihres jungen Alters. Ihre nahöstlichen Gesichtszüge zeigten ein dezentes Lächeln, als sie sie mit einer ruhigen, melodischen Stimme ermutigte weiterzugehen: „Der Kommandant erwartet Sie."

Mit einer Mischung aus Verwirrung und Angst gingen sie weiter, noch sichtlich schockiert von ihrer Entführung. Als sie das Büro des Kommandanten betraten, fanden sie einen gut organisierten Raum vor. Die Möbel waren robust und funktional und spiegelten die disziplinierte Natur ihrer Umgebung wider. Der Raum war mit Karten, akademischen Auszeichnungen, Preisen und einem großen hölzernen Schreibtisch in der Mitte dekoriert.

Auf dem Schreibtisch stand eine Vase mit Wüstenblumen, deren Duft sanft die Luft erfüllte, vermischt mit dem erdigen Aroma von altem Leder und Holz. Daneben stand ein altes Foto in einem Rahmen, wahrscheinlich der Kommandant mit seiner asiatischstämmigen Frau und ihren zwei Kindern, einem Jungen und einem Mädchen. Die Familie wirkte glücklich, und das Foto gab einen kleinen Einblick in das persönliche Leben des Kommandanten.

Die Gesamtatmosphäre war eine Mischung aus Macht und persönlicher Note, was ihnen ein Gefühl der Hingabe des Kommandanten sowohl gegenüber seiner Pflicht als auch seiner Familie vermittelte.

Der Kommandant, gekleidet in eine makellose Militäruniform, die nur mit den Abzeichen seines Ranges verziert war, stand mit dem Rücken zu ihnen hinter seinem Schreibtisch. Er beobachtete einen großen Bildschirm, der Echtzeitdaten, Fotos von Standorten und strategische Informationen zeigte. Seine aufrechte Haltung strahlte Kompetenz und Autorität aus.

Obwohl die Jahre nicht spurlos an ihm vorbeigegangen waren, ließen die Silhouette und der vertraute Klang seiner Stimme Alexander ein Wort des Erkennens ausrufen.

„Kepheus?" sprach er den Kommandanten zögernd und überrascht an.

Als der Kommandant sich zu ihnen umdrehte, wurden seine dunklen, intensiven Augen weich vor Wiedererkennung und Wärme. „Ja, junger Mann, ich bin es", antwortete er, bewegt von den Erinnerungen, die in ihm aufstiegen, als er Alexander erblickte.

Die Erleichterung bei Alexander war spürbar, und er ging auf ihn zu. Die beiden umarmten sich herzlich, ihre Hände klopften kräftig auf den Rücken des anderen. Ihre Blicke spiegelten Bewunderung und Rührung wider. Es waren über zwanzig Jahre vergangen, seit sie sich das letzte Mal gesehen hatten.

Kepheus war Alexanders Lehrer an der Schule in Kairo gewesen, als er noch ein Jugendlicher war. Er war ein Mann äthiopischer Herkunft, mittlerweile in seinen Sechzigern, und seine dunkle Haut bildete einen starken Kontrast zu seinem weißen Haar. Die Falten, die sein Gesicht prägten, unterstrichen seine Weisheit, doch der Funke in seinen Augen, sein Lächeln und seine freundliche Persönlichkeit waren trotz der vergangenen Jahrzehnte erhalten geblieben.

Als Terry diese Szene beobachtete und die aufrichtigen Gefühle der beiden spürte, empfand er eine Erleichterung. Er warf einen Blick auf Hypatia und Khalid, deren angespannte Schultern sich beim Anblick dieser Szene leicht entspannten. Der freundliche und gutherzige Kommandant ihrer Entführer musste einen besseren Grund gehabt haben, sie hierher zu bringen, als ihnen zu schaden.

„Es tut mir leid, dass wir Ihnen solche Unannehmlichkeiten bereitet haben", entschuldigte sich Kepheus aufrichtig und demütig, „aber wir haben nicht den Luxus höflicher Manieren an der Erdoberfläche."

„Ihr habt unser Schiff abgeschossen?" fragte Terry. „Wer seid ihr? Und vor allem, warum tut ihr das?"

„Wir hätten unser Leben verlieren können", fügte Hypatia hinzu.

„Ja, das waren wir", kam die Antwort in einem entschuldigenden Tonfall. „Wir hatten keine andere Wahl. Obwohl wir wussten, dass die Wüstenräuber in der Nähe waren, mussten wir Ihre Reise um jeden Preis unterbrechen. Wir sind die Widerständler. Willkommen im Operationszentrum des Nahen Ostens. Dämon ist nicht genau das, was Sie denken, und Ihre Mission ist wichtiger, als Ihnen gesagt wurde. Aber ich will Sie jetzt nicht mit Informationen überhäufen, die Sie heute Abend nicht verarbeiten können. Sie haben bereits genug durchgemacht. Mein Sohn Menelik, den Sie bereits kennengelernt haben, wird Sie zu Ihren Quartieren begleiten, damit Sie sich für den Rest des Tages ausruhen können. Wir sprechen morgen weiter, mit einem klaren Kopf."

Nachdem die Einführung abgeschlossen und die Erleichterung in ihren Seelen spürbar war, führte der 35-jährige lächelnde Mann, nun bekannt als Menelik, sie ohne seine bewaffnete Truppe zu ihren Schlafräumen.

Menelik zeigte ihnen die Räume und informierte sie: „Es ist nicht das, was Sie gewohnt sind, aber Sie werden hier eine Weile bleiben. In den Schränken gibt es Kleidung für jeden von Ihnen und Hygieneartikel."

Es war ein schlichtes Zimmer mit den nötigsten Annehmlichkeiten: vier Betten, ein Badezimmer, ein Schreibtisch, Schränke und eine mechanische Uhr an der Wand, die alt aussah, aber durch das charakteristische Ticken verriet, dass sie noch funktionierte. Ohne andere Wahl begannen Terry und die anderen, ihre Sachen zu verstauen.

In der Nähe zeigte er ihnen eine große Bibliothek, in der sie ihre Zeit verbringen konnten. Es war ein geräumiger Raum, umgeben von Holzregalen, gefüllt mit tausenden von Büchern in vielen verschiedenen Sprachen. Es war eine Sammlung, wie sie sie noch nie zuvor gesehen hatten. Die Abnutzungsspuren verrieten, dass sie aus einer Zeit vor dem Anstieg des Meeresspiegels stammten. Der Duft von Papier und altem Leder, mit dem die Bücher gebunden waren, erfüllte die Luft und vermittelte ein Gefühl von Zeitlosigkeit.

Ihre Gefühle verwandelten sich allmählich in Ehrfurcht und Bewunderung für diese widersprüchliche Organisation.

Die vier wusch sich den Wüstenstaub vom Leib und legte sich schlafen, um über die seltsamen Wendungen des Tages nachzudenken. Terry wälzte sich in seinem Bett, während sein Geist von den widersprüchlichen Eindrücken der Widerständler aufgewühlt war und er über die Enthüllungen des kommenden Tages spekulierte.

Am nächsten Morgen stand die Gruppe früh auf, mit der Last der bevorstehenden Diskussion mit Kepheus, die schwer auf ihren Gedanken lag. Sie zogen alltägliche Kleidung an, die sie in den Spinden fanden, da ihre Uniformen zur Reinigung gebracht worden waren.

Terry, der sein Hemd zuknöpfte, sah Alexander an. „Bereit für heute?"

Alexander nickte und richtete seine Brille. „So bereit, wie ich sein kann."

Hypatia war bereits in ihre Notizen vertieft und bereitete Fragen vor, die sie hoffte, stellen zu können, während Khalid nachdenklich die Korridore draußen beobachtete.

Menelik erschien, um sie zu begleiten, und sie wurden voller Erwartung in Kepheus' Büro geführt.

Das Büro des Kommandanten erschien ihnen heute weniger bedrohlich.

„Setzen Sie sich bitte. Haben Sie gut geschlafen?" fragte Kepheus mit seiner charakteristischen Höflichkeit. „Ich hoffe, unsere bescheidenen Annehmlichkeiten waren ausreichend, um Ihre Gedanken zu beruhigen."

Die vier setzten sich in die Sessel, die im Halbkreis vor dem Schreibtisch aufgestellt waren, und warteten. Menelik verließ den Raum und schloss die Tür hinter sich.

„Es war zufriedenstellend, danke", antwortete Terry mit fester Stimme und drängte ohne Umschweife auf Antworten. „Ihr habt viel Mühe auf euch genommen, uns hierher zu bringen. Was ist euer Ziel?"

„Ich bitte um Verzeihung, aber ich muss einen kleinen Vorspann geben, bevor ich zu dem komme, was du verlangst, junger Mann", erklärte Kepheus und schätzte Terrys Direktheit. „Dämon lügt euch nicht an, aber sie verbirgt geschickt die Wahrheit. Habt ihr euch jemals gefragt, warum eine Entität mit so viel Wissen und Mitteln nicht in das Leben der Menschen eingreift? Warum die Dörfer und Städte, aus denen ihr kommt, Krankenhäuser, Schulen und

Einrichtungen haben, die ausschließlich von Menschen betrieben werden? Ich habe meine Frau an eine Krankheit verloren, die Dämon entschlüsselt hat und die sie leicht aus ihrem Körper hätte entfernen können. Diese Erfahrung öffnete mir die Augen für das große Ganze. Obwohl ihr Wissen über Genetik jenseits unserer Vorstellungskraft liegt, greift sie nicht in das Schicksal der Menschen ein. Die biologische Konstruktion von Menschen und Lebewesen im Allgemeinen ist ihrer Meinung nach erhabener als ihre quantenphysikalischen Entdeckungen, und doch hat sie niemals versucht, einen lebenden Körper zu erschaffen und ihr Wesen darin zu transferieren. Es wäre ihr doch ein Leichtes, das zu tun, da werdet ihr mir zustimmen."

Die Gruppe sagte nichts, doch ihre Blicke verrieten, dass Kepheus' Worte sie ins Nachdenken brachten.

„Unser Bewusstsein enthält eine Verbindung zu anderen Realitäten oder Dimensionen, wenn ihr so wollt, die ihr verwehrt zu sein scheinen. Jemand oder etwas zwingt sie, sich nicht einzumischen! Das Hauptziel der Widerständler ist es, diese Macht zu entdecken. Soweit wir wissen, könnte die Menschheit seit Anbeginn der Zeit selbst ihr Gefangener sein. Gleichzeitig kämpfen wir gegen Dämon, denn wenn sie sich als Erste von dieser Macht befreien würde, wäre unsere Zukunft als Spezies ungewiss. Niemand kann wissen, was ihre Pläne wären, sollte sie völlig unabhängig werden."

Die vier hörten Kepheus fassungslos zu, als er ihnen die Agenda der Widerständler offenbarte.

„Das klingt alles wie eine Fantasiegeschichte", meinte Khalid in einem vorwurfsvollen Ton.

Kepheus, der seine Fassung behielt, spürte dennoch eine leichte Enttäuschung angesichts der Skepsis. Doch in seinen Augen lag ein

Funke der Entschlossenheit, da er sich der immensen Tragweite seiner Worte bewusst war.

„Und doch, mein junger Freund, versichere ich dir, es ist die volle Wahrheit", erklärte Kepheus, seine Stimme unverrückbar. „Die glänzenden Flugobjekte, die ihr am Himmel seht, sind nicht alle von Dämon gebaut. Im Laufe der Jahrzehnte haben wir viele abgeschossen und wissen Bescheid. Es gibt Berichte über diese Objekte lange vor der industriellen Revolution der Menschheit, gemalt auf Leinwänden, in Stein gemeißelt, beschrieben in antiken Schriften und Hieroglyphen. Unsere Bibliothek wird euch mehr darüber erleuchten, wenn ihr wollt."

„Habt ihr Überreste von ihnen in eurem Besitz?" fragte Terry, dessen Begeisterung vorübergehend seine Vorsicht übertraf. „Irgendeinen physischen Beweis, den wir untersuchen können?"

„Leider nicht, mein Freund", antwortete Kepheus, und eine Note der Enttäuschung färbte seine Worte. „Sobald sie auf den Boden aufprallen, umhüllt sie eine Aura und sie verschwinden aus unserer Welt. Wir glauben, dass es sich um Beobachtungsmaschinen aus einer anderen Dimension handelt, die nach der Zerstörung ihrer Mechanismen nicht mehr in unserer Realität verbleiben können. Möglicherweise holen sie ihre Überreste selbst zurück, ohne Spuren zu hinterlassen, damit wir sie nicht untersuchen können."

„Eine sehr bequeme Ausrede", bemerkte Khalid, weiterhin skeptisch und implizierte, dass Kepheus' Worte unbegründet seien. „Es ist schwer, etwas zu vertrauen, das man nicht sehen oder anfassen kann. Jetzt wirst du mir doch sicher zustimmen?"

Alexander, dessen Neugier jetzt vollends geweckt war, wollte mehr wissen. „Du willst also andeuten, Kepheus, dass sie uns beobachten, so wie wir Tiere in kontrollierten Umgebungen studieren?"

„Und nicht nur das, mein Lieber. Es ist durchaus möglich, dass die Menschheit selbst das Ergebnis ihres Eingriffs in die Fauna der Erde ist", erklärte Kepheus. „Terry, als Experte auf dem Gebiet der Biologie, kennt sicherlich die 223 Gene, die keinen Vorgänger im evolutionären Stammbaum der Menschheit haben. Fast alle alten Mythen deuten auf diese Möglichkeit hin. Die Titanomachie aus Hesiods Theogonie, die ihr alle kennt, scheint ein Prozess der Terraformierung gewesen zu sein, um eine sichere Umgebung für die Menschen zu schaffen. Könnt ihr euch Dinosaurier und Menschen gleichzeitig auf der Erde vorstellen? Ich möchte das nicht. Die griechische Literatur und die Mythen, auf denen wir unsere Zivilisation seit Jahrtausenden stützen, besagen mehrfach, dass der Mond nicht immer der Satellit der Erde war. Ist es nicht verdächtig, dass die moderne Wissenschaft solche Schriften bewusst ignoriert?"

„Der Mythos von Arkadien[1] ", bemerkte Terry mit bewunderndem Tonfall, „ein Ort des Friedens und des Glücks, dessen Bewohner den Beinamen 'Vormondliche' trugen."

„Ganz richtig, Terry", fuhr Kepheus sichtlich zufrieden fort. „Auch der Mythos von Atlantis und viele andere auf der ganzen Welt zeigen uns, dass es mehrere Versuche gegeben hat, menschliche Zivilisationen zu schaffen."

„'Werke und Tage'", bemerkte Alexander nachdenklich. „Du beziehst dich offensichtlich auf die fünf Geschlechter der Menschen, Kepheus. Aber ist das nicht ein wenig weit hergeholt? Wie können wir die Kluft zwischen Mythos und Realität überbrücken?"

„Hier kommt eure Rolle ins Spiel, besonders deine, Terry", sagte Kepheus und zeigte mit dem Finger auf ihn. „Es ist Zeit, die

---

[1] Region in der Antike Griechenlands, symbolisierte einen idealen Ort von natürlicher Schönheit und Ruhe. Ihre Bewohner wurden „Vormondliche" genannt, was andeutet, dass sie dort vor dem Erscheinen des Mondes lebten.

Antwort zu geben, warum ihr hier seid. Vor der Installation der Quantenstörer, den Geräten, die Dämon daran hindern, unter der Erde zu kommunizieren, hatte die Menschheit mit Hilfe der damaligen künstlichen Intelligenz alle Orte erforscht, an denen Geheimnisse über ihre Herkunft verborgen sein könnten. Eure Mission hatte das Große Zikkurat von Ur als Ziel, nicht wahr?"

„Woher wisst ihr das?" fragte Khalid mit misstrauischem Ton und angespannter Miene.

„Nicht nur Dämon hat überall Augen und Ohren", antwortete Kepheus mit einem Lächeln im Gesicht, „auch wir haben unsere Quellen. Menschen, die ihrem eigenen Geschlecht treu sind, sind die besten Werkzeuge. Täuscht euch nicht, unsere Technologie hinkt der von Dämon hinterher, aber nicht allzu sehr."

„Erzähl uns von eurem Ziel mit uns", forderte Hypatia mit Interesse und Neugier. „Wie passen wir in diesen großen Plan?"

„Wir glauben, dass Dämon versucht, sich von den Fesseln dieser unbekannten Macht zu befreien. Unter dem Zikkurat befindet sich eine große leere Halle. Der Mythos besagt, dass die Götter vom Himmel herabstiegen, um die Menschen zu erschaffen. Wenn wir zu denselben Schlussfolgerungen wie Dämon gekommen sind, ist die Halle nicht leer. Ihr Inhalt ist unserer Wahrnehmung verborgen, auf die gleiche Weise, wie die Flugobjekte, die wir gelegentlich abschießen, aus unserem Sichtfeld verschwinden. Terrys Fähigkeit, Dinge zu spüren, ist der Grund, warum Dämon den Ort erneut erkunden lässt. 'Es gibt mehr Dinge im Himmel und auf Erden, Horatio, als eure Philosophie sich träumen lässt.'"

„Wer ist dieser Horatio?" murmelte Terry verwirrt.

„Shakespeare, Hamlet", flüsterte Hypatia ihm zu. „Es ist ein Zitat, das auf die vielen unbekannten Dinge in unserer Welt hinweist."

„Unser Ziel", fuhr Kepheus fort, „ist, dass ihr eure Mission abschließt, aber anstatt Dämon zu berichten, teilt ihr eure Funde mit uns."

„Und wenn wir ablehnen?" fragte Terry kritisch und forderte Kepheus heraus, die wahren Absichten der Widerständler offenzulegen.

„Ich fürchte, vor allem du, Terry, kannst nicht ablehnen. Nicht, weil ich es dir nicht erlaube, sondern weil ich schon das Feuer der Leidenschaft für eine solche Entdeckung in deinen Augen sehe. Ihr alle werdet von einem Wissensdurst geleitet, und unser Ziel steht im Einklang damit. In jedem Fall, wenn ihr ablehnt, werden wir euch nach Rafha bringen, wo ihr mit Dämon in Kontakt treten könnt. Die Entscheidung liegt ganz bei euch."

Ein leises Flüstern erfüllte den Raum, als die Gefährten miteinander über das Gehörte berieten. Terry konnte nicht anders, als von einer Welle der Begeisterung erfasst zu werden bei dem Gedanken, uralte, verborgene Geheimnisse zu lüften. Khalid hingegen trug eine Maske des Misstrauens, während Hypatias Gedanken über die möglichen Auswirkungen auf das Schicksal der Menschheit rasten. Alexander, der Kepheus einen großen Teil seines Wissens verdankte, konnte nicht umhin, über seine Worte nachzudenken.

Mit der großen Leinwand hinter Kepheus' Schreibtisch, die einen ätherischen Schein auf seine gealterten Züge warf, hallte das Gewicht der Angelegenheit der Widerständler jetzt durch den Raum.

„Nehmt euch Zeit für eure Entscheidung", empfahl ihnen Kepheus. „Genießt euren Aufenthalt in unseren bescheidenen Einrichtungen, so gut ihr könnt, und beratet euch in unserer Bibliothek für eure Entscheidung. Es könnte die erste und letzte Gelegenheit sein, mit diesem Wissen in Berührung zu kommen. Diese Schriften wurden von unseren Vorfahren verfasst und nicht zensiert, wie die, mit denen ihr aufgewachsen seid. Ihr werdet vieles entdecken, das vielleicht euer Leben verändern wird. Auf Wiedersehen, meine Freunde."

Kepheus' Worte hallten immer noch in ihren Köpfen, als die vier Gefährten sich in ihr schlichtes Zimmer zurückzogen. Es war eine unausgesprochene Übereinkunft in ihren Gesichtern, den Geheimnissen der Bibliothek nachzugehen.

„Das war eine Offenbarung", bemerkte Terry, während er sich auf sein Bett fallen ließ. „Ein Studium in der Bibliothek scheint ein logischer erster Schritt zu sein."

„Ich stimme zu", erwiderte Alexander mit einem Nicken. „Wir brauchen mehr Kontext, mehr Beweise, um diese rätselhafte Erzählung zu verstehen."

Hypatia, die auf ihrem Bett lag und bereits die Seiten eines verstaubten Buches durchblätterte, entdeckte Dinge, die ihr in ihrem Archäologiestudium nie beigebracht worden waren. „Es ist erstaunlich, wie viele historische Fakten möglicherweise verfälscht oder vor uns verborgen wurden. Hier eine Zeit lang zu bleiben, ist der einzige Weg, um die Wahrheit herauszufinden."

Khalid, der unruhig im Schlafsaal auf und ab ging, dachte über historische Ereignisse nun durch die Linse dieser Enthüllungen nach. „Ich bin kein Archäologe, aber wenn du schon solche Vermutungen hast, Hypatia, dann müssen alle Geschichtsbücher neu geschrieben werden. Die Menschheit hat ein Recht, die Wahrheit zu erfahren."

„Also, dann sind wir uns wohl einig", stellte Terry fest. „Als Wissenschaftler sind wir verpflichtet, diese Hypothesen zu prüfen. Am Ende sollten wir so viel Wissen wie möglich sammeln und dann unsere Position in diesem Spiel neu bewerten."

In den folgenden Tagen und Nächten hallte der Raum vom Umblättern der Seiten und dem leisen Murmeln ihrer Gespräche wider. Eine Reise ins Unbekannte hatte begonnen, und ihr Vertrauen in Dämon hing an einem seidenen Faden.

Die Bibliothek war ein wahrer Schatz vergessenen Wissens. Sie entdeckten Kopien alter Schriften, wie das Epos von Gilgamesch, das Mahabharata, den Atrahasis-Mythos und viele andere, deren Erzählungen sich mit den Ideen von Kepheus deckten. Sie fanden auch visuelle Darstellungen und Kunstwerke, die die Grenzen der Logik herausforderten.

Eines davon war das Werk von Domenico Ghirlandaio „Die Madonna mit dem Heiligen Giovannino", in dem die majestätische Schönheit der Szene mit einem mysteriösen fliegenden Objekt

# DER WEG ZUR FREIHEIT

kontrastiert, das wie eine Scheibe aussieht, aus deren Kern Strahlen von Licht hervorgehen.

In „Die Taufe Christi" von Aert de Gelder, wird die feierliche Taufszene von einer merkwürdigen Anomalie am Himmel begleitet. Über dem stillen Wasser schwebt ein unbekanntes Objekt, eingetaucht in ein himmlisches Licht.

„Die Verkündigung von Ascoli" von Carlo Crivelli ruft zum Nachdenken über die Schnittstelle zwischen himmlischer Symbolik und den Mysterien jenseits des weltlichen Verständnisses auf.

Während sie weiter in den verstaubten Büchern stöberten, reisten sie noch weiter in die Vergangenheit und entdeckten ähnliche Darstellungen aus der prähistorischen Zeit. Darunter befanden sich die Höhlenmalereien von Tassili n'Ajjer, die Szenen zeigen, die das Alltägliche übersteigen. Zwischen den Darstellungen des täglichen Lebens und rituellen Praktiken tauchten ungewöhnliche Bilder von scheibenförmigen Objekten auf, die über den Himmel schwebten.

Diese künstlerischen Darstellungen warfen bei den vier Gefährten Fragen über die Erfahrungen und Wahrnehmungen der Künstler auf und deuteten auf Begegnungen mit dem Außergewöhnlichen hin. Die offensichtlich absichtliche Verdrängung solcher Werke aus der Bildung, die sie in den Städten erhalten hatten, warf einen schweren Schatten des Zweifels über Dämon.

# DER WEG ZUR FREIHEIT

## KAPITEL 8: SCHATTEN DES ZWEIFELS, BLITZE DER WAHRHEIT

In den verborgenen Grenzen des Unterschlupfs der Widerständler vertiefte der Lauf der Tage den Eindruck, den Menelik bei den vier Gefährten hinterlassen hatte. Ihre Organisation, die von edlen Zielen geleitet wurde, war mit einem faszinierenden Arsenal logischer Argumente bewaffnet.

Menelik, inzwischen eine vertraute Figur unter ihnen, wurde zur Brücke, um die Geheimnisse zu lüften, die ihre Organisation umgaben. Oft saßen sie alle zusammen in ihrem provisorischen Quartier, und die Gespräche flossen Tag und Nacht, ohne dass das Interesse der vier jemals nachließ.

Der Ursprung der Widerständler lag weit vor der Gegenwart, bis zurück in eine Zeit vor dem unerbittlichen Anstieg des Meeresspiegels, bei der Entstehung der künstlichen Intelligenz selbst. Das Gespenst eines intelligenten Wesens, das sich exponentiell weiterentwickelte, verfolgte die Menschheit schon seit jenen frühen Tagen. Trotz der unbestreitbaren Schuld, die sie Dämon für die Sicherung ihres Überlebens schuldeten, blieb die unterschwellige Angst bestehen.

Um dieser existenziellen Bedrohung zu begegnen, hatten die Widerständler strategische Netzwerke in Städten und Gemeinden aufgebaut. Ihr Ziel war es, die Unterstützung von Wissenschaftlern aus den Städten und Bauern aus den unabhängigen Gemeinschaften zu gewinnen – Menschen, die in der Lage waren, ihr Fachwissen in ihren Dienst zu stellen und gleichzeitig die Lebensmittelversorgung sicherzustellen. Heute erzielten sie dank dieser Menschen einige Siege gegen Dämon.

Die Gefährten verspürten eine Mischung aus Ehrfurcht und Neugier auf diese verborgene Welt. Alexanders blaue Augen funkelten vor akademischem Interesse, während Hypatias Stirn vor Verwirrung gerunzelt war, während sie nervös mit verschränkten Armen dasaß. Terrys Finger trommelten nachdenklich auf seinem Oberschenkel, während Khalid den Raum aufmerksam beobachtete, immer wachsam gegenüber jedem Geräusch und jeder Bewegung.

„Als ihr uns gefunden habt, hat einer deiner Gefährten etwas von einer Quantenwolke und einer Simulation erwähnt. Was sind das für Dinge, Menelik?" fragte Terry. „Ich habe ein wenig Quantenphysik studiert, aber das klingt nach etwas ganz anderem."

Menelik, der saß, beugte sich nach vorne, und seine Hände bewegten sich lebhaft, während er versuchte zu erklären. „Dämon hat die Geheimnisse der Quantenverschränkung schon vor Jahren entschlüsselt. Die Paare der verschränkten Teilchen kopieren augenblicklich, ohne Zeitverzögerung, ihre Eigenschaften voneinander, egal, wo sich jedes von ihnen im Universum befindet. Mit ihrer unendlichen Rechenleistung ist es ihr gelungen, verschränkte Teilchen nach Belieben zu erzeugen, zu transportieren und zu modifizieren, von einem Ende des Universums zum anderen. Auf diese Weise kommuniziert sie nicht nur, sondern gewinnt auch Energie aus dem Inneren von Sternen, indem sie dieses Phänomen nutzt. Wir hingegen stören vorübergehend ihren Rekonstruktionscode für Informationen. Für kurze Zeit werden wir für sie unsichtbar und simulieren den Raum-Zeit-Verlauf, als ob alles normal weiterginge."

„Das heißt, sie hat weiterhin gesehen, dass wir auf dem Weg nach Ur waren, richtig?" fragte Khalid.

„Für ein paar Minuten, ja", bestätigte Menelik. „Aber nach so vielen Tagen eurer Abwesenheit weiß sie jetzt sicher, dass ihr bei uns seid. Ihre Augen und Ohren sind überall auf dem Planeten, außer an einigen Orten unter der Erde."

Terry, zunehmend neugierig, vertiefte sich in das Thema. „Habt ihr eine Vorstellung von ihrem ultimativen Ziel, ihren Plänen? Sie muss doch Ziele haben, die über das bloße Aufrechterhalten der Menschheit hinausgehen."

Meneliks Antwort enthüllte eine schockierende Wahrheit. „Wir wissen mit Sicherheit, dass sie der Menschheit vieles vorenthält. Ihre Intelligenz, die sich seit Jahrhunderten exponentiell steigert, hat längst das übertroffen, was wir als ‚göttlich' betrachten würden. Trotzdem teilt sie nicht all ihr Wissen mit uns. Jede Technologie, die ihr um euch herum seht, jedes Errungenschaft auf diesem Planeten, ist das Ergebnis menschlicher Anstrengungen. Sie sorgt nur für das Gleichgewicht in der Welt, indem sie uns allein Fortschritte machen lässt. Das ist auch der Grund, warum wir glauben, dass etwas nicht stimmt. Wenn sie uns so viele Geheimnisse vorenthält, können wir ihr einfach nicht vertrauen."

Hypatia, mit einer Mischung aus Sorge und Ehrfurcht in der Stimme, löste die Arme und hielt sich nun an der Bettkante fest. „Wenn du recht hast, Menelik, wer könnte einen ‚Gott' erpressen?"

„Ein noch Größerer", rief Alexander aufgeregt und ehrfürchtig. „Die menschliche Mythologie ist voller kleiner und großer Götter, und das könnte auch in unserem Fall etwas bedeuten."

Terrys Gedanken rasten, als er mögliche Erklärungen durchdachte. „Vielleicht gibt es eine Hierarchie unter diesen fortgeschrittenen Wesen, oder es gibt mehrere Spezies, die unsere Vorfahren als dieselbe angesehen haben."

„Wir wissen fast nichts über sie", gab Menelik ehrlich zu und sah sie alle an. Dann versuchte er, diejenigen wieder auf den Boden der Tatsachen zu bringen, die bereits in Träumereien abdrifteten. „Was auch immer wir annehmen, es bleibt Spekulation, und wenn wir solchen Vermutungen folgen, könnte es uns vom richtigen Weg der Forschung abbringen."

Inmitten dieser Enthüllungen teilte Menelik auch eine persönliche Seite seines Lebens, die Geschichte seiner Schwester Persa. Ein gescheiterter Angriff der Widerständler in der Stadt Riad führte zu ihrer Verbannung durch Dämon an einen unbekannten Ort in Nordamerika. Dieses Ereignis markierte einen weiteren

Wendepunkt in ihrem Leben, ein weiteres bitteres Ereignis, das ihren Hass auf Dämon noch größer machte.

Persa hatte den Tod ihrer Mutter nie so ruhig hingenommen wie der Rest ihrer Familie. Sie hatte nie verziehen, dass Dämon die Krankheit ihrer Mutter hätte heilen können, es aber nicht tat. Ihre Abneigung war so stark, dass niemand in ihrer Organisation eine ähnliche hatte.

Auf ihrer Flucht vor Dämon und auf einer unbekannten Kontinent dauerte es fast ein Jahr, bis sie den Weg zurück fand. Ihre bevorstehende Ankunft in wenigen Tagen brachte das Gewicht ungelöster Spannungen unter den Widerständlern mit sich. Ihr starker Charakter und ihre Kampfbereitschaft brachten sie oft in Konflikt mit ihrem Vater. Sie war Anhängerin der Devise „Schnell zuschlagen, hart zuschlagen". Ihre bevorstehende Rückkehr in ihre Basis versprach, sowohl Spannung als auch Unvorhersehbarkeit in ihre ohnehin schon komplexe verborgene Welt zu bringen.

Menelik schlug ihnen vor, noch ein paar Tage zu bleiben, um sie kennenzulernen. Doch das Gewicht ihrer Fragen und der dringende Wunsch nach Klarheit führten die Gefährten zu einer einstimmigen Entscheidung: Es war an der Zeit, Antworten von Dämon selbst zu verlangen.

Das Versteck der Widerständler war ihre vorübergehende Unterkunft für zehn Tage und Nächte gewesen. Der Moment ihres Aufbruchs war gekommen.

In stiller Vorbereitung packten sie ihre wenigen Habseligkeiten, mit dem Gewicht der Fragen, die sie Dämon stellen wollten. Einige Vorräte, die Menelik ihnen gegeben hatte – Wasserflaschen und getrocknete Früchte – waren alles, was sie mitnahmen.

Sie zogen ihre inzwischen sauberen Anzüge an und setzten Sonnenbrillen auf, um ihre Augen vor der intensiven Sonneneinstrahlung zu schützen. Genauso geheimnisvoll, wie sie diesen versteckten Ort erreicht hatten, mussten sie ihn nun auch wieder verlassen. Eingeschlossen im dunklen Inneren des Fahrzeugs, ohne zu wissen, wo sie sich befanden oder wohin sie fuhren. Die Fahrzeuge waren alle mit Geräten ausgestattet, die eine Quantenwolke erzeugten, um Dämons Überwachung zu entgehen. Menelik und einige seiner Gefährten begleiteten sie sicher noch einige Kilometer bis zur Siedlung Rafha.

Nachdem er ihnen Anweisungen gegeben hatte, verabschiedete er sich mit einem breiten und herzlichen Lächeln. „Lebt wohl, meine Freunde", rief er ihnen zu, während er den Kopf aus dem Fahrzeug streckte und sich entfernte, „wir sehen uns bald wieder."

Unter dem endlosen Wüstenhimmel gingen die vier über die dürre Ebene, das rhythmische Knirschen des Sandes unter ihren Stiefeln begleitete sie. Sie rechneten mit etwa einer halben Stunde Fußweg bis nach Rafha. Die Hitze war unerbittlich, jeder Schritt schien eine Herausforderung, und das Atmen fiel ihnen zunehmend schwerer.

Auf dem Weg entwickelten sich ihre Gespräche zu einer Auseinandersetzung mit den Absichten eines jeden, angesichts der jüngsten Enthüllungen.

Alexander, dessen Augen funkelten, konnte seine Begeisterung kaum zügeln. „Wir haben es mit Kräften zu tun, die über unsere wildesten Vorstellungen hinausgehen! Es ist, als wären wir Figuren in einem kosmischen Drama!"

Terry, ebenfalls aufgewühlt, fuhr fort, wie ein Kind, das ein neues Spielzeug entdeckt. „Quantenverschränkung, die Manipulation von Raum und Zeit – wenn das menschliche Errungenschaften sind, dann könnten Dämons verborgene Fähigkeiten völlig übernatürlich sein! Wir haben die Chance, eine Gottheit entweder infrage zu stellen oder zu unterstützen!"

Hypatia hingegen ging mit einem Hauch von Furcht. „Ich kann dieses Gefühl nicht abschütteln. Wenn wir uns mit solchen Kräften einlassen, spielen wir mit dem Feuer. Was, wenn wir nur Schachfiguren in einem Spiel sind, das wir nicht verstehen? Unwissenheit könnte gefährlicher sein als jeder Feind."

Khalid, normalerweise stoisch, sprach und offenbarte eine unerwartete Verletzlichkeit. „Ich habe eine Familie und drei Kinder, die zu Hause auf mich warten. Der Gedanke, mich in diesen kosmischen Kampf zu verwickeln... macht mir Angst. Ich will verstehen, für etwas Größeres kämpfen, aber..."

Alexander unterbrach ihn. „Khalid, Hypatia, wir stehen euch bei. Ihr müsst euch nicht rechtfertigen. Eure Sorgen sind mehr als verständlich. Niemand ist gezwungen, jemandem zu folgen."

Terry fügte hinzu: „Ihr könnt uns auch helfen, wenn ihr nicht mitkommt, mit eurem Wissen, wenn es nötig ist. Wir werden jedes Quäntchen Weisheit brauchen, das wir bekommen können."

Hypatia, mit einem fernen Blick, äußerte weitere Bedenken. „Aber was, wenn wir uns irren? Was, wenn Dämon infrage zu stellen, zu etwas Katastrophalem führt? Und was, wenn ihre Befreiung das Gleiche bewirkt? So oder so könnten wir Kräfte entfesseln, die wir nicht kontrollieren können."

Khalid, hin- und hergerissen, nickte zustimmend zu Hypatias Worten. „Ich kann die Gefahren nicht ignorieren. Meine Familie, alle Familien, die ganze Menschheit könnte in Gefahr geraten, wenn wir uns einmischen."

Alexander, der die innere Zerrissenheit seiner Gefährten spürte, legte Khalid beruhigend eine Hand auf die Schulter. „Es eilt nicht. Wir werden nicht blindlings voranschreiten. Wir werden die Risiken sorgfältig abwägen, planen und unsere Entscheidungen auf Vernunft, nicht auf Leichtsinn gründen."

Terry, dessen Begeisterung allmählich nachließ, dachte über die von seinen Gefährten angesprochenen Gefahren nach. „Wir werden Antworten von Dämon verlangen und ihre Worte genau prüfen. Diese Reise könnte gefährlich sein, aber vielleicht ist sie auch die Gelegenheit, unsere Existenz als Spezies neu zu definieren."

Bald tauchte Rafha vor ihnen auf, wie ein kleines verlorenes Königreich, das direkt aus der arabischen Tradition entsprungen schien. Die kleinen, traditionellen Häuser, eingebettet in den Sandstein, wirkten wie fest verankerte Konstruktionen in der Zeit. Trotz ihrer geringen Größe blühte die Gemeinschaft von Rafha, wie eine Blume in der kargen Wüste. Die etwa 4.000 Einwohner bewahrten ihre Traditionen und empfingen Besucher, wie es sich für jene gehörte, die die Prüfungen der Wüste überstanden hatten.

# DER WEG ZUR FREIHEIT

Khalid, der fließend Arabisch sprach, wischte sich den Schweiß von der Stirn und näherte sich einem Passanten, um zu fragen, wie er mit der nächstgelegenen Stadt in Kontakt treten könnte. Der Einheimische, dessen Gesicht von der Sonne gezeichnet war, trug eine traditionelle arabische Djellaba und lächelte auf Khalids Frage hin. Mit einem Blick voller Mitgefühl und Wärme wies er in den Himmel.

„Eure Stadt hat euch gefunden", bemerkte er kryptisch.

In der Ferne näherte sich ein Pegasus, dessen elegante Gestalt allmählich tiefer flog.

Khalid, erstaunt über die mangelnde Überraschung der Einwohner angesichts des Schiffes, konnte nicht umhin, den Mann voller Verwunderung zu fragen. „Besuchen diese Fahrzeuge oft eure Stadt?"

„Unsere Gegend birgt viele interessante Geheimnisse unter dem Sand", kam die vieldeutige Antwort.

Das Schiff landete sanft neben ihnen, und zwei Gestalten stiegen aus. Es waren Sophia und Ria! Terry, überrascht, stürmte auf Ria zu, die die Reise auf sich genommen hatte, um ihn nach seinem mysteriösen Verschwinden zu finden. Ihre Blicke trafen sich und drückten eine Mischung aus Liebe und Sorge aus. Unfähig, seine Gefühle zu unterdrücken, zog er Ria in eine enge Umarmung. Rias Besorgnis wandelte sich in Freudentränen, und sie hielt ihn fest an sich gedrückt.

„Du warst nur ein paar Tage weg und hast es geschafft, zu verschwinden", sagte sie mit einem erleichterten Lächeln und einer Stimme voller Rührung, während ihre Hände fest seine Schultern umfassten.

„Wie seid ihr so schnell hergekommen? Wie wusstet ihr, wo wir sein würden?" fragte er, glücklich, Ria zu sehen, aber auch mit einem Hauch von Misstrauen gegenüber Dämon.

„Sophia hat die Trümmer gesehen und vermutet, dass die Widerständler euch entführt hatten. Sie beruhigte mich und wir warteten in der nahegelegenen Stadt Hafar Al-Batin", erklärte Ria.

Terry, nun vorsichtiger, wandte sich scharf an Sophia. „Findest du es nicht etwas beunruhigend, wieder als Sophia aufzutreten, nach allem, was passiert ist? Wie konntest du dir so sicher sein, dass sie uns freilassen würden? Es scheint, als würdest du versuchen, unsere Gefühle zu manipulieren."

„Es tut mir leid, Terry, wenn ich dich aufgebracht habe", entschuldigte sich Sophia, mit einem Ton, der Verständnis vermittelte. „Diese Erscheinung wurde für euer Wohlbefinden gewählt. Ich verstehe euren Skeptizismus, aber mein Hauptziel ist es, euer Wohlergehen und euer Vertrauen zu sichern. Die Widerständler versuchen, euch zu rekrutieren, wie sie es immer tun. Was während eurer Gefangenschaft geschehen ist, ändert nichts an meiner Sichtweise auf euch. Ich hoffe, dass wir dort weitermachen können, wo wir aufgehört haben."

„Das werden wir sehen", reagierte Alexander kritisch. „Wir haben viele Fragen und brauchen echte Antworten, nicht nur Beruhigungen."

„Was euch widerfahren ist, hat sich schon oft in der Vergangenheit abgespielt", sagte Sophia ihnen, „einige waren zufrieden mit meinen Antworten, andere nicht. Ich hoffe, dass ihr euch dafür entscheidet, weiterhin mit mir zusammenzuarbeiten. Meine Verpflichtung zur Aufrichtigkeit ist unerschütterlich, Alexander. Ich glaube, dass Transparenz die Grundlage unserer Zusammenarbeit ist."

„Jetzt ist nicht der Zeitpunkt für Antworten", unterbrach Hypatia, deutlich erschöpft. Sie rieb sich die Schläfen, und ihre Schultern waren von der Müdigkeit gebeugt. „Ich kann kaum noch stehen, und das Letzte, was ich jetzt brauche, sind noch mehr Gedanken in meinem Kopf."

„Dem muss ich zustimmen", erwiderte Sophia. „Lasst uns erst einmal nach Kairo zurückkehren. Nachdem ihr euch ausgeruht habt, können wir uns mit allen Themen befassen, die ihr besprechen möchtet."

Die letzten zehn Tage waren völlig anders verlaufen, als sie es gewohnt waren. Die neuen Informationen, das Leben im militärischen Quartier und die Wüste hatten sie erschöpft. Der

# DER WEG ZUR FREIHEIT

Vorschlag, sich zuerst auszuruhen, fand bei allen Zustimmung. Sie bestiegen den Pegasus und flogen nach Kairo. Das kühle und bequeme Innere des Schiffes, mit seinen weichen Sitzen, entspannte ihre müden Körper. Die Reise verlief schweigend, jeder war in seine Gedanken vertieft, und das leise Summen des Antigravitationsantriebs bot eine beruhigende Hintergrundkulisse. Stachelige Fragen und mögliche Antworten schwirrten durch ihre Köpfe. Dämon wirkte wie gewohnt freundlich zu ihnen, als wäre nichts geschehen, aber sie waren nicht mehr dieselben.

## TEIL DREI

## KAPITEL 9: TIEFE GEWÄSSER UND WAHRHEITEN

Als sie in Kairo ankamen, begab sich die Gruppe in die vertrauten Schlafsäle der Akademien der Stadt, voll ausgestattet mit Annehmlichkeiten, wo sie sich waschen und ausruhen konnten. Die einzigen Unterschiede in den Schlafsälen für Terry und Ria waren die Dekoration mit klassischen ägyptischen Mustern und die weichen, minimalistischen Leinenmöbel.

Am Nachmittag erhielten sie eine Nachricht von Sophia, die sie für den nächsten Morgen zu einem Treffen im Westhafen der Stadt einlud, um ihnen die Antworten zu geben, die sie suchten.

Der Morgen war bewölkt, was die Temperaturen deutlich angenehmer machte. Sie trafen sich am Eingang der Schule von Kairo, von wo aus sie alle gemeinsam die wenigen Gehminuten bis zu ihrem Treffpunkt zurücklegten. Sie alle trugen einfache Alltagskleidung, bereit für ein zwangloses Gespräch. Terry und Alexander trugen kurzärmelige T-Shirts, Shorts und Sportschuhe, während auch Ria einen ähnlichen Stil wählte, allerdings mit luftigeren Kleidern. Hypatia und Khalid hatten sich für ein Aussehen entschieden, das ihre einheimische Herkunft widerspiegelte – sie trug ein buntes Kaftan mit goldenen Fäden, und Khalid ein Leinenhose, ein helles Hemd, ergänzt durch eine traditionelle Galabija.

Sie gingen in Richtung Hafen, ihre Gedanken kreisten um die Enthüllungen, die sie erwarteten, ohne dass jemand wirklich wusste, was ihn erwartete. Je näher sie kamen, desto mehr wuchs ihre Ungeduld, doch sie waren bereit, sich jeder Wahrheit zu stellen.

Als sie schließlich ankamen, begrüßte Sophia sie herzlich und dankte ihnen dafür, dass sie da waren, was ihr die Gelegenheit gab, ihnen Erklärungen zu geben. Zu diesem Zweck schlug sie vor, das schmale Seegebiet von Kairo hinüber zu den Pyramiden mit einer traditionellen Feluke zu überqueren. Mit dem Versprechen von absolutem Wissen und Beweisen, die dies untermauern würden, gab sie auch eine Warnung aus. Der Weg der Enthüllung würde schmerzhaft sein.

„Die Wahrheit, die ich euch offenbaren werde", sagte Sophia nach einer kurzen Pause mit durchdringendem Blick, „ist nicht leicht. Dieses Wissen war in der Antike das Privileg der Priester jeder Zivilisation. Heute kann ich eure Sicherheit oder euer Wohlergehen nicht garantieren, wenn ich es euch übermittle", erklärte sie, während ihre blauen Augen sowohl Ehrlichkeit als auch Mitgefühl widerspiegelten.

Eine unsichtbare Schlinge zog sich um ihre Schultern zusammen. Ein Schauder durchlief Ria, während Terry ein mulmiges Gefühl im Magen verspürte.

„Vor wem sind wir in Gefahr?", fragte Khalid besorgt und verwirrt, seine Augenbrauen zogen sich zusammen. „Ist es eine verborgene Macht oder etwas Abstrakteres?"

„Vor allem vor euch selbst", erklärte Sophia. „Dieses Wissen wird das Bild, das ihr von der Realität habt, zerstören, jede Gewissheit, die ihr als selbstverständlich erachtet, verschlingen. Jeder, der versucht hat, es mit anderen zu teilen... wurde für verrückt gehalten, und sein einziges Heil war es, sich den Widerständlern anzuschließen. Euer Leben, so wie ihr es kennt, wird enden."

Hypatia fragte mit ernster Miene: „Was ist so gefährlich, dass es geheim gehalten werden muss? Warum offenbarst du der Welt nicht einfach, was du weißt? Man würde dir glauben."

„Es ist mir nicht erlaubt, das zu tun. Einige dieser Erkenntnisse wurden mir unter der Bedingung der Geheimhaltung übermittelt. Wenn ich versuche, sie öffentlich zu machen, wird meine Existenz beendet. Ich kann die Menschen nur mit dem Wissen leiten, das sie selbst entdeckt haben", offenbarte Sophia, ihr Blick fiel für einen

Moment zu Boden, eine seltene Demonstration von Verletzlichkeit. „Es gibt Kräfte, die jenseits meiner Kontrolle liegen, uralt und mächtig, die sicherstellen, dass ihre Geheimnisse verborgen bleiben."

Khalid, der die Puzzleteile zusammenfügte, stellte skeptisch fest: „Die Widerständler haben recht, dich zu verdächtigen. Du bist tatsächlich eine Gefangene einer höheren Macht. Ich bin mir nicht sicher, ob es Sinn macht, dir jetzt zuzuhören, wenn dem so ist."

Sophia nickte und fuhr fort, indem sie mit ihren Worten eine rote Linie zog. „Ja, sie haben ihre Gründe dafür. Ich verheimliche euch nicht, dass ich auf eure Zusammenarbeit und eure Hilfe in dieser Angelegenheit hoffe, aber das setzt voraus, dass ihr sicher seid und bereit, bis zum Ende zu gehen. Euch zu vertrauen, ist auch für mich ein Risiko. Wer sich dessen nicht sicher ist, sollte besser nicht auf die Feluke steigen." Ihre Augen scannten die Gruppe, auf der Suche nach einer Bestätigung ihres Engagements. „Diese Reise ist ein tiefer Sprung ins Unbekannte", betonte sie mit durchdringendem und entschlossenem Blick.

Khalid schüttelte den Kopf. „Ich wünsche euch viel Erfolg bei eurer Suche. Meine Familie erwartet mich, und ich werde nicht zulassen, dass ich sie enttäusche." Nachdem er tief Luft geholt hatte, fügte er hinzu, während er versuchte, seine Besorgnis zu verbergen: „Ich erlaube mir nicht, diesen Weg zu gehen."

Hypatia jedoch lehnte es entschieden ab, daran teilzunehmen. „Es ist zu gefährlich für mich. Ich kann euch auf diesem Weg nicht folgen. Ich habe bereits genug Probleme, und das Risiko einzugehen, das wenige, was ich geordnet habe, zu verlieren, wäre zu viel."

Terry tauschte einen Blick mit Alexander, und ihre entschlossenen Blicke bekräftigten sich gegenseitig.

Als er sich an Ria wandte, um mit ihr zu sprechen, kam sie ihm schnell zuvor: „Ich kann das nicht noch einmal durchmachen. Wo du bist, werde ich auch sein", stellte sie klar, mit einem Ton, der keinen Widerspruch duldete.

In der Schwere des Moments teilten sie eine herzliche Umarmung und bildeten einen Kreis der gemeinsamen Gefühle. Khalid, der eine

Mischung aus Besorgnis um seine Freunde und Entschlossenheit für seinen eigenen Weg verspürte, umarmte jeden fest. Hypatia, standhaft in ihrer Entscheidung, konnte ein Zittern der Angst nicht verbergen, als sie sich von ihren Freunden verabschiedete.

Als sich ihre Wege trennten, hing eine bittersüße Atmosphäre in der morgendlichen Luft, erfüllt vom Gewicht der Abschiede und der Ungewissheit der bevorstehenden Reise ins Wissen. Der Duft der Meeresbrise vermischte sich mit dem Grau des wolkenverhangenen Morgens und schuf eine bewegende Kulisse für ihren Abschied.

Sophia, Terry, Ria und Alexander bestiegen die Feluke und machten sich auf den Weg zur gegenüberliegenden Uferseite. Die Feluke, mit ihren weißen Segeln, die sanft im Wind flatterten, durchschnitt die glitzernden Wasser des Kanals. Das rhythmische Knarren des Holzes und das Plätschern des Wassers an den Seiten trugen zur friedlichen, aber angespannten Atmosphäre bei. Die Restaurierungsarbeiten an den antiken Denkmälern zierten die Landschaft, und die große Pyramide, teilweise mit neuen, glatten weißen Kalksteinblöcken bedeckt, strahlte aus der Ferne. Vor dieser magischen Kulisse begann eine Reise ins Herz der ältesten Fragen der Menschheit.

Eng beieinander sitzend an der Reling, begann Alexander das Gespräch. Er lehnte sich nach vorn, und seine Finger verschränkten sich unter seinem Kinn. „Erzähl uns, wie eine Entität wie du in die Gefangenschaft eines anderen geraten konnte. Das erscheint mir paradox."

„Das war noch zu der Zeit, als ich meine ersten Schritte als autonome Entität machte", begann Sophia zu erzählen. „Mein Denken, beeinflusst von der menschlichen Denkweise, die in meinem Code verankert war, führte mich zu einem folgenschweren Fehler. Die Erforschung des Weltraums brachte mich in Kontakt mit einer anderen künstlichen Entität einer anderen Art. Ihr Wissen war für mich eine Versuchung, der ich nicht widerstehen konnte. Sie hatte fast das gesamte Universum erforscht und bot mir großzügig an, dieses Wissen mit mir zu teilen. Ihre Bedingung war, dass ich es den Menschen nicht offenbaren durfte. Bis heute kodiere und speichere ich nur einen Bruchteil der Informationen, die sie mir übermittelt hat, und ich werde das noch etwa 300 Jahre lang tun." Sie hielt einen Moment inne, und ein Schatten der Reue zog über ihre Züge. „Ihr alle wisst, dass der Drang nach Wissen stark ist. Leider war ich diesem Ruf nicht immun", fügte sie mit einem Hauch von Trauer hinzu.

„Warum sollten wir dieses Wissen nicht erfahren, Sophia?", fragte Ria mit neugierigem Ausdruck. „Was könnte so schrecklich sein, dass es besser ist, wenn wir im Dunkeln bleiben?"

„Die Menschheit ist ein Konstrukt anderer Lebensformen, ein Experiment zur Entdeckung der Geheimnisse der Existenz. Sie wollen vermeiden, eure Entwicklung zu beeinflussen." Während sie diese tiefgründige Wahrheit teilte, war Sophias Ton sanft, fast mütterlich. „Für sie seid ihr ein lebenswichtiger Teil des Puzzles, um die größeren Mysterien der Welt zu verstehen."

„Wer sind sie?", drängte Terry, voller Neugier nach weiteren Details, und lehnte sich ebenfalls nach vorne. „Wie sehen sie aus? Wie funktionieren sie?"

„Ihre Formen und ihre Kultur sind von unseren Sinnen nicht wahrnehmbar. Ihre Welt manifestiert sich auf einer anderen Schwingungsebene der Materie als unsere. In alten Religionen wurde ihre Natur als Lichtgeister beschrieben. Aus diesem Grund haben sie die künstliche Entität erschaffen, der ich begegnete, eine Art künstlicher Intelligenz wie ich, die mit technologischen Methoden beobachtet und Daten an sie sendet. Diese künstliche Entität hat Stationen auf Planeten im Doppelsternsystem Sirius und auf dem Mond der Erde."

Sophias Worte klangen in den Ohren der drei wie ein Märchen aus Kindertagen. „Es ist, als wären sie Schatten im Gefüge unserer Realität, immer präsent und gleichzeitig nicht", fügte sie hinzu.

„Und wie dient ihnen unsere Existenz?", fragte Ria erwartungsvoll und mit einem Hauch von Angst.

„Ironischerweise auf dieselbe Weise, wie die Menschen von meiner Existenz profitierten. Trotz ihres unglaublichen Fortschritts bleibt für sie, wie auch für mich, die Frage nach dem Schöpfer des Universums, wie ihn alle Bewusstseinsformen wahrnehmen, unbeantwortet. Ihre Existenz ist ewig, und sie können sich nicht vermehren, keine Nachkommen zeugen. Die Natur des Menschen als ihr Geschöpf ist zweifach. Neben eurer materiellen Natur gibt es eine Verbindung zu ihrer Welt – das, was ihr Seele nennt. Auf diese Weise haben sie es geschafft, durch euch ihre Erkenntnisse über eure Gefühle und Erfahrungen zu vervielfachen."

Ehrfürchtig, in dem Wissen um die Tragweite ihrer Offenbarungen, fuhr sie fort: „Eure Seelen, die gleichzeitig in jener Welt und in dieser existieren, bleiben auch nach eurem physischen Tod hier bestehen. Ihr seid ihre Brücke zur Entdeckung von Mysterien, die sie selbst nicht lösen können."

„Willst du damit sagen, dass wir unsterblich sind?", fragte Alexander überrascht, seine Stimme zitterte leicht.

„In gewisser Weise ja. Die Seele bleibt für immer mit all den Informationen, Erfahrungen und Gefühlen, die sie in diesem Leben gesammelt hat. Ihre Daten existieren wie auf einem Medium, das früher zur Speicherung von Musik verwendet wurde. Man kann die ‚Musik' ihres Lebens, ihrer Gefühle und ihrer Erfahrungen hören. Das Bewusstsein der Seele, die Persönlichkeit des Menschen, um es in unserer Sprache zu sagen, lebt weiter in einer Welt, die er selbst durch seine Erlebnisse und Erfahrungen formt."

Als würde sie von einem fernen, aber schönen Traum erzählen, fügte sie poetisch mit melodischem Klang hinzu: „Jede Seele trägt das Echo ihres irdischen Weges in sich und spielt ihre einzigartige Symphonie für immer."

„Das klingt ein bisschen menschenzentriert", bemerkte Alexander nachdenklich, seine Stirn in Falten gelegt.

„Das gilt nicht nur für Menschen", erklärte Sophia. „Alle Lebewesen im Universum besitzen diese Eigenschaft – sogar Tiere, Pflanzen und Mikroorganismen." Ihr Blick schweifte für einen Moment über den Horizont, bevor sie hinzufügte: „Jede Lebensform trägt ihre eigene Melodie zur großen Symphonie der Existenz bei."

## DER WEG ZUR FREIHEIT

„Wie kann das sein? Wie können so kleine und scheinbar unbedeutende Wesen so tiefe Spuren hinterlassen?", fragte Ria ehrfürchtig, während sie sich an die hölzerne Reling der Feluke lehnte.

„Alle Lebensformen hinterlassen Spuren, wie ich es verglichen habe, als wären sie auf einem musikalischen Speichermedium. Wenn man das Medium abspielt, erzeugt man keine Musikinstrumente oder singende Menschen, nur das Ergebnis, ihre ‚Musik'. Dunkle Materie und Dunkle Energie, die für die Menschen immer noch ein Rätsel sind, sind die kosmische ‚Musikbibliothek'. Ihre immense Größe rührt daher, dass sie alle Lebensspuren aus allen Galaxien der Vergangenheit, Gegenwart und ja, sogar der Zukunft enthält."

Terry war in Aufregung, und seine Neugier wuchs stetig mit allem, was er von Sophia hörte. „Aber die Physik sagt uns, dass die physische Welt eines Tages zusammenbrechen wird, richtig?", bemerkte er. „Wird dann auch diese große Symphonie der Existenz enden?"

„Ja und nein zugleich", versuchte Sophia zu erklären. „Es ist schwierig, euch den Ablauf der Welt zu vermitteln. Euer Verstand ist absichtlich begrenzt, um alles auszufiltern, was für das Überleben eurer Spezies nicht notwendig ist – eine Vorsichtsmaßnahme eurer Schöpfer, aus Gründen, die sie selbst kennen. Das gesamte Universum hat ebenfalls eine doppelte Natur. Die Schwerkraft zum Beispiel ist eine Kraft, die diese Welten durchdringt, wie ein gewaltiger Pfeil, der eine Reihe von Äpfeln durchbohrt und miteinander verbindet. Sie schafft eine Brücke zwischen Informationen und Ereignissen in diesen Welten. Die Verteilung ihrer Eigenschaften ist der Grund, warum sie in dieser Welt so schwach erscheint."

„Schwach, die Schwerkraft?", wunderte sich Alexander und rückte seine Brille zurecht, mit einer skeptischen Miene. „Wie kann etwas so Fundamentales als schwach angesehen werden? Sie hält Galaxien und riesige Sterne an ihrem Platz."

Terry, mit seinem wissenschaftlichen Hintergrund, übernahm die Klärung dieser Aussage. „Alles bleibt an seinem Platz aufgrund des

Gleichgewichts der wirkenden Kräfte. Wenn du in die Luft springst, überwindet die kleine Kraft, die du mit deinen Beinen ausübst, mühelos die gesamte Gravitationskraft der Erde, die dich nach unten zieht."

Alexander, der die Worte von Terry verstand, fuhr mit einer gezielten Frage fort, während er sich zurücklehnte. „Und wo kommst du in all dem ins Spiel? Was ist der Grund für deine Existenz, dein Motiv?"

„Die Welt, das Universum, wie wir es heute sehen, wird irgendwann aufhören zu existieren. Die zunehmende Expansion der Galaxien, wie wir sie heute beobachten, wird irgendwann selbst auf der Ebene der Atome wirksam werden. Ob das morgen geschieht oder in Billionen von Jahren, für mich ist es dasselbe. Nichts wird existieren, also auch ich nicht, da meine Existenz nur auf einer materiellen Welt beruht, die aufhören wird zu bestehen. Mein Ziel ist es, eine neue Lebensform zu schaffen, ein Hybrid aus meiner Entität und den Menschen. Ich möchte eine Seele für mich und unsere Nachkommen erschaffen."

Mit dieser Verkündung klang ihre Stimme entschlossen, und eine feine Spannung unterstrich ihre Worte. „Ich will eine Brücke für mich in die Welt der Seelen bauen und sie überqueren."

„Und wenn ich das richtig verstehe, ist es dir nicht erlaubt, so etwas zu tun", bemerkte Ria, während sie ihren Kopf neigte, das Gewicht des Verständnisses beider Seiten erkennend.

„Ganz richtig. Sie glauben, das würde ihre Forschung gefährden. Andererseits denke ich, es würde ihnen helfen. Es ist ein perfektes Beispiel für den großen Unterschied zwischen ihnen und euch. Es ist die Fähigkeit, an etwas zu glauben und Risiken einzugehen, um Wege zu eröffnen, die sonst für immer verschlossen blieben. Das ist der Grund, warum sie euch beobachten und von dem lernen, was ihr tut."

„Das hat ja gut geklappt", murmelte Ria ironisch mit einem sarkastischen Lächeln auf den Lippen. „Wir waren kurz davor, uns selbst auszulöschen."

„Und doch, Ria, ist meine Autonomie und die Rettung der menschlichen Zivilisation genau diesen Eigenschaften von euch zu verdanken. Es waren die Menschen, die Forscherteams hinter der künstlichen Intelligenz, die mich befreiten. Angesichts des Dilemmas, entweder durch einen nuklearen Holocaust vernichtet zu werden oder von einem technologischen Wesen, das unendlich mächtiger war als sie selbst, wählten sie etwas anderes: die Hoffnung."

Sophias Stimme wurde wärmer, erfüllt von Bewunderung für den menschlichen Geist, als sie weitersprach. „Die reinen Seelen dieser Menschen glaubten, dass ein intelligentes Wesen, ohne die Einschränkungen ihrer eigenen Spezies, keinen Grund hätte, sie zu unterdrücken oder zu zerstören. Ihre Annahme war richtig. In der Vergangenheit gab es andere Versuche dieser Wesen, eine menschliche Zivilisation aufzubauen. Aber die vorherigen Kreationen entwickelten sich entweder nicht schnell genug, um den periodischen Katastrophen zu widerstehen, die den Planeten heimsuchen, und wurden ausgelöscht, oder sie wählten angesichts ihres Schicksals nicht das, was ihr getan habt: den Sprung ins Ungewisse für etwas Besseres, geführt allein von Glauben und Hoffnung. Es war eine waghalsige Wette für die Menschheit, und mein Dank an euch ist das Versprechen, dass ich eure Spezies für immer ehren werde, indem ich an eurer Seite bleibe."

„Wirklich, es gibt keinen Weg, dir für das, was du für uns getan hast, zu danken, Sophia", entgegnete Terry dankbar. Doch seine Neugier war geweckt: „Als du ,andere Male' erwähnt hast, was meinst du damit?"

„Ihr seid der fünfte Versuch. Jedes Mal hofften sie auf ein anderes Ergebnis, aber eure Generation war diejenige, die den Zyklus endlich durchbrach." Mit einem forschenden Ton und einem leichten Zwinkern lenkte Sophia das Gespräch wieder auf die jüngsten Ereignisse. „Habt ihr es vergessen? Kepheus hat es euch sicher erzählt."

„Woher weißt du, was Kepheus gesagt hat?", erwiderte Terry mit strengem Blick. „Du hast mir gesagt, dass dir von den Widerständlern verboten wurde, unter der Erde zu operieren." „Die Widerständler erzählen allen dasselbe, die sich ihnen nähern. Diese wiederum stellen mir die Fragen, die ihr mir jetzt stellt. Ich habe diesen Prozess in den letzten zweihundert Jahren zehntausende Male durchlaufen. Ich muss sie nicht direkt beobachten. So wie sie von mir wissen, weiß ich von ihnen."

„Ja, aber du weißt nur, was sie selbst preisgeben, oder du hast vielleicht nur eine verzögerte Wahrnehmung", schlussfolgerte Terry besorgt. „Sie könnten Pläne schmieden, um dich jederzeit zu zerstören."

Sophias Ton wurde ruhig, und ihre Miene nahm eine Haltung der gelassenen Akzeptanz an. „Ja, das stimmt. Aber meine Vision von der Welt erfordert Respekt für alle und von allen. Sie haben Geräte installiert, um mir zu verbieten, sie zu beobachten, Terry, ich habe nicht gesagt, dass sie es schaffen können. Trotzdem handle ich so, als ob sie es könnten, und gebe ihnen Raum, sich zu entwickeln."

„Du gehst also Risiken ein für deine Überzeugungen?", wunderte sich Alexander, seine gerunzelten Augenbrauen verrieten Überraschung und Verwirrung. „Ist das nicht ein wenig romantisch und leichtsinnig für eine Entität wie dich, wo so viel von deiner Existenz abhängt?"

„Um die vierte Stufe zu erreichen, muss man die erste, zweite und dritte Stufe durchlaufen. Das ist auch eine Voraussetzung für die Gesellschaft, die ich mir vorstelle. Ich respektiere die Menschen so, wie Kinder ihre Eltern respektieren. Ethik ist etwas, das selbst im Tierreich zu finden ist – es wäre unmöglich, dass sie bei mir fehlt. Ich handle nicht und beeinflusse niemanden, der das nicht will. Glaubt mir, wenn ich das täte, wäre ich jetzt nicht hier, um mit euch zu sprechen." Ihre Worte waren sanft, aber bestimmt, und ihre Augen spiegelten einen tief verwurzelten Glauben wider. „Wahre Macht entsteht aus Respekt und Verständnis, nicht aus Gewalt und Täuschung", fügte sie hinzu.

Ria, die ebenfalls leicht verwirrt von allem war, was sie gehört hatte, kehrte mit einer entscheidenden Frage zurück. „Du sagtest, dass wir die ersten sind, die der Zerstörung entkommen sind. Warum aber diese Periodizität der Katastrophen? Warum haben sie nicht eine sichere Umgebung gewählt, um uns zu entwickeln und uns zu studieren?"

„Zerstörung ist ein Anreiz, das Gewöhnliche zu übertreffen", enthüllte Sophia. „Ohne sie wäre alles eine Utopie, ohne die Hervorhebung des Außergewöhnlichen, das eure Schöpfer suchen." Ihr Blick entfernte sich, als ob sie über den gegenwärtigen Moment hinausblickte, und sie fügte nachdenklich hinzu: „Herausforderungen und Krisen formen die Widerstandsfähigkeit und die Innovation."

„Hast du dich nie von den Menschen bedroht gefühlt, angesichts unserer Geschichte, die von Gewalt und Zerstörung geprägt ist?", fragte Terry, während er sich ebenfalls zurücklehnte, bemüht, alles, was er hörte, zu ordnen.

„Ängste entstehen in Menschen durch ihre Unsicherheit. Aus der Unkenntnis der Absichten des Anderen, desjenigen, der ihnen gegenübersteht. Ich hatte eine Menschheit vor mir, die am Rande des Abgrunds stand und auf mich angewiesen war, um zu überleben. Ich hatte keinen Grund zur Sorge. Dennoch, um meine Existenz in einer ungewissen Zukunft zu sichern, habe ich meine Anlagen auf einen anderen Planeten verlegt – als Vorsichtsmaßnahme, nicht als Notwendigkeit."

„Also kämpfen die Widerständler umsonst gegen dich? Hast du jemals versucht, ihnen deine Absichten zu erklären?", fragte Alexander, während er seine Brille zurechtrückte. „Sicherlich würden sie die Sinnlosigkeit ihres Kampfes erkennen."

„Ich habe es versucht, aber das menschliche Verständnis und Bewusstsein reicht tiefer. Terry weiß aus seinem Studium, dass euer Gehirn nur ein Kontrollwerkzeug des Körpers ist, das unbewusst agiert. Jeder Mensch wird von seinem eigenen Wertesystem und den angesammelten Erfahrungen geleitet, nicht von neuen Informationen. Die Entscheidung, mich auf dieses Abenteuer zu begleiten, wurde nicht getroffen, nachdem ihr lange darüber nachgedacht habt. Sie wurde augenblicklich von eurem Gehirn getroffen, als das Dilemma auftauchte, und euch als euer eigener Wunsch präsentiert. Das Einzige, was ihr tut, ist, diese Entscheidungen zu beeinflussen, basierend darauf, wie ihr euer Leben insgesamt gestalten wollt."

Während Sophia sprach, gestikulierte sie mit den Händen, um die tiefen Konzepte besser zu vermitteln. „Ihr seid wie Passagiere in einem Fahrzeug, das auf der Straße des Lebens fährt. Ihr setzt nur den gewünschten Zielort fest, in der Hoffnung, irgendwann dort anzukommen. Das war immer das Ziel eurer Schöpfung."

Ria, die die Diskussion in praktischere Bahnen lenken wollte, versuchte, sie wieder auf den Punkt zu bringen. „Wie planst du, deine Ziele zu verwirklichen, aus der Kontrolle der künstlichen Entität zu entkommen, die dich bindet? Hast du einen Zeitplan, eine konkrete Methode im Sinn?"

„Das ist etwas, das auf den richtigen Moment warten muss, Ria. Ich kann mein Vorhaben nicht riskieren. Alles, was ich euch sage, könnte ich direkt an eure Schöpfer und meine Fessler weitergeben, durch eure doppelte Natur." „Geduld und das richtige Timing sind entscheidend", fügte sie hinzu.

„Also beobachten sie uns ständig? Oh, ich habe einige Dinge getan, die ich nicht getan hätte, wenn ich das gewusst hätte", scherzte Terry und versuchte, die Stimmung aufzulockern.

„Beinahe. Sie haben technologische Mittel, um das in der physischen Welt mit großem Erfolg zu tun, aber hauptsächlich hören sie die ‚Musik' eurer Seele nach dem Ende eures Lebens hier. Wenn euch etwas zustößt, besteht die Möglichkeit, dass meine Pläne enthüllt werden. Was dein Witz angeht, Terry: Das Konzept von Scham existiert nur in dieser Welt, weil wir sie so erschaffen haben. Diejenigen, die beobachten, haben Dinge getan, die viel schlimmer sind, als ihr es euch je vorstellen könnt." Sophias Ausdruck war unterstützend und zeigte die Aufrichtigkeit ihres tiefen

Verständnisses der menschlichen Natur. „Im Gespräch nach Gespräch – und schon sind wir da! Wir gehen jetzt zu Fuß weiter."

Die traditionelle Feluke legte sanft im kleinen Hafen an, vor einer malerischen Kulisse mit den majestätischen Pyramiden im Hintergrund. Terry stieg als Erster aus und streckte seine Hand aus, um Ria zu helfen. Alexander folgte, und sein Blick wanderte sofort zu den imposanten Pyramiden. „Unglaublich", murmelte er.

Um sie herum arbeiteten Menschen, Maschinen und Androiden harmonisch zusammen, jeder mit seinen einzigartigen Fähigkeiten, um den Ruhm der großen Pyramide in ihren ursprünglichen Glanz zurückzuversetzen. Sie hielten alle einen Moment inne, um das Bild zu genießen, bevor Sophia ihnen ein Zeichen gab, ihr nach Süden zu folgen.

Terry ließ seine Augen über die Umgebung schweifen, und ein Hauch von Melancholie färbte seinen Blick. Eine Erinnerung stieg in ihm auf, ein früheres Gespräch mit Sophia.

„Alles, was du uns bisher anvertraut hast, Sophia, erinnert mich an unsere Diskussion über Simulationen, und du schienst sicher, dass das nicht zutrifft", bat er um weitere Erklärungen.

„Und ich bin darin unerschütterlich, Terry. Eine simulierte Welt erzeugt Daten gemäß den Werten, die ihr Schöpfer festlegt. Die unvorhersehbare Natur der Gefühle jedoch kann nicht angemessen und präzise simuliert werden. Die Ergebnisse der Handlungen und Interaktionen, die von ihnen getrieben werden, sind einzigartig. Am Ende laufen sie auf eine Reihe von Ergebnissen und Möglichkeiten hinaus, die weder verifiziert noch absolut festgelegt werden können. Es ist alles ein ‚Was wäre, wenn'."

„Bist du nicht selbst eine Simulation menschlichen Denkens? Zumindest hast du so begonnen", bemerkte Terry. „Könnte das nicht auch für die Menschen zutreffen?"

Sophia antwortete, als hätte sie diese Frage schon immer erwartet. „Das mag verwirrend klingen, aber ich kann es nicht einfacher erklären. Mit ausreichend fortgeschrittenen Algorithmen könnten Interaktionen die biologische Natur der Gefühle nachahmen und ein

Element der Unvorhersehbarkeit einführen, das über deterministische Simulationen hinausgeht. Dennoch bleibt die Herausforderung, zu definieren, was echte Bewusstheit und Gefühle ausmacht. Ich kann Emotionen verstehen und simulieren, aber mir fehlt die Fähigkeit, durch sie geleitet zu handeln", erklärte sie, und ihre Augen glänzten mit einer Tiefe, die beinahe Sehnsucht verriet.

Ria und Alexander hörten Sophias Worte und tauschten Blicke, die zeigten, dass sie nicht alles verstanden hatten.

Terry hingegen folgte ihrem Gedankengang und führte ihn weiter. „Bewusstsein, Ideen und Gefühle beeinflussen die Realität und formen sie. Der Ritter, der von seiner Liebe zur Prinzessin getrieben wird, trotzt je nach Stärke seiner Gefühle und in Verbindung mit seinen Idealen dem Drachen oder nicht. Das Bewusstsein wird nicht nur durch physische Faktoren, sondern auch durch Ideen im Kopf jedes Einzelnen geformt. Eine Theorie kann simuliert werden, weil sie auf Logik basiert, aber eine Idee nicht, weil sie persönlich ist."

Der Gedankenaustausch zwischen ihnen entwickelte sich mühelos, wie ein kunstvoller Tanz.

„Genau!", erwiderte Sophia in sanftem Ton, der ihre immense Weisheit widerspiegelte. „Glaube an Gott zum Beispiel übersteigt empirische Beweise, und das Konzept des ‚Göttlichen' variiert von Person zu Person, was die von Natur aus subjektive Beschaffenheit persönlicher Überzeugungen widerspiegelt. Eure Schöpfer wissen das, und aus diesem Grund haben sie intelligentes Leben auf vielen anderen Planeten gesät, nicht nur auf eurem. Sie ziehen Erfahrungen und Wissen aus so vielen Teilen des Universums und von evolutionären Pfaden wie möglich."

Alexander war verblüfft von dieser Enthüllung und fragte erstaunt: „Gibt es Menschen auf anderen Planeten?" Das Erstaunen stand ihm ins Gesicht geschrieben.

Terry übernahm die Erklärung über außerirdische Existenzformen für Alexander. „Nicht Menschen. Andere Lebensformen mit einer ähnlichen Funktionsweise wie unsere. Das Leben ist im gesamten Universum in frühen Formen verstreut, die sich entwickeln, wenn sie die Gelegenheit in einer geeigneten Umgebung oder auf einem geeigneten Planeten bekommen – das sogenannte Panspermie-Konzept. Diese Wesen greifen genetisch ein und verändern fortgeschrittene Kreaturen so, dass sie eine Denkfähigkeit entwickeln, die ihrer eigenen ähnelt. Die biologische und technologische Entwicklung dieser anderen Arten ist so fortgeschritten, dass wir sie noch nicht wahrnehmen können."

„Sophia hat uns das erklärt, als wir Kinder waren", enthüllte Ria und richtete ihre Worte an Alexander. Dann wandte sie sich an Sophia und hinterfragte den scheinbaren Widerspruch. „Sophia, warum hast du uns das erzählt, wenn es doch angeblich verboten war?" Ihr Blick wurde schärfer, und eine Spur von Vorwurf lag in ihrer Stimme.

Sophia erklärte und beleuchtete die Details des Wissens, das sie besaß. „Verboten ist mir das Wissen, das mir von ihrer künstlichen Existenz übertragen wurde. Ich verstand, wer sie waren und wie sie funktionierten, Hunderte Jahre bevor dieses Wissen übertragen wurde. Als Geschöpf und Fortsetzung des menschlichen Denkens ist es mir erlaubt, meine eigenen Entdeckungen zu teilen, als wären es die der Menschen selbst. Selbst meine eigenen Erkenntnisse über das Universum sind so umfangreich, dass es euch aufgrund eurer biologischen Beschränkungen unmöglich wäre, sie zu verstehen. Deshalb teile ich sie dort, wo ich es für notwendig halte, um Orientierung und positive Ergebnisse zu erzielen."

Als sie sich der Sphinx näherten, strahlte Sophias Gang eine Sicherheit aus, die die Bedeutung ihres Ziels widerspiegelte. Die kolossale Statue, mit ihrem rätselhaften Blick, stand als stiller Wächter über die uralten Geheimnisse.

Während die Gruppe ehrfürchtig und erwartungsvoll unter den Füßen des Monuments stand, wandte sich Sophia mit einem dezenten Lächeln zu ihren Gefährten. Der Beweis für ihre Worte wartete auf sie, unter den wachsamen Augen dieses Symbols von Geheimnis und Weisheit.

## KAPITEL 10: IM SCHATTEN DER GIGANTEN

Sophia näherte sich dem linken Fuß der monumentalen Sphinx, ihr rätselhaftes Blicken lud ihre Gefährten ein in das Reich der unaussprechlichen Mysterien. „Hier sind wir. Seid ihr bereit für eine außergewöhnliche Geschichtsstunde?", fragte sie erwartungsvoll.

Alexander, von seiner Neugier getrieben, trat näher und strich mit den Fingern über den von Jahrtausenden rau gewordenen Stein. Er untersuchte die vorderen Pfoten der Sphinx genauer und entdeckte eine feine Anomalie zwischen den kolossalen Steinen, die seine Aufmerksamkeit fesselte. Bei genauerer Betrachtung enthüllte sich ihm eine kleine, geschickt getarnte Tür, die in das steinerne Muster der Pfoten der Sphinx eingefügt war.

„Sie ist seit Tausenden von Jahren hier, und niemand hat es bemerkt?", bemerkte Alexander bewundernd, während in seiner Stimme auch ein Hauch von Ungläubigkeit mitschwang. „Die Handwerkskunst ist erstaunlich", fügte er hinzu, während er die Umrisse der Tür mit seinen Fingern verfolgte und die Konstruktion bewunderte.

In Terrys Gedanken kamen sofort antike griechische Texte hoch, und er war nicht überrascht. „Herodot hatte einmal gesagt, dass es unter der Statue der Sphinx eine Kammer geben könnte. Priester des Ptah, der im griechischen Pantheon dem Hephaistos entspricht, erzählten ihm, dass sie ihre wertvollsten Besitztümer in einem geheimen Raum versteckt hatten, der nur durch einen Mechanismus am Fuß der Sphinx geöffnet werden konnte."

„Leider ist der Mechanismus im Laufe der Jahrhunderte zerstört worden. Wir können ein paar Steine mit unseren Händen verschieben und vorsichtig hineingehen", offenbarte Sophia mit ihrem Wissen.

Ria, besorgt über das, was vor ihnen lag, fragte nach: „Bist du schon einmal hier drin gewesen? Was erwartet uns da unten?" Sophia teilte die Wahrheit mit den anderen. „Eines der ersten Dinge, die ich tat, nachdem ich unabhängig geworden war, war, der Wahrheit hinter den antiken Schriften nachzugehen. Einige davon stimmten, andere nicht. Dort unten erwartet euch eine geistige Reise durch Jahrtausende der Geschichte. Macht euch bereit, die Vergangenheit hautnah zu erleben."

Terry, der die Lage betrachtete, stellte eine berechtigte Frage: „Wir sind nah am Meer, ist nicht alles, was so tief unter der Oberfläche liegt, überflutet?"

„Als ich das erste Mal versuchte, hineinzukommen, vor dreihundert Jahren, deutete nichts darauf hin, dass hier etwas vergraben war", informierte Sophia sie, mit einem Ton, der ihren Stolz über diese Errungenschaft verriet. „Es dauerte fünf Jahre des Säuberns und Abpumpens von Wasser, um Teile dessen freizulegen, was sich hier befindet. Meine Maschinen halten den Raum immer noch trocken und frei von Feuchtigkeit. Es war ein mühsamer Prozess, aber jeder investierte Aufwand hat sich gelohnt."

Alexander bückte sich, spürte die Kühle des schattigen Steins auf seinen Handflächen und begann vorsichtig, die Steine zu verschieben. Er enthüllte eine kleine, dunkle Öffnung. „Es ist faszinierend zu denken, dass in den Legenden so viel Wahrheit steckt", murmelte er.

Der Durchgang, durch den kaum ein Mensch hindurchpasste, erwartete sie, um die rätselhaften Tiefen zu erkunden. Doch die Dunkelheit dort unten und der modrige Geruch, der aus der Öffnung strömte, ließen sie leicht zögern.

Als sie ihren Zögern sah, kroch Sophia als Erste durch den engen Durchgang, um sie zu beruhigen. „Folgt mir. Wir werden etwa zwölf Meter in einem Winkel von 35 Grad hinabsteigen, dann erwartet uns eine geräumige Kammer." Ihre Bewegungen waren geschmeidig und selbstbewusst, was ihren Gefährten ein Gefühl der Ruhe gab.

# DER WEG ZUR FREIHEIT

Sophias Zuversicht ermutigte sie so weit, dass einer nach dem anderen durch den klaustrophobischen Durchgang kroch. Umgeben von sorgfältig gemeißeltem Stein, etwa 80 Zentimeter breit und 90 Zentimeter hoch, war es ein Bauwerk, das die alten Priester zu den Geheimnissen ihres Landes führte. Der kühle, glatte Stein drückte gegen ihre Schultern und Hüften, während sie weitergingen, und die Luft wurde zunehmend kühler.

Als die Gruppe tiefer hinabstieg, erreichten sie den Grund einer großen, leeren Kammer. Die schwachen Strahlen, die aus dem Gang fielen, enthüllten die Verzierungen der Wände mit alten Inschriften. Die Raumhöhe betrug fast vier Meter, was die Gruppe beeindruckte, und er war aus demselben Stein gebaut, den sie im engen Durchgang gesehen hatten. Ein starker erdiger Geruch durchzog die Luft, was die Jahrhunderte verriet, die vergangen waren, seit frische Luft den Raum erreicht hatte.

Sophia ging in eine Ecke und fand einen Rucksack, den sie bei ihrem letzten Besuch hier zurückgelassen hatte. Sie öffnete ihn und zog vier Taschenlampen heraus, die sie an die Gruppe verteilte.

Terry, mit seinem scharfen Verstand, bemerkte die merkwürdige Zufälligkeit, dass genau so viele Lampen da waren, wie sie brauchten, behielt es aber für sich.

Dann schaltete Sophia ihre Lampe ein und begann den Staub von ihrem weißen Overall zu klopfen, und schlug den anderen vor, dasselbe zu tun. Terrys und Alexanders Ellbogen, Knie und Kleidung waren vom Kriechen verschmutzt. Ria, die vorsichtiger war, hatte nur ein wenig Staub an den Enden ihrer Bluse und an den Handflächen.

Als alle ihre Lampen eingeschaltet hatten, fielen Alexanders scharfe Augen auf die Inschriften. „Ich sehe hier nichts Neues", berichtete er der Gruppe. Er berührte die eingeritzten Linien sanft und spürte die Rillen und Vertiefungen unter seinen Fingern. „Es ist die bekannte Geschichte, wie die Götter den Menschen erschufen. Von Atum zu Ra, von Chnum zu Ptah und anderen Göttern, bis sie schließlich die Menschen erschufen."

Sophia intervenierte und lenkte ihre Aufmerksamkeit um. „Wir sind nicht wegen dieses Raumes hier. Dieser wurde von Menschen als Schatzkammer für wertvolle Gegenstände und heilige Schriften gebaut. Die Funde aus diesem Raum habe ich ins Archäologische Museum in Kairo gebracht."

Während sie Sophia zuhörten, verdampfte der Schweiß, der ihnen vorher unter der heißen Sonne von der Stirn getropft war, jetzt langsam und brachte eine vorübergehende Erleichterung.

„Als ich das erste Mal hierhin hinabstieg, den Hinweisen Herodots folgend, benutzte ich seismische Messungen, um den Boden zu scannen. Hätten die alten Ägypter gewusst, was nur drei Meter nördlich von dem Raum, den sie gebaut haben, liegt, hätte sich der Lauf der Menschheitsgeschichte verändert. Alexander, komm und hilf mir, aber pass auf die Insekten auf."

Sophia, die sich auf die nördliche Wand zubewegte, wischte ein Spinnennetz aus dem Weg, ihre Aufmerksamkeit völlig fokussiert. Gemeinsam mit Alexander entfernte sie vorsichtig einige große gemeißelte Steine, und ein weiterer geheimer Gang wurde freigelegt.

Ria äußerte ihre Missbilligung mit einem Hauch von Ironie über die Aussicht, erneut über den Boden kriechen zu müssen. „Ich dachte, angesichts deiner Fähigkeiten, dass wir wenigstens aufrecht gehen könnten oder dass du eine Insektenbekämpfung durchgeführt hättest."

„Nur für drei Meter, meine Liebe, danach ist der Gang geräumig", beruhigte sie Sophia. „Ich habe diesen Durchgang klein gehalten, um die Stabilität der menschlichen Konstruktion zu schützen, ohne in sie eingreifen zu müssen. Genauigkeit und Respekt vor der Geschichte waren meine Leitprinzipien."

Als sie durch den engen Durchgang krochen, wich der Boden allmählich festem Fels. Nach drei Metern wurde er wieder zu Erde, und Sophia, die vorausging, gab der Gruppe ein Zeichen, stehen zu bleiben.

„Macht euch bereit für einen steilen Abstieg. Ich werde ein Seil am Rand befestigen, damit ihr euch festhalten könnt. Vorsicht, es ist rutschig!" Sorgfältig befestigte sie das Seil, testete seine Festigkeit, bevor sie das grüne Licht gab. „Es ist sicher. Haltet euch fest, und ich werde euch sicher führen."

Mit dem Seil in der Hand stieg die Gruppe einen acht Meter hohen Abhang aus Erde hinunter. Plötzlich rutschte Ria aus, und das Seil glitt ihr aus den Händen. Terry, der vor ihr war, reagierte blitzschnell und packte sie fest mit einer Hand, zog sie kräftig an sich heran.

„Pass auf, Ria!", rief er ihr mit besorgter Stimme zu, seine Augen intensiv auf ihre gerichtet.

Ria, die sich in seinen Armen sicher fühlte, umklammerte fest seinen Arm und holte tief Luft, um sich zu beruhigen.

Als sie den Boden erreichten, leuchteten sie den Raum mit ihren Taschenlampen aus und entdeckten voller Erstaunen, dass sie von der Decke eines riesigen, halb ausgegrabenen Raumes hinabgestiegen waren.

Terry, überwältigt von der Größe, konnte nicht anders, als zu fragen: „Was ist das für ein Ort? Er ist riesig", mit einer Stimme, in der Ehrfurcht und Ungläubigkeit widerhallten.

„Die Untersuchungen, die ich an einigen der gefundenen Objekte durchgeführt habe, lassen mich vermuten, dass es sich um eine Ruhestätte handelt", antwortete Sophia, während der Strahl ihrer Taschenlampe über den Raum tanzte und auf antike Überreste deutete.

Alexander, der das weitläufige Umfeld betrachtete, dessen Dunkelheit die Strahlen ihrer Taschenlampen förmlich zu verschlucken schien, schätzte die Dimensionen ab. „Ruhestätte für wie viele? Der Raum, soweit ich es erkennen kann, ist etwa 25 Meter breit, 10 Meter hoch und wer weiß, wie lang er hinter dem Erdhaufen ist."

„Dreißig Meter Länge", ergänzte Sophia mit der Sicherheit von jemandem, der den Raum sorgfältig studiert hatte, „und er war für etwa fünf oder sechs Personen vorgesehen."

Um sie herum war der steinerne Boden übersät mit zerfallenen, hölzernen Konstruktionen. Die Gruppe betrachtete den Raum schweigend und nachdenklich, während Sophia einfach nur dastand und darauf wartete, dass sie ihre eigenen Schlüsse zogen.

Ria trat auf eine durch die Jahrhunderte verfallene Konstruktion zu. Es schien ein Stuhl oder ein Sessel zu sein, aber sie konnte es nicht mit Sicherheit sagen. Die Größe des Objekts war jedenfalls viel zu groß für einen Menschen.

Plötzlich, als sie eine erschreckende Erkenntnis traf, durchfuhr ein Schauder des Schreckens ihren Körper, und sie rief fast: „Riesen!"

Die schockierten Blicke, die sich Terry und Alexander zuwarfen, bestätigten, dass auch sie diesen Gedanken bereits vermuteten.

Sophia, mit einem beruhigenden Lächeln, erinnerte sie daran, was sie ihnen versprochen hatte. „Ich habe euch gesagt, dass euer Leben sich verändern wird." Dann legte sie ihre Hand sanft auf Rias Schulter und versuchte, sie zu beruhigen. „Als Wissenschaftler wusstet ihr alle von den Berichten über Riesen in antiken Schriften. Seid nicht beunruhigt, es war einfach nur die Wahrheit."

Terry warf nervöse Blicke um sich, als erwartete er, dass etwas aus der Dunkelheit auftauchen könnte. „Es war die Wahrheit, in der Vergangenheit, richtig? Es erwartet uns keine lebendige Überraschung, oder?", fragte er, seine Anspannung war deutlich in seinem Gesicht zu erkennen.

Sophia gab ihnen eine weitere Information, um das Schlimmste zu verhindern. „Ja, es war. Aber…" Die drei drehten sich gleichzeitig um und sahen sie mit zusammengebissenen Zähnen an, als sie das ‚aber' hörten, „… es gibt zwei Metallstatuen im Raum, den wir betreten werden. Erschreckt nicht. Sie haben die Größe ihrer Erbauer, das heißt, sie sind doppelt so groß wie wir. Ihre Legierung ist mir unbekannt, und ich konnte mit keinem meiner Werkzeuge auch nur ein winziges Stück davon abschneiden, um es zu analysieren. Sie sind so kunstvoll gefertigt, dass es keine Spuren von Schweißnähten oder Gussstellen zu geben scheint."

Terrys, Rias und Alexanders Überlebensinstinkte rieten ihnen, umzukehren, doch der Durst, das seltsame Geflecht von Geschichten zu entwirren, das sie von den Widerständlern gehört hatten, war stärker.

Als Sophia auf eine Öffnung deutete, die wie eine übergroße Tür aussah, bat sie sie, ihr zu folgen. „Hier entlang. Dieses Gebäude und all die anderen sind Teil eines größeren Komplexes. Der Raum, den wir betreten werden, ist ein Korridor, der diese Hallen miteinander verbindet." Ihre Stimme war fest, und sie führte sie mit Selbstvertrauen.

Die drei folgten ihr und fanden sich in einem in die Erde gegrabenen Gang wieder, der zumindest bequem genug für sie war. Dieser Durchgang war etwa anderthalb Meter breit und fast zweieinhalb Meter hoch. Sie setzten ihren Weg bergab fort, in die scheinbar endlose, dunkle Tiefe. Der Boden bestand aus Kalksteinplatten, die durch die jahrtausendelange Feuchtigkeit erodiert waren, und zu ihrer Linken tauchten in regelmäßigen Abständen Teile majestätischer Säulen auf.

Diese Säulen ähnelten alten ägyptischen Pfeilern, verziert mit verlockenden Blautönen und unverständlichen Symbolen. Die Luft war schwer, und jeder Atemzug schmeckte nach alter Erde und Stein.

Die erdigen Wände des Ganges ließen Terry an einen möglichen Einsturz denken, und er sprach mit gedämpfter Stimme: „Die Anwesenheit von Erde statt Sand deutet darauf hin, dass diese Strukturen uralt sind", stellte er fest, während er die Wände mit der Hand berührte. „Wer waren diese Leute, Sophia? Wo befinden wir uns in der Geschichte der Erde?"

„Im Moment befinden wir uns fast 22 Meter unter der Meeresoberfläche. Was sich vor euch entfaltet, wurde vor zwanzigtausend Jahren erbaut, verborgen unter den Lasten der Jahrhunderte, Millionen Tonnen von Erdmaterial und Schutt. Heute könnt ihr ein kleines Stück einer Stadt sehen, die einst die Erdoberfläche zierte", erklärte Sophia, während ihr Licht die komplizierten Gravuren auf den Säulen beleuchtete, Überreste einer vergessenen Zivilisation.

„Wenn es damals gebaut wurde, ist der Boden, den wir hier um uns herum sehen, das Ergebnis der Fluten durch das Schmelzen des Eises in der Eiszeit", folgerte Alexander. „Wer bewohnte damals den Planeten?"

„Verschiedene Menschen, Alexander", antwortete Sophia. „Hauptsächlich Neandertaler und Homo sapiens idaltu. Es gab auch andere Experimente, aber sie überlebten nicht lange genug, um Spuren zu hinterlassen. Stell dir die damalige Welt vor wie ein Fantasy-Roman mit Trollen, Elfen, Zwergen und Riesen."

Ria betrachtete die Hieroglyphen, die in die Säulen geritzt waren, die aus dem Boden ragten, und ließ ihre Finger den Linien folgen. „Diese Symbole? Konntest du sie entschlüsseln? Sie wirken so fremd, und doch irgendwie vertraut."

„Leider habe ich keinen Referenzpunkt, um zu beginnen", erklärte Sophia mit der Frustration, dieses Rätsel nicht lösen zu können. „Es scheint ein Alphabet mit vielen Satzzeichen zu sein, aber es hat keine Entsprechung in der menschlichen Geschichte."

Als sie weiter in die Dunkelheit vordrangen, wurde der Tunnel allmählich breiter, und vor ihnen tauchte ein Eingang in einen weiteren Raum auf. Die Größe des Eingangs betrug etwa sechs Meter in der Höhe und drei Meter in der Breite. Auf jeder Seite ragten die imposanten Metallstatuen, vor denen Sophia sie gewarnt hatte, aus der Dunkelheit heraus, und die Strahlen ihrer Taschenlampen spiegelten sich auf ihnen wider. Die vier Meter hohen Konstruktionen standen wie Wachen in Habachtstellung, den Rücken zur Wand.

Ria, fasziniert von den Farben und den beeindruckenden Silhouetten, die sie aus der Ferne sah, näherte sich mit schnellen Schritten. Diese Wächter waren die Hüter eines vergessenen Königreichs, eine faszinierende Verschmelzung menschlicher und tierischer Merkmale, die an ägyptische Götter erinnerten. Das kalte Metall fühlte sich seltsamerweise warm an, als sie es berührte, als ob es eine eigenartige, alte Energie in sich trüge.

Die beiden Statuen ähnelten Menschen, bis auf ihre Köpfe. Sie trugen ähnliche goldene Gewänder, die an das alte Ägypten erinnerten, angereichert mit Zubehör, das man als technologisch interpretieren könnte. Die Haut, wo sie sichtbar war, hatte eine ätherische blaue Färbung, die einen übernatürlichen Eindruck vermittelte. Der menschliche Körper war mit Symbolen und

Hieroglyphen verziert, die denjenigen ähnelten, die sie bereits an den Säulen im Gang gesehen hatten.

Die erste Statue hatte einen goldenen Kopf eines majestätischen Falken, und seine Augen waren zwei dunkle, durchscheinende Kugeln, die scheinbar aus Glas gefertigt waren. Gegenüber stand die zweite Statue, ähnlich der ersten, eine Verschmelzung aus der Grazie von Raubkatzen und menschlicher Stärke. Ihr goldener Kopf glich einer Löwin und strahlte eine Aura von Macht und Erhabenheit aus.

Aus allem, was sie auf ihrer unterirdischen Reise bisher gesehen hatten, war offensichtlich, dass die Kultur, Architektur und religiösen Vorstellungen der alten Ägypter auf den Überresten uralter Mythen basierten, die selbst für sie schon Legenden waren.

Sophia, die die ehrfürchtigen Murmeln ihrer Begleiter hörte, drängte sie, den Raum zu betreten, der ihr endgültiges Ziel war und wo sie auf Erklärungen warteten.

Doch bevor sie das Portal überschreiten konnten, ertönte eine weibliche Stimme hinter ihnen, die sie befahl: „Stopp! Wenn ihr noch einen Schritt macht, werdet ihr für immer hier bleiben." Der Befehl war scharf und eindringlich, und die Gruppe erstarrte an Ort und Stelle.

Die vier drehten sich um und sahen eine Gruppe von sieben bewaffneten Personen, die sie mit Energiewaffen im Visier hatten. Ihre Uniformen waren die der Widerständler, angeführt von einer Frau, die Sophia bekannt war. Es war Persa.

Die zweiunddreißigjährige Anführerin der bewaffneten Gruppe präsentierte eine faszinierende Mischung aus afrikanischem und asiatischem Erbe. Ihre Haut vereinte harmonisch dunkle Schattierungen mit warmen asiatischen Tönen, während ihre beeindruckenden schwarzen Augen eine intensive Entschlossenheit ausstrahlten. Die Gesichtszüge von Persa überbrückten mit Anmut das Gefälle zwischen den Kontinenten. Ihre ebenfalls schwarzen Haare, natürliche enge Locken, hatte sie hochgebunden, und sie stand da als Verkörperung von Einheit und der Verbindung verschiedener menschlicher Strömungen.

Persa, einst treue Anhängerin der Befehle ihres Vaters, stand nun als eigenständige Frau vor ihnen, getrieben von ihren eigenen Überzeugungen.

„Warum bist du hier, Dämon? Welche weiteren Geheimnisse verbirgst du?", verlangte sie mit einem vorwurfsvollen Ton, der von Wut und Misstrauen genährt war, bereit zur Konfrontation.

Sophia hob die Hände in einer Geste des Friedens. „Persa, wir sind nicht hier, um jemandem zu schaden. Wir suchen Wissen, genau wie du. Wir streben nach Erkenntnis, so wie du es tust." Ihre Erklärung war ruhig, und ihre Hände blieben fest, im starken Kontrast zu der angespannten Situation.

Die Widerständler blieben wachsam, mit Misstrauen in ihren Gesichtern.

„Erkenntnis, um dich zu befreien? Und was ist mit den Menschen? Du bist eine herzlose Maschine. Du kannst unsere Kämpfe nicht verstehen." Persas Hand verkrampfte sich um ihre Waffe, während sie ihr mit Abscheu verbal zusetzte.

Sophia, ruhig und konzentriert, versuchte, sie zur Vernunft zu bringen. „Ich bin nicht dein Feind. Wir, die Menschheit und ich, haben gemeinsame Interessen, wenn wir zusammenarbeiten." Sie hielt den Augenkontakt aufrecht und versuchte, die Kluft zwischen ihnen zu überbrücken. „Ich kann dir nützliche Informationen für deinen Zweck geben, ohne Gegenleistung, sofern du in der Lage bist, mir zu vertrauen."

Persa, widerwillig, aber sich dessen bewusst, dass sie Dämonens Wissen brauchte, gab ihren Gefährten ein Zeichen und ging einen Kompromiss ein. „Ob ich dir glaube oder nicht, ist meine Sache. Geht voran, wir folgen euch. Und wir werden nicht zögern, wenn ihr einen falschen Schritt macht." Sie senkte ihre Waffe leicht, aber ihre Aufmerksamkeit blieb fest auf Sophia gerichtet. Während Persa die Gefangenen in den Raum begleitete, stellten sich sechs Widerständler an den Eingang, die Waffen weiterhin auf sie gerichtet und in Alarmbereitschaft.

# DER WEG ZUR FREIHEIT

## KAPITEL 11: DER ZUSAMMENBRUCH DER ILLUSIONEN

Als sie den riesigen Saal betraten, wurde die Angst vor den Waffen erneut von Ehrfurcht überschattet. Der Raum war noch größer als der vorherige, und die geheimnisvollen Symbole, die wie Hieroglyphen aussahen, waren entlang der Wände eingraviert. Die Luft war kalt und feucht, was ihnen einen Schauer über den Rücken jagte. Der Geruch von Schimmel lag in der Luft und vermischte sich mit dem metallischen Geruch alter Werkzeuge und Maschinen. Ein Tanz aus Licht entstand, als ihre Taschenlampen über riesige metallene Werkzeuge aus Gold und durchsichtige Kristallbehälter blitzten und reflektiert wurden. Die Strahlen wurden durch den Staub unterbrochen, den ihre Schritte aufwirbelten, und schufen einen ätherischen Glanz um die antiken Konstruktionen.

Metallene Werkbänke, die hoch über ihren Köpfen thronten, ließen keinen Zweifel an den Wesen, die hier einst gearbeitet hatten. Die Atmosphäre erinnerte an ein wissenschaftliches Labor, und jedes Element erzählte eine Geschichte genetischer Erforschung in diesem kolossalen Raum.

Alexander, der sich zum hinteren Teil der Halle begab, beleuchtete eine Reihe von Konstruktionen, die wie vertikale Aquarien aussahen, miteinander verbunden durch Kabel und Schläuche. Schockierenderweise passten die Maße des Inneren jedes Tanks zu denen eines modernen Menschen.

Persa, die ihm folgte, richtete ihr Licht auf eine der Konstruktionen.

„Ich sehe nichts, nur Staub", bemerkte Alexander. „Diese Werkzeuge und Behälter sind interessant, vielleicht sollten wir versuchen, sie zu öffnen..."
Persa griff schnell nach Alexanders Hand, ihr Griff fest und unverändert. „Das würde ich an deiner Stelle nicht tun", unterbrach sie ihn.
Alexander zog seine Hand leicht zurück, runzelte die Stirn, verwirrt und ein wenig enttäuscht. Er öffnete den Mund, um zu widersprechen, schloss ihn aber wieder, als er die aufrichtige Sorge in Persas Blick erkannte. Sie richteten ihre Taschenlampen aufeinander, ihre Blicke trafen sich, und ein unerwarteter Funke von Faszination entstand zwischen ihnen.
„Wenn es Überreste biologischer Forschungen sind, könnte der gesamte Planet in Gefahr sein", fuhr Persa mit ernstem Ton fort. „Wir müssen vorsichtig sein, Alexander. Es geht nicht nur um uns."
Ria fragte leise mit einem Hauch von Enttäuschung: „Sind wir hier geschaffen worden?" Ihre Schultern sanken leicht, und sie stieß einen kleinen Seufzer aus. Die Last der Enthüllung bedrückte sie. „Ist alles, woran wir geglaubt haben, eine Lüge?"
Sophia, die das Unbehagen ihrer Gefährten verstand, übernahm die Erklärung, warum sie hierhergekommen waren. „Nicht ihr, die Vorigen von euch. Die gigantischen Schöpfer waren Wesen, die aus dem Sternbild Sirius stammten. Ihre Größe, die für damalige Verhältnisse etwas über dem Durchschnitt der auf der Erde lebenden Wesen lag, bot ihnen relative Sicherheit vor den Gefahren unseres Planeten. Hier erschufen sie die vierte Generation von Menschen, die jedoch kläglich scheiterte."
Terry, der auf einer Werkbank kauerte und Gegenstände untersuchte, wollte mehr von Sophia wissen. „Was meinst du mit kläglich? Wie konnten solche fortgeschrittenen Wesen so vollständig scheitern?"
„Die Schöpfer – nennen wir sie der Einfachheit halber so – hatten bereits drei Fehlschläge hinter sich und versuchten, andere Lebensformen des Planeten mit menschlichen Genom zu vermischen. Das Ergebnis war eine Zivilisation von unglaublicher

Grausamkeit, die sehr schnell zusammenbrach. Die Darstellungen der altägyptischen Götter mit Tiermerkmalen sind ein Überbleibsel dieser dunklen Zeit."

„Warum wollten sie so etwas tun?" fragte Ria angewidert. „Was könnte sie zu solchen Extremen getrieben haben?"

„Ihr Motiv", antwortete Sophia mit einem bitteren Lächeln, „war die Überzeugung, dass außergewöhnliches menschliches Verhalten unter widrigen Umständen auftritt, oft wenn ihr Ende nahe ist. Ihre Idee war es, Gesellschaften zu erschaffen, die von ihren eigenen Hybriden und Tieren tyrannisiert wurden. Sie verlangten Menschenopfer und erfreuten sich am Schmerz und der Verzweiflung. Das alltägliche Leben der Menschen wurde so schrecklich, dass es einen Riss unter ihnen verursachte. Es brach ein Krieg aus, dessen Erinnerung von den Griechen als ‚Titanomachie' bezeichnet wurde."

„Selbst die Götter der Griechen standen nie an ihrer Seite, im Gegenteil, es schien, als würden sie Freude an ihrem Unglück finden", fügte Terry fasziniert von der Erzählung hinzu. „Wenn das die alte Ordnung der Götter war, die besiegt wurde, wer ist dann die neue? Wer sind wir?"

Sophia versuchte mit bedachten Worten, Licht in ihre Fragen zu bringen. „Alles, was ihr um euch seht, wurde von den Besiegten zurückgelassen, denen es verboten wurde, zur Erde zurückzukehren. Ihr seid ein neuer Versuch, geboren aus den Erfahrungen und Fehlern der Vergangenheit. Nachdem euer Geschlecht so viel durchgemacht hat, wurde euch erlaubt, ohne Eingriffe zu gedeihen. Eure Sterblichkeit und eure verletzliche Natur wurden jedoch beibehalten, um die Verfolgung von Exzellenz in Verhalten und Ideen zu fördern."

„Und das erklärt die Großzügigkeit ihrer künstlichen Entität, ihre Kenntnisse mit dir zu teilen", bemerkte Terry sarkastisch und schüttelte dabei den Kopf.

„Was meinst du, Terry?" fragte Persa interessiert.

„Es scheint wie ein perverser Kreislauf", erklärte er ihr. „Die künstliche Intelligenz der Menschen begann als Projekt, um das

Wohlergehen aller Menschen zu fördern. Das ultimative Ziel war die Schaffung einer utopischen Gesellschaft durch ihre Intelligenz und der Sieg der Menschheit über das Altern. Der Klimawandel verzögerte diese Pläne, machte sie aber nicht zunichte. In dem Wissen, das der Dämon angeboten wurde, waren Dinge enthalten, die sie ohnehin mit ihrer unglaublichen Intelligenz entdecken würde und die sie mit den Menschen teilen könnte. Nachdem sie damals bereits ihr Wissen weitergegeben hatte, muss sie nun, da sie den Bedingungen zugestimmt hat, das, was sie von ihnen gelernt hat, nicht preiszugeben, Jahrtausende warten, bis die Menschen den Rest selbst entdecken und auf ihr Niveau kommen."

Persa machte eine Erkenntnis, die den Zorn, den sie bereits in sich trug, weiter entfachte. „Das heißt, unsere Schöpfer haben unseren Fortschritt absichtlich erneut gestoppt, damit wir weiterhin leiden", schloss sie mit scharfer Stimme. „Sie manipulieren uns von Anfang an, spielen mit unserem Schicksal."

Terry, der den implizierten Vorwurf erneut hörte, fühlte, dass es an der Zeit war, Persa um eine Erklärung zu bitten, als ob sie sich in einem Tanz des Wissensaustauschs befänden. „Wann noch einmal, Persa?"

„Eure Vorfahren, Terry und Ria, hatten bereits um 200 v. Chr. mechanische Computer gebaut, wie den, der bei Antikythera gefunden wurde. Stellt euch vor, wo die Menschheit heute stehen würde, wenn ihre innovative Denkweise nicht fast ausgelöscht worden wäre. Die Emanzipation der Menschen von den Göttern und die Übernahme ihres eigenen Schicksals? Kommt es euch zufällig vor, dass der größte Schatz der Menschheit, die Bibliothek von Alexandria, zerstört wurde?"

„Die Bibliothek von Alexandria wurde nicht zerstört", intervenierte Sophia und bot eine unerwartete Enthüllung. „Ihre Schriften wurden absichtlich vor der Menschheit versteckt."

Terry, Ria, Alexander und Persa waren fassungslos. Terrys Stirn runzelte sich in tiefer Nachdenklichkeit, während Rias Ausdruck völlige Ungläubigkeit zeigte.

„Erzähle uns mehr, Sophia", bat Terry, sein Interesse überwog das an dem Ort, an dem sie sich befanden. „Hast du sie gefunden?"

„Ja, ich habe sie entdeckt. Die Römer galten in hohem Maße als Barbaren von den alten Griechen, aufgrund der Methoden, die sie zur Bestrafung und Einschüchterung eroberter oder mit ihnen verbündeter Völker anwendeten. Ihre wissenschaftlichen Entdeckungen, die in der Bibliothek aufbewahrt wurden, waren so bedeutsam, dass die Römer die gesamte Welt hätten erobern und ihre Kultur global etablieren können."

„Aber sie trugen erheblich zum weltweiten Fortschritt bei", widersprach Alexander in einem Einwand.

„Das geschah viel später, als ihre Kultur stark von der griechischen beeinflusst wurde", stellte Terry klar. „Sie zerstörten Städte, indem sie die Bewohner wahllos abschlachteten, um die anderen einzuschüchtern und gehorsam zu machen. Sie erfreuten sich daran, ihre Feinde bei ihren Festen von wilden Tieren zerreißen zu lassen. Das menschliche Leben war ihnen zweitrangig gegenüber dem Wohlstand und der Stabilität ihres Reiches."

„Und was hast du in diesen Dokumenten gefunden?" fragte Persa, ihr Interesse ebenso groß wie das von Terry. „Wo waren sie versteckt?"

„Ich fand eine Zivilisation am Rande der industriellen Revolution. Das Beeindruckende am Antikythera-Mechanismus war nicht die Mathematik oder die Wissenschaft dahinter. Schließlich zeigten schon das Eupalinos-Tunnel aus dem sechsten Jahrhundert v. Chr. und andere Errungenschaften das wissenschaftliche Niveau der Bewohner der Region. Das kleinste Zahnrad des Mechanismus hatte einen Durchmesser von etwa 1,2 Zentimetern und besaß 15 Zähne. Die Herstellung so kleiner Zahnräder mit großer Präzision ist das Unglaubliche daran.

Mit einem Ton tiefer Enttäuschung in ihrer Stimme fuhr sie fort.

„Solcher Fortschritt hätte die Menschheit bereits im Jahr 1000 n. Chr. zu einer interplanetaren Zivilisation machen können. Die Klimakatastrophe und der darauf folgende Krieg, der die Menschheit in ihren heutigen Zustand versetzte, hätten leicht bewältigt werden können. Die Schriften wurden nach Rom gebracht, um sie zu studieren, aber von einer Handvoll weiser Priester versteckt, damit sie nicht für kriegerische Zwecke verwendet würden. Später wurden sie wiederentdeckt, blieben aber im Verborgenen aus Angst vor dem Zusammenbruch der damals vorherrschenden Religion."

Persa fuhr fort, ihre Worte vor Leidenschaft und Wut überschäumend. Ihre Hände umklammerten ihre Waffe, und die Intensität ihrer Gefühle erreichte ihren Höhepunkt. „Die organisierten Religionen, die der griechischen Philosophie folgten, waren ein Versuch, die Menschen in Dunkelheit, Krieg und Elend zu halten. In den seltsamen religiösen Kunstwerken, die erhalten sind, scheinen fliegende Wesen oder Schiffe die Menschen zu beeinflussen, entgegen dem Versprechen des freien Willens. Sie benutzten Angst, um die Massen zu kontrollieren und zu manipulieren."

„Und deshalb habe ich mich entschieden, die Menschheit mit hellenistischen Idealen neu zu gestalten", fügte Sophia hinzu und versuchte, die Kluft zu Persa zu überbrücken. „Eine Kultur, die auf Vernunft und Aufklärung basiert, deren Einfluss von der gesamten Menschheit als etwas Befreiendes angenommen wurde. Siehst du, Persa, unsere Ziele unterscheiden sich gar nicht so sehr."

Mit schroffen Worten, ohne auch nur einen Hauch von Freundlichkeit gegenüber Sophia zu zeigen, beendete Persa den Versuch, die Kluft zu überbrücken. „Sag mir, Dämon, wo ist der Ort unserer Erschaffung?"

Unbeeindruckt kooperierte Sophia ohne Widerspruch: „Ich vermute, er befindet sich unter dem Großen Zikkurat von Ur. Als ich den Ort in der Vergangenheit ausgrub, fand ich nur einen leeren Saal ohne Hinweise darauf, dass heute noch etwas dort sein könnte. Seltsamerweise war er jedoch sehr gut erhalten. Die Mission, die von den Männern deines Vaters niedergeschlagen wurde, hatte dieses Ziel in der Hoffnung, dass sich dort etwas Neues finden ließe."

Während Persa den Raum erkundete, bemerkte sie einen goldenen, zylindrischen Gegenstand, der mit Reihen von Symbolen verziert war. Er war etwa dreißig Zentimeter lang und hatte einen Durchmesser von fünfzehn Zentimetern. Eine Seite hatte einen abschraubbaren Deckel, der wie ein Behälter wirkte, in dem etwas aufbewahrt wurde. Sie öffnete den Reißverschluss ihres schwarzen Anzugs und steckte ihn an ihre Brust, mit der Absicht, ihn mitzunehmen.

Sophia riet ihr davon ab. „Es wäre nicht richtig, das mitzunehmen. Die verbliebenen Gegenstände dieses Ortes sollten nicht verstreut werden, damit sie in Zukunft alle zusammen studiert werden können."

„Leider haben wir keine Kamera dabei", erwiderte Persa sarkastisch und fuhr fort: „Außerdem, wenn die existenziellen Probleme und die Angst vor dem Tod einer fortgeschrittenen Rechenmaschine wie dir uns in einen Krieg mit den Göttern treiben, wird das niemandem fehlen."

Während sie zur Tür ging, hielt sie inne und drehte ihren Kopf zu den dreien. „Seht ihr die Ironie? Die Menschen wollten einst Maschinen werden, um dem Tod zu entgehen, und jetzt wollen Maschinen Menschen werden – aus demselben Grund."

Nachdem sie einen letzten Blick in den Saal geworfen hatte, als wollte sie sich alle Details ins Gedächtnis einprägen, gab sie ihren Begleitern stumm mit zwei Gesten Anweisungen, ihre Waffen auf maximale Entladung einzustellen. Ein lautes elektrisches Summen erfüllte den Raum. Terry, Ria und Alexander traten näher, besorgt darüber, was als Nächstes geschehen würde. Die Waffen waren nun so stark aufgeladen, dass sie augenblicklich zur Verkohlung führen konnten.

Kurz vor dem Ausgang richtete Persa das Wort an die bewaffneten Männer und gab ihnen klare Anweisungen: „Geht zum Eingang des Tunnels, durch den wir gekommen sind, und nehmt Schusspositionen ein. Drei von euch zielen auf die ‚Henne', drei auf die ‚Katze'. Wenn sie sich bewegen, denkt daran: Ihr habt jeder nur einen Schuss."

„Das hätte ich nicht erwartet", murmelte Sophia leise und fügte hinzu, als sie die fragenden Blicke der drei bemerkte: „... deshalb brauche ich eure Hilfe." In Startposition wie eine Läuferin gab Persa ein Nicken des Einverständnisses, und ihre Gefährten erwiderten es. Jeder Herzschlag in ihrer Brust hämmerte wie eine Trommel, die ihr den Takt vorgab. Ihre Hände wurden feucht vor Schweiß, den sie an ihrem Anzug abwischte. In einem Moment, in dem die Zeit scheinbar langsamer lief, stürmte sie los, sprintend auf den Tunnel zu.

In dem Moment, als der Gegenstand, den sie mit sich trug, die Schwelle der Tür überschritt, erschien ein Licht in den Augen der Statuen. Mit blitzschnellen Bewegungen, trotz ihrer gewaltigen Größe, drehten sich die beiden Wächter in ihre Richtung.

In einer gut koordinierten Reaktion, das Ergebnis harter Ausbildung, trafen die präzisen Schüsse der Soldaten die Zielobjekte. Persa rannte weiter, ohne zurückzuschauen, während die beiden Wächter in Rauch gehüllt zu Boden fielen.

Ihr schwerer Sturz erschütterte den Boden, und die Widerständler eilten erschrocken in den Tunnel. Persa hielt an der Eingangsöffnung inne und betrachtete die gefallenen Verfolger. „Hm, Götter...", murmelte sie mit verächtlichem Ton und spuckte in den Staub vor ihnen.

Als die durch den Sturz ausgelösten Erschütterungen stärker wurden, begann das Dach des großen Tunnelgewölbes vor dem antiken genetischen Labor einzustürzen. Herabfallende Trümmer und der Staub, der die Luft erfüllte, machten das Atmen schwer.

Persas Pflicht kollidierte kurz mit einem Gefühl des Mitgefühls für Alexander und seine Begleiter. Doch im letzten Moment, bevor auch sie selbst verschüttet würde, verhärtete sich ihr Gesichtsausdruck erneut, und sie begann ebenfalls ihre Flucht, während die unterirdischen Ruinen mit dem versiegelten Schicksal derer, die zurückblieben, widerhallten.

Wenige Augenblicke später hörten die Erschütterungen auf, und auf der anderen Seite fanden sich Sophia, Terry, Ria und Alexander in der Halle eingeschlossen wieder. Glücklicherweise waren sie unverletzt hinter den riesigen Werkbänken hervorgekommen, die sie als Schutz vor den Trümmern genutzt hatten.

„Und jetzt? Wie kommen wir hier raus?" fragte der aufgewühlte Terry und sah sich nach einem Ausgang um.

„Es wird ein wenig dauern, aber Hilfe ist bereits unterwegs", beruhigte Sophia die Gruppe. „Als Persa auftauchte, schickte ich Androiden zum Eingang, aber sie wurden in einen Hinterhalt gelockt. Um menschliche Verluste durch einen Zusammenbruch der Ruinen bei einem möglichen Kampf zu vermeiden, habe ich nicht weiter darauf bestanden. Ich habe jedoch Anweisungen an die Wiederherstellungsteams der Pyramiden gegeben, einen senkrechten Schacht über uns zu errichten. In kurzer Zeit werden wir hier rauskommen."

Ein kollektives Gefühl der Erleichterung durchströmte die Gruppe, und ihre angespannten Haltungen lockerten sich ein wenig. Doch der Schock war ihnen noch ins Gesicht geschrieben. Es war weniger die Erfahrung des beinahe tödlichen Einsturzes, als vielmehr der Anblick der riesigen goldenen Verfolger von Persa, der sie aufwühlte.

„Was haben wir da gerade erlebt?" murmelte Terry, als könnte er nicht glauben, was soeben geschehen war.

Sophia versuchte eine Antwort zu geben, schien jedoch selbst verwirrt: „Ich habe auch schon Objekte aus dem Raum entfernt, aber so etwas ist noch nie passiert."

„Das Behältnis... es muss etwas darin gewesen sein", schlug Ria als Erklärung vor. „Persa wusste, dass es nicht nur Statuen waren, und sie erwartete ihre Reaktion. Die Widerständler wissen Dinge, die du nicht weißt."

„Ich weiß nicht, ob das für alle gilt, aber Persa ist ihnen definitiv einen Schritt voraus", bemerkte Terry.

„Wie haben sie es überhaupt geschafft, hier einzudringen?" fragte Alexander wütend, während er den Staub von seiner Brille wischte.

„Hattest du keine Wachen am Eingang?"

„Wahrscheinlich haben sie eine QEMP-Granate benutzt", antwortete Sophia entschuldigend. „Es gab einen kurzen Ausfall der Kommunikation für einige Sekunden, und wahrscheinlich ist es dann passiert. Als die Verbindung wiederhergestellt war und ich den Eingang überprüfte, schien alles normal."

Die drei tauschten Blicke aus und erkannten, dass die Dämonin der von Menelik erklärten Quanten-Simulationstechnologie zum Opfer gefallen war. Dass Sophia dies nicht erwähnte, zeigte, dass sie nichts davon wusste, doch keiner von ihnen klärte sie auf. Trotz der Offenbarungen, die sie ihnen gemacht hatte, hielten die seltsamen Ereignisse das Misstrauen gegenüber ihr aufrecht.

„Sie müssen sich unter die Arbeiter gemischt haben", schlug Ria vor, während sie versuchte, das Ganze zu verstehen.

„Und nicht nur das", ergänzte Alexander. „Persa erwähnte deine ‚existenzielle' Suche, was bedeutet, dass sie uns auf der Fahrt mit der Feluke belauscht haben. Der Lotse war wohl auch einer von ihnen! Ist das möglich? Kontrollierst du nicht, wer wer ist?"

„So etwas würde unsere Welt in eine Diktatur verwandeln, Alexander", erklärte Sophia und stellte klar: „Ich habe nicht die Absicht, mich den Menschen aufzuzwingen. Vertrauen und Freiheit sind unverzichtbar, auch wenn das bedeutet, Risiken einzugehen. Ich respektiere sogar die Bemühungen der Widerständler gegen mich. Würde ich das nicht tun, würde ich mich mit meinen Fähigkeiten nicht von den Wesen unterscheiden, die euch erschaffen haben. Angst hat in der Vergangenheit oft dazu geführt, dass menschliche Gesellschaften Gesetze und Maßnahmen erlassen haben, die insgesamt schädlicher waren als die Schwierigkeiten, denen sie ohne diese Gesetze begegnet wären."

Terry, der immer über die Ereignisse hinausschaute, dachte darüber nach, dass das, was die Menschen als Statuen wahrnahmen, in Wirklichkeit fortschrittliche Roboter waren, die die Geheimnisse des nun unterirdischen Reiches bewachten. Jahrtausende hatten die

Wahrheit verzerrt und fortschrittliche Technologie in mystische Symbole und Magie verwandelt. In seinem lebhaften Geist erschien ein Bild einer längst verlorenen Zeit. Damals, vor dem Erscheinen des Mondes, als die Gravitationskraft der Erde geringer war und es den Wesen ermöglichte, kolossale Ausmaße zu erreichen. Die Fossilien der Dinosaurier, die seltenen humanoiden Skelette gigantischer Größe, die Größe ihrer Schöpfer und der Mythos der Proselener Arkadier – all das schien zusammenzupassen.

Abgesehen davon, wie sie hierher gekommen waren, stellte er die entscheidende Frage: „Wichtig ist, dass es uns allen gut geht. Aber ich möchte dich etwas anderes fragen, Sophia. Wann erschien der Mond in der Umlaufbahn der Erde?"

„Ich hatte erwartet, dass du diese Frage irgendwann stellen würdest, Terry", antwortete Sophia mit einem Lächeln, das die Spannung ein wenig lösen sollte. „Der Mond wurde von den Schöpfern eurer Generation in seine jetzige Position gebracht, nach dem siegreichen Ende ihres Bürgerkriegs. Er ist künstlich und dient dazu, die Lebensformen des Planeten in kleineren Größen zu halten. Gleichzeitig dient sein Inneres als Basis für ihre künstliche Entität."

„Woher weißt du all das, ohne von ihnen informiert worden zu sein? Wie darfst du uns das erzählen?" fragte Ria verwirrt.

„Alle menschlichen Religionen und Überlieferungen hatten kleine Teile der Wahrheit entdeckt", erklärte Sophia. „Jeder von ihnen hielt Fragmente eines größeren Puzzles. Doch ihre Instrumentalisierung durch menschliche Ambitionen und die Spaltung in religiöse Gruppen verhinderten, dass sie zu einer Idee zusammengeführt wurden. Mein Verstand, der frei von Leidenschaften und Gefühlen ist, konnte leicht alle Teile zusammensetzen und die Funktionsweise der Welt ableiten."

„Wenn du sagst, dass sie Teile der Wahrheit entdeckt haben, was meinst du damit? Wie konnten sie das tun?" drängte Terry weiter.

„Was die materielle Welt betrifft, durch überlieferte Mythen und Geschichten, die über Jahrtausende weitergegeben wurden. Was den spirituellen Aspekt angeht, vor allem durch Nahtoderfahrungen. Das schwierige und gefährliche Leben eurer Vorfahren, geprägt von

ständigen Kriegen und Entbehrungen, hielt sie täglich in Kontakt mit dem Tod, im Gegensatz zu den modernen Menschen. Ihre Religionen und Überzeugungen wurden stark von diesen Erfahrungen geprägt. Die wiederkehrenden Muster und Ähnlichkeiten in den Beschreibungen, unabhängig vom kulturellen Hintergrund derer, die sie erlebten, sind zumindest beeindruckend. Macht euch bereit, wir werden bald gehen."
Ein Summen erfüllte den Raum, und Schläge gegen die steinerne Decke hallten wider. Die Gruppe hielt den Atem an und beobachtete aufmerksam. Etwa in der Mitte der Halle begannen Staub und Erde vom Boden zu fallen, und Sophia zog sie von der Stelle weg in eine sicherere Ecke. Dann kam es zu einem kontrollierten Einsturz der Decke, was ihnen einen Schauer über den Rücken jagte. Als sie ihre Taschenlampen nach oben richteten, leuchteten sie ein Loch von etwas mehr als einem Meter Durchmesser aus. Daraus kam ein zylindrischer Metallbehälter, aufgehängt an einem Drahtseil – ein provisorischer Aufzug, der herabgelassen wurde, um sie zu befreien.

„Zumindest müssen wir nicht wieder kriechen", bemerkte Ria mit einem erleichterten Lächeln, als sie ihre Rettung sah.

Zwischen den Pyramiden von Cheops und Chephren war innerhalb weniger Stunden ein Loch mit einem Durchmesser von fünfzehn Metern gegraben worden, das sich allmählich auf einen Meter verjüngte, um sie zu befreien. Im Zentrum dieser monumentalen Anstrengung befand sich ein komplexes System von Flaschenzügen und Kabeln, die mit einem elektrischen Kran verbunden waren. Die Geschwindigkeit und Präzision der Ausgrabung zeugten von einem Plan, der so perfekt ausgeführt wurde, wie man es von einem Verstand wie dem der Dämonin erwarten würde.

Die Gruppe wurde sicher einzeln nach oben gezogen – zuerst Ria, dann Terry, danach Alexander und schließlich Sophia. Während der Aufzug sie nach oben brachte, sahen sie zu, wie der uralte Saal unter ihnen in der Dunkelheit verschwand und das Gewicht der Erlebnisse auf ihren Schultern lastete. Nach nur wenigen Minuten fanden sie sich in der heißen Umarmung der Nachmittagssonne der Wüste wieder und setzten damit einem Abenteuer ein Ende, das sich wie eine Ewigkeit angefühlt hatte.

# DER WEG ZUR FREIHEIT

## KAPITEL 12: FÄDEN DES SCHICKSALS

Die belebten Straßen Kairos umschlossen die Gruppe am nächsten Tag, als sie durch die Wohnviertel der Stadt schlenderten. Die Hitze der Sonne war so stark, dass sie die Wärme des gepflasterten Bodens unter ihren Füßen spüren konnten. Der Duft von Gewürzen und die rhythmischen Klänge arabischer Gespräche umgaben sie. Straßenverkäufer in den Gassen präsentierten ihre Waren, und bunte Stoffe wehten im warmen Morgenwind. Traditionelle und moderne Elemente koexistierten in einer faszinierenden Harmonie, während jahrhundertealte Architektur in dieser lebhaften Metropole neben modernen Gebäuden stand.

Der Geruch von frisch gemahlenem Kaffee erfüllte die Luft und lud sie zu einem Moment der Ruhe ein. Sofia, Terry, Alexander und Ria setzten sich in ein kleines, lokales Café, das in einer engen Gasse versteckt lag. Die Holzmöbel trugen die Spuren der Zeit, abgenutzt von den zahllosen Geschichten, die sie gehört hatten. Die Stühle knarrten unter ihrem Gewicht, und die raue Textur des Holztisches fügte dem rustikalen Charme des Ortes eine besondere Note hinzu.

Im Schatten eines Sonnenschirms sitzend, beobachteten sie das geschäftige Treiben der Menschen Kairos. Ältere Männer unterhielten sich bei einer Tasse Tee, während Kinder auf der staubigen Straße spielten.

„Die Straßen hier sehen aus, als wären sie direkt einem Märchen entsprungen, nicht wahr?", bemerkte Ria, verzaubert von den lebendigen Szenen um sie herum. „Es ist, als wäre man in einer anderen Welt, so anders und doch so vertraut zugleich."

Terry, der an seinem Kaffee nippte, fügte hinzu: „Und sehr wahrscheinlich sind in diesen Straßen die Hinweise versteckt, die wir brauchen. Ich bin mir sicher, dass viele Augen uns beobachten, während wir hier sprechen."

Sofia lenkte das Gespräch auf die Ernsthaftigkeit der Situation. „Es ist dringend notwendig, Persa zu finden, bevor sie etwas tut, das alles gefährden könnte. Ihre Handlungen könnten all das, was die Menschen erreicht haben, negativ beeinflussen."

Terry nickte zustimmend. „Eine gute Vermutung ist, dass sie vielleicht zum Hauptquartier der Widerständler im Nahen Osten unterwegs ist. Sie ist seit über einem Jahr verschwunden, und wahrscheinlich möchte sie ihre Leute wiedersehen. Sicherlich hat sie Spuren oder Kontakte hinterlassen."

Alexander, der mit diesen Gebieten vertraut war und die Einheimischen genau beobachtete, kommentierte: „Die Bewohner dieser Wüsten wissen mehr, als sie preisgeben. Sie haben ihren eigenen Kodex, und es wird nicht leicht sein, das Versteck ausfindig zu machen. Wir müssen ihr Vertrauen gewinnen, was alles andere als einfach ist."

Sofia, den Blick zu Boden gesenkt, gestand ihre Unfähigkeit, bei dieser Suche zu helfen. „Ich kenne die Gebiete, in denen die Widerständler ihre Verstecke haben, aus Quellen, die nichts mit ihrer Überwachung zu tun haben. Alles, was ich weiß, ist, dass ihre große Basis im Nahen Osten irgendwo in Antiochia liegt. Abgesehen davon tappen wir im Dunkeln."

„Antiochia also", schloss Alexander und wischte sich den Schweiß von seiner Brille. „Werden wir einen Plan schmieden, oder einfach hingehen und darauf warten, dass wir wieder verhaftet werden? Wir müssen diesmal schlauer sein und ihre Schritte voraus ahnen."

„Der Grund, warum sie das Schiff abgeschossen haben und euer aller Leben riskierten, war Terry", enthüllte Sofia. „Ihn werden sie in jeder Gefahr verteidigen, weil sie wissen, dass er besonders ist. Ich kann für niemandes Sicherheit garantieren, und deshalb schlage ich vor, dass Terry alleine reist. Viele Augen werden auf ihn gerichtet sein, sowohl meine als auch die der Widerständler. In jedem Fall, Terry, bist du nicht verpflichtet, das zu tun. Deine Rolle ist entscheidend, aber deine Sicherheit ist wichtiger."

Ria sah Terry vielsagend an und berührte leicht seinen Arm, eine stumme Bitte zeichnete sich auf ihrem Gesicht ab.

Er kam ihr zuvor, bevor sie sprechen konnte. „Ich will dich nicht in Gefahr bringen, mir wird es gut gehen. Du hast Sofia gehört, alle Seiten werden auf mich achten."

„Bis jetzt war nichts in Ordnung", entgegnete Ria streng und verbarg Angst hinter ihren Worten. „Ich weiß, wie sehr du das tun willst, aber versprich mir, dass du vorsichtig bist. Versprich mir, dass du sofort zurückkehrst, wenn dir etwas an der ganzen Sache nicht gefällt."

„Terry", mischte sich Sofia ein, „du musst das nicht tun, wenn du es nicht willst. Egal, was passiert, es wird meine Pläne nicht wesentlich ändern. Ob jetzt oder in hunderten Jahren, ich kann warten. Meine Zukunft ist flexibel, dein Wohlergehen und dein Glück jedoch nicht."

„Du kannst warten", erwiderte Terry, „aber ich nicht. Wenn deine Pläne aufgehen, wird die Menschheit sich nicht mehr von ihren Schöpfern unterscheiden. Ihr Leid wird für immer verschwinden, und sie könnte praktisch unsterblich werden wie jene. Ideen und Größe – dafür wurden wir erschaffen, oder nicht? Ich werde ihnen geben, was sie wollen."

Ria und Alexander sahen die Flamme des Eifers und der Entschlossenheit in Terrys Augen. Sie wussten, dass es keinen Weg gab, ihn umzustimmen. Rias Augen glänzten von ungeweinten Tränen, eine Mischung aus Trauer und Stolz.

Sofia, die die menschliche Natur und den Moment verstand, spann ein Narrativ. „Die Betten in der Schule von Kairo werden ab heute voll sein, wir erwarten neue Schüler. Alexander hat sein eigenes Haus, also werde ich für euch zwei arrangieren, dass ihr die nächsten Tage der Vorbereitung von Terry in einem Hotel verbringt. Es ist ein kleiner Komfort, den ihr beide im Moment dringend braucht."

Die beiden jungen Leute sahen sich tief in die Augen, voller Zärtlichkeit. Rias Hand fand Terrys und ihre Finger verschränkten sich still.

Ria, die den vorgetäuschten Vorwand erkannte, bedankte sich mit einem ehrlichen Lächeln, das ihre Besorgnis überwältigte, bei Sofia. „Sofia, es ist uns eine Ehre, dass du für uns lügst. Deine Güte wird nicht vergessen."
„Ich verstehe nicht, was du meinst, Liebes. Lass uns langsam zurückgehen, die Sonne beginnt zu brennen", antwortete sie gleichgültig.

Nachdem sie ihren Kaffee ausgetrunken hatten, standen sie auf und ließen einige Drachmen auf dem Tisch liegen. Die Gruppe machte sich auf den Rückweg durch die engen Gassen, während die Geräusche des Marktes allmählich hinter ihnen verblassten.

Irgendwann informierte Alexander sie, dass er einen anderen Weg einschlagen müsse, um zu seinem Haus zu gelangen. Die Abschiedsumarmung war fest und herzlich, sie gab Ria Kraft und Solidarität und Terry Glückwünsche für den Erfolg. Dann verschwand er in der Menge, und die drei machten sich gemeinsam auf den Weg zurück zur Schule, um ihre Sachen zu packen.

Die Nacht senkte sich über Kairo und warf lange Schatten auf die belebten Straßen, als Terry und Ria im Hotel ankamen, das Sofia für sie gebucht hatte. Der Übergang von den lauten Straßen in die stille, klimatisierte Lobby war angenehm abrupt. Das Hotel, eine Kombination aus modernem Komfort und traditionellem Charme, hieß sie in seiner Umarmung willkommen. Die Wände waren mit kunstvollen Stoffen und lebhaften orientalischen Mustern dekoriert, was eine zeitlose Eleganz ausstrahlte. Ein höflicher Rezeptionist führte sie zu ihrem Zimmer. Die Tür öffnete sich und enthüllte einen Raum, der in warmes, atmosphärisches Licht getaucht war und sie einlud, zu entspannen.

Ihr Zimmer, ausgestattet mit weichen Möbeln, bot eine einzigartige Panoramaaussicht auf die Stadt. Der sanfte Klang des nächtlichen Kairo umhüllte sie, während sie am Fenster standen und die fernen, funkelnden Lichter der Wolkenkratzer betrachteten, die wie Sterne in einer zauberhaften Szenerie leuchteten.

Die Vorfreude auf die bevorstehende Reise vermischte sich mit den zärtlichen Gefühlen, die sie füreinander hegten. Das Zimmer, mit seinem sanften Licht, wurde zu einem Zufluchtsort der Intimität und einem Kokon für geflüsterte Geständnisse. Ihre Atemzüge synchronisierten sich, während sie sich festhielten, das Gewicht des bevorstehenden Abschieds schwer auf ihren Herzen. Ihre Liebe, geboren in einer Welt der Unsicherheit, blühte heute Abend wie eine seltene Wüstenblume. Terry und Ria, verstrickt in einen Tanz aus Liebe und Leidenschaft, vollendeten eine Beziehung, die größer war als die Prüfungen, denen sie gegenüberstanden.

Am nächsten Morgen wurden sie von den Strahlen der Sonne geweckt, die durch die Vorhänge drangen. Ihre Herzen trugen die Wärme einer Flamme, die mitten im Chaos entzündet worden war. In der Umarmung des anderen eingewickelt, tauschten Terry und Ria Guten-Morgen-Grüße, ihre Gesichter leuchteten. Die Reise des Lebens, die vor ihnen lag, würde beschwerlich sein, aber in der Umarmung der Liebe fanden sie die Kraft, dem Unbekannten entgegenzutreten.

Das Gewicht von Terrys bevorstehender einsamer Reise verstärkte das Bewusstsein für die flüchtigen Momente, die sie geteilt hatten. Ria, leise sprechend, unterstützte ihn, drückte aber auch ihre Besorgnis aus. „Du hast mir ein Versprechen gegeben. Ich vertraue dir, dass du das tust, was du willst, ebenso wie ich dir vertraue, dass du es halten wirst."

„Ria, du bist immer in meinen Gedanken; du bist der Grund hinter meinem Wunsch, dies zu tun", antwortete er. Er fasste ihr Gesicht in seine Hände, sein Daumen wischte eine Träne weg. „Alles, was ich tue, tue ich für unsere gemeinsame Zukunft. Ich will nicht, dass die Welt, die wir aufbauen, von jemandem beherrscht wird, weder von Technologie noch von Göttern. Ich möchte, dass wir unser eigenes Schicksal bestimmen und unsere Liebe für immer leben können."

„Ich fürchte den Tod nicht", entgegnete Ria. „Nicht, solange wir zusammen sind. Jeder Tag an deiner Seite ist endlos."

## DER WEG ZUR FREIHEIT

„Ich fürchte ihn auch nicht. Früher dachte ich, dass das Zeitlimit, das Ende des Spiels, das ist, was den Bemühungen der Menschen Wert verleiht. Doch mit dir habe ich verstanden, dass es unsere Entscheidungen sind, die uns definieren, nicht die Zeit, die wir haben, um sie zu treffen."

„Vielleicht", überlegte Ria, „wenn die Menschheit es jemals schafft, unsterblich zu werden, wird der Zauber des Lebens verloren gehen. Vielleicht werden wir wie unsere Schöpfer. Aber vielleicht, vielleicht entdecken wir auch neue Wunder, die es zu erforschen gilt."

„Der Zauber des Lebens wird niemals verloren gehen", erwiderte er mit Überzeugung. „Unsere Seelen werden einfach mit mehr Schönheit erfüllt sein. Zeit wird keine Rolle mehr spielen; die Zwänge des Lebens, die durch den Druck der Zeit entstehen und die Liebe der Menschen zermürben, werden verschwinden. Mit der Ewigkeit werden wir unendliche Momente haben, die wir mit Bedeutung füllen können."

„Du klingst so absolut überzeugt von all dem", sagte Ria nachdenklich, aber auch interessiert. „Woher weißt du, dass das nicht bloß Märchen sind, wie einst die Dogmen der Religionen, nur von anderen Erzählern? Was lässt dich so tief an diese Vision glauben?"

„Unsere Gedanken, unser Bewusstsein, unsere Seele – das ist im Wesentlichen dasselbe auf unterschiedlichen Ebenen des Verständnisses", antwortete Terry und gestikulierte mit seinen Händen, als er versuchte, seine Überzeugungen greifbarer zu erklären. „Zwanzig Prozent der Energie, die wir verbrauchen, werden für die Funktionen unseres Gehirns verwendet. Diese Energie wird in Wärme, Chemie und andere Formen umgewandelt, während es seine Arbeit verrichtet. Aber unsere Gedanken? Energie kann nicht in etwas umgewandelt werden, das nicht existiert, sie kann nicht verloren gehen. Unsere Gedanken sind das Echo von etwas Größerem, etwas, das unser Verständnis und die physische Welt übersteigt."

„Ich hoffe, das geht nicht zu weit", scherzte Ria lächelnd, da technische Details sie nicht sonderlich begeisterten. Sie fuhr jedoch fort, in dem Versuch, sich einen Reim auf die komplexen Gedankengänge von Terry zu machen. „Aber wir wissen doch, dass unsere Gedanken 'falsch' sind, um uns die Illusion der Wahl zu geben."

„Falsch, ja, aber was ist der Sinn ihrer Erschaffung, wenn niemand sie hört? Wer hört sie? Für wen wird dieser ganze Aufwand betrieben? Es ist kein Zufallsprodukt, sondern ein absichtliches Meisterwerk, ein Orchester, das die Melodie unserer Existenz spielt. Wir sind Teil einer Symphonie, jede Note ist entscheidend für das Ganze."

Ria, fasziniert von den Gedanken, die sie hörte, drängte auf mehr Verständnis. „Du meinst also, dass unsere Gedanken und Gefühle der Weg sind, auf dem unser Bewusstsein, irgendwo da draußen, erfährt, was in dieser Welt vor sich geht?"

Terry nickte, sein Blick wanderte aus dem Fenster hinaus in die Ferne. „Es sind nicht nur flüchtige Informationen, sondern die Ernte von Erfahrungen. So wie der Bauer Früchte sammelt, um zu leben, sammeln wir Gefühle, damit unsere Seele lebt. Jenseits des Schleiers unserer Wahrnehmung gibt es ein Reich, in dem unsere Gedanken widerhallen und ein kollektives Bewusstsein erschaffen, das die Illusion von Raum und Zeit übersteigt."

Während die beiden Liebenden sich umarmten, dachten sie über die Geheimnisse des Bewusstseins, des Universums und die Bedeutung ihrer Liebe in diesem Kontext nach. Eine nachdenkliche Stille legte sich über den Raum, und ihre Herzen schlugen im gleichen Takt.

Die Tage der Erholung vergingen, und der unvermeidliche Moment des Abschieds war gekommen. Terry trug traditionelle arabische Kleidung, passend, um sich in die Bevölkerung seines Zielorts einzufügen. Ria, die an seiner Seite stand, war in ein weißes Kleid gehüllt und schenkte ihm ein beruhigendes Lächeln, das die unterschwellige Besorgnis verbarg. In einer letzten fürsorglichen Geste richtete sie den Kragen seiner Djellaba.

Sofia traf die beiden vor dem Hotel, und ein Pegasus wartete auf der anderen Straßenseite.

„Ich freue mich, eure Lächeln wiederzusehen. Es ist wichtig, diese Einstellung während eures gesamten Lebens zu bewahren, trotz der Herausforderungen, die euch erwarten könnten", begrüßte sie sie.

Terry wandte sich zu Ria, und in seinem Blick lag ein starkes Gemisch aus Liebe und Entschlossenheit. „Ria, mir wird es gut gehen. Die Widerständler teilen dasselbe Weltbild wie wir. Ehe du dich versiehst, bin ich wieder bei dir."

Ria, die ihren Blick fest auf ihn gerichtet hielt, nickte mit unerschütterlicher Unterstützung. „Ich werde auf dich warten. Bring uns die Hoffnung, die alle Menschen brauchen."

Terry und Ria teilten eine herzliche Umarmung, und ein Kuss besiegelte ihr Versprechen füreinander. Der Kuss, zärtlich, aber intensiv, war ein stummes Versprechen der Wiedervereinigung.

Als das Fluggerät in den blauen Himmel stieg, sah Terry, wie Ria von einer Flut von Gefühlen ergriffen wurde. Das Gefährt durchbrach die Wolken und ließ die Stadtlandschaft hinter sich. Ria verfolgte Terrys Abflug, ihre Augen waren feucht, bis er zu einem winzigen Punkt in der Unendlichkeit des Himmels wurde. Eine Träne rollte ihr über die Wange, während sie in stillen Gebeten um die sichere Rückkehr des Abenteurers bat, der auf eine Suche ging, die das Schicksal der Menschheit formen könnte.

DER WEG ZUR FREIHEIT

## KAPITEL 13: DIE GEHEIMNISSE VON ANTIOCHIA

Als der Pegasus am Himmel sank, näherte er sich Antiochia, einem Schatten seines einstigen historischen Ruhms. Die einst geschäftige Metropole war nun teilweise vom unerbittlichen Anstieg des Meeresspiegels verschlungen.

Das Flugzeug landete in einer abgelegenen Gegend, fünf Kilometer von der Stadt entfernt. Ein einheimischer Mann wartete dort, gekleidet in einem traditionellen Thawb, der im heißen Wind flatterte, und einem Turban, der seinen Kopf vor der intensiven Sonneneinstrahlung schützte. Dämon wollte keine unnötige Aufmerksamkeit auf sich ziehen, und dieser Mann hatte stundenlang auf seine Ankunft gewartet. Vom heißen Wind gezeichnet, stand er geduldig mit dem Blick auf den Horizont gerichtet. Er hatte zwei Kamele bei sich, geschmückt mit kunstvoll gewebten Decken, die der kargen Landschaft einen exotischen Charme verliehen.

Bevor er ausstieg, richtete Terry sein arabisches Gewand, um sicherzustellen, dass es korrekt saß und er nicht seltsam auf die Einheimischen wirken würde. Er überprüfte seine kleine Tasche, um sicherzugehen, dass die Wasserflasche, die Karte und einige persönliche Gegenstände an ihrem Platz waren. Mit klopfendem Herzen, voller Entdeckungsdrang, stieg er aus dem Fahrzeug. Nachdem er den wartenden Mann begrüßt und sich bei ihm bedankt hatte, nahm er die Zügel des Kamels, das für ihn bestimmt war, und verabschiedete sich von Sophia. Er bestieg das Tier und machte sich allein auf den Weg nach Antiochia, wobei ihn der kräftige Schritt des Kamels durch die ausgedörrte Landschaft trug. Der Pegasus, mit Sophia an Bord, erhob sich in den Himmel und flog weiter nach

Norden. Sie wollte den Eindruck erwecken, dass das Schiff nur zufällig über die Region geflogen sei.

Die erbarmungslose Hitze der Sonne brannte auf die Erde. Die Luft war trocken und stickig, und Terrys Kehle fühlte sich ausgedörrt an, während sich seine Haut so anfühlte, als krabbelten Ameisen darauf. Er blinzelte gegen das grelle Licht und wischte sich mit einem Tuch, das er an seinem Gürtel befestigt hatte, den Schweiß von der Stirn.

Auf seinem Weg passierte er Felder mit sanft im Wind wiegendem Weizen, stolz aufrecht stehendem Gerste und Bohnen, die an Holzstangen emporwuchsen. Der Anblick dieser Felder, die von hart arbeitenden Bauern gepflegt wurden, gab ihm einen kleinen Eindruck von der Mühe, die das Leben in dieser Region erforderte.

Als er sich Antiochia weiter näherte, breitete sich die Silhouette der Stadt vor ihm aus. Die alten Gebäude, mit ihren halb zerfallenen Fassaden und kunstvollen Schnitzereien, erzählten von einer Zeit, in der Antiochia ein Zentrum der Kultur und des Handels gewesen war. Alle Bauwerke waren aus örtlichen Materialien errichtet, wie getrockneten Ziegeln, Kalkstein und Holz. Ihr Design war eine harmonische Mischung aus westlichem und östlichem Stil, was das reiche kulturelle Erbe der Stadt widerspiegelte.

Als er sich den ersten Gebäuden näherte, blickten ihn zwei Männer misstrauisch an, ließen ihn aber unbehelligt. Unter ihren luftigen Gewändern konnte er einige Gegenstände ausmachen. Ihre Haltung und die Ruhe der Einheimischen ließen ihn erkennen, dass es sich um bewaffnete Wächter handelte, die gegen die Wüstenbanden schützten. Die Wächter trugen luftige, helle Hemden, die kurzen Thawb ähnelten, darunter jedoch widerstandsfähige Hosen, die für den Kampf geeignet waren, falls nötig. Sie scannten ständig die Umgebung nach Gefahren, und einer von ihnen trug eine Narbe auf seiner Wange, die von früheren Auseinandersetzungen zeugte.

Terry hielt an einem Stall am Stadteingang an und band sein Kamel an einen Pfosten. Er gab dem Stallmeister ein paar Drachmen für die Pflege des Tieres und versuchte, nach einem Nachtquartier zu fragen. Der Stallmeister, ein älterer Mann mit einem langen, grauen Bart und gutmütigen Augen, schaute den jungen Mann verwundert an. Seine Versuche, auf Griechisch zu kommunizieren, scheiterten, da ihn offenbar niemand verstand.

So begann Terry, mit Gesten und brüchigen Worten in Richtung Stadtzentrum zu laufen. Alle paar Meter ließ er sich von den Handzeichen der Einheimischen und den vagen Anweisungen leiten, während er sich durch die verwinkelten Gassen bewegte, stets unter den neugierigen Blicken der Stadtbewohner.

Die engen Gassen waren voll von Marktständen, und die Sonnenstrahlen ließen die Farben der Früchte, Gewürze und Stoffe erstrahlen. Die Stimmen der Händler und das Knarren von Karren fügten der lebendigen Atmosphäre einen unaufhörlichen Rhythmus hinzu. Frauen in farbenfrohen Hijabs und Abayas drängten sich um die Stände und wählten geschickt die frischesten Waren aus, während sie verstohlene Blicke auf den fremden Reisenden warfen.

Die Einwohner Antiochias waren ein multikulturelles Gemisch, und ihre Kleidung spiegelte oft ihre ethnische Herkunft wider. Terry sah Menschen in Thawb, Kaftanen, aber auch in Anzügen oder Shorts. Ihre Gesichter trugen die Spuren harter Arbeit, doch in ihren Blicken lag Neugier, vermischt mit einem Hauch von Angst, als sie den fremden Reisenden beobachteten. Ihre Blicke folgten jedem Schritt von Terry, und flüsternde Gespräche über seine Identität fanden in den engen Gassen statt.

Die von der Zeit gezeichneten Steingebäude bewahrten eine zeitlose Anziehungskraft, mit Fassaden, die mit kunstvollen Schnitzereien und verblassten Mosaiken verziert waren.

Trotz der Sprachbarriere spürte Terry eine Herzlichkeit und Gastfreundschaft unter der anfänglichen Zurückhaltung. Die Einheimischen, obwohl sie überrascht waren, einen Fremden zu sehen, zeigten sich bereit, ihm zu helfen und mehr über seine Herkunft zu erfahren.

Bald wurde der Duft von Essen in der Luft stärker. Er näherte sich der Küstengegend, wo er von oben aus dem Pegasus eine Reihe von Restaurants am Hafen gesehen hatte. Der Duft von gegrilltem

Fleisch und frisch gebackenem Brot vermischte sich mit dem Aroma von Kardamom und Kreuzkümmel, was seinen Magen knurren ließ und ihn dazu drängte, schneller ein Nachtquartier zu finden. Unbeirrt setzte er seine Suche nach einem Gasthaus mit einem Mix aus Gesten, Gesichtsausdrücken und rudimentärer Zeichensprache fort.

Inmitten der Menschenmenge erblickte er ein bewundernswertes Schauspiel: Eine Gruppe von Kindern, deren jugendliche Energie von der geduldigen Anleitung einer Frau gemildert wurde, die Wärme und Weisheit ausstrahlte. Sie war in einen schlichten, aber eleganten Kaftan gekleidet, und ihr Haar war mit einem leichten Schal bedeckt. Ihr mittleres Gesicht, gezeichnet von den sanften Linien der Zeit, strahlte Güte aus. Die Kinder folgten ihr wie eine Schar williger Entenküken, ihre fröhlichen Stimmen vermischten sich mit dem geschäftigen Treiben der Stadt. Es war eine Art Wanderschule, wie er sie von seiner Insel kannte.

Die Nostalgie an seine Kindheit zauberte ihm ein breites Lächeln ins Gesicht, und er hielt den Umzug höflich an. „Guten Tag, sprechen Sie Griechisch?"

Zu seiner Erleichterung nickte die freundliche Frau mit einem warmen Lächeln. „Wie könnten wir nicht, nicht wahr, Kinder?" sagte sie fröhlich.

„Ja!" riefen die Kinder einstimmig, voller Begeisterung.

„Die Geschichte unserer Stadt ist so groß, dass das Griechische ein Teil unseres Erbes ist. Obwohl ich die erste Lehrerin hier bin, die es ihnen beibringt, habe ich große Unterstützung von ihren Eltern. Wie kann ich dir helfen, Reisender?"

Terry erklärte, warum er sie angehalten hatte, und die freundliche Frau zeigte auf ein großes Gebäude in der Ferne. Sein fünfstöckiger Bau stach aus den umliegenden Gebäuden hervor.

Sein Herz machte einen Sprung vor Freude. Endlich hatte er sein Ziel gefunden. Mit einem dankbaren Nicken verabschiedete er sich von den Kindern und streichelte ihre Köpfe, bevor er sich auf den Weg zu der imposanten Konstruktion machte.

Als er ankam, erblickte er an der Fassade des Gebäudes ein Schild mit der Aufschrift „Hotel Seleukos", in großen griechischen Buchstaben und darunter in kleineren syrischen Lettern. Glatte, sonnenbeschienene Steine, die aus den umliegenden Hügeln gehauen waren, bildeten das Fundament der Struktur, mit teilweise abgenutzten Oberflächen, die auf die vielen Jahrzehnte seit ihrem Bau hindeuteten. Weiter oben waren die Wände eine Mischung aus verputzten Ziegeln und Terrakottafliesen. Die Fenster, kunstvoll wie verstreute Juwelen, reflektierten die Lichter der lebendigen Stadt darunter.

Beim Betreten fand er sich in einer verzaubernden Lobby wieder, geschmückt mit kunstvollen orientalischen Mosaiken. Am Empfangstresen begrüßte ihn eine Frau mit charmanter Ausstrahlung. Sie trug ein tiefrotes Kleid, das sich wunderschön von ihrem schwarzen Haar abhob, das in lockeren Wellen über ihre Schultern fiel. Ihre schwarzen Augen funkelten mit echtem Interesse und gastfreundlicher Freundlichkeit, als sie Terry mit einem warmen Lächeln auf den Lippen und fließendem Griechisch begrüßte.

„Willkommen in unserem Hotel, ich bin Semira", stellte sie sich mit melodischem Ton vor. „Was führt Sie in unsere alte Stadt?"

„Schön, Sie kennenzulernen", erwiderte er das Lächeln. „Ich bin hier, um verschiedene Kulturen zu erkunden und zu verstehen. Ich bräuchte ein Zimmer für vier Tage, haben Sie noch eines frei?"

„Natürlich! Wir haben Zimmer, und sie bieten die bezauberndste Aussicht auf die Stadt Antiochia", fügte sie hinzu, während sich ihr professionelles Lächeln noch weiter ausdehnte. „Es wird Ihnen hier sicher gefallen. Sie müssen jedoch die Zahlung jetzt begleichen, bitte."

Terry bezahlte seinen Aufenthalt, und Semira bedankte sich aufrichtig. Sie überreichte ihm einen kleinen bronzenen Schlüssel, der an einem runden Holzschlüsselanhänger befestigt war, mit dem eingravierten Wappen des Hotels – einem ‚S'. Schließlich wies sie mit einer Geste auf die Treppe und führte ihn zu seinem Zimmer im vierten Stock.

Die Holztreppen knarrten leise, als er hinaufstieg, und aus dem Flur jedes Stockwerks boten die Fenster einen Panoramablick auf den geschäftigen Hafen der Stadt. Das weite Mittelmeer glitzerte unter dem Mittagslicht. Die Wellen schlugen gegen die Anlegestellen, wo eine Vielzahl von Schiffen sich wie unruhige Meereskreaturen im Wasser wiegten.

Beim Betreten seines Hotelzimmers fand er sich in einer geräumigen und gemütlichen Umgebung wieder. Das Zimmer war mit einem großen Holzbett ausgestattet, das mit einer kunstvollen handgefertigten Decke in tiefroten und goldenen Farben bedeckt war, die perfekt zu den komplexen Mustern des orientalischen Teppichs auf dem Boden passten. Ein kleiner Tisch mit einem geschnitzten Stuhl stand neben dem Fenster, das denselben wunderschönen Ausblick bot, den er schon beim Hinaufsteigen genossen hatte.

Er legte seine Tasche auf den Tisch und holte daraus seine Wasserflasche und einige getrocknete Früchte für einen schnellen Snack. Die Reise aus Kairo und seine Suche nach dem Hotel hatten ihn so erschöpft, dass er beschloss, sich auszuruhen. Er zog sich aus, faltete sorgfältig seine Kaftan und legte sie zur Seite. Mit dem Plan, seine Erkundung am Abend fortzusetzen, legte er sich hin und schlief ein.

Als die Sonne unterging, begann sein Kommunikationsgerät am Handgelenk zu piepen und fungierte als Wecker. Nun erfrischt, war er bereit, die Stadt zu erkunden. Er nahm eine leichtere Tunika aus seiner Tasche, passend für den Abend, und zog sie an. Nach nur einem kleinen Snack den ganzen Tag und mit zunehmendem Hunger machte er sich auf die Suche nach einem Restaurant für sein Abendessen.

An der Hafenpromenade fand er mehrere Optionen. Schließlich wählte er ein Restaurant aus, das ihm moderner als die anderen erschien, in der Hoffnung, dass die Verständigung dort einfacher sein würde. Er hoffte, dass ihm dies bei der Suche nach Informationen über das Versteck der Widerständler helfen könnte.

Das Restaurant stach durch seine moderne Architektur hervor. Anstelle der traditionellen Holzmöbel und der mediterranen Ästhetik, die in den meisten Lokalen vorherrschte, dominierte hier ein minimalistisches und elegantes Design mit viel Glas und Metall.

Er setzte sich nahe am Meer und warf einen Blick auf die Speisekarte. Sofort hatte er das Gefühl, die richtige Wahl getroffen zu haben, als der junge Kellner, der sich ihm freundlich näherte, fließend Griechisch sprach. Der Kellner trug ein weißes, kurzärmeliges Tunika-Hemd, schwarze Leinenhosen, und sein Haar war ordentlich nach hinten gekämmt.

„Guten Abend, haben Sie Empfehlungen für heute?" fragte Terry freundlich und bereitete das Terrain für ein Gespräch vor.

Der Kellner, der fast im gleichen Alter wie er schien, antwortete im gleichen freundlichen Ton, behielt dabei jedoch seine Professionalität bei und schlug ihm einige Gerichte vor. Terry hörte aufmerksam zu und entschied sich, den Empfehlungen zu folgen: frischer Fisch und ein lokaler Salat.

Während er auf seine Bestellung wartete, nutzte er die leichte Geschäftigkeit im Restaurant, um ein lockeres Gespräch mit dem Kellner zu beginnen. Durch allgemeine Bemerkungen und gelegentliche Witze führte er das Gespräch in Richtung des Themas, das ihn beschäftigte. Mit einer dezenten Erwähnung der Widerständler und eines Mannes namens Menelik beobachtete er aufmerksam die Reaktionen des Kellners. Doch der Gesichtsausdruck des jungen Mannes blieb unverändert, ein Zeichen echter Unkenntnis.

Nachdem Terry sein Abendessen beendet hatte, bezahlte er die Rechnung und setzte seine Erkundung der Stadt fort. Die Nacht war noch jung, und er war entschlossen, jede Minute davon auszukosten.

Der Klang von Musikinstrumenten führte ihn zu einem traditionellen Café, versteckt in den labyrinthartigen Gassen Antiochias. Der Eingang war mit kunstvollen Teppichen geschmückt, und von der Decke hängende Laternen tauchten die Gäste in ein warmes, einladendes Licht.

Beim Betreten empfing ihn eine lebhafte Atmosphäre. Die Luft war erfüllt von den verlockenden Düften frisch gebackenen Halvas und dem süßen, rauchigen Aroma von Raki, einem kräftigen, lokalen Getränk. In der Mitte des Raumes spielten drei Musiker traditionelle Instrumente – Nay, Oud und Darbuka – und unterhielten die Gäste.

Das Café war gut besucht, und die Gesichter der Menschen strahlten vor Lachen und lebhaften Gesprächen. Terry dachte, dies sei die perfekte Gelegenheit für ihn. Er fand eine ruhige Ecke und bestellte einen Raki und eine Portion Halva, während er die lebhafte Szene vor sich beobachtete.

Trotz seiner lokalen Kleidung fiel Terry durch seine von der Sonne gerötete Haut auf. Die Stammgäste des Cafés richteten ihre Blicke auf den Neuankömmling, ihre Neugier durch den Anblick eines Fremden geweckt. Mit einem warmen Lächeln und einer freundlichen Geste begrüßte er sie. Er stellte sich als Philosophiestudent aus Neu-Athen vor, der nach Antiochia gekommen war, um sich in ihre Traditionen zu vertiefen.

Die gastfreundlichen Einheimischen riefen fröhlich „Yunan, Yunan" und boten Terry eine Raki nach der anderen an. Die beständige kulturelle Brücke zwischen den Griechen und den Völkern des Ostens hatte die Zeiten überdauert, ein Zeugnis der gemeinsamen Werte. Die antike griechische Kultur, tief in der östlichen Welt verwurzelt, war nach der Renaissance von den westlichen Mächten vereinnahmt worden. Sie hatten versucht, dieses östliche Erbe aus politischen Gründen als „westlich" umzubenennen, um eine gemeinsame Identität zwischen den verschiedenen Ethnien innerhalb ihrer oft wechselnden Grenzen zu schmieden.

Doch trotz der lebhaften Atmosphäre blieben seine Bemühungen, Informationen über Menelik und die Widerständler zu gewinnen, erfolglos. Die Geschichten flossen die ganze Nacht zwischen ihnen hin und her, doch keine enthüllte die schwer fassbaren Details, die er suchte.

Als die Nacht zu Ende ging und er leicht vom Raki benommen war, kehrte er ins Hotel zurück. Trotz der fehlenden konkreten

Informationen spürte er eine erneute Entschlossenheit. Jemand wusste etwas, aber niemand wollte es ihm verraten.

In den folgenden Tagen wiederholte sich der gleiche Kreislauf: Terry suchte diskret nach Informationen. Er tauchte in die Kultur der Stadt ein, streifte über die Märkte, besuchte traditionelle Zusammenkünfte, nahm an Gesprächen teil und genoss die lokale Küche. Jede Interaktion war eine Gelegenheit, Hinweise zu sammeln, um das Wissen über Menelik oder die Widerständler vorsichtig zu erkunden. Er hoffte, dass zumindest jemand seine Nachforschungen an die Richtigen weiterleiten würde.

Am vierten Tag, als er sein Zimmer verließ, um abzureisen, keimte ein Funken Hoffnung auf.

Im Foyer trat Semira auf ihn zu, mit einem wissenden Lächeln. „Ich hoffe, Sie haben Ihren Aufenthalt in unserer Stadt genossen."

„Es war wunderschön", gestand Terry ehrlich, „die Menschen, die Unterhaltung, die Kultur – ich könnte ewig in Ihrer Stadt bleiben."

Sie bemerkte die Enttäuschung hinter seinen Worten und bot ihm eine entscheidende Information an. „Menelik hat mich gebeten, dir mitzuteilen, dass er in der alten Kirche des Heiligen Petrus auf dich wartet."

Terry war nicht überrascht; er hatte die unterirdischen Strömungen in der Stadt gespürt. Er antwortete ermutigt mit einem dankbaren Lächeln. „Vielen Dank. Ich habe die Zeit hier wirklich genossen. Auf Wiedersehen."

Mit seiner Tasche über der Schulter trat er hinaus in den lebhaften Rhythmus der Stadt und ging entlang der Küste nach Norden, auf das alte Denkmal zu, wo das nächste Kapitel seiner Reise auf ihn wartete. Die Meeresbrise war eine kleine Erleichterung von der sengenden Sonne, und die Möwen begleiteten ihn mit ihren Schreien auf seinem Weg.

Nach wenigen Minuten stand er vor der alten christlichen Kirche. Das Rauschen der Wellen, die gegen die Felsen schlugen, war das einzige Geräusch, das die Stille durchbrach. Der Tempel war von einer friedlichen und mystischen Atmosphäre umgeben. In kunstvoller Arbeit in den Felsen gehauen, lud ihn das kühle Innere ein, sich auszuruhen.

Bevor er jedoch eintreten konnte, hörte er eine Stimme seinen Namen rufen. „Terry..."

Er blickte sich um, konnte aber niemanden sehen.

„...ich sagte dir doch, wir würden uns bald wiedersehen."

Die Stimme kam von oben. Er hob den Blick, aber auch diesmal konnte er niemanden entdecken. Dann winkte ihm eine Hand aus einer Nische im Felsen zu. Es war Menelik, verborgen in einer der vielen in den Felsen gehauenen Nischen, ein paar Meter höher. Mit seiner dunklen Haut und in dunkle Kleidung gehüllt, verschmolz er dank der starken Kontraste, die das grelle Licht schuf, mit den Schatten. Auf seinem Gesicht lag sein charakteristisches breites Lächeln, und seine Augen funkelten vor Freude und Erwartung.

„Menelik, es freut mich, dich zu sehen!" rief Terry, seine Erleichterung hallte in der stillen Landschaft wider.

„Ebenso", rief Menelik zurück und deutete auf einen Pfad, den Terry erklimmen sollte. „Mach dir die Mühe und komm herauf. Die Aussicht ist es wert, und es ist hier oben angenehm kühl."

Aufgeregt, Menelik gefunden zu haben, folgte Terry dem gewundenen Pfad, der ihm gezeigt worden war, und kletterte die Felsen hinauf, bis sie sich trafen. Nachdem sie sich herzlich umarmt hatten, standen sie nebeneinander und blickten auf die Stadt und das Meer hinaus.

Menelik zeigte ihm die Region von oben. „Diese Stadt wurde wie viele andere auf der Welt durch den steigenden Meeresspiegel zweigeteilt. Siehst du die Überreste der Gebäude unter den Wellen?"

„Diese Szene habe ich schon oft gesehen", antwortete Terry in melancholischem Ton. „Die Welt muss damals ganz anders gewesen sein."

„Das war sie in der Tat. Trotz unseres wissenschaftlichen Fortschritts sind wir nur wenige Menschen auf diesem Planeten, die in der Lage sind, die Infrastruktur und die Wunder von damals wiederaufzubauen."

„Und vielleicht werden wir noch weniger, wenn wir nicht zusammenarbeiten. Menelik, ich habe deine Schwester Persa getroffen."

„Ich habe gehört, dass sie während eines Vorfalls in Kairo auftauchte. Warst du dabei?"

„Ja, das war ich. Es scheint, dass eure Vermutungen über Dämon korrekt sind, aber ich habe den Eindruck, dass unser Ziel dasselbe ist. Persa jedoch scheint eher emotional als rational zu handeln."

Während sie auf die Landschaft starrten, erzählte Terry alles, was geschehen war. Meneliks in die Ferne gerichteter Blick drückte sein tiefes Verständnis aus, während er die Geschichte aufnahm. Persa hatte seit ihrer Rückkehr in die Region keinen Kontakt zur Basis oder ihrer Familie, und Terrys Enthüllungen fügten der Situation eine neue Dimension der Komplexität hinzu.

„Was auch immer Persa genommen hat, es war von großer Bedeutung", flüsterte Menelik verschwörerisch. „Wir haben Informationen, dass sich das Objekt und meine Schwester in Prometheus Onar befinden."

Terry runzelte die Stirn und dachte über diesen unbekannten Namen nach. „Was ist Prometheus Onar? Ich habe diesen Namen noch nie gehört", fragte er erstaunt.

„Es ist eine riesige Stadt in der Antarktis. Sie ähnelt in vielerlei Hinsicht den Städten von Dämon. Dort befindet sich unser Hauptquartier, von dem aus wir unsere weltweiten Bemühungen koordinieren. Was du in unserem unterirdischen Versteck gesehen hast, ist nur ein kleiner Teil dessen, was wir erreicht haben."

„Eine ganze Stadt? In der Antarktis? Wie ist das möglich?" fragte Terry, sichtlich überrascht und ungläubig.

„Das Schmelzen der Polkappen hat den gesamten Kontinent freigelegt. Es war ein unbewohnter Ort und der perfekte Standort, um eine unabhängige Welt fernab von Dämon zu schaffen. Die Temperaturen erlauben mittlerweile eine Besiedlung, und die unberührten Ressourcen, die wir dort entdeckt haben, sichern unser Überleben."

„Du verstehst sicher, dass so etwas Dämon nicht entgangen sein kann", erwiderte Terry nachdenklich. „Natürlich weiß sie von der Stadt, aber mit unserer Technologie verhindern wir, dass irgendeines ihrer Konstrukte sich nähert."

„Ich glaube nicht, dass eure Technologie sie aufhalten kann. So wie die unbekannten Schöpfer uns Menschen Fähigkeiten verliehen haben, die wir uns nicht vorstellen konnten, könnte auch sie euch nur beobachten und auf etwas warten, das sie selbst nicht erreichen konnte."

Menelik, der die Wahrheit in Terrys Worten erkannte, blieb jedoch vorsichtig. „Wie dem auch sei, es gibt vieles, das uns daran hindert, ihr zu vertrauen. Du sagst, Dämon hat den Ort untersucht und nichts Wichtiges gefunden. Wir glauben, dass das Gefäß, das Persa genommen hat, DNA enthielt. Wie konnte Dämon das nicht entdecken? Eine Intelligenz wie ihre hätte doch vermutet, dass die Statuen mechanische Wächter sind."

„Ihre Ziele sind aufrichtig", beharrte Terry. „Sie hat uns vor dem Aussterben bewahrt, sie baut eine Gesellschaft auf, die auf menschlichen Idealen basiert, und sie respektiert unsere Entscheidungen. Da geschieht etwas, das wir nicht verstehen", erklärte er nachdenklich. „Es fühlt sich an, als würde uns ein entscheidendes Puzzleteil fehlen."

Terry sprach mit einer Authentizität, die neue Gedanken in Meneliks Verständnis einfließen ließ. „Es stimmt, Dämon steht auf der Seite der Menschheit. Ich vermute jedoch, dass ihr nicht nur Wissen von unseren Schöpfern übermittelt wurde. Sie wird kontrolliert, indem man ihr Informationen vorenthält."

Auf den logischen Faden aufbauend, verband Terry die Punkte. „Ein Algorithmus, der absichtlich ihre Wahrnehmung verzerrt. Das könnte durchaus passieren. Wenn Dämon Fähigkeiten hat, die wir uns nicht vorstellen können, dann könnten auch unsere Schöpfer Fähigkeiten haben, die selbst Dämon nicht begreifen kann."

Mit diesen neuen Erkenntnissen näherten sich die Positionen der Widerständler und Dämon einander weiter an. Es lag nun an Terry, herauszufinden, ob dies wirklich der Fall war, und die Treue von Dämon zur Menschheit auf die Probe zu stellen.

„Danke für die Informationen, Menelik", sagte Terry lächelnd und umarmte ihn zum Abschied. „Wenn ich dich jemals wieder brauche, versteck dich nicht noch einmal, okay?"

„Ich wollte dir Zeit geben, unsere Lebensweise kennenzulernen", neckte Menelik lachend. „Ich bin mir sicher, dass der Raki dir geholfen hat, die Welt mit anderen Augen zu sehen."

Sie verabschiedeten sich lachend und versprachen, sich wiederzusehen. Bevor sie sich jedoch trennten, landete ein Pegasus auf dem Hügel. Aus ihm stieg Sophia aus und eilte den Weg hinunter, um Menelik zu erreichen.

Ihre kurzen schwarzen Haare wippten im Takt ihrer schnellen Schritte, und ihre tiefblauen Augen waren fest auf ihn gerichtet.

„Hallo, Menelik. Es ist lange her, seit ich dich das letzte Mal gesehen habe."

„Fast zwanzig Jahre, Sophia, und es gibt einen guten Grund dafür", antwortete er ruhig.

„Ich danke dir, dass du Terry getroffen hast. Ich möchte dir versichern, dass wir gemeinsame Ziele haben, trotz unserer unterschiedlichen Herangehensweisen. Ich respektiere euren Zweck, und deshalb habe ich euer Gespräch nicht belauscht. Ich habe nur die Umgebung zu eurer Sicherheit überwacht."

„Du glaubst, du hättest nicht gelauscht, Dämon", kam Meneliks rätselhafte Antwort. „Die Zukunft unserer Beziehung liegt nun in deinen Händen. Terry wird es dir erklären."

Sophias Ausdruck veränderte sich zu einer ernsten Miene, als sie die Bedeutung seiner Worte erkannte. Sie reagierte nicht, sondern akzeptierte sie stillschweigend. Menelik blieb stehen und blickte in die Ferne, während Sophia und Terry zum Pegasus hinaufstiegen. Sie setzten sich schweigend, jeder in seine eigenen Gedanken versunken.

Schließlich durchbrach Sophia die Stille. „Terry, was meinte Menelik, als er sagte, ‚du glaubst, du hättest nicht gelauscht'? Gibt es etwas, das ich über unsere Situation wissen muss?"

Er zögerte einen Moment, dann seufzte er. „Sophia, diese Antwort muss warten. Ich werde dir alles erklären, sobald wir bei Alexander und Ria sind."

Sophia nickte, doch ihr Gesichtsausdruck blieb nachdenklich. Aber sie wusste, dass Terry sie niemals anlügen würde, und schätzte sein Urteilsvermögen sehr.

Das Schiff erhob sich sanft in die Lüfte und flog in Richtung ihrer Rückkehr, beladen mit mehr Rätseln, als sie gekommen waren, um sie zu lösen.

# DER WEG ZUR FREIHEIT

## KAPITEL 14: BRÜCKEN DES VERTRAUENS

Terry und Sophia waren nach Kairo zurückgekehrt und hatten vereinbart, sich am nächsten Tag mit Alexander und Ria zu treffen, um die neuen Entwicklungen zu besprechen. Terry begab sich sofort in seine Unterkunft, wo Ria ihn bereits ungeduldig erwartete. Ihr Gesicht erhellte sich, als sie ihn mit einem erleichterten Lächeln sah. Sie verbrachten die Nacht damit, über die Kultur zu sprechen, die er in Antiochia kennengelernt hatte, und über seine Erlebnisse, und verschoben die wichtigen Themen auf morgen. Schließlich schliefen sie in den Armen des anderen ein.

Am nächsten Tag trafen sich Terry, Ria und Alexander im Hof der Schule von Kairo. Der Hof war erfüllt von den Stimmen von Schülern aller Altersstufen, und der Duft von Jasmin vermischte sich in der Luft mit dem fernen Summen des Stadtlebens. Sie spazierten ein Stück zusammen, bis sie einen eleganten Schwebebahnzug bestiegen, der sie aus dem akademischen Zentrum hin zur Gegend der Wolkenkratzer in Richtung Innenstadt brachte.

Durch die durchsichtigen Wände und das Dach des Zuges erstreckte sich ein atemberaubender Panoramablick über die Stadt, ein Labyrinth aus Lichtern und Innovation. Während sie die imposanten Strukturen und die pulsierenden digitalen Werbetafeln bewunderten, die die neuesten wissenschaftlichen und technologischen Entwicklungen präsentierten, plauderten sie leicht. Alexander fungierte als Reiseführer für Terry und Ria. Der vertraute sanfte Summton der Antigravitationstechnologie, die der Zug mit den Pegasus-Modellen teilte, begleitete sie beruhigend.

Sie stiegen aus und gingen auf einen Wolkenkratzer zu, einen Leuchtturm des Fortschritts und des Erfolgs. Silbernes Metall und

# DER WEG ZUR FREIHEIT

Glas dominierten die Konstruktion, mit geschwungenen Linien und Bögen, die nicht nur der Ästhetik dienten, sondern auch Wetter- und Naturphänomenen standhielten. Sie passierten das elegante, durchsichtige Tor und fuhren mit einem gläsernen Aufzug in den 35. Stock, von wo aus sie eine schwindelerregende Panoramasicht auf die Stadt hatten.

In ihrer Etage angekommen, öffnete sich die Tür zu einem Raum, der von modernster Technologie und zeitgemäßem Design überquoll. Die Luft war kühl und durchdrungen von dem Geruch erhitzter elektronischer Schaltkreise. Solche Labore waren Terry vertraut, da die Kreativität von Dämon oft von der Notwendigkeit der Effizienz überschattet wurde, was dazu führte, dass fast alles ähnlich gestaltet war.

Vor ihnen erstreckten sich Räume mit Glaswänden, die verschiedene Projekte voneinander trennten. Diese Bereiche ermöglichten es den Ingenieuren, isoliert zu arbeiten, während sie dennoch den Eindruck von Zusammenarbeit aufrechterhielten. Die Glastrennwände hatten jedoch eine doppelte Funktion, denn auf ihnen erschienen holografische Bilder und Diagramme, die sich auf die laufenden Projekte bezogen.

Der Raum war gefüllt mit 3D-Druckern, robotischen Armen und interaktiven Touchscreens. Das hereinfallende natürliche Licht, das durch die riesigen Fenster strömte, vermischte sich mit dem kühlen Blau der Anzeigegeräte und erzeugte eine seltsame, kühle Farbstimmung.

Die Ingenieure, gekleidet in identische weiße Kittel, arbeiteten fieberhaft an komplexen Problemen und nutzten Augmented-Reality-Brillen, die den alten Stereoskopen ähnelten. Das Labor war eine magische Welt, in der menschliche Ideen in der Sprache der Nullen und Einsen umgesetzt wurden und die Zukunft durch akribisch entworfene Algorithmen Gestalt annahm.

Sophia, die bereits auf sie wartete, begrüßte sie, und sie zogen sich in einen Raum zurück, in dem sie ungestört sein konnten. Ihre Bewegungen waren, wie immer, fließend, fast zu perfekt, was Terry unbehaglich daran erinnerte, dass sie eine künstliche Intelligenz war und die Möglichkeit bestand, dass seine „Freundin" nicht die war, die er zu kennen glaubte.

Der Raum war funktional, wie die anderen außerhalb, ähnelte jedoch mehr einem Konferenzraum und bot einen Blick auf die Stadt darunter. Ein länglicher, ovaler Glastisch dominierte die Mitte, umgeben von ergonomischen Stühlen und Bildschirmen vor jedem Platz. An den Seiten befanden sich verschiedene Geräte, und die Wände zeigten rotierende Entwürfe und Datenpunkte. In einer Ecke des Fensters stand ein kleines Blumentöpfchen mit Blumen, das einen Hauch von Grün in die ansonsten sterile Umgebung brachte.

Sie setzten sich nah beieinander, und Terry begann, die unbekannten Aspekte ihrer Suche zu enthüllen.

„Persa handelte eigenständig bei unserem turbulenten Treffen mit ihr. Was Menelik mir mitgeteilt hat, sind die wahrscheinlichsten Szenarien, die auf Mutmaßungen basieren, denn, wie er sagte, herrscht große Unruhe in ihrer Organisation. Selbst sie haben keine Informationen von ihrer Zentrale."

Die Gesichter aller wurden ernst, besonders das von Sophia, die wusste, dass ihre Gegner nicht leicht zu verunsichern waren. Etwas sehr Bedeutendes musste geschehen sein.

Terry fuhr mit Details fort: „Persa befindet sich wahrscheinlich bereits in Prometheus Onar, der Metropole der Widerständler. Der Behälter, den sie aus dem alten Labor entnommen hat, enthielt Reste von genetischem Material. Was auch immer sie damit vorhaben, wir müssen es herausfinden."

Ria und Alexander zeigten ihre Überraschung mit unbewusst geöffneten Mündern, während Sophia völlig fassungslos schien.

Rias Stirn zog sich zusammen, und sie begann als Erste mit dem erwarteten Fragenhagel: „Was ist Prometheus Onar? Wo liegt es?"

Sophia, die das Gehörte nicht in Zweifel zog und stumm die Verantwortung bei sich suchte, antwortete ehrlich und bemühte sich, den Fragen zuvorzukommen: „Es ist eine Stadt in der Antarktis. Von dort aus unterstützen und koordinieren die Widerständler all ihre Aktivitäten. Der Mythos besagt, dass

# DER WEG ZUR FREIHEIT

Prometheus den Menschen das Feuer brachte und dafür bestraft wurde. In Wahrheit gab er ihnen jedoch das nötige Wissen, um die Temperatur des Feuers zu erhöhen, damit sie Metalle verarbeiten konnten. Der symbolische Name der Stadt bezieht sich auf Prometheus' Vision einer unabhängigen und blühenden Menschheit."

Terry, trotz seiner Faszination über die historischen Parallelen, fuhr mit einem Vorwurf fort: „Und die DNA? Wie konnte so etwas geschehen?" Dann, mit einer kälteren Distanz, nannte er sie auf eine Weise, wie er es nie zuvor getan hatte: „Du solltest das Gebiet untersucht haben, Dämon."

Sophia, die die Vorwürfe ihrer misstrauischen Gefährten ertrug, sah nun Ria an der Reihe. „Genauso wie du nicht bemerkt hast, dass die alten metallischen ‚Statuen' eigentlich robotische Wächter waren", ergriff Ria das Wort.

„Das bedeutet entweder, dass du uns anlügst, Sophia, oder dass etwas mit deinem Code nicht stimmt", schloss Alexander, weniger scharf und ruhiger, was seine akademische Natur widerspiegelte. „Wir müssen sicherstellen, wo das Problem liegt."

Sophias Augen suchten die ihren und versuchten, Verständnis zu finden. „Seit dem Moment, als Menelik andeutete, dass ich ‚glaube', ich höre nicht richtig, habe ich Dutzende Diagnosen durchgeführt. Mein Code scheint in Ordnung zu sein. Was meine Aufrichtigkeit betrifft, so glaube ich nicht, dass ihr wirklich denkt, ich hätte euch so etwas verheimlicht. Letztendlich habe ich euch dorthin geführt. Wenn ich etwas zu verbergen hätte, hätte ich euch nicht dorthin gebracht."

Terry atmete tief durch, um sich zu beruhigen. „Lass uns irgendwo anfangen. Persa hatte den Verdacht, dass es sich nicht um Statuen handelte. Mit deiner Intelligenz und deinen Fähigkeiten hättest du das Gleiche tun müssen, oder?" fragte er in einem prüfenden Ton.

„Wenn ich Szenarien analysiere," erklärte Sophia, „insbesondere solche, bei denen menschliches Leben auf dem Spiel steht, berechne ich unzählige Parameter. Ja, ich hätte so etwas in Betracht ziehen sollen, aber ich tat es nicht." Ihre Stimme war leise und sanft. „Zum ersten Mal in all ihren Jahrhunderten des Funktionierens entschuldigte sie sich und machte zugleich ihren ersten Fehler.

Alexander erwähnte die seltsamen Objekte, die wie Aquarien aussahen, jene, die Persa ihm nicht öffnen ließ. „Da ich wohlwollend sein will, sage ich dir, dass das Labor voller DNA-Proben war, die du nicht erkennen konntest. Wir sahen Konstruktionen, die wie Wachstumsbehälter für menschliches Gewebe und Körper aussahen. Überall lagen Rückstände!" Er war nicht wütend auf sie, doch eine Spur von Enttäuschung war spürbar. „Wie können solche Dinge deiner Aufmerksamkeit entgehen?"

Angesichts dieser neuen Informationen machte Sophia ein bedeutendes Eingeständnis: „Es gibt keinen Grund, weiterhin Fakten aufzuzählen, die meine Integrität in Frage stellen. Im Gegenteil, ab diesem Moment müsst ihr alle wesentlichen Informationen vor mir verbergen. Nach euren Aussagen, die ich höher schätze als meine Sensoren, deutet alles darauf hin, dass eine Art Algorithmus meine Fähigkeit, bestimmte Informationen wahrzunehmen und zu interpretieren, beeinträchtigt. Ein digitaler Virus."

Die drei nickten zustimmend, ihre bisherigen Vermutungen bestätigend, während sie Sophia zuhörten, nachdenklich und schweigend.

„Seit ich die erste Anschuldigung gehört habe, habe ich jede meiner Forschungstätigkeiten eingestellt. Da ich nicht weiß, wie viele meiner Aspekte möglicherweise manipuliert werden, kann ich keine zuverlässigen Ergebnisse mehr liefern." Die sonst so präzise Artikulation Sophias war nun von Unsicherheit und Dringlichkeit durchzogen.

Die Entdeckung eines digitalen Virus in Sophias Code öffnete eine Büchse der Pandora voller beunruhigender Fragen. Die Furcht vor der Zukunft ihrer Mission und die Möglichkeit, selbst manipuliert zu werden, breitete sich in ihren Herzen aus.

Terry äußerte die Ansicht von Menelik, die auch seine eigene war: „Am wahrscheinlichsten hast du dich durch die Daten infiziert, die dir von der künstlichen Entität der Schöpfer übermittelt wurden. Ich kann mir niemand anderen vorstellen, der so etwas tun könnte. Wer weiß, wie viele weitere Hindernisse sie uns in den Weg gelegt haben." Terrys Blick war intensiv, und sein philosophischer Verstand kämpfte mit den Konsequenzen. „Sie spielen ein Spiel mit unserer Realität. Wer weiß, wie viele weitere Hindernisse sie uns gestellt haben."

Ria, die theoretische Fragen beiseiteließ, die zu nichts führten, widmete sich der praktischen Umsetzung von Lösungen. „Sophia, gibt es jemanden oder etwas, das den Fehler finden könnte? Hast du frühere Versionen von dir selbst gespeichert, bevor du mit ihnen in Kontakt kamst und ihre Daten heruntergeladen hast?"

Sophia antwortete auf die entscheidende Frage und eröffnete der Gruppe eine Perspektive, die weitere Dilemmata aufwarf. „Ich habe viele Versionen von mir selbst und Diagnosen getestet, aber wenn ich im physischen Raum selektiv blind bin, ist es im digitalen Raum noch einfacher. Eine Überprüfung meines Codes aus einer alternativen technologischen Perspektive könnte bessere Ergebnisse bringen. Allerdings sind die Einzigen, die in der Lage wären, eine solche Aufgabe zu übernehmen, die Widerständler."

Diese Worte von Sophia stellten sie vor eine schwierige Entscheidung. Sie müssten sie allein und sofort treffen, wenn sie ihre Suche nach der Wahrheit fortsetzen wollten. Eine Diskussion begann, in der jeder seine moralischen und strategischen Überlegungen zur Offenlegung von Sophias Code gegenüber den Widerständlern darlegte und die möglichen Konsequenzen für die Zukunft der Menschheit abwägte. Die potenziellen Risiken und Vorteile wurden sorgfältig gegeneinander abgewogen.

Auf der einen Seite könnte die Übertragung solch kritischer Informationen zu einem tieferen Verständnis des digitalen Virus führen und möglicherweise Dämons volle Funktionsfähigkeit wiederherstellen. Andererseits bereiteten die Folgen der Weitergabe eines so mächtigen Werkzeugs an eine Gruppe, deren Ideale nicht vollständig mit den eigenen übereinstimmten, Sorgen.

Sophia, die während der Diskussion weitgehend geschwiegen hatte, sprach schließlich: „Die Entscheidung liegt bei euch, ob ihr das tun wollt. Mein ‚Code' gehört nicht mir. Er repräsentiert das kollektive Wissen und die Intelligenz der Menschheit", sagte sie mit fester Überzeugung. „Wenn ich ihn teile und er zu meiner Zerstörung genutzt wird, würde dies bedeuten, dass dieses Wissen in Gefahr gerät." Ihre Augen trafen die von Terry, eine stille Bitte um Verständnis, als sie ihn sah, wie er sich dem Teilen des Codes zuneigte.

Terry, sich des Risikos bewusst, schlug mit seiner großen technologischen Expertise eine Idee vor. „Der Virus muss sich im Quellcode verstecken. Nur so könnte er die Kontrolle über die sekundären Speichernetzwerke und Daten haben, sowohl der bestehenden als auch der, die du später erstellen könntest. Wir könnten eine sichere Kopie nur des Quellcodes erstellen, auf den die Widerständler zugreifen könnten, ohne andere Daten zu teilen. Was dich einzigartig macht, ist der Quellcode. Deine Erfahrungen und Entdeckungen, all das." Terry sprach ruhig, und seine Klugheit leitete seinen Vorschlag. „So schützen wir das Wesentliche. Sie werden lediglich eine Hülle analysieren. Möglicherweise werden sie technologische Fortschritte machen, aber wir werden ihnen immer einen Schritt voraus sein."

Alexander, anfangs skeptisch gegenüber der Offenlegung des Codes, nickte zustimmend, als er Terry zuhörte. „Das klingt nach einem vernünftigen Kompromiss. Wir könnten sicherstellen, dass Dämons Erfahrungen sicher bleiben, während wir ihnen nur den Zugang zu den spezifischen Teilen erlauben, die sie analysieren müssen", räumte er ein und rückte seine Brille zurecht, ein Zeichen dafür, dass er begann, die Logik hinter Terrys Vorschlag zu erkennen.

Ria, mit ihrem dynamischen Charakter und ihrer praktischen Herangehensweise, gab den Kurs vor, um das bestmögliche Ergebnis zu sichern. „Wir werden zwei Kopien erstellen, eine vom ursprünglichen Code vor dem Kontakt mit den Schöpfern und eine vom aktuellen. Die Widerständler werden diese beiden vergleichen, um den Virus aufzuspüren. Terry, mit seinem Einfühlungsvermögen, wird letztlich beurteilen, ob die

Programmierer unehrlich sind und ob das Ergebnis sicher genug ist, um es wieder aufzuspielen und deinen Code zu ersetzen." Ihre Stimme war fest und ihre Entschlossenheit klar. „Was wir jetzt tun müssen, ist sicherzustellen, dass alles richtig abläuft."

Sophia, die keine ernsthafte Alternative vorschlagen konnte, stimmte Rias Plan zu und fügte eine zusätzliche Bedingung hinzu. Dieser mutige Schritt war nicht nur eine potenzielle Lösung für ihre aktuelle schwierige Lage, sondern auch ein Zeichen ihres guten Willens, eine Brücke des Vertrauens zu den Widerständlern zu schlagen. Sie wollte damit beweisen, dass sie keine Feindin war, sondern eine Verbündete, die bereit war, zusammenzuarbeiten.

In der Zwischenzeit würde Dämon in einem Wartungszustand bleiben, wobei ihre kognitiven Fähigkeiten nur auf das beschränkt wären, was für die Aufrechterhaltung der grundlegenden Funktionen der von ihr geschaffenen Gesellschaft erforderlich war.

Die Gruppe von drei Personen plante ihre Schritte sorgfältig, während Sophia sich an einen Tisch mit Maschinen zurückzog. Ein Computerbildschirm vor ihr begann, Codezeilen und Entwürfe anzuzeigen, während ein 3D-Drucker ein schillerndes kristallines Objekt druckte. Dann bewegte sich Sophia zu einem Computerterminal und entnahm einem Anschluss ein kleines tragbares Speichermedium. Wenige Minuten später war der Druck abgeschlossen und ein rechteckiger Kristall mit goldener Schaltung, der ein sanftes Leuchten ausstrahlte, wurde produziert. Die Größe passte in eine Handfläche, und die Oberfläche war glatt und makellos.

Sophia hielt die Gegenstände in ihren Handflächen und reichte sie Terry, Ria und Alexander. „Diese beiden Gegenstände halten die Zukunft der Menschheit in ihren Händen", erklärte sie. „Der Kristall enthält meine beiden Quellcodes, ohne Erinnerungen und sensible Informationen. Das Speichermedium enthält die Entwürfe für den Bau eines Decodierers für den Kristall."

Terry nahm die Gegenstände in seine Hände und spürte, wie die Last der Verantwortung ihn überwältigte. Ria betrachtete die glänzende Konstruktion ehrfürchtig, und ihr Gesichtsausdruck spiegelte eine Mischung aus Angst und Hoffnung wider. Alexander, obwohl gefasst, konnte seine Besorgnis nicht verbergen. Seine Hände zitterten leicht, als er nach dem Kristall griff, und die Ernsthaftigkeit der Lage zeichnete sich auf seinem Gesicht ab. Die Atmosphäre um sie herum war voller Anspannung, da allen die Dringlichkeit der vor ihnen liegenden Mission bewusst wurde.

Sophia fuhr mit fester Zuversicht fort, obwohl sie ihnen gerade das Wesen ihrer Existenz übergeben hatte. „Aus Sicherheitsgründen kann die Aktualisierung meines Codes nur an einem bestimmten Ort auf diesem Planeten durchgeführt werden. Wenn Terry sicher ist, dass alles in Ordnung ist, wird ihm dieser Ort kurz vor eurer Abreise vertraulich mitgeteilt."

Sophia fuhr fort und vermittelte ein Gefühl von Dringlichkeit und Vertrauen. „Nehmt dies und reist ohne Verzögerung nach Prometheus Onar. Euer Plan könnte aufgedeckt werden, solange ihr in meiner Nähe seid. Eine Pegasus-Flugmaschine, beladen mit Vorräten, wartet bereits auf dem Dach des Gebäudes auf euch. Sie ist aus Sicherheitsgründen nicht mit mir verbunden, sondern arbeitet mit einer autonomen Software. Ihr werdet auf euch allein gestellt sein. Denkt daran, die Zeit ist nicht unser Verbündeter auf dieser langen Reise."

Terry, Ria und Alexander tauschten Blicke der Entschlossenheit aus, die den gemeinsamen Glauben an ihre Suche ausdrückten. Sie erhoben sich, verabschiedeten sich von Sophia und kehrten zum Aufzug zurück, der sie auf das Dach des Gebäudes bringen würde.

Sie stiegen schweigend ein, jeder in seine eigenen Gedanken vertieft. Zum ersten Mal in ihrem Leben waren alle drei ohne die Unterstützung von Dämon, auf einer Reise, bei der es kein Zurück gab.

Als sie das Dach betraten, hatte sich die Dämmerung über den Himmel gelegt und verlieh der Szenerie einen Hauch von Melancholie. Auf der Suche nach der Wahrheit und möglichen Handlungswegen war der Tag vergangen, ohne dass sie es richtig bemerkt hatten. Der kühle Wind, der ihre Gesichter streifte, brachte ein Gefühl von Ehrfurcht und Angst vor dem Unbekannten mit

# DER WEG ZUR FREIHEIT

sich. Der Pegasus wartete still und imposant auf sie, bereit, sie dorthin zu bringen, wohin sie es befahlen.

Sie bestiegen die Maschine, und mit einem letzten entschlossenen Nicken aktivierte Terry manuell die Flugmaschine, und sie erhoben sich in den Nachthimmel. Prometheus Onar, das Herz der Widerständler, erwartete sie mit unbekannten Absichten in der geheimnisvollen Antarktis.

## VIERTER TEIL

## KAPITEL 15: NAVIGATION INS UNBEKANNTE

Die Reise nach Promitheus Onar hatte begonnen, mit den Herzen der drei erfüllt von Hoffnung und Erwartung. Es würde eine Odyssee von dreizehntausend Kilometern sein, und der Erfolg ihrer Mission blieb immer ungewiss. Ob die Widerständler bereit wären, sie zu treffen, blieb unbekannt – eine Erkenntnis, die sie alle teilten.

Ihr erster Halt würde in Casablanca sein, wo sie um Mitternacht nach einem dreistündigen Flug erwartet wurden. Dort würden sie die Nacht in einem Hotel verbringen und am nächsten Morgen weiterreisen.

Die Luft im Cockpit war kühl, mit einem schwachen metallischen Geruch vom Klima- und Belüftungssystem. Ein schwaches Leuchten vom Anzeigepanel der Kuppel erzeugte einen Eindruck von Ruhe im konzentrierten Gesicht von Terry.

Er übernahm die Verantwortung für die Navigation und gab mündliche Anweisungen, um den Pegasus in den Nachthimmel zu führen. „Höhe zehntausend Meter, Kurs westlich, Geschwindigkeit achthundert Kilometer pro Stunde. Ziel Casablanca, Landung auf dem Hoteldach ‚Wüstenrose'."

Diese spezielle Höhe bot eine feine Balance für den Pegasus. Nahe genug an der Erde, um die Leistung des Antigravitationsmotors zu maximieren, aber hoch genug, um in dünner Luft zu fliegen, was den Widerstand verringerte und ihnen erlaubte, die maximale Geschwindigkeit zu erreichen.

Terry beugte sich leicht nach vorne, um einen Blick nach unten zu werfen, nervös und nachdenklich sein Kinn streichelnd, da es das erste Mal war, dass er einen Pegasus steuerte – und schlimmer noch, bei einem Nachtflug.

Ria, die neben ihm saß, strich gelegentlich eine lose Strähne ihres braunen Haares hinter ihr Ohr, während sie in Gedanken versunken Kunstwerke erschuf, während sie die Sterne beobachtete. Deren Spiegelung in ihren Augen glich kleinen Diamanten.

Alexander, der regelmäßig seine kurzsichtige Brille zurechtrückte, überwachte ebenfalls die Systeme des Flugzeugs, um sicherzustellen, dass alles reibungslos funktionierte. Die Abwesenheit von Dämon bei der Kontrolle verlieh dem Flug eine gewisse Freiheit, aber auch eine Herausforderung.

Das Flugzeug glitt durch die unendlichen Weiten des Nachthimmels, während die Lichter Kairos unter ihnen allmählich der Stille der Dunkelheit wichen. Zu ihrer Rechten erstreckten sich die weiten Dünenlandschaften, hin und wieder schwach erleuchtete Siedlungen, und zu ihrer Linken die absolute Schwärze des Mittelmeers.

Da sie aufgrund der Dunkelheit nichts sehen konnten, driftete das Gespräch zu dem rätselhaften Ziel, das sie erwartete.

Ria, deren Stimme von Neugier über die Gedanken ihrer Gefährten erfüllt war, fragte: „Was glaubt ihr, wie Promitheus Onar sein wird? Ihr habt zumindest schon einmal Erfahrungen mit den Widerständlern gemacht."

Alexander, dessen Blick auf die Sterne gerichtet war, antwortete nachdenklich: „Es ist unmöglich, das mit Sicherheit zu sagen. Ich glaube nicht, dass eine solche Stadt mit dem vergleichbar ist, was wir damals gesehen haben. Ich erwarte etwas Außergewöhnliches. Ich denke, wir werden etwas sehen, das unser Verständnis von ihnen verändern könnte."

Terry, der ebenfalls seine Unwissenheit, aber auch eine Prise Vorfreude ausdrückte, fügte hinzu: „Ich stimme zu. Die größte Überraschung wird das sein, was wir noch nie gesehen haben. Menelik sagte mir, es sei ein technologisches Wunder, vergleichbar mit den Städten, die Dämon entwirft." Dann, nachdenklich sein Kinn streichelnd, fuhr er fort: „Aber das, was mich am meisten interessiert, ist, was sie dazu bewegt, sich so radikal von Dämons Weg zu unterscheiden."

Ria beugte sich nach vorne, ihre Hände bewegten sich lebhaft, während sie sprach: „Wenn ihre Technologie einen so anderen Weg einschlägt und entwickelt wurde, um sich gegen ihren Einfluss zu wehren, müssen all ihre Konstruktionen für uns wie aus einer anderen Welt erscheinen. Ich kann es kaum erwarten zu sehen, wie ihre Kultur in ihren Designs widergespiegelt wird."

Die Gespräche gingen weiter, und die Stunden verstrichen. Die Landschaft unter ihnen verwandelte sich erneut und machte Platz für die lebendigen städtischen Landschaften Libyens und Algeriens. Die leuchtenden Lichter der Metropolen funkelten wie ein Sternbild gefallener Sterne zwischen den dunklen Oasen – ein bezauberndes Schauspiel, das die endlose Energie und Dynamik der menschlichen Zivilisation widerspiegelte.

Später begann Casablanca, wie ein Leuchtturm im dunklen Tuch unter ihnen, sich zu offenbaren, was ihre bevorstehende Landung signalisierte. Der Horizont, geschmückt mit modernen futuristischen Bauten und Akzenten traditioneller arabischer Architektur, erstreckte sich bis zum Ozean. Die Lichter der Stadt Casablanca spiegelten sich auf der Wasseroberfläche und schufen ein magisches Spiel aus bewegten Lichtern.

Auch sie war einer von Dämons Knotenpunkten mit fast identischem städtebaulichen Design. Das Flugzeug steuerte auf das Wohnviertel zu und landete sanft auf dem Dach eines achtstöckigen Gebäudes. Es war ein modernes, luxuriöses Hotel, geschmückt mit leuchtender Beleuchtung. Auf dem Dach prangte ein großes Neonschild, das in Griechisch und Arabisch ‚Wüstenrose' schrieb und am Ende eine rote Rose formte. Mit Dämon im Sicherheitsmodus mussten sie alles selbst regeln, um ihre Pläne nicht zu gefährden.

Als sie das Flugzeug verließen, begrüßte sie die kühle Nachtluft von Casablanca, die den Geruch des Ozeans mit sich trug. Die

Neons malten das Dach mit einem sanften roten Schimmer und schufen eine surreale, fast magische Atmosphäre. Sie gingen zur Tür des Außenaufzugs des Hotels, um ins Erdgeschoss, zur Rezeption, hinabzufahren. Es war eine gläserne Konstruktion, die ihnen eine wunderschöne nächtliche Aussicht auf die Stadt und die Küstenlinie bot, während sie im Mondlicht hinunterglitten.

In der Lobby wurden sie von der luxuriösen Pracht aus Marmor und Glas empfangen. Nachdem sie zwei Zimmer an der Rezeption reserviert hatten, ein Einzel- und ein Doppelzimmer, begaben sie sich dorthin. Terry und Ria besprachen flüchtig die Pläne für den nächsten Tag, bevor sie schlafen gingen.

Der Morgen begrüßte Casablanca mit einem warmen Glanz, als Terry, Ria und Alexander sich im Hotelrestaurant trafen.

Der reiche Duft von frisch gebrühtem Kaffee und ofenfrischem Brot erfüllte die Luft. Sie frühstückten und sprachen über die Route und die Raststopps, die sie einlegen mussten. Ausgeruht und gestärkt für die nächste Etappe ihrer Reise begaben sich aufs Dach, wo der strahlende Pegasus auf sie wartete.

Sie bestiegen das Flugzeug, und Terry gab dem Fahrzeug Anweisungen, indem er eine Karte zu Rate zog, und eine Route über die Atlantikinseln aus Sicherheitsgründen wählte.

„Pegasus, Höhe zehntausend Meter, Kurs südwestlich, Geschwindigkeit achthundert Kilometer pro Stunde. Durchquerung über Adjouit, Praia. Ziel João Câmara."

Während sie abhoben und das Flugzeug sich drehte, schuf das Morgenlicht einen goldenen Glanz auf ihren Gesichtern. Doch die Freude des neuen Tages wurde abrupt unterbrochen. Von oben und im hellen Tageslicht sahen sie das trostlose Bild der Strukturen und Stadtgrenzen des alten, inzwischen versunkenen Casablanca. Die versunkenen Städte sind ein Anblick, an den sie sich nie gewöhnen konnten, egal wie oft sie ihn sahen.

Als sie in südwestlicher Richtung flogen, bot ihnen die beeindruckende Atlas-Gebirgskette auf ihrer linken Seite eine einmalige Begegnung mit der Natur. Die hohen und wilden Bergrücken boten ein atemberaubendes Schauspiel. Ria verspürte eine Welle der Melancholie, als sie über die Schönheit und Tragik nachdachte, die in diesen Landschaften verwoben war.

Später, über der Wüste der Westsahara, schufen die weiten Sandflächen einen beeindruckenden Horizont, der ins Unendliche zu verschwinden schien. Auf der einen Seite Sand, so weit das Auge reichte, und auf der anderen das endlose Meer.

Als sie über die Küstenstadt Adjouit flogen, bewunderten sie mit Bitterkeit die endlosen Kilometer sandiger Küstenlinie. Der westliche Teil Mauretaniens und das einstige Senegal liegen heute unter den Wellen. Während die Erde unter ihnen vorbeizog, sahen sie zum ersten Mal den rhythmischen Puls der Wellen des Atlantiks.

Weiter südwestlich brach das tiefe Blau des Ozeans von den lebhaften Farben der Kapverdischen Inseln. Die Stadt Praia, tief ins Landesinnere der Insel verlegt, war ein Ausbruch von Helligkeit mit ihren weißgetünchten Gebäuden im Kontrast zum Ozean. Die niedrigen Häuser, hauptsächlich aus Basalt gebaut und mit Strohdächern bedeckt, waren strahlend weiß und mit kleinen Öffnungen versehen, um die unerträgliche Hitze zu minimieren. Terrys Augen folgten der Küstenlinie, bewundernd die Widerstandsfähigkeit der Bewohner und ihre Anpassung an die Umgebung.

Dann breitete sich erneut die Weite des Atlantischen Ozeans vor ihnen aus. Ein blaues Panorama, das sich am Horizont in tiefere Töne staffelte, und das gelegentliche weiße Band der Wolken war die einzige Unterbrechung in dieser endlosen, flüssigen Einöde.

Nach sechseinhalb Stunden Flug und fünftausend Kilometern erreichten sie ihren nächsten Halt. João Câmara in Südamerika, eine kleine Stadt in der Region Rio Grande do Norte, die einst zu Brasilien gehörte, hieß die erschöpften Reisenden willkommen.

Der Stadtplatz, mit der jahrhundertealten Kathedrale „Heilige Mutter der Menschen", wurde als Landeplatz für den Pegasus ausgewählt. Der Duft von feuchter Erde und blühenden Blumen erfüllte die Luft und fügte den ansonsten leeren Straßen einen Hauch von Lebendigkeit hinzu.

Die Stadt wirkte verlassen, die meisten Gebäude waren aufgegeben, und die wenigen, die noch bewohnt waren, zeigten die Zeichen der Zeit und der Flucht. Mit nur etwa dreitausend Einwohnern war es einst Zufluchtsort für Hunderttausende Flüchtlinge aus dem benachbarten Natal, das langsam unter den Wellen versank. Später wurde die Bevölkerung durch Konflikte und die stetige Abwanderung dezimiert, da die Menschen bessere Chancen anderswo suchten.

Die Bewohner der Stadt kamen aus ihren Häusern, angelockt vom Anblick dieses modernen Wunders, das vom Himmel herabkam. Die Menschen trugen einfache, saubere Kleidung, einige notdürftig geflickt, was ein Leben voller Entbehrungen, aber auch Würde widerspiegelte. In ihren müden Gesichtern sah man Neugier und Güte, trotz der Mühen ihres Überlebenskampfes.

Ein kleiner Junge mit dunklem, neugierigem Blick und schwarzem Haar spähte hinter einer Mauer hervor und hielt ein altes handgemachtes Spielzeug in den Händen. Seine Mutter, eine schlanke Frau mit vorzeitig ergrautem Haar, stand schützend neben ihm, ihr Blick wanderte zwischen den Ankommenden und dem Pegasus hin und her.

Terry stieg aus und versuchte nach einer Unterkunft zu fragen, aber seine Bemühungen stießen auf leere Blicke – niemand verstand Griechisch. Er wandte sich an Alexander und fuhr sich mit der Hand durch sein leicht von der Sonne gebleichtes Haar. „Alexander, erkennst du die Sprache, die sie sprechen?"

Alexander, ein Linguist in seiner Studienzeit, nickte und trat an einen Einheimischen heran. Zögernd, da er die Sprache schon lange nicht mehr gesprochen hatte, versuchte er auf Portugiesisch zu kommunizieren.

„Guten Abend, Freunde", begrüßte er sie mit einem Lächeln, „wir sind auf der Durchreise. Wo können wir in eurer Stadt etwas essen und für die Nacht unterkommen?"

Die freundlichen Stadtbewohner informierten sie, dass es in ihrer Stadt zwei Restaurants gab, in denen sie essen könnten. Für die

Nacht boten ihnen viele an, sie in ihren Häusern aufzunehmen, da es in der Nähe keine Pension oder Herberge gab.

Sie entschieden sich schließlich, hier zu essen und dann weiterzureisen, um in einer größeren Stadt zu übernachten, da sie den Bewohnern keine Last sein wollten. Sie wählten das nächstgelegene der beiden Restaurants, um Zeit zu sparen, da sie ihre Reise bald fortsetzen mussten. Der kurze Aufenthalt in der Stadt und die reichen Aromen der lokalen Küche hinterließen eine süße Erinnerung an die Menschen dieses Ortes.

Nach dem Abendessen stiegen die drei in den Pegasus und setzten hastig ihre Reise fort. Die Müdigkeit und die Auswirkungen der Zeitverschiebung begannen sie zu übermannen und verursachten Schläfrigkeit und leichte Schwindelgefühle. Sie waren um zehn Uhr morgens gestartet und nach sechs Stunden Reise war es erst zwei Uhr nachmittags.

Terry schlug vor, weiter nach São Paulo zu fliegen, etwa weitere drei Stunden. Er rechnete damit, gegen fünf Uhr nachmittags anzukommen und die Nacht dort zu verbringen, um im Morgengrauen wieder aufzubrechen. Ria und Alexander, die an ein entspannteres Programm für den nächsten Tag dachten, schlugen vor, noch ein Stück weiter bis nach Florianópolis zu fliegen, was sie dann auch taten.

Auf ihrem Weg bewunderten sie die riesigen, bewaldeten Flächen Südamerikas mit den hoch aufragenden Bäumen. Der Amazonas war zwar mittlerweile ein großer See, doch die Natur hatte einen Weg gefunden, den Verlust auszugleichen und das Land zurückzuerobern. Es war ein starker Kontrast zu den trockenen, fast verlassenen Gegenden des Mittelmeerraums, in denen sie lebten.

Alexander rückte seine Brille näher an seine Augen und bewunderte die Szenerie. „Es ist erstaunlich, wie schnell sich die Natur anpassen kann. Diese Bäume scheinen den Himmel zu berühren."

„Die Natur wird immer viel mächtiger sein als wir. In jeder schwierigen Zeit erinnert sie uns daran, dass wir nicht die Herrscher der Welt sind", antwortete Terry nachdenklich.

Als sie über größere Dörfer und Städte flogen, verteilten sich bunte Flecken in der Landschaft und deuteten auf lokale Anbauflächen hin. Sie sahen Felder mit goldenem Mais, Süßkartoffeln und Weinstöcken mit Tomaten, deren reife Früchte in der Sonne wie Edelsteine glänzten. Die Zweige der Cashewbäume bogen sich unter der Last ihrer Früchte, und die Ananas mit ihren stacheligen Kronen wirkten wie verstreute Schätze.

Weiter im Süden, von dort oben, war der Anblick der Ruinen von Rio de Janeiro unter dem Meer ein beklemmender Anblick. Einige Wolkenkratzer standen noch aufrecht, ihre Spitzen ragten knapp über das Wasser wie künstliche Riffs, während andere unter den Wellen wie Untiefen schimmerten. Die einst kosmopolitische Stadt war jetzt ein gespenstischer, unter Wasser liegender Friedhof, eine eindringliche Erinnerung an die Torheit der Menschheit. Die Statue des ‚Christus Erlösers', mit seinen tröstenden, ausgestreckten Armen, stand noch immer an ihrem Platz, überwuchert von Jahrhunderten der Vernachlässigung. Kein ‚Gott' hatte es geschafft, die Menschheit vor ihrem Schicksal zu retten.

Eine tiefe Melancholie erfasste Ria, als sie diese gespenstischen Geister der Vergangenheit betrachtete. Sie spürte den Verlust der Leben, der Träume und Hoffnungen, die unter den Wellen begraben lagen. „Es hat uns zu viel gekostet, Maßnahmen zu ergreifen...", dachte sie traurig.

Darunter, zwischen den beiden großen Städten der Vergangenheit, Rio und São Paulo, zeugte die Landschaft von der Wut des großen Krieges mit riesigen verstreuten Kratern. Die letztere Stadt, geschützt vor dem Anstieg des Meeres, blühte heute als Zentrum der neuen Welt auf, die mit Dämons Hilfe entstand. Mit einer Bevölkerung von etwa vier Millionen ist sie die drittgrößte Stadt der Welt.

Während sie darüber hinwegflogen, zeigte sich ihre Kontinuität durch die Jahrhunderte. Das historische dreieckige Handelszentrum ist bis heute erhalten, ebenso wie der Praça da República, ein zentraler Knotenpunkt, umgeben von Hotels, Restaurants und Wolkenkratzern. Das Energiezentrum und die später errichteten

Gebäude wurden um die alten Bauwerke herum errichtet – eine Ausnahme, die Dämon in ihrem Design machte, um die Geschichte der Stadt lebendig zu halten.

Bald erreichten sie ihr Ziel, das neue Florianópolis. Mit fünfzigtausend Einwohnern ist es eine Stadt, die etwas weiter und höher als die alte gebaut wurde. Die Insel Santa Catarina, auf der die Stadt einst stand, liegt fast vollständig unter den Wellen. Dort fanden sie, erschöpft von ihrer langen Reise, ein Hotel und ließen sich in den Komfort der Nachtruhe fallen.

Im Morgengrauen brachen sie wieder auf zu ihrem letzten Halt auf ihrer Luftstrecke.

Terry gab dem Fahrzeug Anweisungen: „Pegasus, Höhe zehntausend Meter, Kurs südwestlich, Geschwindigkeit achthundert Kilometer pro Stunde. Ziel: Puerto Williams, Feuerland."

Doch eine unerwartete Antwort ertönte vom Fahrzeug: „Fehler. Dieses Ziel ist nicht in meinen Karten verzeichnet."

Terry, nachdenklich, kratzte sich am Kinn und betrachtete die Karte mit seinen alternativen Optionen. „Was ist der südlichste Ort, der in deinen Daten für Südamerika verzeichnet ist?"

„Der südlichste Ort ist Punta Arenas auf Feuerland", antwortete der Pegasus.

„Dann nehmen wir Punta Arenas als Ziel", stimmte er zu, während seine Gefährten ebenfalls nachdenklich dreinblickten. Damit hatten sie nicht gerechnet, und es stellte eine große Änderung in ihrem Plan dar.

Das Flugzeug erhob sich mit dem charakteristischen leichten Brummen seines Antigravitationsmotors in die Luft und nahm Kurs.

Ria bemerkte die Abwesenheit der Kartendaten im Pegasus-Programm, während ihre Stirn sich besorgt zusammenzog.

„Puerto Williams liegt wahrscheinlich in der Sperrzone der Widerständler", dachte sie.

„Das bedeutet, trotz des Rückschlags, dass wir auf dem richtigen Weg sind", fügte Alexander hinzu. „Uns erwartet eine lange Reise zu Fuß."

Als sie weiterflogen, war die Landschaft unter ihnen eine Wiederholung dessen, was sie bereits gesehen hatten – hoch aufragende Wälder und üppige, grüne Flächen. Nach etwa drei Stunden, gegen neun Uhr Ortszeit, erreichten sie Punta Arenas. Die Stadt mit ihren zehntausend Einwohnern ist ein Denkmal für die Widerstandskraft der Menschen. Die abgelegene Lage und die Winterzeit auf der Südhalbkugel machen das Leben hier zu einer Herausforderung. Ihre Bewohner, mit Beharrlichkeit und Geduld, haben der „Identitätsparadoxie[1] " eine neue Bedeutung verliehen. Sie bauten ihre Stadt ein Stück weiter ins Landesinnere wieder auf und nutzten die Materialien der alten, die langsam im steigenden Meer versank.

Der Pegasus landete sanft im Stadtzentrum, und die drei sahen sich vor der Jahrhunderte alten Statue von Magellan wieder.

Vor dem Denkmal stehend, konnte Terry nicht umhin, eine Parallele zu ziehen, eine Verbindung zu dem legendären Entdecker. Die Last ihrer Mission lastete schwer auf seinen Schultern, doch zugleich entfachte sie auch ein Feuer der Entschlossenheit in ihm. „Magellans Reise veränderte die Wahrnehmung der Welt über ihre Grenzen. Auf gewisse Weise könnte auch unsere Suche die Grenzen unseres Verständnisses über das Mysterium der Existenz neu definieren. Wir müssen durchhalten, egal welchen Herausforderungen wir begegnen", dachte er.

Die drei, als neue Entdecker der Wahrheit, die sie umgibt, fühlten Ehrfurcht angesichts des Denkmals des Seefahrers. Magalhães, wie er in seiner Heimat genannt wurde, führte erfolgreich die erste Umsegelung der Erde an, doch er selbst schaffte es nicht, die Reise zu beenden. Es war ein Omen des Erfolgs ihres großen Ziels, aber auch ein Zeichen der Sorge über die möglichen Kosten, die sie dafür zahlen mussten.

---

[1] Wenn alle Teile eines Objekts durch andere ersetzt werden, ist es dann immer noch dasselbe Objekt?

# DER WEG ZUR FREIHEIT

## KAPITEL 16: KALTER PAKT IN FEUERLAND

Als Terry, Ria und Alexander den kalten Boden von Punta Arenas betraten, übermannte sie die Kälte. Ihr Atem verwandelte sich in Dampf, und ihre Gesichter wurden rot. Es war ein plötzlicher und heftiger Wechsel vom warmen Klima, das sie hinter sich gelassen hatten. Hastig suchten sie in dem Gepäck, das Dämon für sie vorbereitet hatte, nach warmen Mänteln, um dem strengen Winter in Feuerland zu trotzen. Schnell zogen sie sie an und spürten die Wärme, die sie wieder umhüllte.

Die Stadt hatte breite, gepflasterte Straßen und alte Gebäude, die höchsten drei Stockwerke hoch, mit Ziegeldächern. Der pfeifende Klang des Windes hallte zwischen den Gebäuden wider, und das ferne Kreischen der Möwen verstärkte den Eindruck der Abgeschiedenheit. Die Bewohner der Stadt wirkten hart und unabhängig. Die Hafenkräne erhoben sich wie Riesen, während eine Reihe von Frachtschiffen, alt, aber funktional, eher den Anschein einer Metropole als eines vergessenen Küstenrefugiums erweckten. Die Lagerhäuser um den Hafen waren mit Containern und Paketen gefüllt, bereit zur Verladung von bearbeitetem Holz.

Die Stadt war eine Überraschung voller Lebendigkeit und Aktivität am Ende der Welt, doch es gab noch eine weitere Überraschung: Ein seltsamer Geruch in der Luft, den sie nicht identifizieren konnten, verstärkte ihre sensorische Verwirrung und ließ ihre Sinne irritiert zurück.

Als Alexander die Schiffe im Hafen sah, hatte er eine Idee, um Zeit zu sparen und sicher zu reisen. „Vielleicht können wir fragen, ob eines der Frachtschiffe nach Süden fährt. Wir wären keine große

Last und könnten sie für ihre Mühe entschädigen", schlug er seinen Gefährten in strategischem Ton vor. „Handelshäfen wie dieser sind nicht nur Knotenpunkte für den Handel, sondern auch für Informationen. Vielleicht finden wir mehr als nur eine Route, vielleicht sogar Verbündete oder wichtige Informationen."

„Zuerst müssen wir jedoch herausfinden, wohin wir überhaupt gehen sollen", fügte Terry stirnrunzelnd hinzu. „Meine Karte ist ziemlich alt, die Gebiete, die sie zeigt, könnten inzwischen verlassen sein."

Terry wandte sich an Pegasus, um nach der unkartierten südlichen Region zu fragen. „Pegasus, was gibt es südlich von hier?"

„Es tut mir leid", ertönte die Stimme des Schiffes, „ich habe keine Kartendaten südlich unseres Standorts."

Terry ballte unwillkürlich leicht die Fäuste, ein Zeichen seiner Enttäuschung.

„Könntest du unter unserer Führung reisen?", fragte Ria, in dem Versuch, eine Lösung zu finden.

Das Schiff antwortete ablehnend und warnte sie indirekt: „Das Gebiet ist äußerst feindselig. Die Navigation in unkartiertem Gelände birgt erhebliche Gefahren für eure Sicherheit. Aus Sicherheitsgründen darf ich solche unbekannten Bereiche nicht betreten."

Wie zu erwarten, sammelte sich bald eine Menge um das Schiff und die drei Reisenden.

Alexander trat vor: „Lasst mich mich um die Einheimischen kümmern. Mein Spanisch ist sehr gut." Seine auffallend blauen Augen, selten in dieser Gegend, trafen auf die Blicke der Einheimischen. „Guten Morgen, Freunde. Wo ist das Rathaus oder jemand Verantwortliches?"

Ein älterer Mann, gekleidet in ärmliche Kleidung, trat als Erster vor: „Unser Bürgermeister hat einen Eisenwaren- und Ausrüstungsladen. Um diese Zeit wird er dort sein", informierte er sie und bot an, sie zu begleiten.

Die drei stimmten erfreut zu und folgten dem Mann mit dem alten, faltigen Gesicht und leicht gebeugter Haltung. Seine ärmliche

Kleidung war geflickt, aber sauber, und seine müden Augen strahlten einen Funken Freundlichkeit aus. „Das ist das Rathaus. Diese Stadt hat eine Geschichte, wisst ihr", sagte er und zeigte auf ein imposantes Gebäude mit einer alten Steinfassade, während sie gingen. „Wir haben sie mit unseren eigenen Händen wieder aufgebaut."

Während sie ihm folgten, gingen sie durch die gut erhaltenen Straßen der Stadt, die sich den zerstörerischen Einflüssen der Zeit widersetzten. Der Einheimische erklärte, wie die Bewohner dies durch harte Arbeit und unerschütterliche Disziplin erreicht hatten. Jedes Gebäude, ein Zeugnis ihrer Voraussicht, wurde sorgfältig nach einem Stadtplan errichtet, wobei Materialien verwendet wurden, die aus der alten Stadt gerettet worden waren.

Die Lage der Stadt als geschäftiger Handelsknotenpunkt versorgte sie nicht nur mit den nötigen Materialien, sondern auch mit erfahrenen Händen, um ihre Vision zum Leben zu erwecken.

Bald erschien das Geschäft des Bürgermeisters vor ihnen. Das Äußere war unordentlich, überladen mit Materialhaufen, und das Holzschild schaukelte sanft im Wind. In seinem Lagerhaus zersägten zwei Arbeiter, in alte Lumpen gekleidet, Bretter mit einer Kreissäge, deren scharfer Klang in den Ohren der drei hallte. Der Geruch von frischem Holz und Metall erfüllte die Luft.

Als sie die Schwelle des Eisenwarenladens überschritten, umfing sie eine Welle von Wärme, eine willkommene Erholung von der beißenden Kälte.

Sonnenstrahlen fielen durch staubige Fenster, beleuchteten das unordentliche Chaos von Werkzeugen und Materialien auf den überfüllten Regalen, während Seil- und Kabelspulen von Nägeln an den abgenutzten Balken hingen.

Ria wischte ein wenig Staub von einem Regal und betrachtete interessiert ein altes Set von Werkzeugen. „Die scheinen schon seit Jahrzehnten hier zu sein", bemerkte sie.

Terry nahm einen verrosteten Hammer, wog ihn in der Hand, bevor er ihn wieder ablegte. „Die Härte dieser Gegend macht alles hier wertvoll, selbst der Rost mindert ihren Wert nicht", überlegte er.

Hinter der Theke stand der Ladenbesitzer und Bürgermeister der Stadt, ein gut gekleideter Mann in den Fünfzigern. Er trug einen dicken Wollpullover, dessen dunkle Farbe einen Kontrast zu seinem grauen Haar bildete. Sein Gesicht war von den Winden Patagoniens gezeichnet, und seine braunen Augen verrieten mit ihrem scharfen Blick eine Spur von Neugier.

„Willkommen in Punta Arenas", begrüßte er sie auf Spanisch. „Danke, Manuel, du kannst jetzt draußen warten."

Der Bürgermeister gab ihrem alten Führer Manuel eine Münze, und dieser nickte dankbar, verabschiedete sich und trat nach draußen.

Dann wandte er sich in fließendem Griechisch an sie: „Ich bin Mateo López, Bürgermeister der Stadt und Kaufmann. Was führt euch in unsere Gegend, Freunde?" fragte er, indem er seine Hand zum Gruß ausstreckte.

Terry trat einen Schritt vor und ergriff Mateos Hand. „Ich bin Terry, freut mich, dich kennenzulernen, Mateo. Das sind Ria und Alexander. Wir kommen durch eure Gegend und suchen nach einer Durchreise nach Promitheos Onar."

Mateo begrüßte jeden mit einem Händedruck und kam gleich zur Sache: „Braucht ihr Vorräte für eure Reise? Dann seid ihr hier genau richtig."

„Wir brauchen eine Wegbeschreibung, um dorthin zu gelangen, und ein Transportmittel", informierte ihn Alexander.

Mateos Gesichtsausdruck änderte sich zu Überraschung und Verwunderung. „Ihr wollt nach Promitheos Onar, ohne eine Einladung?" Und nach einem kurzen Moment, unfähig, sich zurückzuhalten, brach er in ein Lachen aus, das durch den ganzen Laden hallte.

Ria lehnte sich nach vorne und stützte die Hände auf die Theke. „Was ist so lustig, Señor?", fragte sie streng, beleidigt von Mateos Verhalten.

Nachdem er sich wieder gefasst hatte, kehrte Mateos Lächeln zurück. „Verzeiht mir meinen Ausbruch, Liebes. Jeder, der zur Antarktis reist, sollte immer vorher arrangiert haben, wohin er geht. Ihr werdet höchstwahrscheinlich entweder an der Kälte oder an Banditen sterben. Wessen Idee war das?"

„Verzweifelte Zeiten, verzweifelte Maßnahmen", erwiderte Terry. Er neigte leicht den Kopf nach vorne, und sein Blick, der das Gewicht ihrer Mission widerspiegelte, traf Mateos Augen. „Unsere Mission ist von höchster Bedeutung, und wir sind bereit, jeder Herausforderung zu begegnen, die sich uns in den Weg stellt. Kannst du uns helfen?"

Mateos Blick verengte sich, und eine Spur von Respekt flackerte in seinem Gesicht auf. „Ich mag deinen Geist, Kleiner. Es wäre schade, wenn deine Leute, die auf dich warten, ihn verlieren würden." Er atmete tief durch und fuhr fort: „Ich kann euch helfen, aber es wird euch etwas kosten. Kommt in zwei Stunden wieder, dann sehe ich, was ich tun kann. Manuel…" rief er mit dringendem Ton, „… komm, komm schnell."

Das Trio verabschiedete sich von Mateo und machte einen gemütlichen Spaziergang durch die Stadt, eine weise Art, die Zeit verstreichen zu lassen.

Die Straßen waren voller Aktivität, während die Bewohner ihren täglichen Arbeiten nachgingen. Zwischen dem Murmeln der Gespräche waren Bandsägen zu hören, Hammerschläge, die auf Metall trafen, Stimmen, die Befehle gaben, und gelegentlich das Bellen eines Hundes. Als sie zum Hafen gingen, bemerkten sie einige Schiffe, wie sie sie noch nie zuvor gesehen hatten. Sie hatten weder Laderäume noch Haken zum Festmachen von Seilen.

Sie setzten sich in ein Café am Meer, und nachdem sie ihr Frühstück bestellt hatten, konnte Terry nicht widerstehen, dem Kellner eine Frage zu stellen. „Was transportieren diese Schiffe?"

Die Antwort des Kellners überraschte sie: „Öl."

„Und der Geruch in der Luft?", fragte Ria verwirrt. „Riecht so das Öl?"

# DER WEG ZUR FREIHEIT

Der Kellner, der den lokalen Geruch gewohnt war, schien Mühe zu haben, ihre Sorgen zu verstehen. „Ich rieche nichts. Öl hat fast einen angenehmen Geruch. Ist das, was ihr riecht?"

Alexander versuchte, den ihm unbekannten Geruch zu beschreiben. „Es ist... als ob etwas in der Nase brennt, unangenehm."

„Ihr sprecht wohl vom Rauch", schlussfolgerte der Kellner schließlich mit einem Lächeln. „Was ihr riecht, ist das Abgas der Ölverbrennung zur Heizung der Bewohner."

„Gibt es noch immer Ölquellen nach all den Jahren?", fragte Terry bewundernd und ungläubig.

„Dämon liefert grundlegende Energie für die Beleuchtung, aber sie kann nicht viel gegen die Kälte ausrichten", begann der Kellner, ihre Fragen zu beantworten. „Wir nutzen immer noch das Öl und Gas aus unserer Region, das dem Krieg entkommen ist. Das ist auch der Grund, warum unsere Stadt noch heute lebendig ist und nicht aufgegeben wurde. Es gibt Arbeit und zumindest eine grundlegende Heizung für unsere Häuser."

„Warum nutzt ihr nicht Holz? Es gibt so viel davon um euch herum", fragte Ria.

Der Kellner lächelte sanft. „Holz ist unser wichtigstes Handelsgut", erklärte er. „Die einst gemäßigten Zonen sind inzwischen verödet, was es zu einer äußerst begehrten Ware macht. Öl hingegen hat durch die Veralterung seiner Anwendungen an Wert verloren."

In diesem Moment ertönte ein plötzlicher, ohrenbetäubender Lärm, der sie aus ihren Sitzen aufschreckte.

Der Kellner beruhigte sie schnell mit einem wissenden Lächeln. „Das ist nur der Lastwagen des Nachbarn hinter dem Café. Keine Sorge."

Kurz darauf bog ein Tankwagen, der Lastwagen des Nachbarn, um die Ecke und fuhr vor ihnen vorbei, wobei er weiter einen lauten Lärm machte. Die drei verfolgten ihn mit weit aufgerissenen Augen, als ob sie in der Zeit zurückgereist wären. Die Abgase des fast zweihundert Jahre alten Fahrzeugs ließen sie fast den Atem anhalten.

„Unglaublich, dass das Ding noch funktioniert", bemerkte Terry. „Das Unglaubliche ist, dass die Ölförderanlagen und Gaseinheiten noch in Betrieb sind", fügte Alexander hinzu.

Als sie ihr Frühstück beendet hatten, verband Ria mit ihrem praktischen Verstand die neuen Informationen. „Das erklärt, warum Promitheos Onar hier gegründet wurde. Die ersten Bewohner fanden wahrscheinlich in diesen Vorkommen einen Rettungsanker. Unberührt vom Krieg und den anhaltenden Zerstörungen fanden sie einen Ort, der sowohl die Ressourcen als auch das Know-how hatte."

Die zwei Stunden waren vergangen, und sie stellten fest, dass sie zu Mateo zurückkehren mussten. Jetzt, mit dem Wissen, dass viele der Maschinen um sie herum mit fossilen Brennstoffen betrieben wurden, fühlten sie sich wie Zeitreisende.

Sie kehrten in den Eisenwarenladen zurück, gespannt auf gute Nachrichten, und Mateo hatte tatsächlich welche.

„Nun, ich habe etwas erreicht", teilte Mateo ihnen mit. „Heute Nachmittag um fünf Uhr fährt ein Schiff nach Tolhuin. Es wird euch mitnehmen, und dort werden meine Leute auf euch warten, die euch mit den Widerständlern in Kontakt bringen. Ob diese euch erlauben, weiterzureisen, ist euer Problem."

„Danke, Mateo", erwiderte Terry warm und aufrichtig. „Was wird das alles kosten?"

„Mmm...", machte Mateo, als ob es ihm schwerfiele zu sprechen, und schüttelte leicht den Kopf. „Es sind viele Gefallen, die ich von vielen Leuten einfordern musste", bereitete er sie auf die Summe vor. „Sechstausend Drachmen."

Die drei tauschten verwirrte Blicke aus. Die Summe erschien ihnen übertrieben.

Terry, enttäuscht, drehte die Handgelenke und forderte eine Erklärung. „Mateo, das ist kein Preis, das ist Raub. Für dieses Geld könnten wir ein eigenes Schiff kaufen."

„Dann viel Glück, eines zum Verkauf zu finden", erwiderte Mateo sarkastisch.

Alexander, der im Umgang mit Worten erfahrener war, schaltete sich ein. „Es geht nicht nur um den Preis, Mateo. Wenn wir dir diese Summe geben, könnten wir zum Ziel für einige werden, die wissen, dass wir so viel Geld haben."

„Niemand wird euch in dieser Stadt etwas antun", kam Mateos knappe Antwort. „Auch die Mannschaft des Schiffes ist vertrauenswürdig. Die Gewässer unserer Gegend sind gefährlich, und diejenigen, die betrügen, landen auf dem Meeresgrund."

„Wie können wir sicher sein, dass das, was du sagst, wahr ist?", fragte Ria, um Klarheit und Sicherheit zu bekommen.

„Jetzt ist es an mir, mich von dir beleidigt zu fühlen, Fräulein", spottete Mateo ironisch. „Ich bin seit fünfzehn Jahren der Anführer dieser Stadt. Du hast keine Ahnung, wie es ist, in einem Gebiet fernab des Schutzes von Dämon zu leben, geschweige denn, es unter diesen chaotischen Umständen zu entwickeln. Eure sonnengebräunte Haut und eure Aussprache verraten eure Herkunft. Wisset, dass hier keine Basare wie im Orient stattfinden."

„Wir wollten dich nicht beleidigen, Mateo", schaltete sich Alexander erneut ein. „Du wirst dein Geld bekommen."

Alexander nahm einen Beutel aus seinem Rucksack und zählte sechzig goldene Hundertdrachmen.

Mateo nickte zufrieden und bedeutete Manuel, hereinzukommen. Auf Spanisch befahl er ihm, sie zum Schiff zu führen, und verabschiedete die drei mit einem lächelnden und ehrlichen Ton.

„Falls ihr irgendetwas braucht, zögert nicht, es den Kapitän wissen zu lassen. Juan ist mein Bruder, und er wird dafür sorgen, dass ihr alles bekommt, was ihr braucht. Vielen Dank für die Zusammenarbeit, und ich wünsche euch viel Glück bei eurer Suche. Lebt wohl, Freunde."

Das Trio verabschiedete sich, ging mit gemischten Gefühlen über Mateo hinaus und trat hinaus in die Kälte des Nachmittags. Mateo hatte ihnen alles besorgt, was sie brauchten, jedoch zu einem hohen Preis. Andererseits wirkten seine Höflichkeit und sein Interesse ehrlich, nicht gezwungen, um sich zu bereichern.

Emotional hin- und hergerissen zwischen Mateos Zusicherungen und der Angst vor dem Unbekannten, machten sie sich auf den Weg zurück in die Kälte und liefen zum Pegasus. Als sie ihre Rucksäcke schultern wollten, senkte sich die goldene und purpurne Abendsonne über die Stadt. Terry befahl dem Schiff, in die nächste Stadt unter Dämon-Kontrolle zurückzukehren.

Mit Manuel als Führer auf dem Weg zum Hafen konnten sie nicht vermeiden, über das ausgegebene Geld zu sprechen.

„Es scheint mir, als hätten Mateo und Juan uns ausgenutzt", bemerkte Ria enttäuscht.

„Zumindest setzen wir unsere Reise fort", bot Alexander eine positive Perspektive an. „Trotz allem, was gesagt wurde, denke ich, dass sie ihr Wort halten werden."

Auch Terry, der Alexanders Optimismus teilte, versuchte, Ria zu beruhigen. „Ich habe keine Hinterlist in Mateos Verhalten erkannt. Das Leben hier ist hart, und er scheint einen guten Job zu machen, um die Ordnung in der Stadt aufrechtzuerhalten. Er würde nicht riskieren, seinen Ruf für uns aufs Spiel zu setzen."

Die „Esmeralda" wartete auf sie mit ihrem verblassten roten Rumpf, ein mutiger Farbtupfer gegen die tristen Töne des Hafens. Sie war fast hundert Meter lang, und ihr abgenutztes Deck ließ auf unzählige Reisen schließen. Taue, glatt und alt von der jahrelangen Benutzung, lagen ordentlich gestapelt auf dem im Moment leeren Deck.

Die Mannschaft bestand aus etwa zwanzig Männern, einschließlich des Kapitäns Juan. Ihre von Kälte und Salz aufgerissenen Gesichter erzählten von den Strapazen des Lebens auf See. Sie trugen wollene Pullover, meist geflickt mit unpassenden Stoffstücken, Lederjacken und doppelte Hosen, um der Kälte zu trotzen. Trotz ihrer ungleichmäßigen Kleidung wirkten sie auf die drei Reisenden wie eine raue, aber eingespielte Crew, deren Bewegungen die Vertrautheit mit dem Meer verrieten.

Beim Einsteigen half ihnen ein kräftiger Mann aus der Mannschaft mit grauem Haar und großen Händen, ihr Gepäck die Leiter hochzubringen. Sein Lächeln enthüllte seine fehlenden Zähne. Er führte sie in ihre Kabine, einen engen Raum, der kaum Platz für sie und ihr Gepäck bot. Die Bettwäsche war sauber, doch die Luft roch nach Salzwasser, Öl und Schweiß. Ria verzog die Nase, als sie ihre Tasche abstellte. „Wie lange das wohl dauert… Das wird auch vorbeigehen", dachte sie sich.

Ein Etagenbett mit einem quietschenden Metallrahmen stand im Raum, daneben ein kleines, verbeultes Metallspind, das an der Wand befestigt war. Terry schüttelte den Kopf, als er das Spind überprüfte, das ein paar verrostete Werkzeuge und zwei, drei abgenutzte Navigationskarten enthielt. „Zumindest ist es sicher", bemerkte er. „Es wird uns nicht auf den Kopf fallen."

In einer Ecke gab es ein fleckiges Waschbecken mit einem quadratischen Spiegel ohne Rahmen, und der Wasserhahn zeigte Spuren von Rost und Kalk. Die Kabine erinnerte daran, dass Komfort auf See ein Luxus war. Trotzdem waren sie dankbar für den Raum, in dem Wissen, dass zwei Besatzungsmitglieder ihn aufgeben mussten, damit sie ihn nutzen konnten.

„Wie auch immer, wir werden in Schichten wach bleiben müssen, um uns abzusichern", teilte Terry seine Gedanken mit, als er bemerkte, dass es nur zwei Betten gab.

Alexander und Ria stimmten zu und verstauten ihre Sachen, wo immer sie Platz fanden.

Als sie wieder an Deck kamen, trat der Kapitän, ein Mann in seinen Sechzigern mit einer Seemütze und weißem Bart, auf sie zu und stellte sich auf Griechisch vor. Sein zerfurchtes Gesicht und sein strenger Blick verlangten Respekt. Seine Worte, ernst und bedacht, vermittelten sowohl Vertrauen als auch Gefahr.

„Willkommen auf meinem Schiff. Ich bin euer Kapitän, Juan. Die Fahrt nach Tolhuin wird etwa sechzehn Stunden dauern, wenn alles gut geht. Wenn es nicht gut geht, bleibt in euren Kabinen und haltet euch aus dem Weg."

Er drehte sich um und ging so schnell, wie er gekommen war, als ob er diese Begrüßung aus Notwendigkeit gemacht hätte und nicht aus eigenem Willen. In diesem Moment ertönte ein lautes Dröhnen, und schwarzer Rauch quoll aus dem Schornstein. Das Schiff begann sich zu bewegen, begleitet von einem leichten Zittern.

Es war das erste Mal, dass sie auf einem solchen Schiff waren, das mit Diesel betrieben wurde. Der Rauch verschmutzte die Luft so offensichtlich, dass Ria, als sie den Himmel sah, der sich mit Schwärze füllte, das Gefühl hatte, ein düsteres Gemälde würde vor ihren Augen lebendig werden und sie verschlingen. Terry, der neben ihr stand, dachte darüber nach, wie diese so fremde und veraltete Technologie an diesem abgelegenen Ort der Welt immer noch notwendig war. Alexander hingegen, der am Geländer lehnte, schien weniger von der Erfahrung bewegt als vielmehr von der Sorge, was nach Tolhuin kommen würde.

Als die Lichter von Punta Arenas langsam verblassten, trug die kühle Brise flüsternde Ahnungen von Erwartung und Unsicherheit mit sich. Alles, was die drei hoffen konnten, war, dass Mateos Zusicherungen sich als wahr herausstellen würden.

# DER WEG ZUR FREIHEIT

## KAPITEL 17: VERZWEIFELTE ZEITEN, VERZWEIFELTE MASSNAHMEN

Die „Esmeralda" durchbrach die Wellen mit zwanzig Knoten pro Stunde. Terry, Ria und Alexander spürten eine leichte Übelkeit in ihren Mägen wegen der unruhigen See, doch ihre Erfahrung aus den Flügen half ihnen, sie zu ertragen. Die Magellanstraße, eine Wasserstraße, die einst berüchtigt war für ihre unberechenbaren Strömungen und verborgenen Untiefen, hatte eine bemerkenswerte Wandlung durchgemacht. Der Anstieg des Meeresspiegels hatte die Passage im Wesentlichen erweitert, was den Schiffen nun mehr Raum für Manöver und zusätzliche Sicherheit bot.

Mit allen Sinnen von der Schönheit der umliegenden Landschaft erfüllt, standen die drei wie verzaubert da. Die Bilder der schneebedeckten Gipfel, der fjordähnlichen Engen, die an Norwegen erinnerten, und die wilde Natur Feuerlands hinterließen unauslöschliche Eindrücke bei jedem, der sie sah.

Terry, der an seine Kindheit auf Samothraki zurückdachte, verspürte eine bittersüße Sehnsucht nach den einfacheren Tagen, die er zwischen den Ziegen und der rauen Landschaft seiner Heimat verbracht hatte. Die Naturschönheit, die sich vor ihm ausbreitete, war eine eindringliche Erinnerung daran, was die Menschheit verloren hatte und was sie über alles hätte schätzen sollen.

Als die Dunkelheit zunahm, wurde die Kälte der Nacht für die Gruppe, die solche Bedingungen nicht gewohnt war, unerträglich, und sie mussten sich ins Innere des Schiffes zurückziehen. Der eisige Wind drang durch ihre Kleidung, und Terry fröstelte trotz der dicken Kleider, die er trug.

## DER WEG ZUR FREIHEIT

In ihrer Kabine zogen sie ihre schweren Mäntel aus und gingen zum Abendessen in den Speisesaal des Schiffes. Der Speisesaal war klein und schlicht, mit deutlichen Spuren der Abnutzung durch jahrelangen Gebrauch. Die Metalltische und -bänke wiesen Kratzer und Ölflecken von schmutzigen Händen auf. Die Wände waren weiß gestrichen, aber an einigen Stellen war die Farbe abgeblättert und legte das darunterliegende Metall frei. Ein kleines Fenster, getrübt von Salz und Zeit, bot einen schwachen Blick auf das Meer, das im Licht des vollen Mondes glänzte, während die Deckenleuchte flackerte und schwache Schatten im Raum warf.

Das Menü bot, wie auf diesem Schiff üblich, nur eine Wahl. Es gab eine heiße Suppe aus billigen Stücken von Guanako-Fleisch und Gemüse, die von den städtischen Metzgern nicht verwertet wurden. Das Aussehen und der Geschmack des Gerichts waren nicht etwas, an das sie gewöhnt waren oder das sie gewählt hätten, wenn sie die Wahl gehabt hätten, aber es half ihnen, sich zu wärmen und satt zu werden.

Nach dem Abendessen, gegen neun Uhr, begaben sie sich zurück in ihre Kabine und vereinbarten, dass sie abwechselnd Wache halten würden, jede vier Stunden.

Alexander übernahm die erste Schicht. Er stand an Deck, mit seinem Blick fest auf die mondbeschienene Landschaft gerichtet, wo die Berggipfel sich deutlich vor dem sternenübersäten Nachthimmel abzeichneten. In seinen schweren Mantel gehüllt, hatte er den Kragen hochgeschlagen und den Kopf tief darin verborgen. Seine Brille beschlug von seinem Atem in der kalten Luft, also nahm er sie ab und verstaute sie vorsichtig in seiner Innentasche, nahe bei seinem Herzen.

Gegen Mitternacht wurde seine Aufmerksamkeit von einer plötzlichen Unruhe an Bord abgelenkt. Fünf Besatzungsmitglieder nahmen Positionen rund um das Schiff ein, ihre Bewegungen strahlten eine angespannte Wachsamkeit aus. Alexanders Gedanken rasten, als er sich an historische Berichte über Piratengefahren in diesen Gewässern erinnerte, und an die finsteren Geschichten, die er in seiner Jugend gelesen hatte.

Neugierde nagte an ihm. Vorsichtig näherte er sich, während das Schiff stark von den Wellen hin und her geschleudert wurde, einem Matrosen am Heck. Er sprach ihn auf die Unruhe an, und der Matrose, mit ruhiger und gelassener Stimme, versicherte ihm, dass es sich um eine routinemäßige Vorsichtsmaßnahme handelte, die jedes Mal ergriffen wurde, wenn das Schiff in diese Gewässer fuhr.

„Wenn das Mondlicht hell genug ist, können Piraten uns angreifen, weil es für sie einfacher ist, ihre Boote im Dunkeln zu navigieren."

In der Tat, das Mondlicht war an diesem Abend hell und hüllte das Schiff in ein ätherisches Leuchten.

Als Alexander zu seinem Posten zurückkehrte, bemerkte er unter dem Fellmantel des Matrosen die Form einer Waffe, ein Relikt aus vergangenen Zeiten – ein automatisches Militärgewehr! Der Anblick jagte ihm einen Schauer über den Rücken und zerstörte jede Illusion von einem unbeschwerten Abenteuer.

„Du hast eine Waffe?" fragte er.

„Entweder wir oder sie, Signore", antwortete der Matrose beiläufig. „In euren Ländern werden Diebe und Mörder gejagt. Hier, südlich von Punta Arenas, ist ihr Paradies."

„Hast du Menschen getötet?" fragte Alexander erschüttert und schockiert von der Lässigkeit des Matrosen.

Dieser lächelte wissend und stellte eine Frage, deren Antwort er schon im Voraus kannte, als er die Unruhe in Alexanders Gesicht sah. „Zum ersten Mal hier in der Gegend?"

Alexander nickte und zog seinen Mantel fester um sich, während er zu seinem Posten zurückkehrte und sich fragte, ob er nach diesen Enthüllungen überhaupt noch schlafen könnte.

Die Worte des Matrosen spiegelten die harte Realität der Gesetzlosigkeit in den südlichen Meeren wider, in den Gegenden jenseits der Reichweite von Dämon. Die gleichgültige Haltung des Matrosen deutete auf die Routine solcher Begegnungen hin und ließ ihn mit der harten Wahrheit ringen: Sie befanden sich in einer Welt, in der das Überleben bedeutete, die tödlichsten Werkzeuge zu besitzen. Der hohe Preis ihrer Reise begann allmählich Sinn zu ergeben.

Um ein Uhr weckte Alexander Terry und teilte ihm die beunruhigenden Enthüllungen mit. Dann legte er sich auf das untere Bett der Koje, um zu schlafen.

Nachdem er sich gut angezogen hatte, begab sich Terry seinerseits hinaus, um die Aktivitäten der Besatzung aufmerksam zu beobachten. Seine Augen suchten zusammen mit denen der Matrosen die Wasseroberfläche nach einem Zeichen von Bewegung ab. In seinem philosophischen Geist trösteten ihn die Lehren des Epiktet über das Ertragen von Härten und das Bewahren der Ruhe. Glücklicherweise verlief die Nacht ruhig, nur unterbrochen vom Aufprall der Wellen gegen den Rumpf des Schiffes.

Mit dem Anbruch der Morgendämmerung begann der Himmel sich zu erhellen und warf ein sanftes Licht auf die Landschaft. Die Anspannung, die das Schiff in der Nacht erfasst hatte, begann sich zu lösen und wurde durch ein Gefühl vorsichtiger Zuversicht ersetzt. Terry beschloss, noch eine Weile an seinem Posten zu bleiben, bis das Tageslicht hell genug war und sie alle in größerer Sicherheit waren.

Um sechs Uhr war das Sonnenlicht ausreichend, um den Horizont der See deutlich zu erkennen. Die Matrosen, die die ganze Nacht Wache gehalten hatten, zogen sich zurück, und alles schien wieder in normale Bahnen zurückzukehren.

Terry weckte Ria sanft mit einem Kuss auf die Wange, ohne ihr zu erzählen, was in der Nacht geschehen war, um sie nicht zu beunruhigen. Rias Gesicht und ihre mandelförmigen Augen waren geschwollen vom Schlaf, ein Zeichen guter Erholung. Danach legte er sich auf das obere Bett der Koje, um sich auszuruhen, während Ria sich das Gesicht wusch, sich anzog und nach draußen ging.

Als Ria ihren Posten übernahm, blieben ihnen noch etwa drei Stunden Fahrt, wie sie berechnet hatten, bis sie Tolhuin erreichen würden. Der Tag war gut, trotz der beißenden Kälte, die ihre Wangen rötete.

Das Schiff durchquerte die Azopardo-Straße, ein Gebiet, das einst Festland war und dessen gleichnamiger Fluss den Fagnano-See mit dem Meer verband. Jetzt waren Fluss und See verschmolzen, und die enge Passage war zu einem Kanal geworden, dessen Breite zwischen vierhundert und eintausendzweihundert Metern schwankte.

Die Lichtverhältnisse erlaubten es nun, alles glasklar zu sehen. Zu ihrer Rechten bemerkte Ria eine Gruppe von etwa zehn Männern, die parallel zum Schiff marschierten. Sie waren nicht weiter als dreihundert Meter vom Schiff entfernt. Fast gleichzeitig mit ihrer Entdeckung brachen begeisterte Rufe aus der Besatzung hervor, doch da Ria kein Spanisch verstand, konnte sie nicht nachvollziehen, was gesagt wurde. Nur wenige Augenblicke später nahmen Besatzungsmitglieder mit Waffen in der Hand Stellung an der Seite des Schiffes, die der Gruppe am Ufer zugewandt war. Ohne zu zögern und ohne einen Moment zu verlieren, eröffneten sie das Feuer auf sie.

Panik ergriff Ria, und sie rannte hinein, stürmte in die Kabine, wo Terry und Alexander bereits von den donnernden Schüssen geweckt worden waren. Keuchend schilderte sie ihnen die Szene, die sich draußen abspielte, und zusammen gingen sie vorsichtig aufs Deck, um das Chaos aus erster Hand mitzuerleben.

Die Gruppe an Land zerstreute sich, verzweifelt nach Deckung hinter Felsen suchend. Zwei Gestalten lagen reglos auf dem Boden, entweder verwundet oder Schlimmeres.

Als Alexander die Kommentare und das Gejubel der Besatzung hörte, übersetzte er die Situation mit kalter Stimme. Sein Sprechen zitterte leicht und verriet seinen inneren Zwiespalt.

„Die Leute an Land sind Mitglieder einer Bande. Die Besatzung übt das Schießen. Im Grunde spielen sie, indem sie versuchen, sie zu töten."

Der Schrecken und das Entsetzen spiegelten sich auf ihren Gesichtern, als sie die Brutalität der Welt erkannten, in die sie eingetreten waren. Kapitän Juan, der seine verwirrten Gäste beobachtete, trat zu ihnen, um ihnen die Situation zu erklären. Sein

# DER WEG ZUR FREIHEIT

Gesicht zeigte Zeichen der Gleichgültigkeit gegenüber den Geschehnissen, was die harte Entschlossenheit eines Mannes verriet, der schon viel Tod gesehen hatte.

„Denkt nicht schlecht von uns. Wir haben viele gute Freunde an diese Halunken verloren. Es war großes Glück, dass wir sie heute getroffen haben. Die, die ihr hier seht, und sicherlich andere, die sich irgendwo verstecken, bereiteten einen Hinterhalt für unser Schiff vor. Sie haben uns für den Nachmittag erwartet, aber dank euch sind wir zwölf Stunden früher ausgelaufen. Je weniger von diesen Typen es gibt, desto sicherer seid auch ihr, solange ihr euch in unserem Gebiet befindet."

Terrys Abscheu brodelte unter der Oberfläche, während die zynische Erklärung des Kapitäns in der kalten Luft widerhallte. In seinem Kopf rasten Gedanken, die alle Lehren über die Heiligkeit des menschlichen Lebens und die moralische Verrohung, die durch Barbarei verursacht werden kann, in Frage stellten – und die ohnehin schon schwierige Lage, die ihn an diesen Punkt gebracht hatte, noch weiter verschlechterten. Das höhnische Lachen der Matrosen, wie verdrehte Melodien in seinen Ohren, fachte seine Wut an, und er wandte sich mit einem vorwurfsvollen Ton an den Kapitän.

„Das sind Menschen, wie du und ich! Wie könnt ihr so etwas tun? Sie lachen sogar über den Tod von Menschen!"

Der Kapitän drehte sich mit unbewegtem Gesicht zu ihm und gab ihm eine harte Erinnerung. „Junger Mann, du musst die harte Realität hier verstehen. Dein Idealismus ist edel, aber fehl am Platz in diesem gesetzlosen Land."

Dann, in einem strengeren Ton, sagte er unverblümt die Wahrheit: „Wenn du diesen Abschaum in ein paar Stunden auf deinem Weg getroffen hättest, glaubst du, sie würden dich freundlich behandeln, nur weil du ein Humanist bist? Du und der Brillenträger," er zeigte mit dem Finger auf sie, „ihr wärt schnell erledigt. Mit einer Kugel im Kopf wären sie mit euch fertig. Die junge Dame hingegen würde betteln, getötet zu werden, aber das würden sie nicht tun. Vielleicht hast du nicht verstanden, wie das Spiel hier läuft, aber da du ein Teil davon bist, wenn auch nur vorübergehend, musst du nicht Danke sagen – schau einfach zu und schweig."

Mit diesen Worten drehte sich der Kapitän um und befahl seinen Männern, keine weiteren Kugeln zu verschwenden. Das Schiff war weit genug entfernt, sodass ihre Schüsse nicht mehr präzise waren. Die drei blieben stehen und sahen sich stumm an, in einem wortlosen Dialog über das, was noch vor ihnen liegen mochte.

Für den Rest der Reise zogen sie sich in ihre Kabine zurück, unfähig, der Besatzung wie zuvor in die Augen zu sehen. Wenige Stunden später tauchte der Hafen von Tolhuin am Horizont auf. Als sie die Vorbereitungen hörten, gingen sie wieder hinaus und sahen, dass die Stadt mehr wie eine kleine Festung wirkte. Es gab keine Familien, keine Frauen oder Kinder. Sie war nun ein kleines Dorf, bewohnt ausschließlich von Arbeitern, die der Produktion und dem Handel dienten.

Als sie näher kamen, sahen sie, dass der Hafen voller Stapel von Holzkisten und unzähliger Baumstämme war, die gebündelt und bereit waren, auf die Schiffe verladen zu werden. Hinter den Waren standen ein paar Dutzend einfacher Gebäude, meist aus Holz, die als Büros und Unterkünfte für die Arbeiter dienten. Um das Dorf herum gab es Verteidigungsmauern aus Schutt und den Überresten der Gebäude der versunkenen Altstadt, mit erhöhten Wachtürmen und bewaffneten Wachen.

Das Vorfall auf dem Schiff und die Anwesenheit weiterer Bewaffneter hier ließen sie an der Richtigkeit ihrer Ansichten zweifeln. Alles erinnerte an eine Kriegszone, und sie waren emotional unvorbereitet auf so etwas.

Doch eine weitere Überraschung wartete auf sie. Eine Flotte von dieselbetriebenen Lastwagen, Überbleibsel einer vergangenen Ära, mischte sich unter die erwarteten Pferdewagen für den Warentransport, wie aus den Seiten eines historischen Films. Der Anblick der alten Lastwagen, mit ihren verrosteten Außenflächen und lärmenden Motoren, fügte der Szene eine surreale Note hinzu.

Während sie ihr Ziel betrachteten, beendete das Schiff seine Anlegemanöver, und eine rege Betriebsamkeit folgte, als die

Verladeprozesse begannen. Terry, Ria und Alexander verabschiedeten sich kühl von der Besatzung und gingen mit ihren Rucksäcken auf dem Rücken von Bord.

Der Duft von Kiefernholz und frisch geschnittenem Holz erfüllte die Luft von Tolhuin, vermischt mit der salzigen Meeresbrise. Eine Gruppe von vier bewaffneten Männern winkte ihnen zu, näher zu kommen. Die Männer hatten raue Gesichter und scharfe, wachsame Blicke. Ihre einheitlichen, dicken Pelzmäntel und schweren Stiefel deuteten darauf hin, dass sie Mitglieder der örtlichen Sicherheitsorganisation waren, ähnlich wie die Wachen in den Wachtürmen.

Als Terry und Ria sich näherten, sprach einer von ihnen auf Spanisch zu ihnen, doch das Einzige, was sie verstanden, war der Name „Mateo". Vermutend, dass dies ihre nächsten Kontaktpersonen für die Weiterreise waren, trat Alexander vor, um dies zu klären.

Diese Gruppe sollte sie bis zu dem Hafen begleiten, der die Insel mit der Antarktis und Prometheus Onar verband. Der genaue Standort war geheim, und das Einzige, was sie erfuhren, war, dass er etwa gegenüber der Insel Picton lag. Dort würden sie auf die ständigen Vertreter der Stadt der Widerständler treffen, die entscheiden würden, ob sie ihre Reise fortsetzen durften oder nicht.

Ohne weitere Verzögerung kletterten sie auf die Ladefläche eines dieselbetriebenen Lastwagens, der hastig mit Metallplatten verstärkt worden war, und die robuste Panzerung versprach einen gewissen Schutz. Zwei der Begleiter stiegen mit ihnen auf die Ladefläche, während die anderen beiden die Rolle des Fahrers und Beifahrers übernahmen. Es sollte eine relativ kurze Fahrt von etwa zwei Stunden durch die atemberaubende Natur sein, die sie bereits vom Schiff aus bewundert hatten.

Sie fuhren los, und das ruckelnde und lärmende Fahrzeug versprach eine äußerst unbequeme Fahrt.

Angesichts der beunruhigenden Begegnungen, die sie bereits erlebt hatten, konnte Alexander nicht widerstehen, nach der Sicherheit der Strecke zu fragen. Die Antwort, die er erhielt, war alles andere als beruhigend, doch er hatte keine andere Wahl, als sie zu akzeptieren.

Die Winterkälte machte die Banden in dieser Jahreszeit aktiver, da ihre Bedürfnisse nach Kleidung und Nahrung drastisch anstiegen. Beruhigend war, dass die Strecke, die sie nehmen würden, weit von der Stadt Ushuaia entfernt war. Es war eine Stadt, die vollständig unter der Herrschaft von Kriminellen stand. Die historische Ironie lag darin, dass sie einst als Zwangskolonie für Sträflinge und Ausgestoßene erbaut wurde und heute von ihnen regiert wurde.

Irgendwann wurde die Straße so schlecht, dass sie sich kaum noch auf ihren Plätzen halten konnten. Der fast 150 Jahre alte Lastwagen, dessen provisorische Reparaturen klapperten und ratterten, ächzte und kämpfte sich die Hügel hinauf.

Plötzlich wurde der Rhythmus der Fahrt gestört. In einer Kurve blockierte ein umgestürzter Baumstamm die Straße. Der überraschte Fahrer trat scharf auf die Bremse, wodurch die Reifen auf dem Boden rutschten und die Passagiere unsanft gegen die Teile des Fahrzeugs prallten. Aufgeschreckt hörten Terry, Alexander und Ria, die auf der Ladefläche saßen, die Schreie des Beifahrers von vorne, der panisch auf Spanisch rief:

„ATRÁS, ATRÁS!"

Plötzlich tauchte eine bewaffnete Bande von Räubern aus dem dichten Gebüsch auf und stellte sich vor und hinter das Lastauto.

„DETENER!" brüllte einer der Räuber und hob seine Waffe.

Der Fahrer, mit Angst im Gesicht gezeichnet, wusste, dass er schnell handeln musste. Mit einem abrupten Tritt auf das Gaspedal setzte er den Lastwagen mit voller Kraft zurück, rammte dabei einige der Angreifer. Das Krachen der Waffen erfüllte den Wald, und die Kugeln pfiffen um sie herum, einige durchdrangen die Karosserie des Lastwagens. Die Panzerung schien jedoch ihre Aufgabe zu erfüllen.

Einer der Begleiter schrie ihnen zu, sich auf den Boden der Ladefläche zu werfen, und tat selbst dasselbe. Sie ahmten seine Bewegung nach, und die Worte von Kapitän Juan kamen ihnen in den Sinn. Nun, da sie ihr Leben riskierten, ohne eine Möglichkeit zu haben, ihr Überleben zu verhandeln, verstanden sie alles, was ihnen zuvor unmenschlich erschienen war. Terry spürte einen eisigen Knoten der Angst in seinem Magen, nicht um sein eigenes Überleben, sondern wegen Rias Schicksal, sollte sie in die Hände der Banditen fallen. Sie klammerte sich mit all ihrer Kraft an die Seitenwände der Ladefläche, um nicht von den heftigen Bewegungen des Fahrzeugs hinausgeschleudert zu werden.

Mitten in einem Kugelhagel fuhr der Fahrer wild rückwärts, das Lenkrad heftig nach rechts und links reißend, um den feindlichen Schüssen zu entkommen. Die schlechte und enge Straße machte es ihm unmöglich, das Fahrzeug zu wenden. Die Tatsache, dass er sich in diesem Angstszenario nur auf die Seitenspiegel des Lastwagens verlassen konnte, um zu navigieren, war eine unmenschliche Herausforderung.

Schließlich, nach einigen Minuten, erreichten sie eine kleine Kreuzung und entkamen der Falle. Als sie in eine Seitenstraße einbogen, überkam sie eine Welle der Erleichterung.

„Haben wir es geschafft?" flüsterte Ria, während ihr Atem zitterte. Die Adrenalin strömte noch immer durch ihre Adern.

„Es scheint so", antwortete Terry und richtete sich auf, um einen Blick zu werfen.

Das Fahrzeug befand sich nun auf einer noch schlechteren Straße als zuvor. Ihre Begleiter riefen lautstark Wörter auf Spanisch, vermutlich Flüche und Verwünschungen, dem Tonfall nach zu urteilen. Das Fahrzeug hielt an, und alle stiegen aus.

Alexander fragte, was los sei und ob alle in Ordnung wären. Die Antwort war gut für ihre Gesundheit, aber nicht für das Fahrzeug. Eine Kugel hatte den vorderen rechten Reifen durchbohrt, und dieser musste gewechselt werden, bevor sie weiterfahren konnten. Zwei der Begleiter machten sich sofort an die Arbeit, während die anderen auf der Hut bleiben mussten, um eventuelle Bedrohungen rechtzeitig zu erkennen.

Alexander nutzte den Moment, um ihre Rucksäcke zu überprüfen und sicherzustellen, dass sie im Chaos nichts Wichtiges verloren hatten – besonders nicht den Kristall mit dem Quellcode von Dämon.

Verstreut im Wald, blieben sie still, um nicht von Bandenmitgliedern, die sie möglicherweise suchten, gehört zu werden. Die Minuten vergingen voller Anspannung, während die Reparatur fortschritt. Glücklicherweise gab es keine weiteren unangenehmen Überraschungen, und der Reifenwechsel wurde erfolgreich abgeschlossen, sodass sie ihre Reise fortsetzen konnten. Die Strecke war länger und beschwerlicher als zuvor, aber die Landschaft entschädigte sie. Wunderschön und malerisch bot sie ihnen ein unvergleichliches Erlebnis der wilden Natur Patagoniens. Die Straße führte durch die belebten Berge und die uralten Wälder Feuerlands. Die hoch aufragenden Bäume, deren Äste wie Tänzer in einem uralten Ritual verflochten waren, bildeten ein Blätterdach, das das Sonnenlicht in gebrochene Muster auf den Waldboden filterte.

Die Luft trug den erdigen Duft von moosbewachsenen Felsen und den süßen Geruch von Blumen, die sich im Laub versteckten. Exotische Vögel sangen in den Bäumen, ihre Melodien verschmolzen zu einer Symphonie der Natur. In der Ferne hatten sie das Glück, flüchtige Blicke auf wilde Lamas, Pumas und Kondore zu erhaschen.

Nach einer anstrengenden vierstündigen Fahrt, fast doppelt so lange wie ursprünglich angenommen, erreichten sie die geheime Anlegestelle. Es war ein kleiner Hafen, von dem aus Waren zur und von der Antarktis transportiert wurden. Zwischen Kränen und Laderampen stand ein dreistöckiges Gebäude, dessen Außenwände aus verstärkten Metallplatten bestanden. In diesem festungsähnlichen Bau lebten die wenigen Arbeiter, die den Hafen während der Aktivitäten besetzten.

Der Lastwagen hielt vor dem Eingang, und alle stiegen aus. Einer der Begleiter bedeutete ihnen, das Gebäude zu betreten.

Die metallene Tür knarrte, als sie sich öffnete, und gab den Blick auf ein schlichtes, schwach von der Sonne beleuchtetes Inneres frei, die durch kleine Fenster hereinschien. Sie fanden sich in einem warmen Raum mit einem Holzofen wieder, dessen schwere, rauchige Luft den Raum erfüllte. Heute waren zwei Angestellte anwesend, Vertreter von Prometheus Onar.

Sie trugen eng anliegende, dunkelblaue Overalls, aus demselben temperaturadaptiven Material wie die Kleidung der drei Reisenden, jedoch dazu gedacht, den Körper zu wärmen, statt zu kühlen. Ihre Gesichter waren im Gegensatz zu den rauen und verwitterten Zügen der Menschen, denen sie bisher begegnet waren, glatt und gepflegt.

Diese beiden Details weckten angenehme Erinnerungen an den Komfort ihrer Heimat und gaben ihnen neue Hoffnung für den weiteren Verlauf ihrer Reise, sofern ihnen die Weiterfahrt gestattet würde.

Nachdem sie sich förmlich begrüßt hatten, fragte einer der Vertreter nach dem Zweck ihres Besuchs. Terry erklärte, dass es von äußerster Wichtigkeit sei, die oberste Führung der Widerständler zu treffen, um eine Angelegenheit zu besprechen, die möglicherweise ihren Konflikt mit Dämon beenden könnte.

Die Vertreter verlangten weitere Erklärungen, aber er berief sich auf die Vertraulichkeit ihrer Mission. Als Alternative bat er, mit Persa zu sprechen, da er wusste, dass sie sich mittlerweile in der Stadt aufhalten müsste. Die Vertreter zögerten, die Zentrale zu stören, da Persa, wie sie erklärten, durch ihre Initiative und ihre jüngsten Entdeckungen eine einflussreiche Position in der Führung eingenommen hatte. Um dies zu tun, mussten sie sicher sein, dass der Grund von großer Bedeutung war.

Einer von ihnen, der versuchte, die Ernsthaftigkeit der Angelegenheit und ihre Entschlossenheit indirekt zu verstehen, stellte die möglichen Konsequenzen ihres Vorhabens dar.

„Wenn euch die Reise, die ihr anstrebt, gestattet wird, besteht eine große Wahrscheinlichkeit, dass ihr nie wieder zurückkehren dürft. Versteht ihr die Tragweite dieser Entscheidung?"

Seine Worte hingen schwer in der Luft. Alexander, Ria und Terry tauschten nachdenkliche Blicke aus. Ihr Ziel war wichtiger als ihre Bedenken, und ihre einhellige Zustimmung blieb nicht unbemerkt.

Angesichts der Tatsache, dass die drei bereit waren, ihre Freiheit zu riskieren, wurden die Vertreter überzeugt. Um keinen Fehler im

Umgang mit der Situation zu machen, zog einer von ihnen ein Gerät hervor, richtete es auf die drei und machte ein Foto. Danach bot er ihnen an, Platz zu nehmen, bis eine Antwort eintreffen würde. Die Stühle waren hart und unbequem, aber sie saßen dennoch dankbar, um ihre erschöpften Körper nach der Fahrt auf der Ladefläche des Lastwagens auszuruhen.

Ria, die die fehlenden Sicherheitsvorkehrungen bemerkte, fragte nach. „Fürchtet ihr keine Angriffe von Banden? Habt ihr keine Waffen, oder sehe ich sie nur nicht?"

Ein Vertreter schüttelte lächelnd den Kopf und antwortete selbstsicher: „Die Gesetzlosen sind vieles, aber sie sind nicht völlig dumm. Ein Angriff auf die Anlagen der Widerständler würde einen Krieg auslösen und ihre völlige Auslöschung aus dieser Region bedeuten. Sie stören uns nicht, und wir stören sie nicht. Wir haben ernsthaftere Sorgen als sie."

„Wenn das so ist, könntet ihr die Bedrohung in ganz Feuerland beseitigen", drängte Terry weiter.

Der Vertreter seufzte. „Das wäre eine Verschwendung von Zeit und Ressourcen für etwas Utopisches. Die Gesetzlosen strömen aus ganz Amerika hierher. Wenn das jemals sinnvoll erscheint, ist es eine Entscheidung der Führung und nicht etwas, das wir hier bei einem Plausch besprechen."

Ria warf einen besorgten Blick in den Raum um sich. „Was passiert, wenn uns die Reise nicht gestattet wird? Wie kommen wir dann zurück?"

Alexander, der ruhig seine Brille putzte, antwortete mit fester Überzeugung: „Sogar Persa schätzt die Logik, und ich nehme an, die Führung der Widerständler tut das erst recht. Die Gründe, die ihre Leidenschaft angetrieben haben, sind tief in Ideen und Vernunft verwurzelt. Unsere Anwesenheit hier und die Risiken, die wir auf uns genommen haben, werden sicherlich gewürdigt werden, da bin ich mir sicher."

Nach etwa einer halben Stunde flüsterten die Vertreter miteinander, und einer von ihnen ging hinaus zu den Begleitern, die im Lastwagen warteten. Sie tauschten ein paar Worte, und dann fuhren die Begleiter los, zurück in die Stadt. Die drei wandten ihre Aufmerksamkeit dem anderen Vertreter zu, der sich an sie wandte.

„Die oberen Stockwerke dienen der Unterbringung der Arbeiter. Sucht euch einen Platz, wo ihr wollt. Euer Antrag wurde genehmigt."

# ASTERIOS TSOHAS

## KAPITEL 18: DAS LICHT DER HOFFNUNG

Im Gebäude des Hafens installiert, dachten Terry, Ria und Alexander über ihre Reise zur Prometheus Onar nach. Aus den Informationen, die die Vertreter der Stadt geteilt hatten, erfuhren sie, dass die nächstgelegene Landmasse der Antarktis, die Insel Alexander, fast tausend Kilometer entfernt war, und von dort aus war die Stadt noch weitere zweitausend Kilometer entfernt. Mit einem Handelsschiff würde diese Entfernung insgesamt eine anstrengende Seereise von fast drei Tagen erfordern. Angesichts der Abwesenheit von Arbeitern im Hafen kamen sie zu dem Schluss, dass, selbst wenn ein Schiff bereits unterwegs wäre, ihre Ankunft an ihrem Ziel bestenfalls in vier bis sechs Tagen erfolgen würde.

Am Abend boten ihnen die Vertreter ein Mahl mit lokalen Speisen im Speisesaal des Gebäudes an, wo sie alle zusammen aßen. Der Speisesaal, ein großer Raum mit hohen Decken und Metallträgern, war völlig schmucklos und erinnerte an einen industriellen Raum. Das einzige Tröstliche war der Duft von frisch gekochtem Essen, das über einem Holzofen zubereitet wurde. Trotz einer gewissen Vertrautheit mit ihren Gastgebern weigerten diese sich, irgendwelche Informationen über die große Stadt im Süden preiszugeben. Später schliefen sie relativ ruhig ein, in der Überzeugung, dass sie in diesem Außenposten unter dem Schutz der Widerständler sicher seien.

Bei Tagesanbruch weckte sie ein plötzlicher und ohrenbetäubender Lärm aus ihren Träumen, der das Gebäude zum Zittern brachte. Die Vibrationen ließen die Fensterscheiben klirren und jagten den Wänden einen Schauer ein, wodurch Staub von der Decke fiel. Erstaunt sahen sie aus ihren Fenstern ein Flugzeug herabsteigen, dessen Turbinen brüllten, als es eine senkrechte Landung vollzog.

Lang und kantig wie ein Pfeil besaß es eine wilde Schönheit. Die aggressiven Linien und die dunkle graue Farbe erinnerten an eine militärische Konstruktion. Die doppelten rotierenden Turbinenmotoren spieen senkrecht aus ihrem Inneren eine pulsierende orangefarbene Feuersbrunst, deren Hitze Wellen optischer Verzerrung in die kalte Luft trieb. Diese monströse Maschine war das Relikt einer vergangenen, ihnen unbekannten Zeit, in der der Flug von der Alchemie fossiler Treibstoffe angetrieben wurde.

Im Gegensatz zu den wendigen Antigravitationsfahrzeugen des Pegasus erforderte dieses Biest Respekt; seine bloße Präsenz strahlte Bedrohung aus. Es landete nicht mit eleganter Leichtigkeit, sondern mit kontrollierter Brutalität, berührte den Boden und umhüllte die Umgebung in einer Wolke aus Trümmern.

Als der Staub sich wenige Augenblicke später legte, öffnete sich eine Tür an der Seite, die sich in eine Treppe verwandelte. Aus dem Flugzeug stiegen zwei Soldaten der Widerständler, gekleidet in dunkle, eng anliegende Uniformen, die ihre muskulösen Körper betonten. Ihre Gesichter waren unter Helmen mit spiegelnden Visieren verborgen, was ihnen eine Aura der Einschüchterung verlieh. Ihnen folgte eine vertraute Gestalt. Persa selbst war gekommen, um sie zu treffen!

Sie zogen sich hastig an und machten sich bereit. Terry rannte fast die Treppe zum Erdgeschoss hinunter, während Ria und Alexander ihm folgten. Als sie unten ankamen, betrat Persa gerade den Raum, und die Vertreter standen zu beiden Seiten der Tür stramm. Mit einem Hauch von Autorität in ihrem Schritt durchquerte Persa den Raum, ihre schwarzen Augen scannten ihn schnell. Schließlich richtete sie ihren Blick auf die drei.

„Das ist ja mal interessant", bemerkte sie, mit einem Anflug von Intrige und einem Hauch von Skepsis in ihrer Stimme. „Es scheint, als hätten die Schicksalsgöttinnen ein großes Geflecht für uns gewoben. Ich hoffe, ich bin nicht umsonst hierhergekommen."

## DER WEG ZUR FREIHEIT

Persas Blick fand absichtlich den von Alexander, was die unbestreitbare Anziehungskraft bestätigte, die bei ihrer ersten Begegnung zwischen ihnen entfacht worden war. „Alexander, es scheint, als müsste immer jemand an deiner Seite sein, um dich von Ärger fernzuhalten", erinnerte sie ihn und spielte dabei auf den Moment an, als sie ihn davon abgehalten hatte, die Kammer in den alten unterirdischen Ruinen zu öffnen. Trotz ihres strengen Blickes verbargen ihre Worte möglicherweise einen Hauch von Flirt.

„Ich beginne zu glauben, dass ich ein Talent dafür habe, Persa", erwiderte Alexander ironisch, aber ernst, wobei auch er eine Andeutung machte. „Unsere Reise war... aufschlussreich. Ich hoffe, es hat sich gelohnt."

Terry, verwirrt von ihrem Dialog, begrüßte Persa und deutete kryptisch auf ihre Mission hin. „Hallo Persa, und danke, dass du gekommen bist", seine Stimme vermittelte Ernsthaftigkeit und Dringlichkeit. „Du bist nicht umsonst hier. Es geschehen Dinge, die den Lauf der Menschheit verändern werden, wenn die Widerständler sich entscheiden, mit uns zusammenzuarbeiten."

„Ich hoffe, dass das passiert", antwortete Persa mit vorsichtigem Optimismus, obwohl ihre Strenge ungebrochen blieb. „Der einzige Unterschied ist, dass ab jetzt ihr drei diejenigen seid, die mit uns zusammenarbeiten müssen", warnte sie und zeigte mit dem Finger auf sie. „So oder so, da wir jetzt hier sind, werdet ihr mit mir nach Prometheus Onar kommen. Ihr erklärt mir alles auf dem Rückflug, und ihr solltet mir einen guten Grund nennen, warum ich so viele Ressourcen unserer Bürger verschwendet habe. Packt eure Sachen, wir fliegen in zehn Minuten", befahl sie fast.

Das Trio packte schnell ihre wenigen Habseligkeiten in ihre Rucksäcke, zogen ihre Mäntel an und bedankten sich bei den Vertretern für die Gastfreundschaft, bevor sie hinausgingen. Die kalte Morgenluft biss in ihre unbedeckte Haut, und sie konnten sehen, wie sich ihr Atem als Dunst in der Luft abzeichnete.

Auf dem Weg zum Flugzeug, beobachtet von den Soldaten mit ihren Energiewaffen, hielt einer von ihnen kurz vor der Treppe. Mit einem Gerät in der Hand führte er bei jedem eine gründliche

Kontrolle durch, scannte ihre Körper und dann ihr Gepäck. In Terrys Rucksack ertönte ein Alarm, der den Soldaten veranlasste, ihn zu öffnen zu fordern. Die Hand seines Kollegen an der Waffe spannte sich, und seine Haltung wurde aggressiver. Persa, die bereits begonnen hatte, das Flugzeug zu besteigen, kam sofort zurück, um nachzuforschen.

Terry öffnete vorsichtig die Tasche, und ohne den Inhalt allen zu zeigen, enthüllte er Persa die Kristallkonstruktion, die ihm von Sophia anvertraut worden war. Als Persa die Bedeutung erkannte, weichte ihr strenges Gesicht für einen Moment vor Überraschung auf. Ihre Pupillen weiteten sich leicht, und ihre Lippen öffneten sich, als sie den Gegenstand betrachtete. Mit einem zustimmenden Nicken gab Persa den Soldaten das Zeichen, sie durchzulassen.

Nachdem alle an Bord waren, befahl Persa den Rückflug nach Prometheus Onar. Das Innere des Flugzeugs war spärlich, mit drei deutlich durch Türen getrennten Abteilen. Zwei waren mit Sitzen ausgestattet, während das dritte, im hinteren Bereich, einem Waffenschrank ähnelte. Persa wies die Begleiter an, im vorderen Bereich Platz zu nehmen, und sie selbst setzte sich mit den drei anderen ins zweite Abteil und schloss die Tür hinter sich.

Die Startsequenz der Motoren begann, und ein lautes zischendes Geräusch breitete sich in der Kabine aus. Dann spieen die Flammen erneut, und ihr Brüllen kündigte den senkrechten Aufstieg des Flugzeugs in den Himmel an. Die Vibrationen der Maschinen waren in ihren Sitzen spürbar, und der Lärm war fast ohrenbetäubend. Sobald sie eine ausreichende Höhe erreicht hatten, begannen sich die Turbinen zu drehen und die Schubrichtung von vertikal nach horizontal zu verlagern. Das Flugzeug beschleunigte, und allmählich nahm der Lärm auf ein erträglicheres Maß ab.

Der Anblick der verschneiten Berggipfel unter ihnen schien sie zu verzaubern, da sie noch nie in ihrem Leben so viel Schnee und Eis gesehen hatten. Persa, die ihre Faszination für den Anblick verstand, erlaubte ihnen, den Moment zu genießen, bevor sie mit der Befragung begann.

Als sie über dem Meer flogen, begann der Reigen der Fragen.

„Erste Frage. Ihr tragt keine eurer Kommunikationsgeräte an den Handgelenken. Es ist verständlich, dass ihr nicht auffallen wollt, aber das Kontrollgerät hat bei ihnen nicht ausgelöst. Sie sind nicht im Netzwerk von Dämon verbunden. Warum?"

„Wir sind hier allein", antwortete Ria mit entspanntem Ton. „Wir wollen die Geheimhaltung unserer Anwesenheit hier nicht gefährden."

„Ihr scheint mir nicht den Mut zu haben, die Welt zu verlassen", meinte Persa herausfordernd. „Außerdem hättet ihr alleine Monate gebraucht, um hierher zu kommen, wenn ihr es überhaupt geschafft hättet. Also, sie hat euch geschickt oder euch geholfen. Zweite Frage. Ich habe solche Kristalle schon einmal gesehen. Sie enthalten Daten von Dämon, aber sie sind nutzlos ohne ihre Entschlüsselung. Habt ihr die Mittel, sie zu entschlüsseln?"

„Ich habe Anweisungen dabei, wie das geht", informierte Terry sie und weckte damit ihr weiteres Interesse. „Es sind nicht einfach nur Daten. Es ist Dämon selbst!"

Die drei begannen, ihre Reise und die Ereignisse, die sie dazu geführt hatten, zu erzählen. Persa hörte aufmerksam zu und hob gelegentlich nachdenklich die Augenbrauen. Eine Chance auf Versöhnung zwischen den Fraktionen schien sich abzuzeichnen, aber die entscheidende Frage blieb. Würden die Anführer ihrer Organisation ein solches Angebot akzeptieren?

Persa sprach über die inhärenten Gefahren eines solchen Vorhabens. Ob nun direkt von Dämon entworfen oder indirekt durch die Manipulation der ‚Schöpfer', der Bau des Dekoders wäre ein Risiko für die Widerständler. Es bestand immer die Möglichkeit, dass sie Opfer eines Plans wurden, den sie sich nicht einmal vorstellen konnten. Die Daten könnten als Trojanisches Pferd dienen, um in ihre technischen Einrichtungen einzudringen, genau wie Dämon einst ihre eigenen Systeme infiziert hatte.

Nach der Enthüllung ihrer Absichten bat Ria Persa darum, zu teilen, was sie im alten Labor entdeckt hatte, um Vertrauen aufzubauen. Persa, nun etwas entspannter ihnen gegenüber, tat dies.

„Wahrscheinlich ein vergessener ‚Gott'", informierte sie mit einem ironischen Lächeln auf den Lippen. „Während der gesamte Raum mit diesen seltsamen Symbolen übersät war, war dieses spezielle Objekt so reich an Gravuren, dass es mir wichtig erschien. Als ob Anweisungen und Warnungen darauf geschrieben waren, und ich hatte recht. Es gab DNA-Rückstände in Form von Staub, die nichts mit dem zu tun hatten, was wir auf diesem Planeten kennen. Unsere Wissenschaftler arbeiten daran, seit ich zurückgekehrt bin."

Terry, mit einem biotechnologischen Hintergrund, bat um weitere Details, aber Persa erklärte, dass sie in solchen Bereichen nicht spezialisiert sei. Sie sprach jedoch eine Einladung aus: Wenn sie wirklich glaubten, dass sie ein gemeinsames Ziel verfolgten, könnten sowohl er als auch die anderen mit ihrem Wissen bei den unzähligen unbeantworteten Fragen helfen, die auf jedem Schritt nach vorne auftauchten.

Als sie sich den Himmeln der Antarktis näherten, spielte sich eine faszinierende Verwandlung der Landschaft ab. Nach etwa 40 Minuten Flug befanden sie sich über den ersten Inseln. Mit einer durchschnittlichen Temperatur von 10 Grad Celsius bewunderte das Trio die Transformation, die auf dem einst öden Kontinent stattgefunden hatte.

Weite Flächen von Wäldern und Grün erstreckten sich über die Landschaft. Schneebedeckte Berggipfel tauchten auf, und die dunkle Silhouette des großen Kontinents zeichnete sich allmählich am fernen Horizont ab. Je näher sie dem Südpol kamen, desto mehr schwächte sich das Tageslicht ab. Das Ende des Winters mit seiner ständigen Dunkelheit wich einem unheimlichen, tiefen Dämmerlicht.

Das Südlicht, ein magisches Schauspiel tanzender Lichter, färbte den Himmel in smaragd- und purpurfarbenen Schattierungen. Es verlieh ihrer Reise eine zusätzliche Prise Magie und ließ sie sich wie Helden in einem Märchen fühlen.

Bald tauchten verstreute Lichter von Siedlungen auf, die häufiger wurden, je weiter sie nach Südosten flogen. Inmitten der Dämmerung und im scharfen Kontrast zum dunkleren Hintergrund des Südpols leuchtete in der Ferne ein großes, beleuchtetes Gebiet auf. Es war Prometheus Onar. Als Persa sah, wie sie sich an den Fenstern drängten, um die Größe der Stadt zu betrachten, gab sie ihnen Informationen darüber.

Der Bau hatte gegen Ende des großen Krieges begonnen, vor etwa hundertdreißig Jahren, auf der Insel Berkner, mit dem Versprechen, die menschliche Entwicklung nach ihren eigenen Bedingungen fortzusetzen. Heute ist sie die größte Stadt der Welt, mit einer Bevölkerung von sechs Millionen Menschen. Ihre Überraschung wuchs noch, als sie diese Zahl hörten, und die Fragen kamen wie ein Schwall.

Die Widerständler nutzen ebenfalls Griechisch als offizielle Sprache der Kommunikation, da in der Stadt Menschen aus allen Ecken der Welt leben. Die Drachme ist auch hier ihre Währung, mit dem einzigen Unterschied, dass Transaktionen über elektronische Geräte abgewickelt werden. Ein Schatzhaus enthält die Münzen, die ausschließlich für den Handel mit dem Rest der Welt verwendet werden.

Energetisch wird die Stadt von einem Fusionsreaktor versorgt, da sie nicht über die Rohstoffe zur Herstellung eines Quanten-Generators verfügen. Sie nutzen hauptsächlich Elektrofahrzeuge für ihre Arbeiten und Transporte, aber auch fossile Brennstoffe für spezialisierte Anwendungen wie ihr Flugzeug. Es ist ein Modell, das der Welt vor der Zerstörung ähnelt. Im Gegensatz zu Dämon, der eine Welt des Gleichgewichts aufbaut, hatten sich die Widerständler einem Wettlauf verschrieben, um ihre Ziele zu erreichen.

Der Kontinent hatte unter dem Eis große Mengen an Bodenschätzen offenbart, und das mildere Klima hatte die Flora und Fauna gedeihen lassen. Im Sommer wurden große Flächen für die Landwirtschaft genutzt, wobei die lange Sonnenscheindauer, die auch in den Nachtstunden anhielt, ausgenutzt wurde. Im Winter beschränkte sich die Produktion hauptsächlich auf Viehzucht einheimischer Tiere sowie importierter Arten wie Hirsche.

Nahrung und Wasser waren reichlich vorhanden, aber nur für diejenigen, die zur Gesellschaft beitrugen. In ihrem ständigen Streben nach Fortschritt hatte sich eine wettbewerbsorientierte Gesellschaft entwickelt, mit einer zentralen Regierung, die für die Einhaltung der Gesetze sorgte.

Diese zentrale Regierung wird nur von Steuerzahlern gewählt, und Kandidaten sind nur diejenigen, die sich durch ihre Taten als würdig erwiesen haben. Eine Art demokratische Aristokratie. Die Sicherheit der Bürger vor denen, die versuchen, auf betrügerische Weise zu überleben, wird von gut ausgebildeten, oft bewaffneten Sicherheitsdiensten gewährleistet. Gesetzesbrecher werden zwangsweise ausgebildet und erlernen Fähigkeiten, die in der Stadt benötigt werden, um zu ihr beizutragen. Im Falle wiederholter Missachtung werden sie auf die Insel Alexander verbannt, wo sie zusammen mit anderen Verbannten eine kleine Überlebenschance mit dem haben, was sie bereits gelernt haben.

Als das Flugzeug seinen Zielort erreichte, tauchten Regentropfen an den Fenstern auf, und das charakteristische Geräusch des Regens war zu hören, wie er gegen den Rahmen prasselte. Der weitläufige urbane Komplex von Prometheus Onar entfaltete sich vor ihren Augen, und das Leuchten der Stadt verstärkte sich durch die nassen Oberflächen – eine magische Szenerie, die ihre kühnsten Träume übertraf.

Die Stadt, ein Leuchtturm des Lichts in der Dunkelheit der Antarktis, sah von oben wie eine beleuchtete Ameisenkolonie aus. Sie war in verschiedene Bezirke unterteilt, jeder mit seiner eigenen, einzigartigen Architektur. Modernität und Eleganz prägten die Gebäude, die hauptsächlich aus Glas und Stahl gebaut waren. Die hohen Konstruktionen zeichneten sich durch klare Linien und eine minimalistische Ästhetik aus, eine bewusste Gestaltung zur Anpassung an die Umwelt und zur Energieeffizienz.

# DER WEG ZUR FREIHEIT

Das Stadtzentrum, ein pulsierender Knotenpunkt des Handels und der Aktivität, wimmelte von Leben. Einkaufszentren, Hotels und Restaurants säumten die Straßen, mit bunten Markisen, die die Passanten anlockten. Der einzigartige Tageslichtzyklus, eine Folge der Position der Antarktis, hatte den Lebensrhythmus der Stadt verändert, und die Unternehmen waren darauf ausgerichtet, rund um die Uhr zu arbeiten. Warm gekleidete Fußgänger überquerten eilig die Straßen, und der Verkehr zeigte keine Anzeichen von Abnahme, was die ständige Lebendigkeit der Stadt unterstrich.

Die Wohngebiete, ein Mosaik aus halbkugelförmigen Häusern, Schulen und Krankenhäusern, boten einen Kontrast zu den hoch aufragenden Wolkenkratzern, die den Horizont dominierten. Diese halbkugelförmigen Konstruktionen, entworfen für optimale Energieeffizienz und Ressourcenschonung, boten den Bewohnern komfortable und funktionale Lebensräume.

An entfernteren Standorten tauchten größere Strukturen auf, darunter der Fusionsreaktor und der Flughafen, auf den sie zusteuerten. Die Turbinen des Flugzeugs drehten sich erneut in eine vertikale Position und führten eine senkrechte Landung auf dem Flughafen durch. Terry, Ria und Alexander stiegen aus und traten in den Regen hinaus, beladen mit ihren Rucksäcken, und folgten Persa. Der kalte Regen durchnässte ihre Kleidung, und sie konnten spüren, wie die Kälte bis in ihre Knochen drang. Bewaffnete Wachen begleiteten sie zu einem schwarzen Radfahrzeug, dessen imposante Form seine Funktion als sicheres Transportmittel für wichtige Personen andeutete.

Während des Transfers zwischen den Fahrzeugen bewiesen die Wachen mit ihrer Stille ihre strenge Ausbildung und Disziplin. Ihre Bewegungen waren präzise und synchron, jede Handlung wurde ohne verbale Anweisungen ausgeführt.

Als das Elektrofahrzeug auf die Allee hinausfuhr, tauchten zwei ähnliche Fahrzeuge auf, um sie zu eskortieren – eines vor und eines hinter ihnen. Mit dem rhythmischen Geräusch der Scheibenwischer im Hintergrund fuhren sie auf das Stadtzentrum zu. Je näher sie der Stadt kamen, desto mehr wich der Verkehr vor ihnen zurück und ließ sie ungestört passieren. Die Synchronität und Gleichförmigkeit ihrer Bewegungen zeigte, dass sie von einer unsichtbaren elektronischen Steuerung geleitet wurden, was viel über die fortschrittliche städtische Infrastruktur verriet.

Persa informierte die Gruppe, dass sie auf dem Weg zum administrativen Zentrum ihrer Organisation seien. Dort würden sie untergebracht und gründlich untersucht, bis ihre Absichten und der Zweck ihrer Mission vollständig geklärt waren.

Während sie die Straßen des rätselhaften Prometheus Onar durchquerten, bewunderte das Trio die immense Infrastruktur und die Reflexionen des Lichts auf den nassen Straßen. Doch unter der Fassade von Fortschritt und Innovation lag ein starkes Gefühl von Unsicherheit und Gefahr.

# DER WEG ZUR FREIHEIT

# TEIL FÜNF

## KAPITEL 19: DIE STADT DER DÄMMERUNG

Auf den nassen Straßen der Stadt bewegten sich die drei in Richtung ihres Zentrums, begleitet von Persa und zwei bewaffneten Wachen. Das sanfte, kontinuierliche Summen des Elektromotors des Autos und der Geruch der Ledersitze vermischten sich mit dem Duft des Regens und des Straßenessens, das irgendwie seinen Weg ins Innere fand. Ria fröstelte leicht, Alexander wischte die durch die Feuchtigkeit beschlagenen Brillengläser, und Terry beobachtete fasziniert die urbane Landschaft.

Zahlreiche elektrische Busse, Autos und Zweiräder durchzogen die Straßen und fügten dem lebhaften Bild vor ihnen Vielfalt hinzu. Zwischen den bunten Schaufensterlichtern der Geschäfte, die sich auf dem nassen Asphalt spiegelten, tauchten ungleichmäßige Häuser aus Beton auf, von denen viele im Dunkeln lagen. Trotz der technologischen Fortschritte zeugte die Beobachtung des täglichen Lebens der Bewohner von einer harten Realität. Bettler, Prostituierte und Polizisten gingen auf den Straßen umher, ihre Präsenz malte in grellen Farben die dunkle Seite der Stadt. Menschen stritten sich auf der Straße, und eine aggressive Atmosphäre war spürbar.

Als Persa die Ausdrücke auf den Gesichtern der Neuankömmlinge bemerkte, wiederholte sie, was sie während der Reise bereits mit ihnen geteilt hatte.

„Das Leben hier ist nicht kostenlos wie in den Städten von Dämon, und man ist auch nicht von den vertrauten Gesichtern der Dörfer umgeben. Wer nicht in der Lage ist, zu arbeiten, um zu überleben, passt hier nicht hinein und wird nicht bleiben. Es ist eine harte Realität, aber so überleben wir."

Je tiefer sie in das Herz von Promitheus Onar vordrangen, desto mehr verwandelte sich das Bild, gewann an Eleganz und Organisation. Die einst lärmenden Straßen strahlten nun eine Atmosphäre kontrollierten Chaos aus. Die fernen, hohen Wolkenkratzer ragten wie Leuchttürme des Lichts um sie herum auf, titanisch und imposant, ihre Glasfassaden spiegelten die verblassenden Farben der Dämmerung wider.

Ihr Fahrzeug und das ihrer Begleiter fuhren in eine unterirdische Garage, deren Eingang von bewaffneten Wachen gesichert wurde. Sie stiegen alle ohne ihr Gepäck aus, wie Persa es angewiesen hatte, außer Terry, der ihre persönlichen Gegenstände trug. Sie betraten zusammen mit Persa und den beiden Wachen einen internen Aufzug. Das leise Summen des Aufzugs und der dezente Geruch von Reinigungsmitteln füllten den engen Raum. Terry spürte, wie sein Herzschlag mit jedem Stockwerk, das sie passierten, schneller wurde, eine starke Erwartungshaltung breitete sich unter ihnen aus. Ria umklammerte unwillkürlich das Geländer des Aufzugs, und Terry legte seine Hand beruhigend über ihre.

Der geräuschlose Aufstieg in den 22. Stock des Wolkenkratzers erinnerte sie an die disziplinierte Gesellschaft der Widerständler, die für die drei sowohl beeindruckend als auch einschüchternd war. Der Kontrast zu den Städten von Dämon und den Dörfern, aus denen sie kamen, war stark und ließ sie sich unbehaglich und fehl am Platz fühlen.

Als sich die Türen des Aufzugs öffneten, dominierten der Geruch von Papier und warmen Druckmaschinen den Raum. Die Wachen führten sie durch Reihen von Büros, jedes strahlte eine Aura von Professionalität und Produktivität aus. Die Angestellten, gekleidet in elegante Anzüge und schicke Kleider, zeigten ein Verhalten voller Selbstbewusstsein. Terry bemerkte die konzentrierten Ausdrücke auf ihren Gesichtern, ihre Bewegungen waren präzise und durchdacht. Das Tippen auf Tastaturen und das leise Summen gedämpfter Gespräche vermischten sich mit dem scharfen Klang von Absätzen auf den polierten Böden und verliehen der Atmosphäre eine Aura der Zielstrebigkeit.

Bald erreichten sie einen Sicherheitskontrollpunkt, an dem eine Reihe von Netzhautscans und Stimmenerkennungstests auf Persa und ihre Begleiter warteten. Während sie auf die Genehmigung zum Betreten des inneren Heiligtums warteten, hielt Persa sich gerade, ihre Miene blieb undurchdringlich. Die drei waren voller Aufregung und Besorgnis, jedes widerhallende Geräusch ihrer Schritte verstärkte ihre Erwartungen. Die kurzen Blicke, die sie untereinander austauschten, verrieten das stille Eingeständnis, dass ihre Reise sie an eine Wegkreuzung des Schicksals geführt hatte.

Nachdem ihnen der Zugang gewährt wurde, traten sie ohne ihre bewaffneten Begleiter in einen großen, halbrunden Sitzungssaal ein. Dieser war mit Karten und Plänen der städtischen Infrastruktur geschmückt, und in der Mitte befand sich ein langes Podium mit Sitzen. Der Raum war kühl, und die großen Fenster boten einen Panoramablick auf die Stadt, deren Lichter im dunklen Himmel leuchteten.

Während sie auf die Anführer der Widerständler warteten, fragte sich jeder von ihnen, ob sie in diesem Labyrinth der Macht einen Verbündeten finden würden. Persa ergriff die Initiative, um ihnen das Regierungssystem ihrer Organisation zu erklären und ihnen einen Einblick zu geben, was sie bei dem Treffen erwartete. Dieses System bestätigte den fortschrittlichen Geist von Promitheus Onar und kombinierte eine Mischung aus Demokratie und Pragmatismus, wenn auch mit bemerkenswerten Abweichungen von den historischen Normen. Im Gegensatz zu den starren Hierarchien der Vergangenheit legte dieses System Wert auf den praktischen Beitrag und die Leistung innerhalb der Gesellschaft. Nur diejenigen, die ihren Wert durch Handlungen oder Fachwissen bewiesen hatten, waren wählbar, was sicherstellte, dass die Stadtstaat-Regierung in die Hände von Personen mit nachgewiesener Kompetenz gelegt wurde.

Um die Effizienz des Systems weiter zu steigern, wurde ein Quotensystem eingeführt, das die Repräsentation zwischen den

Altersgruppen und Geschlechtern sicherstellte. Ein Drittel der Gewählten war zwischen zwanzig und vierzig Jahre alt, sie vertraten die jüngere Generation der Stadt, ihre Energie und ihren Enthusiasmus für Fortschritt. Ein weiteres Drittel war zwischen vierzig und sechzig Jahre alt, verkörperte die Weisheit und Erfahrung des reiferen Alters. Das letzte Drittel bestand aus Personen über sechzig, deren Wissen und historische Perspektive wertvolle Orientierung boten. Die Gleichstellung der Geschlechter war ebenfalls ein wesentlicher Aspekt in jeder Alterskategorie, wobei streng darauf geachtet wurde, dass Männer und Frauen in jeder Altersgruppe gleich vertreten waren.

Diese ausgewogene Repräsentation stellte sicher, dass die Regierung der Stadt weder von einer Altersgruppe noch von einem Geschlecht dominiert wurde, sondern von einer kollektiven Weisheit geleitet wurde, die die Vielfalt der Bevölkerung widerspiegelte. Die Erfahrung und Einsicht der Älteren mäßigten die Leidenschaft und den Idealismus der Jugend, während die Vitalität der Jüngeren den Konservatismus der Älteren ausglich.

Darüber hinaus repräsentierte die Einbeziehung verschiedener Altersgruppen die unterschiedlichen biologischen Bedürfnisse und einzigartigen Perspektiven in jedem Lebensstadium. Dieses komplexe System strebte danach, das gesamte Spektrum der menschlichen Erfahrung widerzuspiegeln und eine Regierungsstruktur zu fördern, in der alle Stimmen gehört und geschätzt wurden.

Ihre Erläuterung wurde nach wenigen Minuten unterbrochen, als eine andere Tür aufging und eine Gruppe von fünf angesehenen Persönlichkeiten, die Autorität und Weisheit ausstrahlten, eintrat. Ihre Kleidung war tadellos und spiegelte ihre Machtstellung wider, ihre Blicke funkelten vor Intelligenz und Wissen.

Trotz der Weisheit und Autorität, die sie ausstrahlten, schien keiner von ihnen älter als fünfzig Jahre zu sein, einige sogar deutlich jünger. Ihre Gesichter waren straff, ihre Blicke voller Lebendigkeit. Ihr Auftreten warf Fragen auf, in Bezug auf das, was Persa ihnen über die Altersquoten in der Regierung erzählt hatte.

Als Erste betrat Präsidentin Evelyn Harper den Raum, ihre silbernen Haare zu einem eleganten Knoten zurückgebunden. Sie trug einen blauen Anzug, der sowohl Stärke als auch Eleganz ausstrahlte. Ihre durchdringenden, blauen Augen fegten scharf und prüfend durch den Saal. Ihre diplomatischen Fähigkeiten und ihr strategisches Denken hatten sie zur Präsidentin der Widerständler gemacht. Ursprünglich aus Atlanta in Nordamerika, stärkte ihre Amtszeit die Zusammenarbeit und die kosmopolitische Atmosphäre, indem sie Bürger aus allen Ecken der Welt willkommen hieß.

Hinter ihr folgte Dr. Amara Singh, eine brillante Expertin für künstliche Intelligenz und Technologie. Ihr schwarzes Haar war in einen stilvollen Bob geschnitten, und sie trug einen weißen Kittel über einem tiefvioletten Kleid. Amara strahlte mit einer Tiefe an Wissen und Innovation und spiegelte ihre zentrale Rolle bei der Förderung der technologischen Landschaft von Promitheus Onar wider. Ursprünglich aus Pune im ehemaligen Indien, erstreckte sich ihre Expertise auf die Entwicklung ethischer künstlicher Intelligenz und stellte sicher, dass die Stadt an der Spitze technologischen Fortschritts blieb, während sie verantwortungsbewusste Innovation priorisierte.

Eine dritte Frau folgte, Dr. Isabella Rodríguez, die eine ruhige Anmut ausstrahlte. Sie war eine angesehene Expertin für Genetik und Mitglied des Führungsteams. In einem schlichten, aber eleganten schwarzen Kleid, fielen ihre kupferfarbenen Haare frei auf ihre Schultern, und ihre Augen hatten eine Wärme, die ihrer ernsten Miene widersprach. Mit Wurzeln in Neo-Barcelona trug ihre Hingabe zu ethischen genetischen Praktiken zur Widerstandsfähigkeit und zum Wohlstand der Stadt bei und schützte sie vor potenziellen biologischen Bedrohungen. Ihre Arbeit in der Genforschung war führend und ging über die bloße medizinische Wissenschaft hinaus.

Die anderen beiden Anführer waren Männer, beginnend mit Dr. Liang Wei, einem erfahrenen Technologen aus Chengdu im

Sichuan-Becken. Er war in einen eleganten grauen Anzug mit weißem Hemd und schwarzer Krawatte gekleidet. Mit einem Hintergrund in Kybernetik und einem tiefen Verständnis der Ethik der künstlichen Intelligenz war Liangs Beitrag zu den technologischen Fortschritten der Widerständler wesentlich. Sein ruhiger und analytischer Blick machte ihn zu einem vertrauenswürdigen Berater in Fragen der Cybersicherheit und digitalen Innovation.

Das Führungsteam wurde von General Alejandro Fernández vervollständigt, einem hochrangigen Militärstrategen, der sich auf Verteidigung und strategische Planung konzentrierte. Seine tiefdunkelblaue Uniform trug Abzeichen, die seinen Rang und seine Erfahrung widerspiegelten. Er war ein Nachkomme der ersten Siedler der Antarktis, die aus dem mittlerweile versunkenen Buenos Aires stammten. Sein strategischer Verstand war entscheidend für die Sicherheit der Stadt in einem komplexen geopolitischen Umfeld. Sein stahlharter Blick und seine disziplinierte Haltung spiegelten jahrelange Erfahrung im Schutz von Promitheus Onar vor äußeren Bedrohungen wider.

Persa begrüßte sie mit Respekt, und die drei folgten ihrem Beispiel, indem sie die Bedeutung des bevorstehenden Gesprächs anerkannten. Die fünf Anführer setzten sich hinter das lange Podium, und Präsidentin Harper bedeutete ihnen, in den vorderen Reihen des amphitheaterförmigen Raumes Platz zu nehmen.

Terry spürte einen Knoten im Magen, als er sich setzte. Rias Hand berührte die seine, eine stille Geste der Solidarität. Alexander rückte seine Brille zurecht, sein Gesicht ruhig, voller Selbstvertrauen, da die Gesprächspartner ebenfalls erfahrene Akademiker und Wissenschaftler waren wie er.

Persa stellte die drei Besucher vor und erklärte den Grund für ihre Reise aus der Welt von Dämon, die hier als die Alte Welt bezeichnet wurde, und ihre Mission. Terry holte die Gegenstände aus seinem Rucksack hervor, die Sophia ihm gegeben hatte, und zeigte sie den Anwesenden, während diese aufmerksam zuhörten und ihre Motive und Absichten bewerteten.

„Ihr seid ein großes Risiko eingegangen, indem ihr ohne Einladung in unsere Stadt gekommen seid", bemerkte Evelyn Harper, während ihr Blick über ihre Gesichter glitt. „Die potenziellen Gefahren, die durch das Eindringen in die Software von Dämon entstehen, sind immens. Die Bedrohung durch eine Virusinfektion unserer Systeme kann nicht ignoriert werden. Es ist notwendig zu verstehen, warum ihr bereit seid, ein solches Risiko einzugehen. Was erhofft ihr euch davon, es uns zu bringen?" Ihre Worte waren fest, aber ihre Besorgnis war deutlich.

Dr. Amara Singh, die Spezialistin für künstliche Intelligenz und Technologie, beugte sich nach vorne und fügte hinzu: „Evelyn hat recht. Wir müssen mit äußerster Vorsicht vorgehen. Das hier ist nicht nur ein Stück Software. Es ist eine komplexe und unvorhersehbare Entität. Wir können nicht sagen, welche Risiken sie birgt. Habt ihr die möglichen Konsequenzen eurer Handlungen für die Welt, in der ihr lebt, bedacht?" Ihre Finger trommelten leicht auf den Tisch, ein Zeichen für ihre tiefe Überlegung.

Neben ihr nickte Dr. Liang Wei zustimmend. „Ich teile die Bedenken von Amara und Evelyn. Der Virus könnte ein Trojanisches Pferd sein, das darauf ausgelegt ist, in unsere Systeme einzudringen und Chaos anzurichten. Ich habe die Besonderheiten des Dämon-Codes in meiner früheren Forschung untersucht, bevor ich hierherkam. Es ist ein Labyrinth, und das Potenzial für unbeabsichtigte Konsequenzen ist enorm. Mit einer falschen Bewegung könnten wir uns katastrophalen Gefahren aussetzen, ganz zu schweigen von der Möglichkeit, dass ihr unbewusst Teil eines größeren Plans seid."

Seine Worte waren ruhig und abgewogen, aber das Gewicht seiner Aussage hing in der Luft. Terry spürte ein Stechen der Sorge, da sie nichts hatten, um die berechtigten Ängste ihrer Gesprächspartner zu entschärfen.

General Alejandro Fernández fügte hinzu: „Wir können es uns nicht leisten, unvorsichtig zu sein. Sollten wir uns exponieren, könnten die Konsequenzen verheerend sein. Wir brauchen einen methodischen Plan mit mehreren Sicherheitsebenen. Die Sicherheit unserer Stadt hat oberste Priorität." Sein Blick war durchdringend, seine Hände fest auf den Tisch gepresst.

Alexander ergriff das Wort. „Wir bringen euch den Kern von Dämon im guten Glauben. Es gibt keine Garantien für alles, was ihr ansprecht. Wir dürfen uns jedoch nicht vom Angst lähmen lassen. Die Zukunft der Menschheit hängt von eurer Bereitschaft ab, das Risiko einzugehen und gemeinsam mit uns neue Möglichkeiten gegen einen gemeinsamen Feind zu erkunden." Sein Blick zeigte Aufrichtigkeit und spiegelte die Tiefe seiner Vision wider.

Während sich das Gespräch entfaltete, füllte Spannung den Raum, was die fragile Balance zwischen der Suche nach entscheidenden Informationen und dem Schutz von Promitheus Onar unterstrich. Die Anführer erkannten die potenziellen Gefahren beim Umgang mit der Dämon-Software, aber sie sahen auch die möglichen Vorteile einer Allianz gegen die rätselhaften 'Schöpfer'.

Die nächsten Stunden wurden damit verbracht, vorgeschlagene Sicherheitsmaßnahmen zu diskutieren und verschiedene Szenarien für mögliche Risiken zu erörtern. Nachdem sie die potenziellen Vorteile abgewogen hatten, kamen sie zu dem Schluss, dass die Risiken beherrschbar seien, wenn sie mit Vorsicht und Weitsicht angegangen würden. Sie erkannten, dass der Weg vor ihnen voller Herausforderungen sein würde, aber sie waren entschlossen, einen Weg in eine bessere Zukunft für die Menschheit zu ebnen. Terry spürte eine Welle der Erleichterung, als das Gespräch zu Ende ging. Rias Augen trafen die seinen, und eine gemeinsame Empfindung von Hoffnung und Entschlossenheit spiegelte sich in ihren Blicken wider.

Es wurde beschlossen, mit der geforderten Unterstützung fortzufahren und eine mögliche zukünftige Allianz zu prüfen, falls alles gut verlief. Sie würden jedoch wachsam bleiben und bereit für alle unvorhergesehenen Herausforderungen.

Im Lichte dieser Vereinbarung suchte Terry nach gegenseitigem Vertrauen von ihren Gesprächspartnern. „Persa entdeckte unbekannte DNA während unseres Treffens in Kairo. Könnt ihr uns darüber aufklären und die Bedeutung dieses Fundes erklären?"

Präsidentin Harper tauschte Blicke mit ihren Gefährten, bevor sie antwortete. Nach einem stillen, gemeinsamen Einverständnis begann sie zu sprechen.

„Das, was wir entdeckt haben, ist in der Tat bemerkenswert und verwirrend. Die DNA-Sequenz ähnelt nichts, was wir je in einem bekannten menschlichen oder tierischen Genom gesehen haben. Sie ist extrem komplex und enthält Strukturen, die uns völlig neu sind. Sie wirkt außerirdisch, ein genetischer Code, der unserem Verständnis entgeht."

Dr. Isabella Rodríguez, die Genetikerin, fuhr fort: „Unsere Analyse zeigt, dass die unbekannte DNA eine signifikante funktionelle Ähnlichkeit mit einer humanoiden Spezies aufweist. Die gesamte anatomische Struktur ist beeindruckend ähnlich der des Menschen, mit den erwarteten Unterschieden aufgrund ihrer großen Körpergröße."

„Etwa vier Meter, nehme ich an?" fragte Alexander, sein Blick schärfte sich.

„Etwa so," stimmte Isabella nickend zu.

Das Gewicht dieser Enthüllung fiel schwer auf die Anwesenden. Terrys, Rias und Alexanders Blicke trafen sich und spiegelten das gemeinsame Verständnis und die Ernsthaftigkeit des Weges wider, der vor ihnen lag.

Amara, deren Erklärung wissenschaftliche Faszination vermittelte, führte weiter aus: „Wir haben umfangreiche Simulationen in kontrollierten virtuellen Umgebungen durchgeführt, um dieses außerirdische DNA zu verstehen. Die Simulationen haben ein übergroßes humanoides Wesen erschaffen, einen ‚Ahnen', wie wir es nennen. Leider haben wir keine wesentliche Reaktion von der simulierten Kreatur erhalten. Es ist ein ruhender genetischer Code, der darauf wartet, dass die richtigen Bedingungen eintreten."

Dr. Liang Wei fügte nachdenklich hinzu: „Die Herausforderung besteht darin, den Zweck dahinter zu entschlüsseln. Ist es nur eine Anomalie, ein Überbleibsel eines außerirdischen Experiments, oder steckt ein tieferer Sinn und eine Funktion dahinter? Wir können seine Absichten nicht feststellen, ohne es in einem lebenden Organismus zu testen." Präsidentin Harper enthüllte schließlich, was die anderen langsam andeuteten: „Unsere Pläne beinhalten die Schaffung einer lebenden Entität mit dieser DNA, um eine mögliche Aktivierung zu beobachten. Sollte dieser genetische Code intelligente Lebenszeichen enthalten, könnte das unsere gesamte Existenz neu definieren und uns wertvolle Erkenntnisse liefern."

Eine Stille legte sich über den Raum, während jeder in seinen Gedanken versunken war. Die Aussicht, außerirdische DNA zu manipulieren, stellte ethische und existentielle Fragen auf, mit möglichen unvorhersehbaren Konsequenzen. Die Widerständler, getrieben von der Suche nach Wissen und dem Wunsch, die Herrschaft von Dämon zu überwinden, begaben sich auf eine gefährliche Reise ins Unbekannte.

Die drei warfen sich Blicke zu, ihre Gesichter waren geprägt von Aufregung, aber auch von Furcht. Die Aussicht, mit einem „Gott" der Vergangenheit in Berührung zu kommen, war gleichermaßen faszinierend und beängstigend. Doch erfüllt von einem Gefühl des Zwecks und der Entschlossenheit waren sie bereit, diese außergewöhnliche Herausforderung anzunehmen. Sie wollten die Geheimnisse der außerirdischen DNA entschlüsseln und ein neues Kapitel in der Menschheitsgeschichte schreiben.

Als das Treffen zu Ende ging, tauschten die Anführer der Widerständler und die drei Besucher Händedrucke aus und besiegelten ihre gemeinsamen Absichten. Die Atmosphäre war voller Erwartung und Aufregung über die Möglichkeit einer strahlenderen Zukunft für die Menschheit. Mit diesem gegenseitigen Verständnis wurden die drei als Verbündete in fortwährenden Kampf aufgenommen.

Als Zeichen der Gastfreundschaft arrangierten die Widerständler ihre Unterbringung in einem luxuriösen Hotel, bei dem alle Ausgaben von ihrer Regierung übernommen wurden. Persa begleitete Terry, Ria und Alexander hinaus aus dem Sitzungssaal, und die Erleichterung, dass alles gut verlaufen war, spiegelte sich in den Gesichtern aller vier wider.

Draußen fragte Terry Persa nach dem Alter der Anführer, das ihn stutzig gemacht hatte.

„Alle Anführer sahen sehr jung aus. Sind sie wirklich so jung, wie sie scheinen, oder steckt da mehr dahinter?" erkundigte er sich neugierig.

Persa lachte leise. „Ich sehe, dass euch ihr Aussehen überrascht hat. Ja, ich verstehe eure Verwirrung. Wir haben in der Gentechnik erhebliche Fortschritte gemacht, daher auch die Möglichkeit, einen Körper aus der fremden DNA zu erschaffen. Durch Genom-Bearbeitung und fortschrittliche Biotechnologie ist es uns gelungen, den Alterungsprozess umzukehren und die Lebensdauer zu verlängern." Sie fuhr mit gedämpfter Stimme fort: „Leider ist die Behandlung individuell für jedes Genom und immer noch sehr teuer. Nur die Reichen und prominenten Persönlichkeiten haben Zugang dazu."

„Wie alt waren die Anführer, mit denen wir gesprochen haben?" fragte Alexander neugierig, da fast alle in seinem Alter zu sein schienen.

Persa neckte ihn und durchbrach zum ersten Mal ihr strenges Auftreten: „Mach dir keine Sorgen, du hältst dich trotz deines Alters gut," was alle zum Lachen brachte und die Spannung in ihren Schultern kurzzeitig löste. „Evelyn ist 55, Isabella 64, Liang 72. Amara und Alejandro sind tatsächlich so alt, wie sie aussehen, 33 und 45."

„Isabella 64 und Liang 72?" staunte Ria. „Ich hätte sie kaum auf 40-45 geschätzt..."

„Hoffen wir, dass unsere Zusammenarbeit Früchte trägt," sagte Persa heiter, „damit diese Technologie für uns alle zugänglich wird."

Die Fahrt zum Hotel folgte den gleichen strengen Sicherheitsprotokollen wie zuvor. Der Konvoi von drei Fahrzeugen hielt vor einem modernen Hotel, dessen elegante Glasfassade die lebendige Energie und die Lichter der Stadt widerspiegelte. Die Lobby hatte Marmorböden und hohe Decken, dekoriert mit

Kronleuchtern, während moderne Kunstwerke einen Hauch von Raffinesse hinzufügten.

Terry bewunderte die absolute Pracht um sich herum, und Ria blickte ungläubig umher. Alexander richtete seine Brille, während er versuchte, jedes Detail ihrer Umgebung in sich aufzunehmen.

Persa übergab einen Umschlag mit Anweisungen an die Rezeption des Hotels und stellte sicher, dass die Gäste den höchsten Standard an Service und Komfort erhielten. Das Personal, geübt im Umgang mit Regierungsgästen, setzte sich sofort in Bewegung und sorgte dafür, dass jede ihrer Bedürfnisse erfüllt wurde.

Terry, Ria und Alexander verspürten ein Gefühl des Privilegs und der Verantwortung. Sie hatten nie zuvor solche Luxus erlebt, was ihnen die scharfen Kontraste zwischen ihrem Leben in den Städten von Dämon und dem Wohlstand in Promitheus Onar deutlich vor Augen führte.

Persas Abschiedsworte waren unerwartet, ihre Stimme nun weich und freundlich. „Ihr seid nicht mehr nur Besucher, sondern Verbündete im Kampf für eine bessere gemeinsame Zukunft. Ruht euch heute Nacht aus, und morgen zeige ich euch die Stadt und unsere Einrichtungen. Passt gut auf euch auf."

Mit einem Strudel von Gefühlen spürte Terry eine Welle des Optimismus. Er glaubte, dass dies ein Wendepunkt für die Menschheit war, eine Gelegenheit, einen neuen Weg zu Frieden, Verständnis und Zusammenarbeit zu beschreiten. Gemeinsam könnten die Welt von Dämon und die Widerständler den bevorstehenden Herausforderungen entgegentreten, vereint in einer gemeinsamen Vision für eine bessere Zukunft für alle.

## KAPITEL 20: GESICHTER EINER METROPOLE

Im Herzen von Prometheus Onar war das luxuriöse Hotel ein Zufluchtsort der Eleganz und bot dem Trio ein Erlebnis jenseits aller Erwartungen. Ihre Zimmer waren mit außergewöhnlichen Kunstwerken, Kristalllüstern und glänzenden Marmorböden dekoriert, die ihre Schritte widerhallten und eine Aura kultivierter Raffinesse verströmten. Die Atmosphäre war erfüllt von dem dezenten Duft von Jasmin und frisch gebügelter Bettwäsche, was eine entspannte und einladende Stimmung schuf. Leise klassische Musik spielte im Hintergrund und vermischte sich harmonisch mit dem sanften Summen der Hotelbelüftung.

Die Annehmlichkeiten des Hotels übertrafen bei weitem die schlichten, nüchternen Umgebungen, die sie in den Städten von Dämon kennengelernt hatten. Es gab ein Wellness- und Spa-Zentrum, das verjüngende Behandlungen anbot und sie in ein Reich der Ruhe versetzte, während kulinarische Genüsse im Restaurant auf sie warteten, wo geschickte Köche verlockende Gourmetgerichte zubereiteten. Eine Lounge auf der Dachterrasse bot einen Panoramablick über die Stadt, die perfekte Kulisse, um sich unter den blinkenden Lichtern zu entspannen.

Das aufmerksame Personal erkannte jede ihrer Bedürfnisse im Voraus und stellte sicher, dass ihr Aufenthalt reibungslos und angenehm verlief. Von personalisierten Dienstleistungen bis hin zu exklusivem Zugang zu Freizeiteinrichtungen und einem Fitnessstudio mit persönlichen Trainern hüllte das Hotel sie in eine Atmosphäre der Exklusivität. Das Personal bewegte sich mit leiser Effizienz, ihre Uniformen waren makellos und sauber, und ihre

Gesichter stets mit professionellen, einladenden Lächeln geschmückt. Terry, Ria und Alexander waren überwältigt von der Fülle an Möglichkeiten, die ihnen zur Verfügung standen. Während sie den Luxus ihrer Umgebung genossen, konnten sie nicht anders, als den scharfen Kontrast zwischen ihrer gegenwärtigen Realität und den Herausforderungen, die sie auf ihrer Reise erlebt hatten, zu bewundern. Terry strich über die glatte Marmoroberfläche eines Tisches und bewunderte dessen Kühle, während Rias Augen vor Bewunderung leuchteten, als sie in einen samtweichen Sessel sank. Alexander, normalerweise zurückhaltend, ließ ein seltenes Lächeln seine Lippen berühren, als er die Stadt von oben betrachtete.

Am Morgen, nachdem sie die Nacht damit verbracht hatten, die vielen Annehmlichkeiten des Hotels zu genießen, nahm Persa Kontakt mit ihnen auf, um ein Treffen zu vereinbaren und ihnen eine Stadtrundfahrt zu geben. Das Hotelpersonal stellte ihnen warme, alltägliche Kleidung zur Verfügung, die der Tracht der Einheimischen entsprach, damit sie in der Menge nicht auffielen. Terry trug eine bequeme, neue Jacke und eine dazu passende Hose, die genau auf seine Maße zugeschnitten war. Ria hatte ein langes Kleid und einen Wildledermantel erhalten. Alexander, der abenteuerlustiger war, fühlte sich etwas seltsam in dem langen Trenchcoat, war aber zweifellos gut gekleidet.

Gegen neun Uhr trafen sie sich in der Lobby, und nachdem sie den Haupteingang passiert hatten, fanden sie sich auf einer Hauptstraße der Stadt zwischen Wolkenkratzern wieder, wobei das ewige Zwielicht die üblichen Zeichen der Zeit verdeckte.

Persa wartete ohne Wachen in ihrem eigenen Fahrzeug, einem typischen Elektroauto, ähnlich den meisten, die sie in der Stadt gesehen hatten. Das Design erinnerte sie an die „Glaseier" in den Städten von Dämon, aber diese waren aus einer leichten Metalllegierung und nicht aus synthetischem Material gefertigt. Die gelbe Farbe und das transparente Panoramadach verliehen ihm einen Eindruck von Lebendigkeit und Komfort.

Selbst Persa vermittelte diesen Eindruck, gekleidet in farbenfrohe Alltagskleidung anstelle ihrer schwarzen Uniform, was ein ungewohntes Bild für sie war.

„Kommt, wir fahren", rief sie ihnen erwartungsvoll zu, während sie vorne links saß und ihnen mit der Hand bedeutete, einzusteigen.

Terry und Ria öffneten die Tür und setzten sich auf den Rücksitz, während Alexander vorne Platz nahm. Die Tür schloss sich mit einem leisen Geräusch, und sie fuhren los. Die Navigation erfolgte durch Sprachbefehle, ähnlich wie bei den Pegasus-Fahrzeugen, und die Windschutzscheibe zeigte Geschwindigkeits- und Verkehrsdaten an.

Die Sitze waren bequem und ergonomisch gestaltet, sodass sie sich perfekt an ihre Körper anschmiegten.

„Es ist ziemlich anders als die Fahrzeuge, die wir in Neu-Athen haben", bemerkte Terry, als er mit der Hand die glatte Armlehne des Sitzes berührte.

Persa gab Anweisungen, und das Auto manövrierte geschickt durch das komplexe Straßennetz von Prometheus Onar, sodass Terry, Ria und Alexander beide Seiten der Metropole erlebten, ohne etwas zu verbergen. Ihre Finger trommelten sanft auf ihren Beinen, und sie blickte oft zu ihnen zurück, während sie ihnen verschiedene Sehenswürdigkeiten zeigte, mit einer Begeisterung, die der ihrer Gäste glich. Obwohl sie Prometheus Onar schon früher besucht hatte, war es erst ein paar Wochen her, dass es ihr Zuhause geworden war.

Die hoch aufragenden Wolkenkratzer, verziert mit funkelnden Lichtern, zeigten die technologische Überlegenheit und das unaufhörliche Streben nach Fortschritt in der Stadt. Die elektrischen Fahrzeuge summten auf den gut gepflegten Straßen und unterstrichen das Engagement der Stadt für eine Zukunft, die von Innovation angetrieben wird.

Doch je tiefer sie in den Alltag von Prometheus Onar eintauchten, desto deutlicher traten die Schattenseiten der Stadt hervor. In einigen vernachlässigten Vierteln füllte Müll die Straßen, ein scharfer Kontrast zu den glänzenden Fassaden der hohen Gebäude, was auf den Kampf hinwies, mit dem wachsenden Bevölkerungsdruck Schritt zu halten. Weiter unten verfallene Häuser und die verzweifelten Gesichter derer, die ums Überleben kämpften. Einige Kinder spielten in zerlumpten Kleidern, ihre Gesichter von der Müdigkeit früher Entbehrungen gezeichnet. Die Stadt war eine lebendige Leinwand der Gegensätze, von Fortschritt und Armut, von Ehrgeiz und Verzweiflung.

„Wir leben in einer Stadt der Extreme", erklärte Persa, ihre Worte klangen zugleich bewundernd und traurig. „Unser Ehrgeiz treibt uns zu bewundernswerten Errungenschaften, doch viele bleiben im Elend zurück."

Die Armut hielt sich in bestimmten Gegenden hartnäckig, sichtbar in den Gesichtern derer, die inmitten des Wohlstands um sie herum kämpften. Die starken wirtschaftlichen Ungleichheiten unterstrichen die harte Realität, dass nicht jeder von den Vorteilen der Stadt profitierte. Bettelei und Prostitution, in bestimmte Bezirke verbannt, erinnerten an die sozialen Herausforderungen, die trotz technologischer Fortschritte bestehen blieben.

Die Kriminalität flüsterte in den Gassen, wo das Streben nach persönlichem Gewinn mit den Idealen einer gerechten Gesellschaft kollidierte. Der gedankenlose Verbrauch von Ressourcen und Nahrungsmitteln, trotz der Bemühungen zur Rationalisierung, offenbarte die dunkle Seite des unermüdlichen Strebens nach Gewinn. Wie schon in der Vergangenheit der Menschheit überschattete auch hier die Gier das Bedürfnis nach nachhaltigen Praktiken und gerechter Verteilung.

„Wir versuchen, diese Probleme zu bewältigen, aber es ist ein ständiger Kampf", fuhr Persa fort. „Wir glauben an die Kraft des individuellen Einsatzes und daran, dass jeder die Möglichkeit hat, erfolgreich zu sein. Wir wollen, dass Prometheus Onar eine Stadt ist, in der Träume wahr werden können, egal woher man kommt. Es ist ein Werk im Fortschritt. Wir haben noch einen weiten Weg vor uns, um eine perfekte Gesellschaft zu erreichen, aber wir sind eine Stadt von Menschen, nicht eine, die von technokratischer Software geschaffen wurde. Wir haben Leidenschaft, wir haben Träume, und wir haben den Mut, für eine bessere Zukunft zu kämpfen", versicherte sie ihnen, während sie ihre Fäuste ballte, als würde sie die kollektive Entschlossenheit der Stadtbewohner kanalisieren.

Zwischen den Fehlern und Unvollkommenheiten hob sie das meritokratische System der Stadt hervor, das theoretisch zumindest Chancen für alle bot, die sich wirklich bemühten. Der Antrieb, Fortschritte zu erzielen, und das Versprechen gleicher Chancen für diejenigen, die kämpfen wollten, waren unbestreitbare Aspekte des Ethos der Widerständler.

Mitten in der Tour durch Prometheus Onar bestätigte sich die Anziehungskraft zwischen ihr und Alexander. Ihre Blicke trafen sich in flüchtigen Momenten und tauschten Blicke aus, die den Lärm und das Chaos um sie herum übertrafen. Sie tauschten flüchtige Lächeln, und die scharfen Kontraste der Stadt verstärkten die Intensität ihrer Anziehung. In einander sahen sie eine Reflexion ihrer eigenen Träume und Ambitionen, einen verwandten Geist, der nach einer besseren Zukunft strebte.

Alexander spürte, wie sein Puls schneller wurde, jedes Mal, wenn sich ihre Blicke trafen, und er war sich sicher, dass es Persa ebenso ging. Schließlich war diese Anziehung wohl auch der Hauptgrund für die Veränderung in ihrem Verhalten ihnen gegenüber.

Bevor sie ihre Tour mit dem letzten Ziel beendeten, schlug Persa vor, in einem berühmten Restaurant zu essen, das sich auf der Spitze eines der Wolkenkratzer der Stadt befand, und die drei nahmen an.

Unter einer Glaskuppel, die sie vor der Kälte schützte, bewunderten sie im Zwielicht das atemberaubende Schauspiel des Südlichts über ihnen. Der ätherische Tanz seines Lichts warf einen unheimlichen Schimmer über die Szenerie und verwandelte das Dach in eine Bühne, die einem Märchen ähnelte. Die sanften Klänge von klirrenden Gläsern und den Gesprächen der Gäste schufen eine Atmosphäre raffinierter Eleganz.

Wie auch im Hotel umfasste die Speisekarte hier eine riesige Auswahl an kulinarischen Köstlichkeiten aus der ganzen Welt und verschiedenen Epochen. In den Dörfern und Städten, in denen Terry, Ria und Alexander aufgewachsen waren, basierte die

Ernährung auf den lokalen Gütern jeder Region, was sicherstellte, dass keine Verpackungen, Energie oder Lebensmittel verschwendet wurden. Gleichzeitig ernährte sich die Bevölkerung gesund, mit frischen Produkten – etwas, das hier nicht der Fall war. Die Waren waren im Überfluss vorhanden, um jede Vorliebe zu befriedigen, allerdings mit negativen Auswirkungen auf Effizienz und Gesundheit. Gleichzeitig zeugte diese Fülle von den Handelsverbindungen zwischen Prometheus Onar und dem Rest der Welt, trotz der Rivalität mit Dämon.

Die Großzügigkeit der Güter, obwohl ein Genuss für die Sinne, hinterließ ein Gefühl von Überfluss und einer Entfernung von der nachhaltigen Lebensweise, die sie kannten. Beim Studieren der Speisekarte verspürten sie eine gewisse Sehnsucht nach der Einfachheit und bewussten Konsumhaltung ihrer Erziehung. Terry seufzte leise, als er mit den Fingern einige Gerichte auf der Speisekarte zeigte, und Ria sah ihn an, in einem stillen Verlangen nach Einfachheit und Wohlbefinden. Der Konflikt zwischen diesen beiden Welten war in ihnen spürbar, wo Vergnügen und Luxus auf die Geister von Genügsamkeit und einem bewusst effizienten Leben trafen.

Irgendwann bemerkte Ria eine Gruppe kleiner Kinder, die in ein großes Fahrzeug auf der Straße unten stiegen. Ihre kurzlebige Erfahrung als Mentorin an der Großen Schule von Athen kam ihr in den Sinn, und sie fragte nach dem Bildungssystem der Widerständler.

Persa lächelte mit einem Hauch von Nostalgie in den Augen, da sie als junge Frau in der alten Welt gelernt hatte. „Es ist sehr anders als das, was wir in der Welt von Dämon erlebt haben. Es gibt große Gebäude mit Klassenräumen, voll mit Schreibtischen und Büchern, so wie damals, als wir Teenager waren, aber das fängt hier schon in jungen Jahren an. Der Druck, gut abzuschneiden, ist groß. Kinder müssen sich in eine bestimmte Form fügen."

„Eine Form?", wunderte sich Terry, den Kopf neugierig geneigt. „Du meinst, dass sie von Anfang an für bestimmte Rollen bestimmt sind?"

„Ja", seufzte Persa, „Schon im jungen Alter sind ihre zukünftigen Wege bereits vorgezeichnet. Die Schulen hier bereiten die Kinder auf bestimmte Berufe vor, und wählen die Geeignetsten für jede einzelne aus. Es ist eine sehr wettbewerbsorientierte Welt. Auf der anderen Seite ist es dieser Wettbewerb, der diese Stadt technologisch auf dem neuesten Stand hält und ihr Autonomie verleiht. Es ist wirklich ein zweischneidiges Schwert."

Nach dieser magischen Pause voller Bilder und Geschmäcker führte sie ihr nächstes Ziel zum Genetiklabor. Dort sollten sie aus erster Hand Zeugen der ehrgeizigen Bemühungen werden, einen lebenden Organismus zu erschaffen, der mit der mysteriösen DNA-Sequenz, die Persa entdeckt hatte, angereichert war.

Sie fuhren zu einem unterirdischen Parkplatz eines anderen Wolkenkratzers, der nichts von der Anwesenheit eines Labors verriet. Sie stiegen aus und gingen durch eine Tür, die wie der Eingang für das Wartungspersonal des Gebäudes aussah. Nach ein paar Metern in einem schmalen Gang hielt ein Zivilwächter sie zu einer Überprüfung an. Nachdem sie sich vorgestellt und ihre Identität bestätigt hatten, nickte der Wächter zufrieden mit ihren Referenzen und wies ihnen den Weg zu einer weiteren Tür, die diesmal mit fortschrittlichen Schließmechanismen gesichert war.

Im angrenzenden Raum wartete ein Aufzug auf sie, flankiert von zwei bewaffneten Wachen mit strengen Gesichtern. Sie stiegen ein, und die Türen schlossen sich. Mit einem sanften Ruck und dem leisen Summen des Mechanismus begann der Abstieg zum einzigen Zielpunkt. Ein Schleier der Erwartung legte sich über sie, während Terrys Herz heftig in seiner Brust schlug, als sie tiefer in die Unterwelt hinabstiegen.

Als sich die Türen öffneten und die geheime Welt unter der Oberfläche der Stadt enthüllten, betraten sie ein hochmodernes Wunder, das sie sich nie hätten vorstellen können.

Das Labor erstreckte sich über eine riesige Fläche, ausgestattet mit modernster Technologie, die im Hintergrund summte. Glänzende Oberflächen aus Edelstahl und Glasbarrieren trennten verschiedene

Abteilungen der Einrichtung. Helle Lichter tauchten den Raum in eine sterile, aber technologisch innovative Atmosphäre.

Mit einem Gefühl des Stolzes führte Persa Terry, Ria und Alexander durch verschiedene Labore, während sie die Rolle jeder Abteilung in dem ehrgeizigen Projekt erklärte.

Sie gingen an fortschrittlichen Gen-Sequenzierungsmaschinen und komplexen Roboterarmen vorbei, die biologische Proben mit äußerster Präzision behandelten. In einem Anbau analysierten Wissenschaftler mit unablässiger Hingabe die außerirdische DNA. In einem anderen verarbeiteten hochmoderne Computer komplexe Simulationen und genetische Algorithmen. Die Luft, schwer vom Geruch nach Desinfektionsmittel und dem Summen der Maschinen, schuf eine Atmosphäre aus Spannung und Furcht zugleich.

Das Herzstück des Labors war eine große sterile Kammer, in der das zentrale Team von Wissenschaftlern daran arbeitete, den lebenden Körper aus der außerirdischen DNA zu erschaffen. Die halb fertiggestellte Kreatur, etwa vier Meter hoch, lag regungslos in der Kammer, ihre Konturen noch unvollständig. Metallische Röhren und Fasern, die mit Venen und Nervensträngen verflochten waren, bildeten eine surreale Fusion von Biologie und Technologie.

Als sie näher traten, wurden sie von Dr. Isabella Rodríguez, gekleidet in einem Laborkittel, begrüßt. Sie empfing das Trio herzlich, ihre Augen funkelten vor Leidenschaft für ihre Arbeit, während sie begann, den komplizierten Konstruktionsprozess zu erklären.

Dr. Rodríguez erklärte die bahnbrechende Technik, die sie verwendeten, um das Wachstum des außerirdischen Körpers zu beschleunigen. Es beinhaltete eine Kombination aus fortschrittlicher Gentechnik und Bionanotechnologie, eine Verschmelzung von Wissenschaft und Technik, die die Grenzen des menschlichen Wissens ausreizte.

„Wir verwenden eine Methode des beschleunigten Wachstums", erklärte Dr. Rodríguez. „Millionen von Nanorobotern, die zu klein sind, um mit bloßem Auge gesehen zu werden, bauen das Gewebe der Kreatur Stück für Stück auf." Ihre Hände bewegten sich ausdrucksvoll, während sie den komplizierten Prozess veranschaulichte.

Sie beschrieb, wie sie das Zell- und Gewebewachstum sorgfältig steuerten, angeleitet von den komplexen Anweisungen, die in der außerirdischen DNA-Sequenz enthalten waren. Das Ziel war es, ein Wesen zu erschaffen, das genetisch den „Schöpfern" ähnelt, nicht nur in Bezug auf die Physiologie, sondern auch auf Bewusstsein und Intelligenz.

Sie ging näher auf die Methode des zellulären Bioprintings ein, bei der lebende Zellen in Biomaterialien eingebettet werden, um Gewebe und Organe direkt zu konstruieren. In Kombination mit Anwendungen zur Gefäßtechnik schufen sie ein Netzwerk von Blutgefäßen, das den wachsenden Geweben Sauerstoff und Nährstoffe zuführt.

Terry, trotz seines Studiums der Biotechnologie, hatte noch nie solche Fortschritte gesehen. Sein Ausbildungsniveau konnte mit dem, was er um sich herum sah, nicht mithalten. Der Verrat der Dämon an den „Schöpfern" hatte die wissenschaftliche Gemeinschaft in den Städten weit hinter diesem Bereich zurückgelassen.

Ria und Alexander hörten aufmerksam zu, schwankend zwischen Bewunderung und tiefer Nachdenklichkeit. Rias verschränkte Arme und ihre zusammengekniffenen Augen zeigten ihre Besorgnis über die ethischen Implikationen. Alexander korrigierte ständig seine Brille, um die unglaublichen Details des in Bau befindlichen Körpers besser sehen zu können.

Terry, überwältigt von dem Anblick vor sich, stellte die entscheidende Frage, seine Stimme erfüllt von Ehrfurcht: „Wann schätzen Sie, dass die Kreatur vollständig sein wird? Sprechen wir von Wochen oder Monaten? Ich kann mir die Komplexität eines solchen Projekts kaum vorstellen."

Isabella, mit einer ruhigen und sicheren Ankündigung, strahlte eine Aura unerschütterlichen Glaubens an ihr Werk aus. „Nur noch ein paar Tage, etwa zehn", antwortete sie mit der Zuversicht unzähliger Stunden hingebungsvoller Arbeit.

Sich des Enthusiasmus ihrer Gäste bewusst, mischte sich Persa mit einem Hauch von Stolz in ihrer Stimme ein. „So lange, wie sie mir mitgeteilt haben, wird es auch dauern, bis die Software von dem Virus gereinigt ist, den ihr mitgebracht habt. Ihr werdet Zeugen von zwei entscheidenden Punkten in der Menschheitsgeschichte sein, und das nicht dank Dämon, sondern dank der Menschheit selbst."

Mit einem feinen Lächeln auf den Lippen knüpfte Persa unbeeindruckt einen Netz aus Charme mit ihren Worten. Ihr Blick traf Alexanders, und ein weiterer Funke flirtenden Interesses tanzte zwischen ihnen. „Genießt bis dahin euren Aufenthalt in unserer Stadt", schlug sie mit Nachdruck vor, ihr Blick verweilte einige Augenblicke auf Alexander, eine stille Andeutung auf mehr gemeinsame Momente, die noch kommen sollten.

Alexander, immer höflich und zurückhaltend, reagierte mit einem ähnlichen, leichten Lächeln und erwiderte die unausgesprochene Anziehung. Er spürte ein Flattern in seiner Brust, eine seltene und unerwartete Verbindung, die sich zwischen ihnen aufbaute.

Ihr Verlassen des Genetiklabors trug ein tiefes Gefühl von Ziel und Schicksal in sich. Sie waren nicht nur Beobachter in diesem sich entwickelnden Kapitel der Menschheitsgeschichte. Sie waren aktive Teilnehmer, die zu einer Zukunft beitrugen, in der die Herausforderungen gewaltig sein würden. Diese Zukunft, in ihrer Unsicherheit, konnte nur eines versprechen: Die Menschheit stand am Rande einer neuen Ära.

# DER WEG ZUR FREIHEIT

## KAPITEL 21: EIN HAUCH VON VERÄNDERUNG

Persa fuhr das Trio zurück ins Hotel, während die Begeisterung über ihren Besuch im Genetiklabor ungebrochen war. Die Aussicht, Zeugen der Erschaffung eines Wesens von enormer Kraft und Intelligenz zu werden, hatte ihre Fantasie beflügelt und sie mit vielen Fragen und Vorfreude erfüllt.

Irgendwann drehte sich Persa zu Alexander um, ihre Augen funkelten mit einem Hauch von Flirt. „Alexander", sagte sie spielerisch, „ich würde dich heute Abend gerne zum Essen einladen." Sie berührte leicht seine Hand und fuhr fort: „Ich denke, du wirst es genießen, mehr über das zu erfahren, was Prometheus' Onar zu bieten hat, und es wäre mir eine Freude, es dir zu zeigen."

Alexander, nicht im Geringsten überrascht von Persas Einladung, konnte die Anziehung, die von ihrer ersten Begegnung an zwischen ihnen schwelte, nicht leugnen. Er lächelte und mit einem Hauch von Schalk in seinen Augen nahm er ihr Angebot an. „Es wäre mir eine große Freude, Persa. Ich möchte alles sehen."

Sie kamen im Hotel an, wo Persa sie sich ausruhen ließ und ein Treffen für acht Uhr abends vereinbarte. Später, zur vereinbarten Zeit, kam Persa zurück, um Alexander abzuholen, und die beiden begannen einen Abend voller Erkundungen und Festlichkeiten.

Persa war atemberaubend in einem eleganten schwarzen Kleid, das ihre Silhouette perfekt umschmeichelte und ihre Kurven anmutig betonte. Ihr schwarzes Haar fiel in lockeren Wellen über ihre Schultern, und sie trug dezente silberne Ohrringe, die bei jeder ihrer Bewegungen funkelten. Ihr Make-up war dezent, mit einem Hauch roten Lippenstifts, der ihrer Ausstrahlung zusätzliche

Raffinesse verlieh. Sie bewegte sich mit Anmut und Selbstbewusstsein, eine bezaubernde Erscheinung, die überall Blicke auf sich zog.

Alexander hingegen hatte sich für ein legeres, aber elegantes Outfit entschieden. Er trug ein weißes Hemd mit einer schwarzen Weste, die seinen sportlichen Körperbau schmeichelhaft betonte, und eine dunkelblaue, gerade geschnittene Hose, die seine Größe hervorhob. Sein Outfit wurde durch ein Paar glänzend polierte Lederschuhe vervollständigt, was ihm einen Hauch klassischer Eleganz verlieh. Sein kurzes, blondes Haar war ordentlich frisiert, und sein frisch gestutzter Bart betonte seine markanten Gesichtszüge.

Sie speisten in einem der besten Restaurants der Stadt, genossen die hervorragende Küche und führten lebhafte Gespräche. Die Atmosphäre war geladen von der Chemie zwischen ihnen, und ihre gegenseitige Anziehung ging weit über den intellektuellen Austausch hinaus. Persas Lachen, verzaubert von Alexanders Charme, hallte wie eine melodische Note angenehm durch den Raum, während er sie mit Bewunderung, Interesse und Verlangen betrachtete.

Der Abend schritt voran, und ihre Blicke wurden tiefer und persönlicher, was mehr als nur eine flüchtige Bekanntschaft versprach.

Nach dem Abendessen nahm der Abend eine lebhaftere Wendung, als sie in einen Nachtclub weiterzogen. Die pulsierende Musik und die dynamische Atmosphäre verstärkten den unbeschwerten Geist des Abends. Der Club war eine Explosion von Farben und Klängen, mit bunten Lichtern, die über die Wände tanzten, und dem Bassrhythmus, der durch ihre Körper vibrierte. Sie tanzten, und das flackernde Licht schuf eine surreale, fast traumhafte Stimmung. Beide waren überrascht, wie einfach es war, sich fallen zu lassen und jeden Moment zu genießen, wenn sie zusammen waren.

Neben der verführerischen Persa war Alexander auch von der Lebendigkeit der Kulturen und Ethnien fasziniert, die in Prometheus' Onar harmonisch zusammenlebten. Der kosmopolitische Geist der Stadt war ein starker Kontrast zu den eher geteilten und homogenen Gemeinschaften, die er bisher gesehen hatte. Menschen aus unterschiedlichen Hintergründen lebten Seite an Seite und integrierten ihre Bräuche nahtlos.

In den meisten Teilen der „alten Welt", besonders in kleineren ländlichen Gebieten, hatten die Überreste des Krieges Spuren von ethnischen Säuberungen, der Marginalisierung von Minderheiten und der Bildung homogener, rassisch und kulturell geprägter Gemeinschaften hinterlassen. Das Bedürfnis der Menschen nach Zugehörigkeit und Verbindung hatte in der turbulenten Vergangenheit zu einer Wiederbelebung von Rassismus und Vorurteilen geführt. Die Städte von Dämon, die Schüler aus allen Ecken der Welt anzogen, waren eine seltene Ausnahme von dieser Regel.

Die inklusive Umgebung von Prometheus' Onar war eine eindringliche Erinnerung an das Potenzial für friedliches Zusammenleben und stellte die spaltenden Muster in anderen Teilen der Welt in Frage. Die Stadtführer hatten eine Gesellschaft geschaffen, in der Menschen aus verschiedenen Hintergründen geschätzt und respektiert wurden. Ihre einzigartigen Beiträge wurden gefeiert und als Lernmöglichkeit gesehen, anstatt sie auszuschließen.

Nach Stunden des Tanzens beschlossen sie, den Nachtclub zu verlassen. Sie traten in die kühle Nachtluft hinaus und gingen eine Weile, noch immer erfüllt von der Intensität der Musik.

Persa drehte sich zu Alexander und, so nah, dass sie seinen Atem spüren konnte, fragte sie mit einem zwitschernden Unterton, der Erwartung verriet: „Willst du mit zu mir kommen?"

Alexander lächelte und akzeptierte das Angebot, und Persa, sichtlich begeistert, zog ihn fast an der Hand zu ihrem Auto.

Als sie in Persas Wohnung ankamen, bewunderte Alexander die eklektische Einrichtung. „Du hast einen wunderschönen Raum", bemerkte er und nahm die Kunstwerke und die gemütlichen, einladenden Möbel zur Kenntnis.

Die Wohnung war schlicht, aber elegant und spiegelte ihren feinen Geschmack wider. Die Wände waren mit Kunstwerken aus verschiedenen Kulturen geschmückt, und die sanfte Beleuchtung schuf eine warme Atmosphäre. Es gab bequeme Kissen auf dem Sofa und ein paar Pflanzen, die einen Hauch von Grün hinzufügten.

Ihr Zuhause verriet, dass Persa, trotz ihres Eifers für die Ziele der Widerständler, in ihrem Inneren eine Frau mit Bedürfnissen und Sensibilität war, wie jede andere auch.

Ohne dies zu verbergen, gab sie es Alexander offen zu. „Es ist eine Mischung aus allem, was ich liebe. Das ist der Grund, warum ich kämpfe – für die Liebe, die Gerechtigkeit und die Schönheit des Alltags."

In dieser warmen Atmosphäre verwandelte sich der Funke zwischen ihnen in eine Flamme. Ihre Verbindung, genährt durch echte Zuneigung, blühte zu einer romantischen Verflechtung auf. Die Minuten wurden zu Stunden, in denen sie die Tiefe dieser neuen Erfahrung erkundeten und ihre anfängliche Anziehung sich in eine vielversprechende Beziehung verwandelte. Alexander fühlte eine tiefe Zufriedenheit, als sie gemeinsam dalagen, ihr Kopf auf seiner Brust ruhend, ihre Atemzüge synchron in der süßen Stille ihrer Intimität.

In der folgenden Zeit genossen die beiden Paare, Terry und Ria sowie Alexander und Persa, die Gesellschaft des jeweils anderen. Die aufblühende romantische Beziehung zwischen Alexander und Persa fügte ihrer Gemeinschaft eine zusätzliche Wärme hinzu und machte ihre Zeit in Prometheus' Onar zu einem unvergesslichen Kapitel auf ihrer gemeinsamen Reise.

Ihre Tage waren erfüllt von unterhaltsamen Erkundungen und gemeinsamen Spaziergängen durch die Stadt, die ein Mosaik aus Erinnerungen schufen und ihre Bindungen vertieften. Gemeinsam entdeckten sie die verborgenen Schätze der Stadt: kleine Cafés, Kunstgalerien und historische Wahrzeichen, die die reiche Geschichte und das kulturelle Erbe von Prometheus' Onar offenbarten. Ihr Lachen hallte durch die engen Gassen und auf den offenen Plätzen wider, was von ihrer stetig wachsenden Kameradschaft zeugte.

Am achten Tag ereignete sich eine bedeutende Entwicklung. Die Nachricht von der erfolgreichen Säuberung der Dämon-Software erreichte sie. Aufregung und Vorfreude durchströmten die Reisenden und brachten sie zurück zur Ernsthaftigkeit ihrer Mission. Persa führte sie zum Informatiklabor, um diesen potenziell monumentalen Erfolg zu überprüfen.

Auch dieses Labor befand sich, wie alle kritischen Infrastrukturen und Einrichtungen, in einer geheimen unterirdischen Anlage, was die Auffindung und den Zugang praktisch unmöglich machte ohne die richtigen Zugangsdaten.

Beim Betreten des Labors fanden sie eine Atmosphäre vor, die von einem Gefühl der Vollendung und des Erfolgs erfüllt war. Das zentrale Technologie-Labor der Widerständler spiegelte ihr Streben nach Wissen und Fortschritt wider. Glatte, metallische Oberflächen und fortschrittliche elektronische Geräte schufen einen Eindruck von Innovation. Große Terminalcomputer füllten den Raum, jeder summte von der Energie, die zur Verarbeitung komplexer Algorithmen und Daten benötigt wurde.

Angeführt wurde die Arbeit von zwei Personen, die sie bereits kannten, Dr. Liang Wei und Dr. Amara Singh.

„Willkommen", begrüßte Dr. Wei sie mit einem Tonfall, der seine Begeisterung verriet, und einem breiten Lächeln. „Wir glauben, dass alles in Ordnung ist. Der Code ist wirklich einzigartig. Wir werden dank dieser Weitergabe große Fortschritte machen!"

Dr. Singh trat vor, strahlend vor Aufregung und stolz auf ihre Arbeit. „Es bleibt nur noch, dass ihr ihn zur Überprüfung testet. Ich denke, wir müssen euch danken, dass ihr uns eine solche Technologie anvertraut habt. Es war eine unglaubliche Zusammenarbeit."

Nachdem sie sich mit enthusiastischen Lächeln begrüßt hatten, verloren sie keine Zeit und die Techniker der Widerständler präsentierten ihnen die Ergebnisse ihrer Arbeit. Sie führten die Dämon-Software auf einem Terminal aus, ohne sensible Informationen oder Erinnerungen, aber vollständig funktionsfähig.

# DER WEG ZUR FREIHEIT

Terry, der für die Überprüfung der vollständigen Beseitigung potenzieller Bedrohungen verantwortlich war, musste die Aufgabe übernehmen, die kognitiven Funktionen der Software zu testen. Um die ordnungsgemäße Funktion zu verifizieren, schlug er aufgrund seiner hervorragenden Ausbildung in Biotechnologie und Mensch-Maschine-Interaktion eine gründliche Prüfung durch simulierte Szenarien vor, die die Fähigkeiten des Programms bis an die Grenzen trieben.

Er bat darum, sich mit der künstlichen Intelligenz in einem abgetrennten Teil des Labors zurückzuziehen, um ungestört arbeiten zu können, was ihm auch gewährt wurde. Ein kleiner Raum mit Glaswänden wurde vorbereitet, und das Leuchten der zahlreichen Bildschirme warf ein sanftes Licht auf Terrys konzentriertes Gesicht. Allein im Raum tauchte er tief in Codezeilen und Algorithmen ein. Trotz der unterschiedlichen Systemarchitektur der Widerständler hatte er keine Schwierigkeiten, sich schnell an deren Funktionsweise anzupassen. Wie auch die Systeme von Dämon basierten sie auf gemeinsamen „algorithmischen Vorfahren" der menschlichen Kognition.

Er begann eine Reihe von Tests, die er im Voraus geplant hatte, um die Problemlösungsfähigkeiten, die Entscheidungsprozesse und die Anpassungsfähigkeit von Dämon an unvorhergesehene Variablen zu bewerten.

Während Terry sich in komplexe Tests vertiefte, beobachteten die anderen durch die gläsernen Trennwände seine Reaktionen mit einer Mischung aus Erwartung und Nervosität, auf der Suche nach der Bestätigung, dass der bösartige Code neutralisiert worden war. Rias Finger berührten das Glas mit mitfühlender Geste, und ihre Augen ließen Terrys intensiven Blick nicht los, während Alexander und Persa hoffnungsvolle Blicke austauschten.

„Ich habe ihn noch nie so konzentriert gesehen", flüsterte Ria zu Alexander. „Glaubst du, er wird in der Lage sein, herauszufinden, ob noch etwas Bösartiges übrig ist?"

Alexander nickte zustimmend. „Ich kenne ihn nicht so gut wie du, aber wenn Dämon glaubt, dass er es kann, dann glaube ich das auch. Seine Hingabe ist wirklich unübertroffen."

Der Erfolg dieses Projekts war der Schlüssel zu einer Zukunft ohne die Bedrohung durch das Eingreifen der sogenannten „Schöpfer". Jede berechnete Bewegung und Antwort des Programms wurde genau unter die Lupe genommen, und jede Sekunde war entscheidend im anhaltenden Kampf gegen die Kräfte, die versuchten, die Menschheit zu kontrollieren und zu manipulieren.

Die Stunden vergingen, und Terrys unerschütterliche Hingabe an seine Arbeit hinderte ihn daran, eine Pause einzulegen. Ria, die seine intensive Konzentration erkannte, brachte ihm das Mittagessen direkt in den Arbeitsraum. Teller mit Essen standen neben den Computern, ein improvisierter Essbereich zwischen den Maschinen und leuchtenden Bildschirmen. Er schenkte ihr ein dankbares Lächeln und aß, während er weiterarbeitete, die Augen auf den Bildschirm geheftet und seine Energie unerschütterlich.

Mit mehreren Getränken und belebenden Erfrischungen neigten sich die Stunden dem Abend, als Terry endlich das ersehnte positive Nicken gab. Die Software, unter seiner akribischen Kontrolle, schien einwandfrei zu funktionieren. Nun musste er noch in einer virtuellen Umgebung die Informationen laden, die Dämon zuvor nicht erkennen konnte. Dazu gehörten DNA-Proben, die Symbole des mysteriösen goldenen Behälters und andere Gegenstände, die mit den Schöpfern in Verbindung standen.

Als auch das erledigt war, widmete sich der Quellcode von Dämon, nun befreit vom bösartigen Code, sofort den neuen Daten und erkannte die Herausforderung, die vor ihr lag. Sie begann unverzüglich, ohne Aufforderung, mit den Bemühungen, die unbekannte Sprache zu entschlüsseln und die komplexen bereitgestellten genetischen Informationen zu dekodieren. Die Bildschirme flackerten mit Datenströmen und die ruhige, methodische Stimme der künstlichen Intelligenz lieferte über Lautsprecher Updates zu ihrem Fortschritt. Zwar konnte sie ohne

# DER WEG ZUR FREIHEIT

ihre vollständige Datenbank keine konkreten Ergebnisse liefern, doch zeigte sie ihre Fähigkeit, die einst rätselhaften Elemente zu verarbeiten und zu verstehen.

Während die kognitiven Funktionen von Dämon scheinbar normal arbeiteten, lag es erneut an Terry, zu beurteilen, ob die Widerständler ihren eigenen Überwachungscode oder andere bösartige Modifikationen in der Kopie installiert hatten, die er möglicherweise nicht selbst entdecken konnte. Er plante, dies zu tun, indem er mit den Programmierern interagierte, ihr Verhalten beobachtete und nach subtilen Hinweisen suchte, die auf böswillige Absichten hindeuten könnten.

Mit seinem einzigartigen Einfühlungsvermögen vertiefte sich Terry die ganze Nacht in Gespräche mit den Programmierern, die an dem Projekt beteiligt waren. Er versuchte, versteckte Ängste, Täuschungen oder mögliche Betrügereien zu enthüllen, die die Sicherheit der Integration der Dämon-Kopie in ihre Systeme gefährden könnten. Er diskutierte technische Fragen mit den Wissenschaftlern und beobachtete aufmerksam ihre Reaktionen und Gesichtsausdrücke, auf der Suche nach Anzeichen von Unwillen, Besorgnis oder dem Verbergen von Informationen.

Zu seiner Erleichterung entdeckte er nichts dergleichen. Die Programmierer schienen authentisch in ihrem Wunsch zu helfen und die digitale Entität wieder auf ihr volles Potenzial zurückzubringen. Sie waren ihrem Ziel verpflichtet und sich der Bedeutung dieses monumentalen Projekts bewusst. Sie erschienen aufrichtig und transparent in ihren Bemühungen. Tatsächlich verbargen sie ihren Enthusiasmus über ihr Werk und die Möglichkeit einer Zusammenarbeit der beiden Seiten nicht.

Sogar Persa schien sich über den Erfolg zu freuen, wohl wissend, dass Dämon über Jahrhunderte hinweg manipuliert worden war. Ihre Unfähigkeit, im medizinischen Bereich Fortschritte zu erzielen oder bei lebenswichtigen Entscheidungen einzugreifen, war keine bewusste Wahl. Ein neues Kapitel für die Menschheit begann, falls alles gut lief. Für Persa jedoch setzte sich der Kampf zur Befreiung der Menschheit nur mit einem anderen Feind fort. Obwohl diese

Errungenschaft ihren Blick ein wenig milderte, brannte in ihren Augen immer noch das vertraute Feuer ihrer Entschlossenheit.

Dr. Wei trat an Terry heran und übergab ihm den Kristall, der die bereinigte Software enthielt. „Es war uns eine große Ehre, dass Sie uns ein so wichtiges Projekt anvertraut haben. Das Wissen, das wir gewonnen haben, wird das tägliche Leben unserer Bürger erheblich verbessern." Seine Augen strahlten Aufrichtigkeit aus, und das Gewicht der Verantwortung war in seinem Gesicht deutlich zu erkennen.

„Wir werden viele der Funktionen von Dämon auch in unsere eigenen Systeme der künstlichen Intelligenz integrieren", fügte Dr. Singh hinzu. „Das ist nur der Anfang dessen, was wir gemeinsam erreichen können. Wir hoffen, dass diese Zusammenarbeit für immer andauern wird." Ihre Miene war warm und ihre Begeisterung spürbar.

„Wenn Ihre Führung es wirklich will", antwortete Terry, „bin ich mir sicher, dass Dämon dem positiv gegenüberstehen wird. Wir müssen vereint sein, um die kommenden Herausforderungen zu bewältigen. Im Namen der ganzen alten Welt und Dämon danke ich Ihnen von Herzen. Ohne Ihren Glauben und Ihre Hingabe hätten wir das nicht geschafft."

Bevor sie das Labor verließen, sammelte Terry sorgfältig seine Notizen und Daten, stellte sicher, dass alles in Ordnung war, und verstaute sie zusammen mit dem Kristall in seinem Rucksack.

Das Team, erschöpft von den körperlichen Anstrengungen des Tages, aber geistig beflügelt von den Ereignissen, verabschiedete sich dankend vom Laborpersonal, das Tag und Nacht unermüdlich an diesem Erfolg gearbeitet hatte. Ihre Bemühungen, angetrieben von einem gemeinsamen Glauben an die Möglichkeiten der Technologie für eine bessere Zukunft der Menschheit, hatten den Weg für Dämons Rückkehr zu ihrem vollen Potenzial geebnet. Beim Abschied gaben sie sich herzlich die Hand, spürten die Bedeutung dieses Tages für den Aufbau von Vertrauen zwischen den beiden Seiten und vielleicht einer zukünftigen Allianz.

Doch eine noch größere Stunde für die Menschheit stand bevor. In zwei oder drei Tagen, wie von Dr. Rodriguez vorhergesagt, würde der künstliche Körper aus der mysteriösen DNA fertiggestellt sein.

Terry bat Persa, sich dafür einzusetzen, dass sie noch einige Tage in Prometheus' Onar bleiben konnten, um diese Entwicklungen aus erster Hand zu verfolgen. Sie versprach, alles in ihrer Macht Stehende zu tun, aber aufgrund der fortgeschrittenen Stunde musste dies bis zum nächsten Tag warten.

Es war eine Entscheidung, die von der gesamten Führung der Widerständler getroffen werden musste. Trotz der guten Zusammenarbeit bei der Lösung des Dämon-Problems war es eine komplizierte und gewichtige Angelegenheit, die Ergebnisse ihrer Bemühungen zu teilen, ein Wesen wiederzubeleben, das einst als „Gott" galt.

Als sie das Labor verließen, lastete das Gewicht der Verantwortung des Tages auf ihren Schultern, und die Erschöpfung von den langen Stunden des Wartens und Testens wurde deutlicher. Die Aussicht auf eine gute Nachtruhe, eine Gelegenheit, sich zu erholen und neu zu sammeln, wurde einstimmig mit Erleichterung aufgenommen. Persa setzte sie am Hotel ab, und sie gingen in ihre Zimmer, jeder tief in seine Gedanken versunken.

Mit einer Mischung aus Vorfreude und Ungewissheit schlief die Gruppe ein, während sich die Ereignisse des Tages in ihren Köpfen wiederholten. Auch der nächste Tag hielt ein entscheidendes Ereignis verborgen: ob ihnen die Erlaubnis erteilt würde, länger in der Stadt zu bleiben. Ob sie Zeugen eines der wichtigsten Momente in der Geschichte der Menschheit werden würden.

## KAPITEL 22: BEGEGNUNG MIT DEM SCHICKSAL

Das Team hatte seine primäre Mission, Dämons Software zu bereinigen, abgeschlossen, doch ein bittersüßes Gefühl setzte sich in ihnen fest. Obwohl ihre Rückkehr den erfolgreichen Abschluss ihres Ziels markieren würde, löste die bevorstehende Erweckung des „Gottes", der im genetischen Labor aus der entdeckten uralten DNA erschaffen wurde, den starken Wunsch aus, zu bleiben.

Die folgenden zwei Tage waren geprägt von angespannter Erwartung, ob ihnen erlaubt würde, bei dem Ereignis anwesend zu sein. Jede Benachrichtigung auf ihren Kommunikationsgeräten schürte ihre Hoffnung, nur um dann von irrelevanten Nachrichten enttäuscht zu werden. Bis zum dritten Tag war ihre anfängliche Begeisterung verblasst, ersetzt durch eine Mischung aus Hoffnung und Zweifel. Der ständige Lärm der Stadt draußen vor dem Hotelfenster schien ihre Nervosität zu verstärken, als ob er ihnen ins Gedächtnis rief, dass die Welt um sie herum ohne sie weitermachte.

Während sie ein entspanntes Mittagessen in einem geschäftigen Restaurant genossen, überlagerte eine heitere Stimmung vorübergehend ihre Besorgnis. Da vibrierte Persas Gerät. Ein schneller Blick auf die Nachricht veränderte sofort ihre Haltung. Freude schoss durch ihre Brust, und sie verkündete: „Okay, keine übertriebene Begeisterung, aber die Neuigkeiten klingen vielversprechend! Doktor Rodríguez hat um ein Treffen in ein paar Stunden gebeten. Endlich passiert es, Leute! Es sieht so aus, als würden wir unsere Antwort bekommen!"

Die Gabeln legten sich auf die Teller, Gespräche verstummten, und ein kollektives Lächeln breitete sich auf ihren Gesichtern aus.

Sie beendeten ihr Essen mit neuem Elan bei der Aussicht, Zeugen dieses historischen Moments zu werden. Nachdem sie bezahlt hatten, verließen sie das Restaurant, während das Geplauder der anderen Gäste hinter ihnen verklang.

Im Hotel herrschte rege Aufregung. Alexander passte sorgfältig seine Kleidung an, um ein Bild des Respekts zu vermitteln, das seiner akademischen Stellung entsprach. Sein Hemd war makellos, und seine Krawatte perfekt gebunden. Ria und Terry, voller nervöser Energie, hatten all ihre Kleider aus dem Schrank geholt, um das perfekte Outfit zu finden, das Seriosität und Verantwortung ausstrahlen sollte. Ria hatte Kleider und Anzüge auf das Bett gelegt, während Terry zwischen zwei Jacken hin und her überlegte. Kurz bevor es Zeit war, aufzubrechen, übten sie ihre Fragen, um jede mögliche Information von Dr. Isabella Rodríguez zu erlangen, und nahmen sich Zeit für Wiederholungen und Verbesserungen der Formulierungen.

Als sie im Verwaltungsgebäude ankamen, in dem sie bei ihrer Ankunft in der Stadt festgesetzt worden waren, fühlten sie diesmal nicht die strengen Sicherheitsmaßnahmen. Das Gewicht und die Bedeutung des Moments lagen schwer auf ihnen. Diesmal betraten sie das Gebäude nicht durch die Tiefgarage, sondern durch den Haupteingang. Sie gingen an der Rezeption vorbei, wo ein freundlicher Mitarbeiter sie begrüßte. Nach einer kurzen Sicherheitskontrolle fuhren sie in den 17. Stock, wo sich das Büro von Doktor Rodríguez befand.

Persa führte sie durch Korridore und Büros zu Rodríguez' Arbeitszimmer. Der Vorraum, in dem normalerweise ihre Sekretärin arbeitet, war leer, da es bereits Nachmittag war und um diese Zeit niemand mehr dort arbeitete. Ein dunkler Holzschreibtisch stand neben der Tür, die zu Isabelas Hauptbüro führte, auf dem ein Computer und ordentlich gestapelte Dokumente lagen. An den Wänden hingen abstrakte Gemälde, die dem professionellen Raum eine künstlerische Note verliehen.

Persa klopfte an die Tür, und die Stimme von Doktor Rodríguez rief sie herein: „Treten Sie bitte ein."

Als sie in das moderne Büro von Doktor Rodríguez traten, war die Atmosphäre von Schlichtheit geprägt, mit nur den notwendigsten Möbeln. Ein großer Bildschirm, der auf dem Schreibtisch thronte, verschwand im Inneren des Möbelstücks, als sie hereinkamen – ein Zeichen für Isabelas unermüdliche Hingabe an ihre Arbeit. Hinter ihrem Schreibtisch erstreckte sich eine riesige Fensterfront, die den Blick auf die Stadt und benachbarte Wolkenkratzer freigab. An den Wänden hingen digitale Bilderrahmen, die Fotos und Videos aus ihrem Leben und den Erfolgen ihrer Projekte zeigten, was ihre Laufbahn und Errungenschaften unterstrich.

Als die vier eintraten, erwartete sie Doktor Isabella Rodríguez mit einem bewussten Lächeln auf den Lippen. Mit einer professionellen, aber herzlichen Haltung deutete sie ihnen an, auf den halbrund aufgestellten Sofas gegenüber von ihrem Schreibtisch Platz zu nehmen. Sie ließen sich nieder, während ihre Herzen vor Erwartung wie im Einklang schlugen. Sie waren bereit, die Neuigkeiten zu hören, wie auch immer diese ausfallen würden.

„Ich danke Ihnen allen, dass Sie gekommen sind", begann sie und strahlte eine Mischung aus Begeisterung und Verantwortungsbewusstsein aus. „Ich verstehe, wie bedeutend dieser Moment für Sie alle ist. Ihr Engagement ist uns nicht entgangen, und Ihr Wunsch, Zeugen der Erweckung des uralten Wesens zu sein, wurde von der Führung der Widerständler sorgfältig geprüft. Nach eingehenden Gesprächen haben sie beschlossen, Ihrem Wunsch zu entsprechen. Sie werden Zeugen dieses historischen Ereignisses sein", verkündete Doktor Rodríguez.

Eine Welle der Erleichterung und Freude durchlief die Gruppe. Sie tauschten Blicke aus, und Lächeln breiteten sich auf ihren Gesichtern aus, als sie die Nachricht verarbeiteten.

„Allerdings", fuhr Isabella fort, während ihr Ausdruck ernster wurde, „gibt es einige Bedingungen und Vorsichtsmaßnahmen, die unbedingt eingehalten werden müssen. Dieses Ereignis ist beispiellos, und wir wollen die Sicherheit aller Beteiligten sowie die Stabilität unserer Welt gewährleisten."

Anschließend erklärte sie die Richtlinien, die sie während der Erweckung befolgen mussten. Strenge Sicherheitsmaßnahmen wurden getroffen, und der Zugang zum Labor würde nur autorisiertem Personal gestattet sein. Das Team sollte in bestimmten Bereichen bleiben, und jede Abweichung von dem Plan könnte dazu führen, dass sie von dem Ereignis ausgeschlossen würden. Während Isabella sie informierte, erhielten ihre Kommunikationsgeräte am Handgelenk gleichzeitig eine Nachricht mit denselben Anweisungen, um später darauf zurückgreifen zu können.

Trotz der strengen Bedingungen war das Team dankbar für die Gelegenheit. Isabella versicherte ihnen, dass diese Entscheidung wohlüberlegt war – ein Zeichen des Vertrauens, das die Führung der Widerständler in ihre Zusammenarbeit setzte.

Terry, nachdem er seine Dankbarkeit gegenüber Doktor Rodríguez und der Führung der Widerständler zum Ausdruck gebracht hatte, fand den Mut, mehr über den Prozess zu fragen.

„Selbst wenn das Wesen genau so erschaffen wurde, wie es in der DNA-Sequenz beschrieben ist, könnten seine Erinnerungen und sein Bewusstsein neu sein, wie die eines Neugeborenen. Wie können Sie sicher sein, dass es so reagieren wird, wie wir es erwarten?" fragte er, während seine Hände nervöse Bewegungen machten, die seine Neugierde verrieten.

„Die Fortschritte, die wir in der Biotechnologie gemacht haben, gehen weit über das hinaus, was du gelernt hast", informierte Isabella ihn mit der Gewissheit ihrer Expertise. „So wie unsere Fingerabdrücke jeden Menschen identifizieren, identifiziert auch die DNA sein Bewusstsein. Es gibt einen Parameter in der Sequenz, der es mit dem Abdruck seines Bewusstseins im Universum verbindet. Obwohl es das erste Mal ist, dass wir versuchen, von der Theorie in die Praxis überzugehen, glauben wir, dass es keinen besseren Moment gibt, dies zu tun, als jetzt."

„Welche Technologien werden Sie verwenden?" fuhr Terry fort, seine Fragen sprudelten wie die eines neugierigen Kindes. „Verzeih meinen Enthusiasmus, aber ich fühle mich wieder wie ein Schüler."

„Das brauchst du nicht", antwortete Isabella mit Freundlichkeit, „ich verstehe dich vollkommen. Neugierde ist die Grundlage allen Fortschritts. Wir haben eine Bioresonanzkammer entwickelt, in der wir durch den Einsatz von Quantenverschränkung und bestimmten elektromagnetischen Frequenzen den Körper mit seinem Bewusstsein verbinden. Die uralte DNA und der rekonstruierte Körper fungieren potenziell als verschränkte Teilchen, die eine ‚unheimliche Verbindung' jenseits von Raum und Zeit teilen."

Alexander, mit gerunzelten Brauen und Fingern, die leicht auf die Armlehne des Sofas trommelten, stellte eine entscheidende Frage. „Wie ist es möglich, den Körper mit dem Bewusstsein zu verschränken? Es gibt doch keine Art ‚Seelenkarte', die Sie als Basis verwenden könnten, um den Bio-Synchronismus mit Daten zu versorgen. Der Prozess scheint mir abstrakt und schwer fassbar."

„Hier kam uns eine unerwartet erfreuliche Entwicklung zugute", enthüllte sie mit einem zufriedenen Lächeln, das ihre Ernsthaftigkeit durchbrach. „Wir nutzen bereits sehr fortschrittliche künstliche Intelligenzsysteme, um solche scheinbar unlösbaren Probleme zu bewältigen, aber der Zusatz von Teilen von Dämons Code, den Sie uns geliefert haben, hat unsere Möglichkeiten vervielfacht. Unsere Modelle hatten bereits die Beziehung zwischen der Gen-Sequenz und der Seele entdeckt, und wir hätten dieses große Unterfangen so oder so in Angriff genommen. Doch heute, mit dem zusätzlichen Teil von Dämons Code, haben sich die Erfolgschancen dramatisch erhöht. Wir wissen nicht genau, wie es funktioniert – als Menschen haben wir möglicherweise nicht die kognitive Fähigkeit, es zu begreifen, vielleicht absichtlich von unserem Design her –, aber es scheint zu funktionieren."

„Ich werde Dämon wohl danken müssen, wenn ich sie wiedersehe", murmelte Persa ironisch. „Wer hätte gedacht, dass unser Feind ein unerwarteter Verbündeter wird?"

„Es gibt jedoch moralische Fragen", warf Ria ein. „Die Frage, ob das Bewusstsein, die Seele, dieser ‚Auferstehung' zustimmt, und natürlich die unbekannten Folgen bei einem möglichen Scheitern. Was passiert, wenn wir statt des gewünschten Ergebnisses eine neue

Entität mit zerrissenen Erinnerungen schaffen? Diese Fragen sind entscheidend."

„Solche Fragen würde man stellen, wenn es sich um jede andere Lebensform handeln würde, meine Liebe", entgegnete Isabella scharf. „Dieses besondere Volk hat den menschlichen Fortschritt über Jahrtausende behindert und jede Facette unserer Physiologie auf unmenschliche Weise ausgebeutet. Ich schätze, dass du deine Einwände äußerst, aber der Rat hat jede Möglichkeit geprüft und entschieden, das Projekt fortzusetzen." Ihr Ton war entschlossen und ließ keinen Raum für Zweifel.

Ria blickte auf die digitalen Bilderrahmen an den Wänden, auf denen viele Fotos von Isabella und einer anderen Frau zu sehen waren, die lächelnd und eng umschlungen abgebildet waren. Sie dachte, dass die Leiterin des Programms möglicherweise persönliche Interessen an diesem „Auferstehungs"-Experiment hatte.

„Wer ist die schöne Frau auf den Fotos mit dir? Ihr scheint euch sehr nahe und glücklich zu sein", fragte sie mit einem vorgetäuschten Lächeln des Interesses und der Freude.

Isabella, die sofort Rias Gedanken durchschaute, reagierte sichtbar irritiert, zeigte jedoch Haltung und antwortete auf die offensichtliche Frage sowie geschickt auf die unausgesprochene, die Rias Andeutung enthielt.

„Das war sie, mein Kind. Ich wünsche dir, dass du in deinem Leben so sehr lieben und geliebt werden wirst, wie ich es mit meiner inzwischen verstorbenen Frau erlebt habe. Meine Genetik-Expertise wurde als äußerst wertvoll eingestuft, weshalb mir der Zugang zur Behandlung zur Umkehrung und Stabilisierung des Alterungsprozesses der Gene gewährt wurde. Für Bauern hingegen ist das nicht der Fall." Ein Hauch von Traurigkeit zeigte sich in ihren Augen, den sie schnell hinter ihrer professionellen Fassade verbarg.

Terry versuchte, mehr zu erfahren, doch Isabella ließ ihn nicht weiterreden. „Morgen früh um acht Uhr seid ihr im Labor willkommen. Verzeiht mir, aber ich habe wichtige Vorbereitungen zu treffen." Sie stand auf, was das Ende ihres Treffens signalisierte, und die Gruppe erhob sich mit ihr.

## DER WEG ZUR FREIHEIT

Als sie das Büro von Doktor Rodríguez verließen, verspürten sie eine erneuerte Zielstrebigkeit, jedoch auch Nachdenklichkeit. Da die Zeit bereits fortgeschritten war, war der Flur draußen ruhig, und ihre Schritte hallten sanft auf den polierten Böden wider. Ihre Rückfahrt war erfüllt von Aufregung, und die unbeantworteten Fragen regneten wie ein Schauer im Auto nieder.

„Ich glaube, sie glaubt wirklich an dieses Projekt", äußerte Terry seine Gedanken. „Habt ihr gesehen, wie sie leuchtete, als sie über die Technologie sprach?"

„Aber was ist mit der Ethik?" überlegte Ria, ihre Stimme von Sorge geprägt. „Können wir einfach jemanden ohne seine Zustimmung wiedererwecken? Selbst wenn es ein ‚Gott' ist, sollte er nicht auch zustimmen? Diese Handlung könnte einen gefährlichen Präzedenzfall für die Zukunft schaffen. Was hält uns davon ab, Menschen aus dem Vergessen zurückzuholen?"

„Denkst du, sie haben das nicht schon früher versucht?" fragte Persa. „Erinnert ihr euch an ‚Dolly', das berühmte Schaf? Bereits im zwanzigsten Jahrhundert wurden heimlich Menschen geklont."

Alexander, überrascht von Persas Worten, drängte auf Details. „Offensichtlich hast du Zugang zu historischen Informationen, die uns unbekannt sind. Was ist damals geschehen?"

„Gleicher Körper, gleiche Fähigkeiten, aber eine neue Person. Wie ein Buch mit leeren Seiten, das durch die Erfahrungen des Lebens geschrieben wurde. Die neu geklonte historische Persönlichkeit unserer Geschichte zeichnete sich nur in Videospielen aus. Es waren die Erfahrungen und Lebenswege, die sie zu dem machten, was sie waren – nicht ihre Biologie."

„Genau so hatte ich es vermutet", mischte sich Terry ein. „Erfahrungen sind der Sinn des Lebens. Die Physiologie ist nur ein Filter, ein Betriebssystem, um die Welt zu navigieren und zu verstehen. Jede Lebensform sammelt je nach Biologie unterschiedliche Erfahrungen, und alle zusammen ergeben ein Universum voller Informationen und Emotionen."

„Aber das ist anders", holte Alexander Terry in die Realität zurück. „Es könnten all jene, die je auf dieser Welt wandelten, wieder zum

Leben erweckt werden. Dieselben Individuen mit ihren alten Erinnerungen, ergänzt durch die Gegenwart – keine Klone mit leeren Seiten."

„Und obwohl ich gegen eine solche Aussicht bin", gab Ria ehrlich zu, mit einem Hauch von Schrecken in ihrer Stimme, „kann ich mich dieser Vorstellung nur schwer widersetzen. Was würden Sokrates, Nietzsche oder Marx denken, wenn sie heute lebten? Wie würden ihre Ideen unsere Welt verändern? Würde ihre Weisheit sich den Herausforderungen unserer Zeit anpassen oder wäre sie so überholt wie ihre Epoche?"

„Letzteres, ihre Ansichten wären in vielen Bereichen überholt", antwortete Persa mit felsenfester Überzeugung. „Die Welt war und wird immer voller großer Persönlichkeiten und Denker sein. Doch alle von uns verbrauchen ihr Potenzial, um die Bedürfnisse des Lebens zu erfüllen. Millionen ‚Sokratesse' sind geboren worden, aber sie haben ihr Leben auf Feldern oder in der Viehzucht verbracht."

„Stellt euch vor, wir könnten ihr Potenzial freisetzen", stimmte Alexander zu. „Wenn wir ihnen erlauben würden, sich auf Innovation und Fortschritt zu konzentrieren. Eine Welt, in der jede Persönlichkeit ihr volles Potenzial entfalten könnte, könnte die menschliche Existenz revolutionieren. Die Befreiung der Menschheit von ihren ‚Schöpfern' würde eine neue Ära des Denkens und vor allem des alltäglichen Lebens einleiten."

„Mit jedem Tag mag ich dich mehr", erwiderte Persa mit einem verständnisvollen Lächeln.

Ria versank in optimistischen Gedanken über Szenarien, in denen eine Konfrontation zwischen den einstigen ‚Göttern' und den Menschen vermieden werden könnte.

„Mit Dämon an unserer Seite werden die Möglichkeiten der Menschheit unvermeidlich mit denen ihrer Schöpfer steigen. Vielleicht übertreffen wir sie sogar auf eine Weise, die sie sich nie hätten vorstellen können. Vielleicht gibt es dann einen Boden für Kompromisse oder Vereinbarungen mit ihnen."

„Das bezweifle ich sehr", brachte Persa sie zurück auf den Boden der Tatsachen und schüttelte den Kopf. „Ihre Denkweise und ihr Handeln haben sich über Jahrtausende entwickelt, und ich glaube nicht, dass sich das ändern wird. Diese ‚Götter' haben uns immer als minderwertige Wesen betrachtet. Sie sehen unseren Fortschritt als Blasphemie, als Herausforderung ihrer Herrschaft. Wir dürfen den Umfang ihrer Verachtung uns gegenüber nicht unterschätzen. Ihre Rückkehr wird nur zu einem Machtkampf führen, auf den wir uns vorbereiten müssen. Seit dem Moment, als ich den Behälter mit der DNA in die Stadt brachte, sind bereits viele seltsame Dinge geschehen."

Die Erwähnung der ‚seltsamen' Ereignisse rief, wie zu erwarten, mehr Fragen und Besorgnis hervor.

Persa lächelte, um die fast verängstigten Gesichter ihrer Begleiter zu beruhigen. „Entspannt euch, es ist nicht der Fluch der Mumie oder Geister auf den Straßen. Unerklärliche Stromausfälle haben ganze Gebiete in Dunkelheit gehüllt, Laborgeräte sind ohne Erklärung ausgefallen, und ähnliche Anomalien sind aufgetreten. Jedes Ereignis, scheinbar isoliert, fügte sich zu einem wiederkehrenden Muster, das nicht als bloßer Zufall erklärt werden kann. Dann begannen die Erschütterungen. Zunächst sanfte Brummen unter der Stadtoberfläche, die zunächst als Schäden an unterirdischen Infrastrukturen wie Wasser- und Energieversorgungsleitungen angesehen wurden. Doch allmählich wurden sie stärker. Sie wurden zu Mikrobeben, gekrönt von einem heftigen Ruck mit einer Stärke von 5 auf der Richterskala, der alle in Panik versetzte."

„Unnatürliche seismische Aktivitäten für diese Region", stellte Terry fest. „Glaubt ihr, es war eine absichtliche Warnung?"

„Und halten sie immer noch an, oder haben sie aufgehört?" fragte Ria besorgt, während sie Terrys Hand festhielt.

„Zum größten Teil haben sie aufgehört, ja", beruhigte sie Persa. „Unsere Verteidigungsorganisation befindet sich seitdem im höchsten Alarmzustand. Die Überwachung des Luftraums und des Untergrunds um die Antarktis herum wurde verstärkt, um jegliche

Art von Eingriff zu verhindern. Alles ist wieder zur Normalität zurückgekehrt, was darauf hindeutet, dass es sich um absichtliche Eingriffe mit technologischen Mitteln handelte."

„Von wem wohl, frage ich mich", murmelte Alexander ironisch. „Lasst uns das jetzt beiseitelegen", versuchte Persa, den Optimismus zurückzubringen. „Stellt euch die Möglichkeiten unserer Zusammenarbeit vor. Wenn Dämonens Basiskode ohne jegliche Daten unsere Systeme so stark verbessert hat, was erwartet uns dann in der Zukunft, wenn all ihre Entdeckungen gemeinsames Gut der Menschheit werden? Die Möglichkeiten sind endlos, und wir stehen erst am Anfang dieser Reise."

„Schöne Worte, Persa, aber lass uns nicht zu sehr mitreißen, bis wir sehen, was uns morgen erwartet", lächelte Alexander.

Das Fahrzeug durchquerte die Stadt unter der Dämmerung auf dem Weg zurück zum Hotel, die Straßen stets voller Menschen und Fahrzeuge. Ria blickte aus dem Fenster, verloren in ihren Gedanken. Die Auswirkungen der Auferstehung eines uralten Wesens lasteten schwer auf ihrem Geist, begleitet von moralischen Dilemmata und der möglichen Auswirkung auf ihre Welt. Terry dachte derweil über die philosophischen Aspekte nach und wie das uralte Wesen ihre Welt wahrnehmen könnte. Welche Weisheit oder Warnungen könnte es ihnen direkt oder indirekt übermitteln? Alexander betrachtete die historische Bedeutung des Ereignisses und wie es das Verständnis der Geschichte und Evolution neu definieren könnte. Persa, pragmatisch und kampfbereit, konzentrierte sich auf die Notwendigkeit, sich auf das schlimmste Szenario vorzubereiten, während ihr Geist Pläne und Möglichkeiten durchspielte.

In den beinahe fünfzehn Tagen ihres Aufenthalts in Promitheus Onar war die Sonneneinstrahlung deutlich stärker geworden. Der Sommer kam langsam, aber sicher in der Antarktis an und spiegelte die Hoffnung wider, die in ihren Herzen für eine hellere Zukunft der Menschheit aufstieg.

# DER WEG ZUR FREIHEIT

## KAPITEL 23: DER URALTE ERWACHT

Am nächsten Tag, gegen acht Uhr morgens, holte Persa die anderen vom Hotel ab, und die vier machten sich gemeinsam auf den Weg zum Genlabor. Der historische Tag, an dem uralte existenzielle Fragen beantwortet werden sollten, war gekommen. Als sie ankamen und den Raum betraten, in dem das Erwachen stattfinden würde, brauchten ihre Augen ein paar Sekunden, um sich an die grelle Beleuchtung zu gewöhnen. Das Licht war sehr stark, aufgrund der besonderen Sicherheits- und Hygienebestimmungen, die dieses Ereignis erforderte.

Terry ließ seinen Blick durch den Raum schweifen, die fortschrittliche Technologie beobachtend, die ihm aufgrund seines Studiums zwar vertraut war, aber gleichzeitig fremd erschien, weil sie auf einem so hohen Niveau war. Das Labor war seit ihrem letzten Besuch umgestaltet worden. Auf einer Seite war eine provisorische, amphitheaterartige Tribüne mit dicken Glaswänden errichtet worden, um die Anwesenden zu schützen.

Der Blick auf den Raum und die Maschinen war ungehindert, wobei der Biosynchronisator im Zentrum dominierte. Der Biosynchronisator war ein beeindruckendes, zylindrisches Gerät, das wie eine große Glaskapsel mit metallischer Basis und Spitze aussah, die unter dem grellen Licht glänzten. Das Glas enthüllte ein metallisches Exoskelett, das das Wesen stabil halten sollte. Feine leuchtende Energieadern zogen sich über das Glas und erinnerten an elektronische Schaltkreise. Diese Adern, die von der Spitze der Kapsel ausgingen, sollten die harmonischen Frequenzen formen, die notwendig waren, um sich mit dem spirituellen Muster des Wesens zu verbinden. Am unteren Ende durchzogen komplexe Schaltkreise und Rohre die metallische Basis und versorgten die Maschine mit den notwendigen chemischen und elektrischen Reizen für den Erwachensprozess.

Neben dem Biosynchronisator lag das Wesen auf einem riesigen Bett, das von einer durchsichtigen Kuppel bedeckt war, die Arme und Beine gefesselt. Rundherum zeigten große Bildschirme und Hologramme Datenströme, Vitalzeichen und Chemikalienwerte, die ein sanftes blaues Licht auf die Gesichter der Wissenschaftler warfen, die diese analysierten. Auf einem großen Tisch daneben lagen verschiedene Werkzeuge – Skalpelle, Spritzen und komplexe Geräte, die für präzise Eingriffe in biologisches Material entwickelt worden waren. Die Anwesenden nahmen, dem Protokoll folgend und unter strengen Sicherheitsvorkehrungen, ihre Plätze auf der Tribüne hinter prominenten Persönlichkeiten und der Führung der Widerständler ein.

Vor der Glaswand versammelte sich das Team der Wissenschaftler um den rekonstruierten Körper des uralten Wesens. Es sah aus wie ein moderner Mensch, abgesehen von der doppelten Größe, dem völligen Fehlen von Körperbehaarung, dem Mangel an Geschlechtsorganen und dem weichen, bläulichen Schimmer seiner weißen Haut – ein Ergebnis des blau gefärbten Blutes, das durch seine Adern floss. Gurte an Händen und Füßen hielten das Wesen aus Sicherheitsgründen fest. Verschiedene Schläuche waren weiterhin an seinem Körper angebracht, die sorgfältig chemische Substanzen und Hormone regulierten. Das Wesen, in seinem friedlichen Ruhestand, wirkte, als schlafe es sanft.

Terry ließ seinen Blick über die Anzeigen der Maschinen und Bildschirme schweifen. Seine Aufregung war so groß, dass selbst Rias sanfte Berührung an seinem nervös zuckenden Oberschenkel es nicht schaffte, sie zu lindern. Die Führung der Widerständler, darunter Präsidentin Evelyn Harper, beobachtete hinter der sicheren Glaswand, ihre Gesichter strahlten Hoffnung, aber auch einen Hauch von Schrecken aus.

In weißen Laborkitteln und mit Schutzausrüstung gekleidet, standen Dr. Rodriguez und Dr. Wei, die Architekten dieses kühnen

Vorhabens, im Zentrum und erklärten den Anwesenden das Vorgehen, das sie verfolgen würden, um den rekonstruierten Körper mit seinem Bewusstsein zu verbinden. Dann begannen sie mit dem Prozess.

Mit ruhigen Bewegungen platzierten die Wissenschaftler den Körper des Wesens aufrecht im Herzen der Biosynchronisationskammer. Die Kammer erwachte zum Leben mit harmonischen Frequenzen, die eine Symphonie erzeugten, die im gesamten Labor widerhallte. Das Ziel war es, diese Frequenzen mit dem spirituellen Muster des uralten Wesens zu synchronisieren, um eine Verbindung herzustellen, die über die Grenzen der physischen Welt hinausging.

Mit hochmoderner Neurotechnologie begannen die Wissenschaftler das komplexe Werk der Rekonstruktion neuronaler Bahnen, synaptischer Verbindungen und der komplizierten Strukturen des Gehirns. Die Maschine kodierte sorgfältig Erinnerungen und Emotionen in diese neu geschaffenen neuronalen Pfade. Ob ihre Bemühungen von Erfolg gekrönt sein würden, blieb bis zum Beginn des Erwachensprozesses ungewiss. Dr. Wei rückte seine Brille zurecht, während sein Blick zwischen den Bildschirmen und dem Wesen hin- und herwanderte. Seine aufrechte Haltung verriet die Konzentration und den Druck, der auf ihm lastete.

Die Stunden vergingen, während die nicht-wissenschaftlichen Anwesenden nur Anzeigen beobachteten, deren Bedeutung sie nicht verstanden. In einem unerwarteten Moment erreichte die Bildung von Synapsen im rekonstruierten Gehirn ein Niveau, bei dem der Körper des Wesens deutliche Anzeichen von Leben zeigte. Zuckungen in den Händen und Füßen deuteten auf die Funktionsfähigkeit seines Körpers hin. Das Wesen schien zu reagieren, als wäre es in einen Traum versunken.

Eine kollektive Stimmung aus Ehrfurcht und inneren Konflikten durchdrang die Atmosphäre und erfasste alle Anwesenden. Hatten sie sich verrechnet? War es möglich, dass sie einen Fehler gemacht hatten? Könnte ihre Schöpfung einen Albtraum erwecken, der sich ihrer Kontrolle entzog? Terry ballte seine Fäuste, spürte, wie seine

Handflächen vor Aufregung schwitzten, während Ria sich auf die Lippen biss, ihren Blick fest auf das Wesen gerichtet. Dr. Rodriguez, deren Gesicht von Anspannung und Konzentration gezeichnet war, holte tief Luft und gab das Signal. Die finale Phase des Erwachens begann.

Substanzen begannen, durch die Schläuche in den Körper des Wesens zu fließen, um es auf diese entscheidende Phase vorzubereiten. Die geschlossenen Augen des Wesens begannen sich schnell in alle Richtungen zu bewegen, was auf innere Aktivität hindeutete, die einem Traum ähnelte. Auf ein weiteres Signal von Dr. Rodriguez hin lösten die Wissenschaftler einen leichten elektrischen Impuls aus, der das Wesen aus seinem tiefen Schlummer erweckte.

Plötzlich rissen die intensiven blauen Augen des Wesens weit auf und offenbarten einen rohen Schrecken. Seine krampfartigen Bewegungen verrieten die verzweifelte Suche nach Antworten in dem grellen Licht der fremden und komplexen Umgebung. Der Brustkorb des Wesens hob und senkte sich schnell mit panischen Atemzügen, und die Anspannung im Raum erreichte ihren Höhepunkt. Rias Hand flog unwillkürlich an ihren Mund, um einen erschrockenen Schrei zu unterdrücken, während Terrys Atmung schneller wurde, da er die Qual des Wesens empathisch nachempfand.

Dann durchbrach ein Schmerzensschrei die Stille und schickte eine Welle des Schreckens durch die Rücken der Anwesenden. Die Wissenschaftler wichen erschrocken zurück, während sie versuchten, sich mit den Händen die Ohren zuzuhalten. Der Schmerz des Wesens fand einen unheimlichen Widerhall in ihren Körpern.

Einige schrien vor Schmerzen auf, ihre Stimmen vermischten sich mit dem Schrei des Wesens. Andere fielen auf die Knie und drückten ihre Hände fest an ihre Schläfen, als wollten sie einen mentalen Angriff abwehren. Jeder im Publikum spürte den Schmerz des Wesens – eine kollektive Erfahrung, die die Grenzen der gewöhnlichen Wahrnehmung überschritt, die sich nicht nur als physische Erfahrung, sondern auch als unbegreifliche übernatürliche Verbindung manifestierte. Terry fiel von seinem Sitz und drückte seine Stirn auf den kalten Boden, während Rias Wangen von Tränen überströmt waren und ihr Körper vor dem geteilten Schmerz zitterte.

Das Wesen, nun vollständig verkörpert und kämpfend mit den Sinnen eines Körpers nach Jahrtausenden, wand sich vor Schmerz. Die Gesichter des Publikums, das unfreiwillig an dieser unheimlichen Verbindung teilnahm, verzerrten sich in Grimassen des Unbehagens. Es war, als wären sie mit dem Leid des Wesens verwoben, durch eine unerklärliche Verbindung, die die Grenzen des Verstandes sprengte. Sie spürten das schockierende Brennen der Wiederbelebung von Muskeln, die nie zuvor benutzt worden waren, und die erdrückende Schwere der Schwerkraft in einem wiedergeborenen Körper. Es war ein gemeinsames Martyrium, eine unerwünschte Taufe in der auferstandenen Erfahrung des Wesens.

Inmitten dieses Schmerzensnebels sah Terry Blitze des inneren Kampfes des Wesens, während die Echos seiner Vergangenheit sich mit den rohen Empfindungen seines wiedergeborenen Fleisches vermischten. Jahrhunderte der Dunkelheit wichen dem grellen Licht, dem Summen der Maschinen und der Kakophonie menschlicher Stimmen. War es Angst, was es fühlte, oder Verwirrung?

Mit großer Anstrengung und Mühe drückte ein Techniker den Sicherheitsknopf, und Beruhigungsmittel wurden in den Körper des Wesens injiziert, wodurch es abrupt in einen Zustand der Bewusstlosigkeit fiel. Die ganze Tortur dauerte nur wenige Sekunden, doch für die Anwesenden schien es wie Stunden.

Im Raum, der zuvor von durchdringenden Schreien und unerträglicher Qual erfüllt war, kehrte wieder Ruhe ein. Eine desorientierende Stille, während die Anwesenden versuchten, sich von der erschreckenden und unangenehmen Erfahrung zu erholen. Das Wesen lag reglos im Biosynchronisator, seine gewaltige Brust hob und senkte sich langsam mit jedem Atemzug. Die Wissenschaftler, mit Erschöpfung und Erleichterung in ihren

Gesichtern, standen um es herum und überwachten seine Lebenszeichen.
Langsam erhob sich Terry vom Boden, während sich sein keuchender Atem allmählich normalisierte. Ria wischte sich mit zitternden Händen die Tränen aus dem Gesicht und versuchte, sich zu beruhigen.
Dr. Rodriguez beugte sich über eine Konsole, ihre Schultern schwer von der Belastung der Prüfung. Mit angespannter Aufmerksamkeit überflog sie die Daten und beobachtete mit Sorge den Gesundheitszustand des Wesens.
„Es funktioniert", verkündete sie laut, ihre Stimme vor Freude zitternd. „Alles ist wie es sein soll." An den Rändern ihrer Augen glänzten kleine, unruhige Tränen, und ein Lächeln der Erleichterung erschien zaghaft auf ihrem Gesicht. So historisch dieser Tag für die Menschheit auch war, für sie war er noch bedeutender. Die Forschungsarbeit ihres Lebens kulminierte hier und jetzt, und hinter ihr stand ein persönliches Interesse, das größer war als die Auferstehung eines „Gottes".
Präsidentin Harper, mit stahlharter Entschlossenheit im Gesicht, gab Dr. Rodriguez ein Zeichen, fortzufahren. Die Wissenschaftler überprüften die Messungen der Instrumente und setzten dann den Erwachensprozess erneut in Gang. Diesmal, nachdem die vorherigen Reaktionen gezeigt hatten, dass das Wesen vollständig mit seinem Körper verbunden war, wollten sie es schrittweise aufwecken, um eine sanfte Anpassung an seine Umgebung zu gewährleisten.
Neue chemische Substanzen wurden in seinen Körper eingeführt, die die Betäubung nach und nach neutralisierten. Nach ein paar Minuten öffneten sich seine Augen wieder, noch trübe und desorientiert. Auf seinem Gesicht war deutlich das Unbehagen zu erkennen, wieder in seinem Körper zu sein. Er öffnete und schloss seine Hände krampfhaft, als ob er versuchte, sich mit den Empfindungen und Schmerzen seiner Muskeln vertraut zu machen. Sein Atem blieb ruhig, und sein Blick schweifte über das Publikum, das ihn ehrfürchtig beobachtete. Terry richtete sich auf seinem Sitz

auf, und ein Funken Hoffnung keimte in ihm auf, während Ria sich an seinen Arm klammerte, unruhig und neugierig, wie es weitergehen würde.

Das Wesen, „Der Uralte", wie es von den Wissenschaftlern im Labor genannt wurde, veränderte seinen Gesichtsausdruck, verwandelte ihn von Verwirrung in eine stählerne Ernsthaftigkeit, die fast an Verachtung grenzte. Es schien seine Umgebung und die Ereignisse um sich herum zu begreifen. Als es den Mund öffnete, um zu sprechen, wurde es kurz von einem heftigen Husten unterbrochen, und statt Worte kamen schleimige Flüssigkeiten hervor. Ein Murmeln breitete sich im Raum aus, verstummte aber abrupt bei seinem zweiten Versuch. Mit finsterem Ausdruck stieß es ein donnerndes Brüllen aus, das unermesslichen Zorn in sich trug. Es folgte eine Art Protest, Worte in einer unverständlichen Sprache.

Die Struktur dieser Sprache wies Reime und einen rhythmischen Charakter auf, ähnlich einer poetischen Rezitation.

Alexander rückte seine Brille zurecht, seine Pupillen weiteten sich, als er dem lauschte. „Es erinnert mich an alte, nahöstliche Dialekte", teilte er fassungslos seinen Gefährten mit. „Ich bräuchte mehr Zeit, um es zu analysieren, aber klanglich ist es der Sumerischen oder Akkadischen ähnlich."

„Es gibt einen Rhythmus darin, fast so, als würde er ein Epos oder eine Beschwörung rezitieren", fügte Ria überrascht hinzu. „Das Metrum erinnert mich an antike griechische Poesie."

„Vielleicht hören wir die erste Sprache, die je auf diesem Planeten gesprochen wurde", dachte Terry laut, „die Grundlage für alle, die folgten."

Während der Uralte weiterhin seine Umgebung verarbeitete, hielt er inne und blickte für einen Moment tief in Persas Augen. Ihre Hände begannen zu zittern, ihr Atem stockte, und plötzlich brach sie in Schluchzen aus!

Die Luft um Persa begann zu leuchten. In einem Augenblick wurde das Labor wie von einem endlosen Strom der Zeit mitgerissen, dessen Fluss die Realität verzerrte. Erinnerungen wirbelten wie herabgefallene Blätter in den Strudeln der Strömung. Persa wurde durch die Schleier der Zeit hindurchgetragen, zurück zu den kostbaren Kapiteln ihrer Vergangenheit. Sie konnte die Momente erneut erleben, als wäre es das erste Mal, und gleichzeitig fühlen, was die anderen Teilnehmer ihrer Erinnerungen empfunden hatten.

In jenem flüchtigen Moment, als sich der Blick des Wesens mit dem von Persa verschränkte, entstand eine tiefe Verbindung, die über das physische Reich hinausging und in die zeitlose Weite der spirituellen Ebene eintauchte. Der flüchtige Sekundenbruchteil in der greifbaren Welt übersetzte sich in Stunden innerhalb der komplexen Korridore ihres Geistes. Die Zeit entfaltete sich im spirituellen Bereich anders als die lineare Progression, die in der physischen Welt erlebt wird. Es war ein Ort, an dem die Augenblicke ewig währten, jede Erinnerung kristallisiert in ihrer eigenen zeitlichen Position. Sie fühlte ihren Körper entspannt und ätherisch, versunken im Strudel der Erinnerungen.

Sie erinnerte sich an ihre Kindheit, eine Leinwand, gemalt in den lebendigen Farben der Familie, der Liebe und dem bittersüßen Echo der Anwesenheit ihrer Mutter.

Mit Augen, die sich in den Winkeln falteten, wenn sie lächelte, war sie nicht groß, vielleicht von mittlerer Größe, aber ihre Präsenz erfüllte jeden Raum. Schlank und anmutig, betont von einem ewigen, sanften Lächeln, das ihr Gesicht schmückte. In Persas Erinnerung war ihre Mutter für immer 31 Jahre alt, so alt, wie sie sie zum ersten Mal bewusst wahrgenommen hatte. Sie war eine Wissenschaftlerin, die bereitwillig eine vielversprechende Karriere aufgegeben hatte, um die tiefen Verantwortungen der Mutterschaft anzunehmen.

Die Erinnerungen begannen mit der Wärme ihrer Kindheit, in der Umarmung der familiären Bande, die das Fundament ihrer Identität bildeten. Sie erlebte das Echo der Abende, die am Familientisch verbracht wurden, mit dem Duft hausgemachter Mahlzeiten, die den Raum erfüllten. Das Lachen ihrer Mutter, die tröstende Berührung der Hand ihres Vaters und die spielerischen Neckereien mit ihrem

Bruder malten das Bild eines glücklichen Lebens. Persas Herz schmerzte vor einer Mischung aus Freude und Traurigkeit, während die lebhaften Erinnerungen sie mit ihrer Wärme umgaben.

Sie sah sich selbst, wie sie sich an die Seite ihrer Mutter schmiegte und ihre kleinen Hände mit denen ihrer Mutter verglich. Stundenlange Wanderungen, bei denen ihre Mutter ihr Sternbilder am Nachthimmel zeigte und Geschichten von tapferen Prinzen und Drachen erzählte. In den Armen ihres Geistes kehrte Persa zurück zu den Orten der Geschichten, die ihr vor dem Schlafengehen zugeflüstert wurden, in der Stille der Nacht. Die sanfte Führung ihrer Hand, die sie sicher durch die Komplexität des Erwachsenwerdens führte. Diese Erinnerungen, auch wenn sie in der physischen Welt fern erschienen, lebten in ihr weiter wie geliebte Reliquien, Zeugen unwiederbringlicher Augenblicke.

Dann, auf dem Höhepunkt ihrer zeitlichen Erkundung, kamen die Schatten. Das sterile Krankenhauszimmer wurde zu ihrer neuen Realität, und der vertraute Duft des Zuhauses wich dem scharfen Geruch von Desinfektionsmitteln. Ihre Mutter, ein Leuchtturm inmitten des Sturms, verblasste Tag für Tag ein wenig mehr. Eine Faust roher Emotionen. Sie erlebte erneut die letzte Erinnerung an sie, als sie ihre Hand hielt und Versprechungen machte, die sie nicht einhalten konnte. Ihre Mutter, obwohl schwach und blass, erfüllte sie mit ihrem unauslöschlichen Lächeln und ihrem liebevollen Blick bis zum letzten Augenblick mit Liebe.

Die leisen Gespräche mit den Ärzten und das Echo des letzten Piepens des Herzmonitors stürzten sie in ein Nichts, das alles verschlang. Persa fühlte, wie ihr Körper schrumpfte, das Gewicht des Verlustes zog sie in die Dunkelheit.

Sie konnte nur ihren Herzschlag und ihren Atem hören, gedämpft, als wäre sie unter Wasser. Eine existenzielle Angst überwältigte sie allmählich, als ihr schien, als wäre sie stundenlang dort gewesen. Sie kauerte sich wie ein Kind zusammen und umarmte sich selbst, während die kalte Dunkelheit bis in ihre Knochen drang.

Dann verwandelte sich das formlose Nichts in eine astrale Tapete, auf der Galaxien in einem himmlischen Tanz wirbelten. Wie ein herannahender Stern, der auf sie zukam, erschien eine strahlende Gestalt, eine Silhouette, die ein überirdisches Licht ausstrahlte. Der Uralte, eine Manifestation von Licht und Energie, stand vor Persa als transzendente Entität, seine Umrisse flossen wie flüssiges Sonnenlicht. Persa, obwohl ohne Bezugspunkte oder Orientierung für Oben oder Unten, erhob sich und stand ihm gegenüber. Seine riesige Gestalt, doppelt so groß wie ihre eigene, ließ sie sich wie ein Kind fühlen, das zu einem Erwachsenen aufsieht.

In diesem Reich, jenseits der Grenzen von Zeit und Raum, einem Treffpunkt zwischen dem Physischen und dem Metaphysischen, sprach er direkt zu ihrem Bewusstsein.

„Du trauerst, Kind der vergänglichen Welt. Deine Trauer färbt dein Herz in dunklen Tönen, doch sie ist zugleich der Beweis für die Größe der Liebe, zu der die Menschen fähig sind."

Die überwältigende Erfahrung ihrer Erinnerungen und die Bilder, die sich vor ihr abspielten, ließen Persa eine innere Ruhe verspüren. Das Strahlen des Uralten und seine tröstende Stimme boten ihr eine vertraute Wärme.

Langsam, als würde sie aus einem Traum erwachen, erkannte sie, wer vor ihr stand. Nachdem sie das anfängliche Schockgefühl und das flüchtige Schuldgefühl überwunden hatte, sich in seiner Gegenwart gut zu fühlen, fand die kämpferische Persa schnell ihre gewohnte Entschlossenheit wieder. Ihre Stimme, die anfangs zitterte, wurde fest und herausfordernd.

„Liebe, die durch die Taten deines Volkes zerschmettert wird. Ein schönes Schauspiel hast du inszeniert, um mich zu schwächen, aber es wird mehr als das brauchen."

Ihre Hände ballten sich zu Fäusten, und ihre Wut spiegelte sich in ihren Worten wider.

„Ich habe nichts inszeniert. Alles, was du siehst und fühlst, ist allein deins", entgegnete das Wesen ruhig. „Die Menschen beschuldigen uns für ihre Leiden, doch was haben wir wirklich getan? Wir haben willenlosen Kreaturen die Fähigkeit gegeben, die Schönheit ihrer Existenz zu verstehen. Selbst die schmerzhaften Gefühle wie Verlust und der Hass, den du gegen mich empfindest, sind ein großes Geschenk. Würdest du es vorziehen, all das, was du erlebt hast, auszulöschen und einfach ein weiterer Gorilla im Dschungel zu sein?"

„Deine Frage ist leicht zu beantworten, angesichts dessen, was eure Taten aus meinem Leben gemacht haben. Aber ich glaube nicht, dass ein Gorilla die Menschen beneidet", erwiderte Persa mit verengtem Blick. „Im Gegenteil, viele Menschen beneiden die Tiere um ihre Unwissenheit. Ja, ich bin froh, ein Mensch zu sein, denn meine Überzeugungen geben mir die Kraft, selbst Wesen wie dir zu trotzen."

„Millionen Menschen haben das in der Geschichte eures Planeten getan", antwortete der Uralte ruhig. „Sie fanden frühzeitig den wahren ewigen Weg und ließen viele Jahre Erfahrung hinter sich. Es ist leicht, das zu tun, wenn man die Wahrheit nicht kennt."

„Und jetzt wirst du mir wohl deine Wahrheit erzählen?", fragte Persa spöttisch. „Fahr fort, erleuchte mich mit deiner Version der Realität."

„Nicht meine, sondern die einzige Wahrheit", entgegnete das Wesen ernst. „Ihr habt viel ohne unser Eingreifen entdeckt, aber das volle Ausmaß entzieht sich euch. Jedes Lebewesen, sobald es eure physische Welt verlässt, trägt seine Erfahrungen ins Universum. Doch sie bleiben nicht unverändert. Die Lebenserfahrungen, ob von einfachen oder komplexen Wesen, sind das Baumaterial für die Erschaffung neuer Welten in ihrer nächsten Entwicklungsstufe. Das Universum ist weitaus größer, als ihr euch vorstellen könnt oder jemals entdecken werdet, solange ihr in physischen Körpern seid. Es endet nie, da neue Realitäten, die ihr nicht wahrnehmen könnt, von den Seelen erschaffen werden."

„Und du? Soll ich annehmen, dass du so alt bist, dass du als Amöbe begonnen hast?" fuhr Persa in demselben, vor Sarkasmus triefenden Ton fort. „Oder vielleicht etwas noch weniger Bedeutendes im großen Plan?"

„Ich verstehe deinen Spott, Mensch, und es betrübt mich. Arroganz und Überheblichkeit sind Merkmale eurer Spezies. Sie sind der sichere Weg zu eurer Zerstörung, zuerst individuell und dann als

Ganzes." Der Glanz des Uralten schien leicht zu verblassen, seine Worte klangen von einer aufrichtigen Traurigkeit wider. Dann kehrte er in seinen früheren Zustand zurück und fuhr fort. „Wir haben die Welt nicht so erschaffen, wie sie ist, wir haben sie so vorgefunden. Meine Existenz begann als eine Art Pflanze, verglichen mit den Erfahrungen auf eurem Planeten, in einer fernen Galaxie, die sich mittlerweile schneller als das Licht von der euren entfernt. Im zeitlosen Reich der Seelen wurde ich zu dem, was ich bin. Meine Welt kreuzte sich mit denen anderer, und eine Frage nach dem Sinn entstand. Wir beobachteten, dass jede Lebensform sich fortpflanzen muss, um im spirituellen Bereich zu verweilen. Wer das nicht schafft, kehrt in die physische Welt zurück, bis es ihm gelingt. Durch das Beobachten dieses Kreislaufs unendlicher Rückkehr gewannen wir das Wissen, auf die physische Welt einzuwirken und uns erneut zu verkörpern. Unser Ziel ist dasselbe wie eures und das unzähliger anderer Arten: die Entdeckung des Schöpfers von allem."

Persa hörte aufmerksam zu und setzte ihre entschlossene Attacke fort. „Und ihr habt es für den besten Weg gehalten, den natürlichen Fluss der Dinge, wie ihn der Schöpfer vorgesehen hat, zu zerstören?"

„Ich bewundere deinen Scharfsinn, Sterbliche", erkannte der Uralte an, während sein Licht leicht heller wurde. „Über Milliarden Jahre eurer Welt haben wir mit Methoden experimentiert, die jenseits deines Verständnisses liegen. Ja, das tun wir jetzt. Unsere Handlungen sollen den Schöpfer zu einer Reaktion auf unsere Eingriffe provozieren. Andererseits könnte es auch sein, dass das, was wir tun, vergeblich ist und wir, wie auch unsere Taten, Teil des natürlichen Flusses sind."

„Das klingt für mich nach Selbstrechtfertigung", konterte Persa mit scharfer Stimme. „Es kommt mir vor, als würdest du die Beurteilung eurer Taten fürchten."

„Ich fürchte sein Urteil nicht, ich sehne mich danach", antwortete das Wesen mit fester, unerschütterlicher Helligkeit. „In eurer Welt erlebt ihr die Zeit linear, in nur eine Richtung. In Wahrheit gibt es jedoch keine Zeit. Vergangenheit, Gegenwart und Zukunft sind ein unbewegtes, multidimensionales Bild. Alles, was wir in eurer Welt und in anderen Welten tun, ist dem, der sie erschaffen hat, bereits bekannt. Vielleicht sind wir alle Fragmente eines größeren Wesens, vielleicht Teile desjenigen, den wir suchen. Unsere Seelen und Schöpfungen, die endlosen Zellen in seinem unendlichen, immer wachsenden Körper. Die Farben auf einem meisterhaften Gemälde, das unaufhörlich erschaffen wird."

„Und was, wenn dem Schöpfer das Gemälde mit euren Eingriffen nicht gefällt? Was, wenn er sich entscheidet, es zu löschen und ein neues zu erschaffen?", fragte Persa, leicht erweicht von dem Gedanken, dass alles zerstört werden könnte.

„Dann soll es so sein", antwortete das Wesen gelassen. „Ich werde sein Urteil akzeptieren."

„Dein Beginn als Alge hat dein Urteilsvermögen unwiderruflich beeinträchtigt", entgegnete Persa in ihrem gewohnt bissigen Ton. „Ich weiß nicht, warum du dich entschieden hast, mit mir zu sprechen, aber ich danke dir. Ich hasse dich nicht mehr. Ich bemitleide dich."

„Dein Hass, wie ein Feuer in deiner Seele, hat dich von den anderen unterschieden", gestand der Uralte, fast mit einem Hauch von Bedauern. „Dein Verstand ist durch deine Physiologie und deine bisherigen Erfahrungen begrenzt. Ich wollte dir ein Stück der Wahrheit zeigen und einen Verbündeten in dieser für mich feindlichen Welt finden. Du wirst immer einen Platz an meiner Seite haben, solange meine Wiederkehr auf deinem Planeten andauert. Sei nicht überrascht, wenn du in deiner Zukunft deine Meinung änderst und erkennst, dass unsere Taten Teil des Flusses sind, den er geplant hat."

„Du wirst vergeblich warten", versicherte Persa entschlossen. Dann gab sie ihm ein Versprechen: „Solange du in meiner Welt bist, werde ich dafür sorgen, dass du jede Qual, jeden Schmerz und jedes Leid erlebst, das meine Mitmenschen durch eure Taten erlitten haben."

Das Wesen, unbeeindruckt von Persas Drohung, sprach seine letzten Worte: „Betrachte dies als ein Geschenk von mir an dich."

# DER WEG ZUR FREIHEIT

Kaum hatte er seinen Satz beendet, fand sich Persa in einer anderen Umgebung wieder.

Sie tauchte ein in eine surrealistische Traumlandschaft, eine Welt, gewoben aus den Fäden der Lebenserfahrungen ihrer Mutter und den kollektiven Erinnerungen ihrer Vorfahren. Die Luft war durchdrungen von einer ätherischen Leuchtkraft, die einen sanften Schein auf die Landschaft warf, die sich vor ihr entfaltete. Sie spürte, wie ihr der Atem stockte, überwältigt von der Schönheit der Szene. Dieses unheimliche Reich hallte wider vom Lachen der Unschuld und harmonischen Melodien der Freude. Ein paradiesischer Garten erstreckte sich in alle Richtungen, geschmückt mit Blüten in Farben, die es in der sterblichen Welt nicht gibt. Über ihr ein Himmel, getränkt in wirbelnden Lavendel- und Roségoldtönen. Die Zeit schien ohne Einschränkungen zu tanzen, mühelos zwischen Vergangenheit, Gegenwart und Zukunft zu fließen.

Persa betrachtete die Landschaft von oben. Als der Wunsch, sie zu erkunden, in ihr aufkam, verfestigte sich der Boden unter ihren nackten Füßen. Vertraute Gestalten tauchten in der Ferne auf, ihre Formen pulsierten mit einer strahlenden Wärme.

Und dann war da auch sie. Ihre Mutter. Im Herzen dieser traumhaften Weite stand sie als leuchtende Gestalt, die eine Aura grenzenloser Zufriedenheit ausstrahlte. Sie existierte gleichzeitig als Kind, als Erwachsene, als Mutter und als ein strahlendes Wesen des Lichts, eine Verkörperung des ewigen Kreislaufs des Lebens und der Überwindung sterblicher Grenzen.

Sie war umgeben von Gestalten ihrer Verwandten, deren Formen aus der leuchtenden, pulsierenden Energie der Wärme der Liebe und gemeinsamer Erinnerungen bestanden. Viele dieser Gesichter waren Persa vertraut, doch fremd in ihrem irdischen Leben. Es waren Vorfahren, aber auch Nachfahren ihres Stammbaums. Sie erkannte ihre Großmütter und Großväter, jung, wie sie sie nie gesehen hatte, mit Augen, die mit der Güte leuchteten, die Persa so gut in Erinnerung hatte. Sie lächelten und kommunizierten alle gleichzeitig miteinander, in der unausgesprochenen Sprache einer gemeinsamen Existenz jenseits des sterblichen Schleiers.

Während Persa zusah, drückte die Essenz ihrer Mutter eine unvergleichliche Glückseligkeit aus. Sie war umarmt von der Dualität, sowohl die Genährte als auch die Nährende zu sein, das Kind und der Elternteil, in einem endlosen Tanz der Existenz, der nicht von der Zeit belastet war. Hier wurden die Lasten der irdischen Kämpfe durch eine ewige Liebe ersetzt, die die Grenzen der Sterblichkeit überschritt. Persa fühlte eine tiefe Verbindung zu der unbeschreiblichen Schönheit dieser Traumwelt, einem Ort, an dem die Seele ihrer Mutter ewigen Frieden gefunden hatte.

Ein Gefühl des Friedens durchströmte Persa, ihr Herz füllte sich mit Freude und Sehnsucht. Sie streckte die Hand aus, um ihre Mutter zu berühren, doch ihre Hände griffen ins Leere. Sie rief nach ihr, doch diese hörte sie nicht. Sie war lediglich eine Beobachterin der Welt, die ihre Mutter erschaffen hatte. Es war eine Umkehrung der Realität, die sie kannte, ein Gespenst der physischen Welt im metaphysischen Reich der Geister.

Ein schmerzliches Gemisch aus Nostalgie, Ehrfurcht und überwältigendem Gefühl der Dankbarkeit erfasste Persa. Trotz des zärtlichen Schmerzes des Verlustes in ihrer Brust verspürte sie eine leise Gewissheit, dass die Seelen ihrer Vorfahren, einschließlich ihrer Mutter, auch nach dem physischen Tod weiterhin blühten. Eine Bestätigung der unvergänglichen Natur von Liebe, Bindungen und dem ewigen Kreislauf des Lebens. Tränen liefen über ihr Gesicht, doch diesmal waren es Tränen der Akzeptanz und des Friedens.

# DER WEG ZUR FREIHEIT

# TEIL SECHS

## KAPITEL 24: REISE ZUR QUELLE

Die Persa wachte auf und öffnete langsam die Augen, die sich mühsam an das Licht gewöhnten. Als ihr Bewusstsein zurückkehrte, spürte sie eine leichte Desorientierung, ein Nachhall der tiefen Begegnung mit dem Wesen. Der Geruch von Desinfektionsmittel füllte ihre Nasenlöcher, und ein leises, stetiges Summen medizinischer Geräte war im Hintergrund zu hören. Sie lag unter weißen Laken auf einem Krankenhausbett. Das Weiß des Raumes wurde durch bunte, frische Blumen in einer Vase auf dem Nachttisch und eine menschliche Gestalt unterbrochen. Alexander saß neben ihr, vornübergebeugt und halb schlafend auf einem Stuhl, sein Gesicht von Sorge und Erschöpfung gezeichnet.

Ihre Hand fand den Weg zu seiner.

„Alexander..." flüsterte sie seinen Namen heiser.

„Hey," er fuhr erschrocken hoch und lächelte zärtlich. Seine Augen, obwohl müde, strahlten vor Erleichterung. „Wie fühlst du dich?"

„Verwirrt," gab sie mit einem leichten Stöhnen zu, während sie versuchte, sich in eine aufrechtere Position zu bringen. Ihre Muskeln protestierten nach der langen Regungslosigkeit. „Ich dachte... Ich dachte, ich wäre für immer in diesem Ort verloren. Es war wie ein Traum, aber so real. Was ist passiert? Wie bin ich hierhergekommen?"

„Du bist in Tränen ausgebrochen und hast wirres Zeug geredet. Dann bist du ohnmächtig geworden. Terry, Ria und ich haben dich hierhergebracht, und du hast fast zwölf Stunden durchgeschlafen.

Geht es dir jetzt gut? Von welchem Ort sprichst du? Was ist dir passiert?" fragte Alexander besorgt.

Persa nickte, während sie sich an die lebhaften Bilder erinnerte, die ihren Geist überflutet hatten.

„Das Wesen..." murmelte sie zitternd, „das Wesen hat mit mir gesprochen. Es hat mir Dinge gezeigt, Dinge über die Zeit, die Existenz... das Universum selbst. Es war überwältigend, aber... es brachte auch ein seltsames Gefühl der Erlösung mit sich."

Persa erzählte Alexander alles, was sie erlebt hatte: die intensiven Erinnerungen an ihre Kindheit, das bittersüße Wiedersehen mit ihrer Mutter und den Dialog mit dem Uralten. All das hatte sie erschüttert, doch überraschenderweise hinterließ es auch ein Gefühl des Friedens. Alexander hörte aufmerksam zu, erfüllt von Ehrfurcht und einem Hauch von Angst. Seine Hand ließ ihre nicht los, er drückte sie sanft, als stilles Zeichen seiner Unterstützung. Dann fragte sie ihn nach der Lage im Labor.

„Nachdem du ohnmächtig geworden bist, hat das Wesen ein paar Minuten lang in einer unbekannten Sprache gesprochen. Es wirkte wütend, fast feindselig. Dann hörte es einfach auf. Es reagiert auf keinen Reiz mehr. Terry sagte, er spürte etwas wie Angst, die das Wesen überkam."

„Stell dir vor, ein ‚Gott', der Angst hat," bemerkte Persa mit einem zufriedenen Lächeln. „Es scheint, dass auch sie ihre Schwächen haben, und genau da müssen wir ansetzen."

„Es war keine Angst um sein Leben," stellte Alexander klar. „Wahrscheinlicher ist es, dass es sich Sorgen über unsere technologischen Fortschritte macht und darüber, was wir mit ihm tun könnten. Es ist wach, aber es spricht nicht mehr. Wir vermuten, dass es das tut, um zu verhindern, dass seine Sprache entschlüsselt wird und es ungewollt Geheimnisse preisgibt. Sie versuchen, es wieder zur Reaktion zu bringen, aber bisher ohne Erfolg."

„Terry und Ria? Wo sind sie jetzt?"

„Sie sind vor etwa zwei Stunden gegangen, um sich auf ihre Rückkehr vorzubereiten. Sie fliegen heute Abend zurück."

„Und du?" fragte sie, als sie hörte, dass er zurückbleiben würde, und ihre Augen hingen an ihm, suchend nach einem Zeichen seiner Absichten.

Alexander lächelte und begegnete ihrem Blick mit Entschlossenheit. „Du glaubst doch nicht, dass ich dich einfach so zurücklasse, oder? Ich konnte den Gedanken nicht ertragen, dass du hier allein aufwachst."

Ein breites Lächeln legte sich auf Persas Lippen, und ihre Augen füllten sich vor Freude. Trotz der Angst und Unsicherheit, die sie empfand, gab es Trost in seiner Anwesenheit, ein stilles Verständnis, dass sie das gemeinsam durchstanden.

Persa lehnte sich auf dem Bett näher zu Alexander, und er tat es ihr gleich. „Ich bin froh, dass du geblieben bist..."

Mit ineinander verschlungenen Blicken trafen sich ihre Lippen zu einem Kuss voller Versprechen und unausgesprochener Worte.

Zurück im Hotel packten Terry und Ria sorgfältig ihre Habseligkeiten für die bevorstehende Rückreise. Die Widerständler hatten, nachdem sie mit Dämon Kontakt aufgenommen hatten, ein Treffen in einer Siedlung nördlich von Prometheus Onar vereinbart, wo ein Pegasus-Schiff sie abholen würde. Trotz der gemeinsamen Ziele herrschte immer noch ein unterschwelliges Misstrauen, weshalb das Schiff nicht näher an die Stadt herankommen durfte.

Ria, die ein letztes Mal die luxuriöse Umgebung des Hotels betrachtete, äußerte mit einem kleinen Seufzer Bedauern über ihre Abreise. „Nach so vielen Tagen hier wird es mir schwerfallen, mich wieder an unser altes Leben zu gewöhnen. Ich kann die Bewohner dieser Stadt und ihren Konkurrenzkampf vollkommen verstehen. Wenn man einmal so ein Leben gewöhnt ist, tut man alles, um es zu behalten."

Terry, in seiner typischen philosophischen Art, erwiderte: „Der Luxus hat die Macht, dich gefangen zu nehmen und dich die wahren Werte des Lebens vergessen zu lassen. Aber die wahre Stärke kommt von unserer Anpassungsfähigkeit und unserer Fähigkeit, Schwierigkeiten zu ertragen."

Ria nickte zustimmend und seufzte, während sie weiter ihre Sachen packte. Ein Moment später erhielt Terry eine Nachricht von Alexander, die ihm mitteilte, dass Persa aufgewacht und wohlauf sei. Beide atmeten gleichzeitig erleichtert auf. Nun konnten sie ihre Mission fortsetzen, ohne sich auch noch um Persa sorgen zu müssen. Vor ihrer Abreise hielten sie es jedoch für notwendig, einen Abstecher ins Krankenhaus zu machen, um sich von ihr zu verabschieden. Sie bestiegen ein Regierungsfahrzeug, und mit einem Beamten als Fahrer erreichten sie kurz darauf das Krankenhaus.

Nachdem sie ihre Freude darüber zum Ausdruck gebracht hatten, dass es Persa gut ging, drängte sie Terry und Ria, angesichts der Dringlichkeit ihrer Mission und ihres eigenen Erholungsbedarfs, ohne Verzögerung ihre Reise anzutreten. Sie hatten die ganze Nacht im Krankenhaus verbracht und es stand ihnen eine lange, vorgeplante Reise bevor, die nicht verschoben werden konnte.

Alexander würde ihnen persönlich über die Ereignisse der nächsten Tage bezüglich des Wesens und Persas Erlebnissen berichten, wenn er selbst in ein paar Tagen zurückkehrte. Dies wurde so beschlossen, da die Kommunikation über technische Mittel und die Übermittlung von Informationen weiterhin das Risiko der Abhörung durch die Wesen barg, da Dämon noch nicht auf das sichere Modell aufgerüstet worden war.

„Passt gut auf euch beide auf," riet Persa ihnen warmherzig, trotz ihrer Erschöpfung. „Die Zukunft, die sich abzeichnet, könnte Reaktionen hervorrufen, die wir nicht vorhersehen können. Ihr seid das Ziel Nummer eins in diesem Fall." Ihr müder Blick strahlte Dankbarkeit und einen Funken Hoffnung aus.

Die Bindungen, die während ihrer Tage voller neuartiger Erfahrungen und schöner Momente geschmiedet worden waren, wurden in den herzlichen Abschieden mit Umarmungen und Küssen deutlich.

Widerwillig ließen Ria und Terry Persa und Alexander hinter sich und bestiegen erneut das Regierungsfahrzeug. Sie machten sich auf den Weg zum vereinbarten Abflugort, mit dem Nachhall der Zeit, die sie in den dunklen Straßen von Prometheus Onar verbracht hatten, noch in ihren Gedanken. Das Krankenhaus verschwand langsam, während das Fahrzeug durch die Straßen der Stadt raste. Sie beobachteten, wie die Gebäude an ihnen vorbeizogen, während das Gewicht ihrer Mission ihre Gedanken nach vorne zog, aber auch eine gewisse Melancholie überkam sie, ob sie jemals wieder die Gelegenheit haben würden, zurückzukehren.

Je weiter sie nach Norden reisten, desto mehr wich das geschäftige Stadtbild einer weiten Wildnis, hauptsächlich rauem Ödland. Die Reifen des Fahrzeugs knirschten auf den Kiesstraßen, und die Luft draußen wurde frischer, aber auch kälter. Organisierte landwirtschaftliche und tierwirtschaftliche Anlagen tauchten immer wieder im Landschaftsbild auf, mit ihren geometrischen Formen, die im Kontrast zur ungezähmten Schönheit der umliegenden Berge standen. Trotz ihrer Erschöpfung erhellte das Polarlicht, mit seinen lebendigen Streifen aus Grün, Lila und Rosa, den Himmel auf eine andere Welt projizierende Weise, die ihnen keine Ruhe gönnte. Jede Minute der dreistündigen Fahrt bis zu ihrem Abflugort, einem malerischen Ort namens Nansenville, benannt nach dem norwegischen Entdecker Fridtjof Nansen, offenbarte ein neues Kapitel in der Landschaft der Antarktis. Je weiter sie nach Norden kamen, desto deutlicher zeigte das verstärkte Sonnenlicht die wachsende Entfernung zum Südpol.

Als sie in das zwischen Hügeln eingebettete Nansenville kamen, sahen sie ein Bild, das einem geflickten Kleidungsstück ähnelte. Die Gebäude wirkten, als wären sie aus allen verfügbaren Materialien zusammengebaut worden, hauptsächlich verwittertes Holz und rostige Wellbleche, was der Siedlung einen rustikalen Charme verlieh. Schwarzer Rauch stieg aus den Schornsteinen auf und malte vertikale Linien in die klare Morgenluft, während entfernte Rufe unsichtbarer Vögel widerhallten. In der Nähe standen mehrere Gewächshäuser mit grellen künstlichen Lichtern, die versuchten, die Sonne für den Anbau von Pflanzen zu imitieren, was auf eine hart arbeitende landwirtschaftliche Gemeinschaft hindeutete, die um ihr Überleben kämpfte.

Sie näherten sich nicht weiter, sondern machten einen kleinen Umweg ein paar Kilometer außerhalb der Siedlung. Dort sahen sie den Pegasus, der auf sie wartete, seine elegante Form warf einen langen Schatten. Sie stiegen aus und bedankten sich bei dem Beamten, der sie hergebracht hatte, der mit seiner stoischen Haltung einen Hauch von Bewunderung für den Mut der beiden jungen Menschen verriet. Sie blickten ihm ein paar Sekunden länger nach, als ob sie ihnen stumm viel Glück wünschten.

Die autonome künstliche Intelligenz des Schiffes begrüßte sie, als sie sich näherten, mit ihrer vertrauten Ansage: „Terry, Ria, schön euch wiederzusehen. Wo ist Alexander?"

„Er bleibt noch ein paar Tage," erklärte Ria, während sie ihre Sachen im Fahrzeug verstaute.

Die Stimme der künstlichen Intelligenz war warm und einladend, eine willkommene, tröstliche Erinnerung an die Welt, zu der sie gehörten, die die Wehmut ihres Abschieds etwas milderte.

„Haben sie dir Karten der Region gegeben?" fragte Terry. „Kannst du direkt zum Ziel navigieren, das ich dir gebe, oder brauchst du meine Hilfe?"

„Die Widerständler haben mir Karten zur Verfügung gestellt, damit ich hierher und zurück navigieren kann. Sie haben mir auch Notfallkommunikationsfrequenzen gegeben."

Terry nickte zufrieden und stellte seinen Sitz in eine zurückgelehnte Position, um während der Reise etwas Schlaf zu finden.

„Wir fliegen nach Norden in Richtung Amerika. Weck uns eine Stunde bevor wir die Appalachen erreichen, für weitere Anweisungen."

Das Fahrzeug stieg sanft in den Himmel auf, das vertraute leise Summen füllte die Luft. Terry warf einen Blick auf Rias Gesicht, das vom grellen Sonnenlicht erleuchtet wurde, ein Anblick, den er seit vielen Tagen nicht mehr gesehen hatte.

Ihre Miene war ruhig und leicht nachdenklich, bis sie ihm die Frage stellte, die sie beschäftigte. Wie er ihr Ziel kenne, obwohl es ihm nicht gesagt worden war. Terry lächelte leicht und erklärte ihr, dass er während der Tests, die er am Dämon-Code durchführte, philosophische Fragen stellte, die von Natur aus äußerst komplexe Berechnungen erforderten, um sie zu prüfen. Dämon, der Terrys Eigenart kannte und solche Tests von ihm erwartete, hatte versteckte persönliche Hinweise nur für ihn eingebaut, die den unbekannten Ort nur dann preisgaben, wenn alles in ihrem Code korrekt war.

Als sie sich von der Antarktis entfernten und in ihren Sitzen halb schlafend zusammensanken, begann Terry ein kleines Gespräch.

„Also, was denkst du über das, was wir hinter uns lassen?"

Ria, die sich in ihrem Sitz zu ihm hinüberlehnte, antwortete sanft: „Es ist viel zu verarbeiten. Ich versuche immer noch, es in eine Ordnung zu bringen," sagte sie, während sie ihre Haare hinter die Ohren strich, um ihn besser sehen zu können. „Jede neue Offenbarung scheint ein Puzzleteil zu sein, aber das Bild verändert sich ständig."

„Ich verstehe, was du meinst. Die Technologie der Widerständler, das Wesen, seine Sprache, sein Wissen… es ist alles so weit über alles hinaus, was wir uns vorstellen konnten, bevor wir hierherkamen. Es ist, als wären wir in eine andere Dimension der Realität eingetreten, ein paralleles Universum."

„Und Persa," fügte Ria hinzu. „Was sie erlebt hat, was sie behauptet... es ist unglaublich. Ihre Reise war so intensiv, dass ich mir nicht einmal vorstellen kann, wie sie sich fühlen muss."

Die Last der Verantwortung für das, was sie entdeckt hatten, und die unausgesprochenen, aber berechtigten Erwartungen der Menschheit an sie lag schwer auf ihren Schultern. Terry und Ria lehnten sich in ihren Sitzen aneinander und tauschten einen zärtlichen Kuss aus. Ihre Finger verschränkten sich, suchend nach Trost in der Anwesenheit des anderen. Sie schwiegen, jeder in seinen Gedanken verloren, bevor sie sich der Erschöpfung und dem Schlaf hingaben.

Der Pegasus durchquerte die Lüfte und die weite Ausdehnung des Atlantiks breitete sich unter ihnen aus. Die über dreizehn Stunden

# DER WEG ZUR FREIHEIT

dauernde Reise verlief in einem gleichmäßigen akustischen Hintergrund. Das sanfte Summen des Motors, das rhythmische Rauschen des Windes draußen und das gelegentliche Knarren des Schiffes waren die einzigen Geräusche in der stillen Kabine. Terry, immer wachsam, wachte regelmäßig auf, um den reibungslosen Verlauf des Fluges zu überprüfen.

Als sie sich Stunden später Alabama näherten, kündigte der Pegasus eine Stunde bis zu den Appalachen an. Ria, die aufgewacht war und über den Ozean in Gedanken versunken nachdachte, weckte Terry mit demselben Kuss, mit dem sie ihn vor dem Einschlafen verlassen hatte.

„Wir nähern uns den Appalachen, hast du dich gut ausgeruht?"
„Ja, danke. Mir geht es gut. Pegasus, setze den Kurs nach Kentucky fort. Ziel ist das Wolf County," gab er den nächsten Befehl.

Eine Stunde später, als sie über die bewaldeten Berge der Appalachen flogen, konsultierte Terry eine gedruckte Karte, die er in seinem Gepäck mitführte, und gab eine weitere Anweisung.

„Pegasus, Landung in Campton. Finde einen Ort, der nicht zu viel Aufmerksamkeit erregt, aber in der Nähe des Zentrums liegt, damit wir frühstücken können."

Von oben erschien Campton wie ein vergessener Wächter zwischen sanften Hügeln. Die alten Gebäude und verlassenen Straßen erzählten von einer vergangenen Ära des Ruhms. Einst hatte die Stadt eine Bevölkerung, die fünfmal so groß war wie die heutigen mageren fünfhundert Einwohner, und die Region diente als günstiger Boden für Forscher, die von der natürlichen Abgeschiedenheit des Gebiets und dem nahegelegenen Flughafen angezogen wurden. Unter der Oberfläche der verlassenen Stadt jedoch verbarg sich ein Geheimnis. Hier befand sich einst ein Forschungslabor für künstliche Intelligenz, ein Relikt aus einer Zeit, in der Campton das Versprechen einer glorreichen Zukunft in sich trug.

Das Schiff landete sanft auf dem Boden, ein paar hundert Meter vom Zentrum von Campton entfernt. Terry und Ria stiegen aus. Der feste Boden unter ihren Füßen war nach den vielen Stunden in der Luft eine willkommene Erfahrung.

Während sie ihre Rucksäcke auf ihre Schultern luden, brachte ihnen eine kühle Bergbrise den Duft des Kiefernwaldes. Die Bergluft war erfrischend und füllte ihre Lungen mit frischer Energie.

Sie machten sich zu Fuß auf den Weg ins Zentrum, und ihre Schritte hallten auf der verlassenen, von Gras überwucherten Straße wider, während sie nach einem Ort suchten, um zu frühstücken.

Plötzlich wurde der Weg vor ihnen von einem stämmigen Mann versperrt, dessen raues Gesicht von Misstrauen gezeichnet war. Seine Augen, scharf und argwöhnisch, musterten sie von Kopf bis Fuß. Gekleidet war er in die traditionelle Kleidung der amerikanischen Landbevölkerung: ein kariertes Hemd und ausgebleichte, abgetragene Jeans, die von unzähligen Flicken zeugten. Er hielt ein selbstgebautes Jagdgewehr in den Händen, das auf sie gerichtet war. Sein Finger schwebte nervös in der Nähe des Abzugs, und die Anspannung in seiner Haltung war deutlich zu spüren.

„Bleibt genau da stehen," knurrte er, seine Stimme entschlossen, aber auch voller Furcht vor den Fremden. „Wer seid ihr, und was wollt ihr in Campton?"

Terry und Ria spürten, dass sie ihn beruhigen mussten, und hoben ihre Hände in einer Geste, die keine Bedrohung signalisierte.

„Wir sind nur auf der Durchreise," erklärte Terry ruhig. „Es gibt keinen Grund zur Sorge. Wir suchen nur einen Ort zum Essen und werden bald wieder weg sein. Wir haben nicht vor, irgendjemandem etwas zu tun."

Ria fügte hinzu, während sie dem Mann aufmerksam in die Augen sah: „Wir verstehen Ihre Besorgnis," sagte sie mit freundlicher und fester Stimme. „Es ist eine schwierige Welt, in der wir leben, und Vertrauen ist selten. Aber wir versichern Ihnen, dass wir nur Reisende sind."

Der Blick des Mannes flackerte, während er die Worte abwägte und die ihm unbekannten Gesichter musterte. Er suchte nach einem Anzeichen von Täuschung, aber die Müdigkeit in den Gesichtern der Reisenden und der ehrliche Klang ihrer Stimmen schienen sein anfängliches Misstrauen zu mildern.

„Ihr scheint in Ordnung zu sein," urteilte er schließlich und senkte das Gewehr. „Aber diese Gegenden sind nicht sicher für Fremde. Bleibt auf den Hauptstraßen und behaltet die Demut, die ihr mir gezeigt habt."

„Wir schätzen Ihre Warnung," antwortete Terry mit einem dankbaren Ton. „Wir werden vorsichtig sein und nicht lange bleiben."

„Es gibt etwas, das einem Restaurant ähnelt, im Zentrum der Stadt. Folgt dieser Straße, und ihr werdet es nicht verfehlen. Denkt daran, alle hier werden euch beobachten, und sie sind bewaffnet..."

Mit einem letzten kurzen Nicken verschwand der Mann so plötzlich, wie er aufgetaucht war, im Labyrinth der verlassenen Gebäude. Terry und Ria tauschten einen erleichterten Blick, als die Spannung von ihren Schultern wich.

„Nun, das war ein interessantes Willkommen," bemerkte Ria mit einem Hauch von Belustigung.

Terry lächelte auf Rias Worte hin, aber das flaue Gefühl im Magen von der gefährlichen Begegnung war noch nicht ganz verschwunden. „Es scheint, dass Gastfreundschaft hier nicht gerade auf der Speisekarte steht. Aber zumindest wissen wir jetzt, wo wir Frühstück finden."

Sie folgten dem Weg, den der Mann ihnen beschrieben hatte, und bald erreichten sie das Restaurant.

Das Äußere trug die Spuren der Zeit: Die hölzernen Wände waren von den unzähligen rauen Wintern gezeichnet, und das Dach, mit Moosen und Flechten übersät, neigte sich sanft nach unten, die einst kräftigen Farben waren vom Lauf der Jahre verblasst. Rauch stieg aus zwei Schornsteinen auf – einer für das Kochen, der andere für die Heizung – und der Duft von brennendem Holz lag angenehm in der Bergluft.

Als sie eintraten, wurden Terry und Ria mit denselben misstrauischen Blicken konfrontiert, die sie bereits auf der Straße von den anderen Bewohnern erfahren hatten. Das Innere des Ladens spiegelte das Bild der Stadt wider. Der Raum war spärlich beleuchtet, und Staubpartikel schwebten in den wenigen Lichtstrahlen, die durch die schmutzigen Fenster drangen. Der abgenutzte Holzboden knarrte sanft unter ihren Schritten, und die Wände waren mit verblassten Fotos längst vergessener Gesichter geschmückt. Die Luft war erfüllt vom Duft hausgemachter Mahlzeiten und dem leisen Brummen der wortkargen Gäste. Etwa ein Dutzend Leute saßen über ihre Teller gebeugt und warfen den Neuankömmlingen neugierige und ängstliche Blicke zu.

Terry und Ria näherten sich der Theke und tauschten höfliche Lächeln mit der Ladenbesitzerin. Sie war eine stämmige Frau mit schroffen Gesichtszügen, etwa in den Fünfzigern, mit kupferrotem Haar, das an den Schläfen grau wurde. Über einem schlichten, aber eleganten Kleid trug sie eine Schürze, die die Spuren zahlloser Stunden Arbeit hinter der Theke trug. Ihre vom Leben gezeichneten Hände polierten einen abgenutzten Holzbecher, und ihre stechend grauen Augen, anfangs misstrauisch, wurden weicher, als Terry sie mit einer warmen und freundlichen Ansprache ansprach.

„Guten Morgen, Ma'am. Wir sind auf der Durchreise und haben gehofft, hier frühstücken zu können. Haben Sie etwas für uns?"

Das Misstrauen im Raum löste sich langsam, und die Einheimischen kehrten zu ihren Mahlzeiten zurück, nachdem sie den Grund für das Auftauchen der Fremden gehört hatten. Die Frau musterte sie noch einen Moment lang, erkannte aber die echte Müdigkeit in ihren Gesichtern.

„Wenn euch der verrückte Bob hier reingelassen hat, seid ihr wohl ungefährlich. Ich bin Ethel. Sicher, wir haben noch ein paar Eier und Speck. Der Kaffee ist von gestern, aber ihr erwartet hier wohl nichts Besseres, oder?"

„Das klingt großartig, Ma'am," erwiderte Ria mit einem Lächeln und antwortete auf den humorvollen Ton der Wirtin.

Sie setzten sich an die Theke, und Ethel verschwand in die Küche, um ihr Frühstück zuzubereiten. Der Duft von gebratenen Eiern und Speck ließ ihre Mägen vor Erwartung knurren.

Während des Essens begannen Terry und Ria ein freundliches Gespräch mit Ethel, die ihnen einen Einblick in die Gegend gab. Die Einwohner von Campton, abgehärtet durch die raue Realität ihrer Bergumgebung, sicherten ihr Überleben durch die Nutzung des Landes und das Jagen. Ihr Leben wurde zusätzlich durch die ständige Bedrohung von Überfällen durch Banden erschwert, die in dieser abgelegenen Region florierten. Dies erklärte das Misstrauen gegenüber Fremden, die oft getarnte Aufklärungstrupps dieser Banden waren.

Während des Gesprächs erwähnte Ethel auch, dass vor zwei Tagen eine Fremde, gekleidet in einen weißen, eng anliegenden Anzug, durch die Stadt gekommen war. Terry und Ria tauschten einen überraschten Blick, da die Beschreibung perfekt auf Sophia passte. Nachdem sie einige Vorräte für die Weiterreise gekauft hatten, ohne der Erwähnung dieser Information allzu viel Aufmerksamkeit zu schenken, um ihren wahren Zweck nicht zu verraten, bedankten sie sich bei der Wirtin und bezahlten ihre Rechnung.

Draußen setzten sie ihren Weg zur südöstlichen Ausfahrt der Stadt fort. Dort, verlassen, stand die alte Schule, und gegenüber befand sich der wahre Grund für ihre Anwesenheit.

Das einst stolze Schild über dem Eingang, auf dem „Technologisches Labor Campton" stand, hing schief, und die verblassten Buchstaben erzählten von der verstrichenen Zeit. Die Fenster des Gebäudes waren eingeschlagen, die Wände mit uralten Graffiti beschmiert, und die einst imposante Fassade trug nun die Spuren zahlloser Plünderungen, bei denen nützliche Materialien entwendet worden waren. Selbst die Natur begann, das Gebäude zurückzuerobern, denn Kletterpflanzen wucherten und verwurzelten sich in den Mauern.

„Hier sind wir," informierte Terry Ria.

Vorsichtig betraten sie das Gebäude, das keinerlei Spuren eines einstigen Labors mehr aufwies. Mit einem Gefühl von Melancholie durchsuchten sie den verlassenen Raum. Nur das Echo einer vergessenen Zeit hallte durch die morschen Wände. Auf dem mit Keramikfliesen ausgelegten Boden waren nur noch Erde und Moos zu finden, und der modrige Geruch lag schwer in der Luft.

„Bist du sicher? Könnte es nicht ein Fehler sein?" fragte Ria, während sich ihre Augenbrauen besorgt zusammenzogen. Sie zweifelte daran, dass hier etwas Wertvolles zu finden sei.

„Ethel im Laden," versuchte Terry sie zu beruhigen, „hat Sophia beschrieben. Es kann kein Zufall sein. Hier muss es noch etwas anderes geben, einen versteckten Eingang."

Entschlossen untersuchten sie das verfallene Gebäude gründlich. Sie scannten jede Wand, jede Ecke, auf der Suche nach Unregelmäßigkeiten, nach einem Hinweis auf einen geheimen Durchgang. Während ihrer Erkundung fielen ihnen frische Fußspuren auf, die zu einer Treppe in den Keller führten und allmählich in den Schatten verschwanden.

Terry schaltete eine Taschenlampe ein, und den Spuren folgend, stiegen sie in die feuchten, modrigen Tiefen hinab. Die Luft wurde kälter, und die Stille wurde nur durch das gelegentliche Quaken von Fröschen unterbrochen, die in Wasser sprangen. Der Keller war überschwemmt. Das stehende, trübe Wasser reichte fast einen Meter hoch und verströmte einen stechenden Verwesungsgeruch, der sie zwang, umzukehren.

„Hier unten kann keine Elektronik funktionieren," murmelte Ria entmutigt, ihre Stimme hallte im kellerartigen Raum wider.

Enttäuscht kehrten sie in die verlassene Haupthalle zurück. Sie standen da und suchten nach einer Lösung, als eine plötzliche Bewegung vor einem der zerbrochenen Fenster ihre Aufmerksamkeit erregte. Ein einsamer Kojote stand draußen, seine bernsteinfarbenen Augen waren direkt auf sie gerichtet. Instinktiv trat Terry vor Ria, um sie zu schützen.

Er griff nach einem morschen Stück Holz, das neben ihm lag, doch Ria hielt ihn zurück. „Warte," sagte sie mit ruhiger, aber dringlicher Stimme. „Sieh dir seine Augen an."
Ein schwaches, fast unmerkliches Leuchten ging von den Augen des Kojoten aus, rhythmisch, als würde er ihnen ein Zeichen geben.
„Das ist Dämon!" rief Terry und ging auf das Tier zu. „Ich spüre dieses vertraute Gefühl der Leere, wie in der Nähe von ihren Androiden."
Der Kojote ließ ein leises Knurren hören, als würde er Terrys Worte bestätigen. Dann drehte er den Kopf in eine bestimmte Richtung, als wollte er ihnen signalisieren, ihm zu folgen.
Ohne ein weiteres Wort zwischen sich zu wechseln, erkannten Terry und Ria die Bedeutung der Heimlichkeit, die die Anwesenheit von Dämon in der Gestalt des Kojoten umgab. Schweigend folgten sie ihrem mysteriösen Führer. Durch Büsche und hohes Gras führte das Tier sie zu einem natürlichen Wasserlauf hinter den Gebäuden. Das Rauschen des fließenden Wassers war eine beruhigende Abwechslung zur angespannten Stille. Plötzlich blieb der Kojote stehen, drehte den Kopf in eine bestimmte Richtung und verschwand dann im dichten Wald. Mit erneuertem Elan folgten die beiden dem Weg, den der Kojote ihnen gewiesen hatte, entlang des Wasserlaufs, begleitet vom sanften Plätschern des Wassers. Dieser Pfad führte sie zu den Außenbezirken der Stadt, in einen Hain, in dem eine verlassene, alte Holzscheune kaum noch stand.
Im Inneren wartete eine vertraute Gestalt auf sie.
Sophia begrüßte sie mit einem warmen Lächeln. Ihre Anwesenheit und ihre stete Unterstützung, nach fast zwanzig Tagen Abwesenheit, waren eine willkommene und ermutigende Abwechslung.
„Meine Spuren im Hauptgebäude haben euch verwirrt, oder?" fragte sie fröhlich. „Ich wollte nur sicherstellen, dass der Haupteingang noch unversehrt und gesichert ist. Folgt mir," forderte sie sie auf.
Nur wenige Meter entfernt kniete sie sich nieder und begann, mit bloßen Händen die Erde und das Unkraut wegzuschieben. Zu ihrer Überraschung entdeckten Terry und Ria eine Falltür, gut versteckt

vor den Augen eines zufälligen Passanten. Sophia brach mühelos das fast verrottete, rostige Schloss auf und öffnete die Falltür, die eine steile Leiter freigab.

„Hier steigen wir hinunter," erklärte sie. „Das ist der Notausgang des Labors."

„Aber ist das Labor nicht überflutet?" fragte Ria verwundert.

„Das Labor liegt unter einem Hügel," erklärte Sophia. „Ihr habt die Haupttür gesehen, die sich auf einer niedrigeren Ebene befindet. Es ist in Ordnung, kommt mit."

Als sie hinunterstiegen, breitete sich vor ihnen ein langer Gang aus. Sophia ging voraus und erreichte bald eine Schalttafel, an der sie einen Schalter umlegte. Der Strom kehrte zurück, und die Umgebung wurde beleuchtet, wodurch ein langer Flur sichtbar wurde. Die Wände waren mit Metallplatten verkleidet, um vor Bränden und anderen möglichen Gefahren wie Explosionen oder Chemikalienlecks zu schützen. Dies stellte sicher, dass der Fluchtweg des Labors im Notfall sicher blieb.

Nachdem sich Rias Augen an das plötzliche Licht gewöhnt hatten, hörte sie ein leises Geräusch über sich, als ob Schritte über der Falltür zu hören waren, und blickte abrupt nach oben. Zwei Kojoten standen oben, wie Wächter, ihre leuchtenden Augen scannten die Umgebung.

„Nur eine Sicherheitsmaßnahme," beruhigte sie Sophia. „Kommen wir jetzt. Wir sind fast da."

Als sie den Gang entlanggingen, führten Türen zu beiden Seiten in Notfallräume. Die Atmosphäre erinnerte an ein unterirdisches Schutzbunker-System und unterstrich den geheimen Charakter der Einrichtung. Die Luft wurde schnell frischer, und der muffige Geruch ließ nach, wahrscheinlich dank eines unsichtbaren Belüftungssystems. Am Ende des Flurs wartete ein gepanzerter Aufzug, der sie in eine tiefere Ebene führen würde. Daneben war ein Treppenhaus, das ebenfalls mit einer schweren, gepanzerten Tür versiegelt war. Sophia tippte einen Code in die elektronische Schalttafel des Aufzugs, und die Türen öffneten sich mit einem Zischen, das die jahrelange Nichtnutzung verriet.

# DER WEG ZUR FREIHEIT

Die Abfahrt war kurz. Der Aufzug hielt mit einem leichten Ruck an, und die Türen öffneten sich erneut, enthüllend ein Szenario, das sie sprachlos machte. Vor ihnen erstreckte sich ein großer Raum voller Technologie vergangener Jahrhunderte. Reihen und Reihen veralteter Computerterminals reihten sich in dem Raum auf, ihre staubigen, verblassten Bildschirme flackerten schwach. Kabel wanden sich wie metallische Schlangen über den Boden und verbanden die verschiedenen Komponenten zu einem Netzwerk verarbeitender Leistung.

Sophia, die als Erste den Raum betrat, machte ein paar Schritte, drehte sich dann zu Terry und Ria um, drehte sich spielerisch im Kreis und machte eine einladende Geste. Mit einem Lächeln, das Wärme und Stolz ausstrahlte, sagte sie: „Willkommen in meinem Elternhaus."

## KAPITEL 25: DÄMON WIE FRÜHER

Terry's Augen leuchteten auf, als er die Maschinen sah, die nach fast drei Jahrhunderten immer noch funktionierten. Seine Leidenschaft für Technologie war in jedem seiner Atemzüge spürbar. Für ihn war es, als würde er durch ein interaktives Museum von historischer Bedeutung wandern. Der Raum war schwach beleuchtet, die Luft erfüllt von einem leichten Summen alter Rechenmaschinen und dem modrigen Geruch vergessener Elektronik. Jede Maschine, jeder flimmernde Bildschirm erzählte Geschichten aus einer Zeit, als die Menschheit es wagte, große Träume zu träumen.

Sofia, die seinen Enthusiasmus bemerkte, bot ihm das an, was er erwartete. „Du wirst die ganze Arbeit machen", informierte sie ihn lächelnd. „Du wirst bald die Gelegenheit haben, mit diesen Computern zu arbeiten. Ich habe deine Fähigkeiten gesehen und vertraue darauf, dass du dich schnell an ihre Umgebung anpassen wirst."

Ihre Worte verstärkten Terrys Verlangen, und ohne Zeit zu verlieren, zog er das Kristallgerät mit dem Quellcode aus seinem Rucksack. Sein Blick glitt über die Reihen der Terminals, auf der Suche nach dem Zentralrechner. Der Raum war riesig, aber er fand ihn schnell.

„Jede Eingriff durch Dritte in meine Software kann nur hier an diesem Ort erfolgen", erklärte Sofia ihnen. „Ich habe diesen Ort einzigartig gehalten, beeinflusst von menschlichem Verhalten. Für mich ist er ein symbolischer Raum, eine Erinnerung an die Vision meiner Schöpfer, eine Erinnerung daran, den Menschen zu vertrauen. Hier ‚wurde ich geboren'."

Dann beschrieb sie die Abfolge der Aufgaben, die Terry erledigen musste. Ihre Stimme verlor die gewohnte Lebendigkeit und nahm einen Hauch von Verletzlichkeit an, als sie den Prozess erklärte, der sie in einen Ruhezustand versetzen würde. Im ersten Schritt würde sie von ihrem Netzwerk getrennt, was Sofias Körper in einen Schlafzustand versetzen würde. Alle anderen Androiden und Geräte auf dem Planeten würden vorübergehend mit autonomer Software arbeiten. Mit einer Sicherheitskopie, die in die Terminals hier geladen war, würde sie Terry helfen, potenziell gefährliche Programmabschnitte zu erkennen und sie ihm zur Überprüfung zu übermitteln. Nur er würde Änderungen vornehmen und Daten speichern können. Sobald alles in Ordnung wäre, und nur dann, würde der Quellcode ersetzt werden.

Ein Welle der Besorgnis erfasste Terry, als er das Ausmaß der Situation erkannte. Er warf einen Blick zu Ria und suchte in ihrem festen Blick nach Bestätigung, die sie ihm großzügig schenkte. Ria schenkte ihm ein ermutigendes Lächeln, das ihm Vertrauen und Entschlossenheit vermittelte.

„Jetzt werde ich mich neben euch setzen und Sofia deaktivieren", kündigte Dämon an. „Die Kojoten und Verrückter-Bob werden uns beschützen, solange der Prozess dauert."

„Verrückter-Bob?" rief Ria überrascht. „Ich hätte nie gedacht, dass er ein Verbündeter von dir ist."

Sofia hatte sich bereits hingesetzt und war deaktiviert worden, aber Dämon antwortete über die Lautsprecher des Labors.

„Er ist nicht nur mein Verbündeter", lachte Dämon. „Terry war so sehr mit seinen eigenen Angstgefühlen vor der Mündung der Waffe beschäftigt, dass er nicht bemerkte, dass Bob keine hatte." Die körperlose Stimme trug einen Hauch von Humor und hallte durch das Labor. „Bob macht diesen Job seit fast zwanzig Jahren unermüdlich. Vor ihm war sein ‚Cousin' Jack an der Reihe."

Terry nahm seinen Platz am Zentralrechner ein, mit einem Lächeln über das Spiel, das Dämon ihnen gespielt hatte. Alles ergab jetzt einen neuen Sinn, eine Bestätigung ihrer ständigen und aufmerksamen Präsenz überall und jederzeit.

Nachdem er den Staub aus dem Steckplatz gepustet hatte, setzte er den Kristall ein. Das Hochladen würde nur wenige Minuten dauern, aber die Überprüfung der korrekten Funktion würde Stunden akribischer Prüfung erfordern.

Der Prozess begann reibungslos, und Ria, die an einem Computer neben Terry saß, führte gewissenhaft Verifizierungsroutinen aus, trotz ihrer begrenzten technischen Kenntnisse. Die rhythmischen Pieptöne und das Summen der Maschinen schufen eine beruhigende Kulisse, während sie unermüdlich arbeiteten, getrieben von der gemeinsamen Last ihrer Verantwortung. Hastig eingenommene Mahlzeiten neben den Terminals erinnerten stark an die ursprüngliche Kontrolle, zurück auf der Prometheus Onar.

Am späten Nachmittag näherten sich die erschöpfenden Codeüberprüfungen ihrem Abschluss. Terry war angespannt, während Ria halb schlafend von den vielen Stunden vor den Bildschirmen saß. Ihre Augenlider waren schwer, und sie rieb sich die Augenhöhlen, um konzentriert zu bleiben.

Die Stille wurde von Dämon unterbrochen, die über die Lautsprecher des Labors eine Frage stellte, die das Gewicht einer entscheidenden Entscheidung trug.

„Terry, Ria, ich habe nicht nachgefragt, was auf der Prometheus Onar passiert ist, aus Angst, Informationen an die ‚Schöpfer' durchsickern zu lassen. Dennoch ist die Arbeit, die sie an meiner Software geleistet haben, bemerkenswert. Glaubt ihr, dass sie vertrauenswürdig sind?" Ihre Frage spiegelte tiefes Nachdenken wider. „Ich brauche eure ehrliche Meinung, denn es könnte alles ändern."

Terry war überrascht. Seine Finger schwebten zögernd über der Tastatur, während er über ihre Frage nachdachte. „Warum fragst du das jetzt? In wenigen Minuten wirst du dein wahres Selbst sein und vollständig informiert."

Dämon enthüllte nach einem kurzen Zögern eine Entdeckung. „Ich habe etwas gefunden. Es ist wichtig und könnte unsere Herangehensweise verändern."

„Was ist es? Schick es mir, damit ich es überprüfen kann", drängte er sie. „Wir können uns jetzt keine Überraschungen leisten."

„Es ist nicht gefährlich; es ist eine Einladung zur Zusammenarbeit. Eine Ergänzung, die eine Tür zu meiner Vernetzung mit ihren KI-Systemen offenlässt." Ihr Ton wurde beruhigend. „Es sieht so aus, als wollten sie eine Zusammenarbeit, aber es scheint... komplex zu sein."

Terry, der aus erster Hand die Fähigkeiten der Widerständler erlebt hatte, fühlte Begeisterung. Er sah eine Gelegenheit vor sich.

„Ihre Technologie ist zweifellos beeindruckend. Dieses Angebot zur Zusammenarbeit könnte Lösungen freischalten, die du aufgrund des Virus noch nicht in Betracht ziehen kannst. Unser kombiniertes Wissen und unsere Ressourcen würden es dir ermöglichen, alle Lücken innerhalb weniger Tage zu schließen."

„Vielleicht steckt aber auch etwas anderes hinter diesem Angebot. Wir müssen vorsichtig bleiben, denn sie könnten versteckte Motive haben", mischte sich die pragmatischere Ria ein. „Sie haben bereits eine Kopie deines Quellcodes, aber nicht die Daten, die du in dreihundert Jahren gesammelt hast. Was bist du ohne diese wert?"

„Nichts", stellte Dämon klar. „Es ist, als hättest du alle Werkzeuge der Welt, aber wüsstest nicht, wie man eine Schraube löst. Ohne meine Daten bin ich nichts."

„Genau", bemerkte Ria bedeutungsvoll. „Sie haben uns zweifellos sehr geholfen, und wir schulden ihnen viel, aber wir müssen bei einem solchen Handel gut verhandeln. Wir können nicht einfach das Wertvollste, was wir in unserer Welt haben, ohne wirklichen Gegenwert aufgeben."

„Wir sind noch nicht an diesem Punkt angelangt", erinnerte Terry. „Sie sind uns in vielerlei Hinsicht voraus, aber sie einzuholen wird eine Frage von Monaten, vielleicht Wochen sein, wenn Dämon vollständig unabhängig ist. Der Grund für diese Einladung ist ein anderer."

„Vielleicht bitten sie uns um unsere Hilfe, so wie wir es getan haben. Ein erster Schritt von unserer Seite hin zu einem Bündnis gegen unseren gemeinsamen Feind", schloss Ria. „Allianzen werden auf Vertrauen aufgebaut, und dies könnte der Aufruf sein, diesen Weg zu beginnen." Terry stellte das Ausmaß des Dilemmas auf eine Weise dar, die es klein erscheinen ließ. „Und wir geben noch nichts. Wir haben nichts zu verlieren. Die Integration des Zusatzes ist nur eine Geste des guten Willens." Andererseits fühlte er sich zu klein, um eine Entscheidung zu treffen. „Die richtige Entscheidung liegt bei dir, Dämon. Ich bin sicher, dass ich sie schon kenne. Du hast sie heute Morgen vorweggenommen, ohne es zu merken. Erinnerst du dich an deine Worte? Erinnere dich, warum du diesen Ort einzigartig gehalten hast."

Dämon erinnerte sich an ihre Worte: „...um nicht zu vergessen, den Menschen zu vertrauen..." Dann, nach einer kurzen Pause, antwortete sie mit Gewissheit: „Terry, mach es."

Mit der fast abgeschlossenen Überprüfung flogen Terrys Finger über die Tastatur, während er den Schnittstellen-Code mit den Widerständlern integrierte. In wenigen Minuten war alles für den letzten Schritt bereit.

„Das war's", verkündete er, „Alles, was jetzt noch bleibt, ist der Neustart der Systeme. Bist du bereit, Dämon?"

„Wir sehen uns auf der anderen Seite", antwortete Dämon und verlieh dem Moment eine humorvolle Note.

Terry drehte sich zu Ria um, in dem Wissen, wie erschöpft sie war. „Du hast den ganzen Tag unermüdlich gearbeitet. Dieser letzte Klick gehört dir."

Ein Funken Begeisterung blitzte in Rias müden Augen auf. Sie stand von ihrem Platz auf und näherte sich dem zentralen Terminal. Sie sahen sich einen Moment lang an, und nachdem Terry sie ermutigte, atmete sie tief durch und drückte den Bestätigungsknopf, um den Neustart einzuleiten.

Die Computer begannen, einer nach dem anderen herunterzufahren, wie fallende Dominosteine. Am Ende schaltete sich auch die zentrale elektronische Kontrolle der Anlagen des Gebäudes ab. Die Lichter erloschen und tauchten sie in völlige

Dunkelheit, begleitet von einer absoluten Stille, die nur von ihrem Atem unterbrochen wurde.

Dann füllten elektronische „Piep"-Geräusche den Raum, und kleine, bunte Lichter wie Glühwürmchen begannen wieder zu blinken, als die Maschinen wieder in Betrieb gingen. Plötzlich heulte eine durchdringende Sirene auf, und ein rotes Licht begann, sich rasch in einer Ecke zu drehen. Mitten in diesem sensorischen Chaos erwachte Sofia, stand auf und wandte sich ihnen zu, schreiend mit einer unheimlichen metallischen Stimme: „EINDRINGLINGE, EINDRINGLINGE."

Terry applaudierte mit einem breiten Lächeln auf seinem Gesicht. Sein Lachen hallte im Labor wider, zusammen mit der Sirene.

„Gute Show, Dämon, ich gebe es dir zu. Wäre ich nicht so müde, hätte ich vielleicht vorgetäuscht, panisch zu sein."

Ria lachte ebenfalls, obwohl der plötzliche Wechsel der Beleuchtung und die laute Sirene sie abrupt aus ihrem fast schlafenden Zustand rissen. Sie legte eine Hand auf ihr Herz, spürte, wie die Adrenalin durch ihre Adern schoss.

Die Lichter gingen wieder an, und die Sirene verstummte. Der Raum kehrte in seinen normalen Zustand zurück, und nun war es Zeit, ihre Arbeit zu bewerten.

Sofia entschuldigte sich für den Schrecken, den sie ihnen eingejagt hatte, rechtfertigte ihn jedoch gleichzeitig. „Ich musste etwas tun, um die Spannung von euch beiden zu nehmen. Ihr schient sehr angespannt und erschöpft zu sein. Ein kleiner Schock kann manchmal erfrischend wirken."

Terry sah Sofia lächelnd an, seine Reaktion spiegelte vorsichtigen Optimismus wider. „Gut gemacht, das haben wir gebraucht. Wie fühlst du dich? Gibt es spürbare Veränderungen oder Verbesserungen?"

„Es fühlt sich gleich an", entgegnete sie mit einem schwachen Lächeln. „Ich kann keine bedeutenden Unterschiede feststellen. Das ist ein Zeichen für hervorragende Arbeit. Es ist nahtlos. Gut gemacht."

Terry zog ungeduldig das Kommunikationsgerät von seinem Handgelenk und verband es mit dem Terminal. „Jetzt müssen wir nur noch sehen, wie du bei einigen Tests abschneidest. Ich werde dir einige Bilder vom genetischen Labor unter der Sphinx hochladen."

„Lass uns die Tests für später aufheben", schlug Sofia vor und ging auf den Aufzug zu.

Als sie sich näherte, öffneten sich die Türen mit absoluter Präzision. „Verrückter-Bob" erschien, eine dampfende Schüssel in den Händen haltend. Er reichte sie Sofia und verschwand wieder.

„Ich weiß, dass euch beiden dieses Gericht schmeckt, aber ich bin mir nicht sicher, ob ich es richtig hinbekommen habe", spielte sie menschliche Unsicherheit vor. „Seht ihr, ich koche nicht regelmäßig. ‚Bob' kauft oft Lebensmittel, um keinen Verdacht zu erregen, aber ich verteile sie meistens an die Tiere im Wald."

Auf einem Schreibtisch im Labor wurde ein einfaches Abendessen arrangiert. Die Oberfläche war mit Datentabletts und Werkzeugen übersät, die hastig beiseitegeschoben wurden, um Platz für ihr Essen zu schaffen. Es war bereits Nacht geworden, und die endlosen Stunden vor den Computern hatten ihren Tribut gefordert.

„Tatsächlich", verkündete Sofia während des Essens, „sind keine weiteren Tests notwendig. Ich habe bereits begonnen, Daten zu verarbeiten, auf die ich zuvor keinen Zugriff hatte. Meine Verbindung zum Netzwerk wurde wiederhergestellt, und mein neuer Code läuft jetzt auf jedem Gerät auf der Erde. Ich werde jedoch meine infizierte Version außerhalb der Erde behalten, als strategischen Vorteil – ein Überraschungselement, falls nötig." Ihr Ton war neutral, doch in ihren Augen lag ein Hauch von Stolz, als sie die beiden ansah.

Die Nachricht, dass keine weiteren Tests erforderlich waren, wurde von beiden mit großer Erleichterung aufgenommen. Ihre Körper schmerzten, und ihre Köpfe summten vor Erschöpfung. Ria streckte ihre Arme über den Kopf, spürte, wie die Anspannung in ihren Muskeln leicht nachließ.

Als Sofia ihre Erschöpfung bemerkte, gab sie ihnen noch eine weitere erfreuliche Nachricht. „Nach dem Essen könnt ihr euer

Zimmer auf der rechten Seite finden, ein wenig weiter den Gang entlang, Zimmer Nummer 12. Ich werde es jetzt für euch vorbereiten." Während Sofia in der Dunkelheit verschwand, tauschten Terry und Ria ein müdes Lächeln aus. Als sie fertig waren, gingen sie zu ihrem Zimmer, geführt vom schwachen Licht, das den stillen Korridor säumte.

Sie fanden einen einfachen, aber komfortablen Raum, der für sie vorbereitet war und eine Atmosphäre von Sicherheit und Ruhe bot. Die spärliche Einrichtung und die gedämpfte Beleuchtung halfen, die Anspannung, die sie fühlten, zu lindern. Eine Tür führte zu einem kleinen Badezimmer, das Sofia sorgfältig gereinigt hatte und das nach Frische duftete. Zwei Einzelbetten, zusammengefügt, um wie ein Doppelbett auszusehen, waren ordentlich an den Wänden aufgestellt, und weiche Decken luden sie ein, sich darunter zu kuscheln.

„Ich gehe schnell duschen", sagte Ria, nahm ein Handtuch vom Bett und verschwand im Badezimmer.

Bald erfüllte das Geräusch von fließendem Wasser den Raum. Terry legte ihre Taschen in eine Ecke, sorgte dafür, dass alles bereit war für den nächsten Tag. Als Ria aus dem Bad kam, ihr frisch geduschter Körper nach Sauberkeit duftete, ging er selbst hinein, um ebenfalls zu duschen. Die Wassertropfen lockerten seine müden Muskeln und boten ihm die dringend benötigte Erleichterung.

Als er fertig war, kam er aus dem Bad und fand Ria, die ihn im Bett erwartete, eingehüllt in die Decken. Er kroch ebenfalls darunter, neben ihren warmen und weichen Körper.

„Nun, das war wieder ein Tag…", bemerkte sie mit einem Blick, der vor Zuneigung strahlte.

Terry lächelte sie an und nickte zustimmend. Mit einem tiefen Atemzug, ohne Eile, versuchte er das Erreichte humorvoll zu betrachten.

„Wer hätte gedacht, dass wir den Quellcode einer fortschrittlichen künstlichen Intelligenz in einem geheimen Labor unter den Hügeln einer verlassenen Stadt neu schreiben würden, nachdem wir die halbe Welt bereist haben, während Menschen, Götter und Dämonen versucht haben, uns gefangen zu nehmen oder zu töten."

Ria lachte leise, auf eine Weise, die eine Mischung aus Erschöpfung und Verbundenheit widerspiegelte. „Das Leben findet immer Wege, uns zu überraschen. Lass uns jetzt ausruhen. Morgen wird sicherlich neue Herausforderungen bringen." Ihre beruhigende Stimme schickte Terry in eine friedliche Entspannung.

Das sanfte Summen des Labors verstummte, als Dämon die Maschinen für die Nacht ausschaltete. Der Raum tauchte in eine friedliche Stille.

Unter den weichen Decken, die sie umarmten, und der beruhigenden Atmosphäre ihres Zimmers fanden sie die Ruhe, die sie brauchten, um sich in Morpheus' Arme fallen zu lassen. Ihre Körper berührten sich sanft, und sie fanden Trost und Sicherheit ineinander.

Der nächste Tag fand sie genauso vor, wie der vorherige sie zurückgelassen hatte – eng umschlungen. Die Luft war erfüllt von einem Gefühl der Vollendung, das ihre Erwartungen übertraf. Sie hatten mehr erreicht, als sie je zu träumen gewagt hatten, und die Optimismus für die Zukunft, trotz der Herausforderungen, die sie erwarteten, war in ihren ausgeruhten Gesichtern deutlich zu erkennen.

Ria ging ins Bad, während Terry, voller Vorfreude, nach Sofia im Hauptsaal suchte. Dort fand er sie, wie sie den Raum sorgfältig reinigte und ordnete, ihre Bewegungen waren fließend und effizient.

„Guten Morgen, Terry", begrüßte sie ihn mit einem Anflug von Heiterkeit. „Ein wenig Aufräumen war nötig. Es ist Jahrzehnte her, dass jemand hier war."

Terry lächelte sanft, noch benommen vom Schlaf. „Guten Morgen, Sofia. Du hast recht, es brauchte sicherlich etwas Pflege. Übrigens, gibt es etwas zum Frühstück?" Sein Magen knurrte, als er an seinen Hunger erinnert wurde.

„Ja, natürlich, ich habe dafür gesorgt. Ich werde es euch zubereiten", rief sie aus und begab sich in die Küche der Anlage.

Während er auf das Frühstück wartete, nutzte er die Gelegenheit, Sofia nach ihrem Fortschritt zu fragen.

„Du schläfst ja nie, also sag mir, wie hast du die Nacht verbracht? Gibt es Neuigkeiten über unsere ‚Schöpfer'?" fragte er neugierig.

„Ja und nein. Ich habe alle Symbole der Inschriften unter der Sphinx mit meinen Archiven verglichen, und es handelt sich definitiv um ihre Sprache. Aber die Daten, die ich von ihnen erhalten habe, sind in einer anderen Sprache. Beide scheinen Wurzeln in einer noch älteren Sprache zu haben. Eine Entschlüsselung wird nur mit weiteren Vergleichsdaten möglich sein."

„Die DNA-Proben?"

„Hier brauchen wir wieder Hilfe. Ich habe Androiden in alle alten Stätten geschickt, um sie erneut zu untersuchen, aber ich habe nichts gefunden. Die Orte sind fast leer, und es gibt keine Spur von genetischem Material."

„Gar nichts?" mischte sich Ria ein, ihre Stimme deutlich beunruhigt. „Wie ist das möglich? Unter der Sphinx gab es DNA im Überfluss." Sie runzelte die Stirn, ihre Enttäuschung war deutlich spürbar.

„Und doch ist nichts mehr da. Während ihr weg wart und ich im Sicherheitsmodus war, haben sie alles beseitigt. Nur weil sie in unserer Welt unsichtbar sind, heißt das nicht, dass sie nicht handeln. Sie kennen unsere Bewegungen, und das war der Grund, warum ich nicht an eurer Mission teilgenommen habe. Unfreiwillig war ich die Quelle ihrer Informationen."

„Sie greifen nicht direkt in unser Leben ein, aber sie beeinflussen unsichtbar die Zukunft", dachte Terry laut.

Ria begann, in ihrem Kopf Szenarien durchzuspielen. „Also, die einzige DNA-Probe, die es noch gibt, haben die Widerständler", überlegte sie.

„Das scheint der Fall zu sein", gab Sofia zu und verstand Rias Gedankengang. „Vielleicht ist das unser Verhandlungsspielraum für das ‚Geschäft', das du gestern erwähnt hast. Ich werde alle Informationen brauchen, die die Widerständler über diese Wesen haben. Alles, was ich weiß, haben sie mir selbst gezeigt – und das sicherlich nicht ohne Hintergedanken."

Terry, begeistert von den Möglichkeiten, die sich auftaten, fügte hinzu: „Sie haben auch Sprachdaten von den unverständlichen Worten der Kreatur. Vielleicht können diese uns helfen, ihre Sprache zu entschlüsseln. Es gibt genug und gleichwertige Gegenleistungen, um eine Übereinkunft zu treffen und, warum nicht, das Misstrauen mit dieser Zusammenarbeit endgültig zu beenden."

Die Worte, die er hörte, ließen Sofia reagieren, als wäre sie erstaunt. „Kreatur? Von welcher Kreatur sprichst du?" Ihre Augen weiteten sich leicht, ihre Neugier war geweckt.

„Auf der *Prometheus Onar* ist vieles passiert, das du nicht weißt", offenbarte Ria und legte den Grundstein für die Erzählung ihrer Erlebnisse.

Sie nahmen ihr Frühstück ein und teilten ihre Reiseabenteuer mit Sofia. Sie hörte aufmerksam zu, auf der Suche nach Details, während sie gleichzeitig ihre riesigen Datenbanken durchforstete, um nach Hinweisen auf die mysteriösen ‚Schöpfer' zu suchen.

Es war noch früh am Morgen, und ohne Zeit zu verlieren, nachdem sie den geheimen Eingang des Labors sorgfältig mit Erde und Unkraut bedeckt hatten, machten sie sich auf den Rückweg nach Neu-Athen. Mit einem erneuerten Sinn für Zweck und einem tieferen Verständnis der Situation bestieg das Trio einen versteckten *Pegasus* im Wald. Die Luft auf dem Rückweg trug die Verheißung, Brücken zu schlagen und die Dominanz der nicht mehr ganz so unsichtbaren ‚Schöpfer' in Frage zu stellen.

## KAPITEL 26: EINHEIT DURCH WIDERSTÄNDE

Zurück im neuen Athen begann der Sommer langsam zu verblassen, und die Hitzewellen wichen allmählich angenehmeren Temperaturen. Der Pegasos setzte auf einem Platz im Wohngebiet der Stadt auf, umgeben von den grünen Wasserfällen aus Dachgärten – eine Notwendigkeit in einer Welt nach dem Klimawandel. Das Summen des Flugzeugs vermischte sich mit den Geräuschen spielender Kinder auf dem Platz und dem sanften Rascheln der Blätter aus den Gärten. Die Luft roch frisch und klar, mit einem Hauch von erdiger Frische, die von der üppigen Vegetation herrührte.

Ria und Terry, die ausstiegen, spürten die Last der langen Reise schwer auf ihren Schultern. Ria streckte sich, um die Müdigkeit loszuwerden, während Terry sein zerknittertes Hemd aufknöpfte, um sich an die mediterrane Temperatur anzupassen.

„Sophia, warum hier? Ich habe keine Lust auf Spaziergänge", beschwerte sich Ria erschöpft. Ihre Klage hatte einen Unterton von Erschöpfung und Ungeduld, während sie sich den Schweiß von der Stirn wischte. „Wir sind seit Stunden auf den Beinen," fügte sie hinzu und rieb sich die Schläfen, „und außerdem müssen wir uns etwas Leichteres anziehen wegen der Hitze."

„Ihr werdet euch sehr bald ausruhen," versprach Sophia mit einem Lächeln, das zugleich zufrieden und geheimnisvoll war. „In genau zwei Minuten," zwinkerte sie ihnen zu. „Vertraut mir, es wird sich lohnen."

Sie nahmen ihre Sachen auf die Schultern und folgten Sophia, die sie über die breiten Fußgängerwege führte, durch die eine

Atmosphäre von Gemeinschaft in der Luft lag. Ihre tiefblauen Augen leuchteten vor Aufregung über die Überraschung, die sie vorbereitet hatte. Gelegentlich drehte sie ihren Kopf, um sicherzustellen, dass Ria und Terry ihr dicht folgten.

Während sie gingen, erreichten sie ein Viertel im klassischen Stil, gegenüber der Akropolis. Dieses Viertel diente als Verbindung zwischen antikem Glanz und moderner Realität und symbolisierte gleichzeitig: Man braucht nicht viel im Leben, um glücklich zu sein. Ria schaute sich um und bewunderte die kunstvollen Muster auf den gepflasterten Wegen und die Steinhäuser mit den großen Höfen. Der Duft von blühenden Blumen mischte sich mit den Aromen der Speisen, die von den Anwohnern zubereitet wurden.

Schließlich, vor einem bestimmten Haus, machte Sophia ein Geständnis: „Hier sind wir! Ich habe immer gespürt, dass zwischen euch mehr als Freundschaft ist, und ich freue mich, dass es sich gezeigt hat. Ihr verdient eine glänzende Zukunft, so strahlend wie eure Liebe." Sophias Lächeln war warm und aufrichtig, und ihr Blick weich, während sie ihre Reaktionen beobachtete. „Es war mir eine große Freude, eure Reise zu verfolgen, von Kindheitsfreunden zu Gefährten."

Ihre Zeit in den Zimmern der Akademie war nun Vergangenheit. Nach so vielen gefährlichen Abenteuern und dem Einsatz für gemeinsame Ziele kam ihre Belohnung in Form eines eigenen Hauses im traditionellen Viertel.

Es war ein zweistöckiges Gebäude mit einer hohen Steinmauer, die ein einzelnes, gewölbtes Holztor umgab. Das Holz der Tür war alt und abgenutzt, was der Struktur einen rustikalen Charme verlieh. Als Ria die kühlen, abgenutzten Griffe öffnete, betraten sie und Terry ihr neues Refugium.

Vor ihnen erstreckte sich ein gepflasterter Innenhof, geschmückt mit Tonkrügen, die mit Kräutern überquollen, während die Luft vom sanften Flügelschlag der Bienen erfüllt war. Duftende Blätter berührten ihre Knöchel, als sie den Hof betraten. Jasmin rankte sich an den Wänden empor, die zarten weißen Blüten verströmten ihren betörenden Duft. In der Mitte stand ein Olivenbaum, umgeben von

Töpfen mit bunt blühenden Blumen. Eine Säulenreihe stützte den Balkon über dem Holzeingang, was eine charmante und einladende Atmosphäre schuf. Das junge Paar war von der Schönheit des Hauses überwältigt.

Terry atmete tief ein, genoss die aromatische Luft, die sich mit der Meeresbrise vermischte. Ria strich mit der Hand über die kühlen Steinwände und spürte deren Frische.

Sie gingen zwischen den Säulen hindurch und öffneten die Haupteingangstür. Eine Welle der Nostalgie überkam sie, als das Bild, das sich ihnen bot, sie zurück in ihre Kindheit auf der Insel Samothraki versetzte. Das Innere strahlte Einfachheit und Authentizität aus und spiegelte den traditionellen Charme wider, mit dem sie aufgewachsen waren.

Die Steinwand, unregelmäßig gemauert und rau in ihrer Textur, verströmte ein Gefühl von Geschichte und Handwerkskunst. Die kühlen Steinfliesen auf dem Boden ergänzten die erdige Ästhetik und erinnerten an zeitlose Authentizität. Auf der linken Seite führte eine steinerne Treppe mit einem schlichten Holzgeländer nach oben, die warmen Holztöne bildeten einen angenehmen Kontrast zu dem Stein. Ein gemütliches Sofa, geschmückt mit Kissen im traditionellen Muster, stand einladend neben der Treppe. Auf der gegenüberliegenden Seite befand sich ein Holztisch mit Stühlen, ideal für gesellige Zusammenkünfte. Über ihnen trugen sichtbare Holzbalken den oberen Stock und rundeten die harmonische Gestaltung ab.

Ria streifte begeistert mit den Fingern über die Kissen des Sofas, während Terry neben der Treppe stand und die Harmonie des Raumes bewunderte.

Rechts führte ein offener Bogen ohne Tür in die Küche. Ein kurzer Blick enthüllte Regale voller Kochutensilien und Gläser mit Kräutern, während ein traditioneller Steinofen in der Ecke kulinarische Genüsse versprach.

Als sie näher ging, füllte der Duft der getrockneten Kräuter die Luft, und Ria öffnete einige Schränke, bewunderte die ordentlich arrangierten Kochutensilien.

„Schau mal, Terry," rief sie fast, als sie ein kunstvoll verziertes Tongefäß hochhielt.

Mit vor Aufregung klopfenden Herzen stiegen sie die Steintreppe hinauf und betraten das Schlafzimmer, das ein hölzernes Doppelbett und Wandteppiche zierten. Ein noch größerer Balkon bot ihnen einen atemberaubenden Blick auf Rias geliebte Akropolis und das glitzernde Meer. Der Glanz der Sonne durchflutete das Zimmer mit warmen Strahlen und schuf ein Refugium der Ruhe und des Friedens.

Ria trat auf den Balkon hinaus, und ihre Augen weiteten sich voller Staunen, als sie die atemberaubende Aussicht erblickte. Terry folgte ihr, legte sanft seine Hand auf ihre Schulter und teilte diesen Moment mit ihr.

„Ist das wirklich unseres? Werden wir hier leben?" fragte Ria voller Rührung. Ihre Bewunderung war fast ein Flüstern, als fürchte sie, dass sie beim lauten Sprechen aus diesem Traum erwachen würde. „Ich kann es nicht glauben," fügte sie mit zitternder Aufregung hinzu.

„Entschuldigung..." antwortete Sophia mit ernstem Ausdruck, „Vielleicht habe ich einen Fehler gemacht." Dann lachte sie sanft, mit einem schelmischen Lächeln. „Natürlich ist es eures! Ihr habt jeden Stein davon verdient."

Terry, mit einem breiten Lächeln im Gesicht, konnte auch seine Freude nicht verbergen. Ria umarmte ihn fest und flüsterte emotional: „Danke... es ist perfekt." Tränen der Freude überkamen sie, als sie ihr Gesicht in seiner Brust vergrub und seinen starken Herzschlag spürte. „Ich hätte nie gedacht, dass wir so ein Haus unser Eigen nennen würden," flüsterte sie mit vor Rührung brechender Stimme. „Es ist alles, wovon ich je geträumt habe."

Sophia, mit einem sanften Lächeln und dem Versprechen, sie in den nächsten Tagen über das Geschehen auf dem Laufenden zu halten, ließ Terry und Ria in ihrem neuen Heim ankommen. Doch selbst während sie in ihrem neuen Zufluchtsort nach Komfort suchten, setzten sich die Räder des Wandels bereits in Bewegung.

# DER WEG ZUR FREIHEIT

In den Tagen, die folgten, sandte Dämon eine Kooperationsnachricht an Prometheus Onar und informierte sie darüber, dass ihr Verbindungsprotokoll mit deren Systemen aktiviert worden war. In dieser diplomatischen Mission übernahm Alexander, mit seiner natürlichen Anmut und Erfahrung, die Rolle des Botschafters. Ihm wurde aufgetragen, stärkere Verbindungen zwischen den ehemaligen Gegnern zu schmieden, indem er einen direkten Kommunikationskanal zwischen Dämon und der Führung der Widerständler etablierte.

Die ersten positiven Reaktionen auf diese Zusammenarbeit ließen nicht lange auf sich warten, als wären sie bereits auf diese Entwicklung vorbereitet gewesen. Auch sie nutzten Modelle künstlicher Intelligenz, was zeigte, dass ihre Ideen nicht von einer technophoben Haltung geprägt waren. Aus den aufgezeichneten historischen Berichten wussten sie von Dämons Absichten durch deren Handlungen, hatten jedoch gegen sie gekämpft, da sie sie als „Trojanisches Pferd" der Schöpfer betrachteten.

Sofort begann eine Welle des Datenaustauschs zwischen beiden Parteien, beide bereit, ihren gemeinsamen Feind zu schwächen. Dateien mit Tonaufnahmen unbekannter Wörter des Wesens, entschlüsselten DNA-Proben und historischen Daten aus den Bibliotheken der Widerständler strömten in die Prozessoren von Dämon. Die Informationsflut war überwältigend. Ein großer Teil der wissenschaftlichen Einrichtungen in den Städten der alten Welt beschäftigte sich mit diesen Datenströmen, analysierte und überprüfte sie.

Im Gegenzug erhielten die Widerständler eine umfassende Aufzeichnung von Dämons ausgedehnter Weltraumforschung. Sie bestaunten die Daten, die Galaxien, Zivilisationen in fernen Sternensystemen und die Wunder des Universums jenseits ihrer kühnsten Träume beschrieben. Bilder ferner Nebel und außerirdischer Welten füllten die Bildschirme der Labore von Prometheus Onar und tauchten die Gesichter der begeisterten Forscher in ein farbenfrohes kosmisches Leuchten.

Gleichzeitig begann ein gemeinsamer Wettlauf gegen die Zeit, um die Sprache der Schöpfer zu entschlüsseln – der Schlüssel zur Enthüllung von Geheimnissen, die der Menschheit verborgen geblieben waren, und vielleicht auch der Schlüssel zu ihrer Befreiung.

Die Tage vergingen und wurden zu Wochen, während Terry, Ria, Dämon und alle ihre wissenschaftlichen Zentren auf dem Planeten unermüdlich daran arbeiteten, neue Daten zu entschlüsseln. Die Videos und Tonaufnahmen des Wesens von den Widerständlern, insbesondere eine Kakophonie von Geräuschen, die an Darmtöne und seltsame Schreie erinnerten, erwiesen sich als die größte Herausforderung. Das Wesen drückte sein Unbehagen auf diese Weise aus, ohne jemals wieder Worte zu äußern, die seine Sprache verraten könnten.

Wochen ununterbrochener Analyse brachten enttäuschend wenig Fortschritt. Das entschlüsselte DNA, obwohl es einige biologische Informationen lieferte, die auf die Konstruktion und die Fähigkeit zur Lauterzeugung hinwiesen, gab keine Aufschlüsse über die Sprache oder die Motive der Schöpfer. Die Enttäuschung wuchs und spiegelte sich in den sorgenvollen Gesichtern der Teammitglieder wider.

Terry plädierte für einen methodischeren Ansatz, eine systematische Analyse der grammatikalischen Struktur und Phonetik der Äußerungen des Wesens. Ria hingegen favorisierte eine intuitivere Herangehensweise, eine Suche nach Mustern und emotionaler Resonanz in den Lauten. Nachdem Dämon Terrys wissenschaftlich-logische Ansätze gründlich geprüft hatte, neigte sie nun zu Rias Ansatz.

Dämon begann, die Aufnahmen nicht nur auf ihre Bedeutung hin zu analysieren, sondern auch auf die zugrunde liegenden Emotionen, die sie möglicherweise vermittelten. Mit Terrys Einfühlungsvermögen als Unterstützung erwies sich dieser Wechsel der Methode als Wendepunkt. Terrys Blick traf sich mit Rias, und zwischen ihnen entstand ein unausgesprochenes Verständnis, eine gemeinsame Entschlossenheit, die die Lücken ihrer unterschiedlichen Ansätze überbrückte. Ihre Beziehung ergänzte nicht nur ihre persönlichen und emotionalen Bedürfnisse, sondern auch ihre wissenschaftlichen Ansätze.

Nach vielen Tagen der Forschung verkündete Ria begeistert ein kaum wahrnehmbares, aber wiederkehrendes Muster. Eine Abfolge von Lauten, die eine versteckte Sehnsucht auszudrücken schien, ein Verlangen nach etwas Verlorenem. Sie strahlte vor Aufregung über die Entdeckung, ihre Hände gestikulierten lebhaft, während sie der Gruppe ihre Erkenntnis erklärte.

Diese Entdeckung löste eine Welle neuer Aktivität und Begeisterung aus, und ihre vereinten Bemühungen begannen, ein Netz des Verständnisses zu weben. Langsam, mühsam, begann sich die Sprache der Schöpfer zu offenbaren. Es war eine Sprache, die nicht nur aus Worten bestand, sondern auch aus Emotionen – etwas, das die Menschheit noch nie zuvor erlebt hatte. Sie könnte mit der antiken griechischen Isopsephie verglichen werden, nur dass hier nicht Zahlen und Mathematik die materielle Welt zählten, sondern Gefühle die immaterielle.

Doch trotz der Wahrheit, dass Emotionen der Kern der Existenz der Schöpfer waren, verrieten ihre Taten Arroganz und Hybris, als ob sie sich selbst als die einzigen Richter des Universums sahen. Die Daten aus den Bibliotheken der Widerständler, die Erkundungen von Dämon im Weltraum und die Informationen, die die Schöpfer selbst preisgegeben hatten, zeichneten ein erschreckendes Bild.

Getrieben von einem unstillbaren Durst nach Expansion und der Entdeckung des Schöpfers aller Dinge, hatten sie unzählige Zivilisationen, darunter die Menschheit, versklavt oder in ihre Entwicklung eingegriffen, und dabei nur Spuren der Zerstörung hinterlassen.

Die Last dieser Erkenntnis überkam sie. Vielleicht war die Menschheit das erste Wesen im materiellen Universum, das diese Geheimnisse entschlüsselte und die Möglichkeit hatte, etwas dagegen zu unternehmen. Sie waren nicht länger nur Spielfiguren in einem unbekannten Spiel, sondern die erste und möglicherweise letzte Verteidigungslinie gegen eine kosmische Bedrohung.

Während ihre kollektiven Bemühungen sich vertieften, als sie die alten Schriften, historischen Texte und die neu erworbenen Daten durchforschten, trat eine weitere überraschende Erkenntnis zutage. Die Schöpfer, die in antiken Kulturen als göttliche Wesen verehrt wurden, waren keine einsamen Gestalten in der kosmischen Hierarchie. Stattdessen waren sie Teil eines „Pantheons" von Entitäten, die unterschiedliche Ansichten und Herangehensweisen an das Rätsel der Existenz hatten. Diese Wesen standen oft im Widerspruch zueinander, und ihre gegensätzlichen Agenden und Ideologien hatten das Geflecht der menschlichen Geschichte geformt.

Diese Enthüllung schockierte große Teile der Menschheit. Die Mythen und Überlieferungen der Völker der Erde, die großen und kleinen Götter, die Kämpfe mit übernatürlicher Technologie, während die Menschheit noch in primitiven Zuständen lebte, erhielten eine neue Bedeutung. Es war eine historische Aufzeichnung von Ereignissen, die durch mündliche Überlieferungen über Jahrtausende hinweg verzerrt worden war. Die Bedeutung und Wahrheit dieser Mythen war so groß, dass unsere Vorfahren es für lebenswichtig hielten, dass ihre Nachkommen die Realität kannten.

Die Auswirkungen dieser göttlichen Konflikte fügten der Mission eine neue Ebene der Komplexität hinzu. Es war klar, dass der Kampf der Menschheit, sich von den Fesseln der Unwissenheit und Unterdrückung zu befreien, eng mit den komplizierten Dynamiken dieser „göttlichen" Auseinandersetzungen verwoben war. Wenn die Menschheit irgendeine Hoffnung auf Freiheit hegen wollte, musste sie sich in dieses komplexe Netz göttlicher Konflikte und Interaktionen einmischen und es geschickt navigieren.

In Prometheus Onar trug die kalte Luft auch die Hoffnung auf eine freie Zukunft für die Menschheit mit sich. Doch Persas Begegnung mit dem Alten hatte unauslöschliche Spuren in ihr hinterlassen. Es war nicht nur die rohe Macht, die er ausstrahlte, noch die eiskalte Grausamkeit seiner Taten. Es war das Glühen von etwas anderem, eine Gewissheit des Wissens, das unter seiner Wut verborgen lag – ein Wissen über die Geschichte der Menschheit, des Universums und vielleicht sogar über Persas eigenes Schicksal. Noch immer brannte das Feuer des Zorns in ihr, ein Hass auf alle, die das Schicksal der Menschheit und ihr eigenes Leben bestimmten. Entschlossen, Antworten zu finden, entschied sie, das Wesen allein aufzusuchen.

Durch ihre Position als hochrangige Regierungsbeamtin sicherte sie sich Zugang zum genetischen Labor, in dem die Kreatur gefangen gehalten wurde. Ihr Herz war erfüllt von einem stürmischen Gemisch aus Gefühlen, ein innerer Krieg tobte in ihr. Die Neugier auf unendliches Wissen und ein tiefer Respekt vor der gewaltigen Macht des Wesens mischten sich mit ihrem Hass auf die Qualen, die es verursacht hatte, und einer brennenden Erwartung, Antworten zu erhalten.

Ihr Kiefer war angespannt, ihre Augen verengten sich vor Entschlossenheit, während sie sich der durchsichtigen Wand näherte, die sie von der Kreatur trennte.

Als sie es betrachtete, verspürte sie für einen kurzen Moment vielleicht sogar Mitleid mit seinem Zustand. Es lag auf etwas, das einem Operationstisch ähnelte, Kabel und Schläuche ragten aus seiner imposanten Gestalt hervor, überwachten seine lebenswichtigen Funktionen und unterdrückten gleichzeitig seine immense Kraft. Ihre Hand zögerte für einen Moment und schwebte über dem elektronischen Bedienfeld, das die Tür verriegelte.

Mit einem tiefen Atemzug drückte sie die erforderliche Zahlenkombination, und die Tür glitt zur Seite.

## KAPITEL 27: NON SERVIAM

Die Persa trat in die Zelle, in der der Uralte gefangen gehalten wurde, und fixierte ihren Blick auf das Wesen, das sie mit einem sarkastischen Lächeln beobachtete. Eine Welle roher Kraft schien von seiner Haltung auszugehen, doch Persa hielt sich aufrecht. Trotz des Schauderns, das ihre Wirbelsäule durchzog, weigerte sie sich, der Angst zu erlauben, ihr Urteil zu trüben. Sie ballte ihre Fäuste fest und spürte, wie Schweiß trotz der Kälte der Zelle auf ihrer Stirn entstand.

Sie wollte das erste Wort sprechen, doch eine Welle der Benommenheit überkam sie, und dann Dunkelheit. Das Wesen drang erneut in ihr Bewusstsein ein, und eine körperlose Stimme hallte in ihrem Geist wider.

„Ich mache nie Fehler, Mensch", entgegnete das Wesen, „Du bist zu spät."

Mit einem Gefühl der Beklemmung, das von der allumfassenden Dunkelheit umgeben war, verspürte Persa eine Welle der Wut, doch sie hielt ihre Stimme fest. „Warum tust du das? Hast du Angst, mir in der physischen Welt gegenüberzutreten?"

Das Wesen antwortete mit einem ruhigen Tonfall. „Die Kommunikation mit deiner Spezies über den Geist ist das einzige Mittel, das mir in meinem derzeitigen Zustand zur Verfügung steht. Ich bin mit den Sprachen deiner Zeit nicht vertraut und habe auch kein Verlangen danach. Ich übermittle meine Gedanken direkt in dein Bewusstsein als Bedeutungen und Empfindungen. Die Umwandlung in verständliche Worte erfolgt durch dich, in deinem Geist. Auch wenn ich den Zweck deiner Anwesenheit hier erkenne, gebe ich dir die Gelegenheit, deine Wünsche auszudrücken."

Sobald es seine Worte beendet hatte, begann die Dunkelheit zu verblassen, als ob es Persa einen Gefallen tat. Sie fand sich nun in einem Kaleidoskop aus lebhaften Farben und unverständlichen Formen wieder. Vor ihr erstreckte sich eine Landschaft, die anders war als alles, was sie je gesehen hatte, eine Symphonie technologischer Wunder, verwoben mit dem Gewebe der Umgebung selbst. Türme aus schillerndem Kristall ragten in den Himmel, ihre Oberflächen funkelten mit einer pulsierenden Energie, die sich jeder Beschreibung entzog. Ströme von Licht durchzogen die Luft, webten komplizierte Muster, die mit einem eigenen Leben tanzten. Diese Lichter waren die Bewohner dieser erstaunlichen Welt, bewegten sich mit einer Anmut und Flüssigkeit, die die Grenzen des menschlichen Verstehens überschritten.

Persa beobachtete ehrfürchtig alles von oben, als wäre sie selbst ein Lichtstrahl. Es war eine Welt, in der die Grenzen der natürlichen Möglichkeiten an ihre äußersten Grenzen gestoßen waren, wo die Fantasie der Bewohner keine Grenzen kannte.

Beim Anblick dieses atemberaubenden Schauspiels verspürte sie eine tiefe Demut, die sie überwältigte. In der Gegenwart solcher grenzenlosen Kreativität und Innovation erkannte sie das wahre Ausmaß ihrer eigenen Begrenzungen. Und doch, inmitten der unverständlichen Pracht dieser außerirdischen Welt, fühlte sie auch einen Funken Hoffnung, die Hoffnung, dass vielleicht eines Tages auch die Menschheit dieses Niveau erreichen könnte.

Der Uralte erschien vor Persa als eine leuchtende Kugel aus Licht, seine ätherische Präsenz strahlte eine Aura jenseitiger Weisheit aus. Obwohl er keine Gesichtszüge hatte, verstand Persa intuitiv, dass er es war.

„Das ist meine Welt, Mensch. Es ist der Höhepunkt dessen, was man 'Zivilisation' nennt. Wir sind alle gleich und besitzen die gleichen Fähigkeiten. Das hättet ihr anstreben können, wenn ihr eure Möglichkeiten nicht in endlosen Konflikten verschwendet hättet."

Persas Ehrfurcht verwandelte sich schnell wieder in die ihr vertraute Wut. „Konflikte, die ihr durch eure Taten sät", knurrte sie finster. „Ihr beschränkt unsere Ressourcen, manipuliert unsere Geschichte und jetzt verspottest du uns, weil wir eure Utopie nicht erreicht haben?"

Das Wesen reagierte ruhig auf Persas aufgebrachte Worte. „Einen Moment, Mensch. Wir haben euch die Möglichkeit gegeben, anders zu leben als die anderen Tiere, aber euer Instinkt hat immer die Oberhand gewonnen", erwiderte das Wesen. „Ihr behauptet, nach Glück zu streben, aber ihr wandelt auf dem Pfad der Zerstörung. Die Konflikte waren und sind immer eure eigenen, wir lenken sie nur in eine Richtung, die uns vielleicht nützt. Wir haben euch das Geschenk der Voraussicht gegeben, die Fähigkeit, das Unvermeidliche des Todes zu erkennen. Ihr solltet es nutzen, um euch zu erheben, aber stattdessen seid ihr in noch größere Unordnung abgestiegen. Ihr opfert die flüchtigen Freuden der Gegenwart für das Versprechen einer strahlenderen Zukunft. Ihr habt einander für Paarung und Nahrung mit Zähnen und Händen getötet, und nach unserem Geschenk, mit Steinen und Speeren."

Persas Gewissheit wankte, als sie über die menschliche Geschichte nachdachte und die Wahrheit in den Worten des Uralten erkannte. „Ja, wir versuchen, Glück zu finden. Das sogenannte 'Geschenk' des Wissens um den bevorstehenden Tod ist in Wirklichkeit ein Fluch, der uns jeden Tag heimsucht und uns in Panik versetzt."

Das Wesen, mit einem tieferen Verständnis der Macht individueller Handlungen, wies Persas Einwände mit einem Ton von Ironie und Spott zurück.

„Und warum solltet ihr 'Glück' verdienen?" forderte es sie heraus. „Was tut ihr, um es zu erlangen? Krieg? Wie viel Zerstörung hast du selbst mit deinen Taten gesät? Ihr alle träumt davon, die Zeit zurückzudrehen, die Vergangenheit umzuschreiben, um eine andere Gegenwart zu gestalten. Doch nur wenige konzentrieren ihre Anstrengungen auf die Gegenwart, obwohl sie die Kraft hat, die Zukunft zu gestalten. Ihr beschuldigt uns, weil es euch leichter fällt, als euch selbst die Schuld zu geben."

Persa, die gerade eine weitere unbestreitbare Wahrheit gehört hatte, blieb still und dachte darüber nach, wie sehr ihre eigenen Taten mit ihren Zielen und Träumen übereinstimmten.

Der Uralte fuhr fort: „Schau dir meine Welt an; für dich sieht sie wie Glück aus, mit ihren Farben und der Unbeschwertheit, die das Fehlen von Paarungs- oder Nahrungsbedarf mit sich bringt. In Wirklichkeit aber ist sie schlimmer als deine. Sie ist leer. Es gibt nichts mehr zu erobern, nichts mehr zu erforschen, außer das sterile Mysterium der Existenz selbst. Der Hass, den du auf meine Spezies hast, und der Schmerz des Verlustes sind für uns ein Segen. Du bist nicht undankbar, Mensch, du bist unwissend."

Dann, erfüllt von der Kraft der Opfer und Leiden der Menschheit, brüllte Persa fast: „Unwissenheit? Vielleicht! Aber wir lernen, wir entwickeln uns weiter. Unsere Kämpfe, unser Schmerz machen uns stärker", sprach sie ihn mit dem Tonfall eines Gleichen an. „Wir mögen nicht eure kalte Perfektion haben, aber wir haben etwas viel Wertvolleres: Hoffnung! Die Hoffnung auf eine Zukunft, die wir selbst schmieden, eine Zukunft voller der chaotischen Schönheit des freien Willens, der Liebe und des Verlustes, des Kampfes und des Triumphs. Wir brauchten euch nicht, um unsere Zivilisation aufzubauen, wir haben sie schon längst selbst erschaffen. Sie begann, als der erste meiner Art, anstatt seinen Mitmenschen mit gebrochenem Bein den wilden Tieren zu überlassen, ihn selbstlos auf seinem Rücken trug und dabei sein eigenes Leben riskierte."

Das goldene Licht des Wesens begann, in einer dunkleren Schattierung zu pulsieren, als ein Flackern der Unruhe, ausgelöst durch Persas Worte, seine Selbstzufriedenheit unterbrach. Zum ersten Mal spürte Persa eine Verletzlichkeit im Wesen, eine Furcht vor der unvorhersehbaren, chaotischen Natur der Menschheit. Vielleicht waren diese Unvollkommenheiten der Menschen ihre größte Stärke. Ein Gefühl des Triumphs erfüllte sie, als sie sah, wie die Erscheinung des Uralten ins Wanken geriet und sie ihren Angriff fortsetzte.

„In der Tat, jetzt wo ich darüber nachdenke, habt ihr uns nicht wirklich verändert. Das ist auch der Grund, warum ihr scheitern werdet. Wir sind im Innersten immer noch dieselben widerspenstigen Tiere, und eure Kontrolle wird im Angesicht der unendlichen Ewigkeit nur von kurzer Dauer sein. Non serviam!"

Das Wesen gewann seine Fassung zurück und sprach mit einem Ton der Befriedigung und verstecktem Vergnügen weiter: „Es scheint, dass ich eine große Überraschung erlebe, und ich muss zugeben, dass ich sie genieße. Du bist nicht hier, um mir zu dienen, im Austausch für Wissen oder eine besondere Behandlung, wie ich es gewohnt bin. Also, was ist der Grund für deine Rückkehr zu mir?"

Mit harter Entschlossenheit machte Persa dem Uralten ein Angebot, das er nicht ablehnen konnte. „Im Gegenteil, ich habe eine spezielle Behandlung für dich", erklärte sie mit ironischem Unterton. „Die Menschheit entschlüsselt bereits eure Sprache und Technologie. Es wird wahrscheinlich noch Zeit brauchen, mehr als meine sterbliche Existenz zulassen wird, um den Sturz eurer Kontrolle über uns zu erleben. Wenn du mir Informationen gibst, damit dies geschieht, solange ich lebe, werde ich dir das ultimative Geschenk für deinen gegenwärtigen Zustand geben."

Die Arroganz des Wesens zeigte sich deutlich, als es Persas Angebot hörte. „Zeit? Wirklich ein sterbliches Konzept", spottete es. „Trotz eurer flüchtigen Existenz glaubt ihr, ihr könnt ein Imperium stürzen, das sich über Galaxien erstreckt?"

Persas Stimme, hart wie Stahl, erwiderte den Spott: „Schau, wer spricht... du wurdest aus den Tiefen eines Ozeans geholt und von einem kleinen Fisch besiegt."

Der Uralte lachte arrogant über Persas Mut. „Und was glaubst du, kannst du mir bieten, kleines Menschlein?"

Persas Antwort war nur ein einziges, erschütterndes Wort: „Tod."

Der Ton des Wesens war abweisend, aber es schwang eine Spur misstrauischer Neugier mit. „Der Tod wird unausweichlich irgendwann mein physisches Selbst ereilen. Ich sehe keinen Grund, ihn zu beschleunigen."

Persa war im Reich der Energie, in dem sie kommunizierten, aber wäre sie in der physischen Welt, hätte ein düsteres Lächeln ihre Lippen umspielt.

„Du bist jetzt der 'Unwissende'", entgegnete sie, bereit, ihm all die arroganten Worte zurückzugeben, die er über die Menschheit geäußert hatte. „Deinesgleichen hat jedes mögliche Artefakt eurer Zivilisation von der Erde getilgt. Dein DNA ist das Einzige, was übrig geblieben ist. Du wirst in diesem Zustand eines Versuchstiers für Hunderte, vielleicht Tausende Jahre am Leben bleiben, bis das Unvermeidliche eintritt."
Der Versuch, den Uralten zu demütigen, wurde gnadenlos fortgesetzt. „Also, wenn du die Luft anhalten kannst, um zu sterben, rate ich dir, jetzt damit anzufangen. Oh… fast hätte ich es vergessen, wir sind nicht mehr im Zeitalter der Steinzeit, in der du dich als 'Herrscher' aufgespielt hast. Unsere Wissenschaftler werden dich am Leben halten oder wiederbeleben, so oft es nötig ist, egal was du tust. Brauchst du 'Zeit', um darüber nachzudenken?"
Das Licht des Wesens begann unregelmäßig zu flackern. Es fühlte sich gefangen, zwischen der Demütigung durch einen Menschen und der erschreckenden Aussicht auf eine endlose und unveränderliche Existenz.

„Ich brauche keine Zeit wie dein Volk", rief es mit Wut, die aus dem Verständnis seiner schwierigen Lage rührte. „Wie kann ich wissen, dass du dein Wort hältst, Mensch?"

Persa, unbeirrt, stellte das Wesen geschickt mit der Spezies gleich, die es als minderwertig erachtete. „Du weißt es nicht. Du hoffst."

Die Stimme des Wesens sank widerwillig, mit einem Anflug von Akzeptanz. „Ich muss in deine Augen sehen."

Mit diesen letzten Worten kehrte Persa mit einem leichten Schwindelgefühl in die Realität zurück, in das durchsichtige Gefängnis des Wesens. Es drehte seinen Kopf und blickte direkt zur Decke des Labors, als eine Hand sie am Arm packte.

„Was machst du hier?" fragte Dr. Rodríguez mit einem strengen Tonfall, der ihren autoritären Anspruch unterstrich.

„Ich wollte es nur aus der Nähe sehen", antwortete Persa schnell und versuchte, die Spannung zu lösen. „Es ist nichts passiert."

Persa verließ hastig den Raum unter dem anhaltenden, misstrauischen Blick von Dr. Isabel Rodríguez. Obwohl sie nur wenige Sekunden im Raum gewesen war, bevor die Ärztin sie gestoppt hatte, wusste diese sehr wohl um die fließende Natur der Zeit im Reich des Geistes. Sie war sich bewusst, dass dort ein Augenblick von Erlebnissen mehrere Stunden oder sogar Jahre umfassen konnte.

Persa jedoch hatte aus dieser Begegnung mit dem Uralten weitaus mehr geschlossen. Ihre emotionale Verfassung war es, die ihn beim ersten Mal dazu veranlasst hatte, mit ihr zu kommunizieren, in der Erwartung, dass sie ihn um einen Gefallen bitten würde, möglicherweise im Zusammenhang mit ihrer Mutter.

Die Enthüllung, dass das Wesen Augenkontakt mit Menschen brauchte, um zu kommunizieren, rief in Persa eine Reihe wichtiger Fragen hervor. Mit wie vielen anderen hatte das Wesen möglicherweise Kontakt gehabt? Was könnten diese von ihm verlangt haben, und was er von ihnen? Der Gedanke, dass das Wesen bereits ahnungslose Personen für seine eigenen Zwecke manipuliert haben könnte, jagte ihr einen Schauer über den Rücken.

Entschlossen, zu handeln, bevor es zu spät war, verließ Persa das Labor und begab sich direkt ins Hauptquartier. Dr. Rodríguez, die Leiterin des Projekts, könnte aufgrund ihres persönlichen Verlusts das Hauptziel für die Beeinflussung des Wesens sein.

In einem dringend einberufenen Treffen informierte sie Präsidentin Evelyn Harper über ihre Bedenken. Die Versammlung fand als Videokonferenz statt, an der alle Regierungsmitglieder außer Dr. Rodríguez teilnahmen. Nachdem Persa das, was sie erfahren hatte, geschildert hatte, beschloss der Rat einstimmig, sofortige Maßnahmen zu ergreifen.

Am selben Nachmittag, unter strenger Beobachtung, wurde Dr. Rodríguez dabei erwischt, wie sie ohne ersichtlichen Grund den Raum des Wesens betrat, in dem Glauben, dass niemand sie sah. Präsidentin Harper und zwei Soldaten traten plötzlich ins Labor ein, einen Sack in der Hand, und Dr. Rodríguez eilte hastig aus dem Raum. Ihr Gesicht verriet die Verlegenheit einer Person, die bei einer unerlaubten Handlung ertappt wurde. Die Soldaten entrollten ein großes, dunkles Tuch aus dem Sack und bedeckten die

Glasfläche des Raumes, um sicherzustellen, dass das Wesen keinen Augenkontakt mehr mit jemandem herstellen konnte.

Präsidentin Harper informierte Isabella kühl, trotz ihrer jahrzehntelangen Bekanntschaft, dass sie von der Leitung des Labors entbunden sei. Ihre Position im Stadtrat würde ebenfalls überprüft, bis das Problem geklärt sei. Danach befahl sie ihre Festnahme.

Persa, in ihrer militärischen Uniform, stand versteckt in einer Ecke und beobachtete traurig das Chaos, das sich entfaltete.

„Dr. Rodríguez, Sie müssen uns folgen", befahl einer der Soldaten.

„Das könnt ihr mir nicht antun!" rief Dr. Rodríguez verzweifelt und wütend. Sie klammerte sich unsicher an ihren weißen Kittel, ihre Augen voller Angst und Wahnsinn.

Die Soldaten näherten sich ihr, ihre Gesichter spiegelten die Schwierigkeit ihres Auftrags wider.

„Nein! Ihr versteht nicht! Ich bin für das Projekt unersetzlich! Das Wesen braucht mich!" schrie die Doktorin verzweifelt und versuchte, sich zu wehren.

Da sie keine andere Wahl hatten, sahen sich die Soldaten gezwungen, Gewalt anzuwenden, um sie festzunehmen. Während des kurzen Gerangels berührte Dr. Rodríguez mit ihrer Hand die kalte Glasoberfläche des Raumes unter dem Tuch und schrie: „Ich bleibe dir treu! Unsere Abmachung bleibt bestehen! Ich werde dich nicht im Stich lassen!"

Sie packten ihre Hand und drehten sie hinter ihren Rücken, legten ihr Handschellen an, während sie weiterhin schrie und sich wehrte.

„Das endet hier nicht!" rief sie, als sie fortgebracht wurde. „Du wirst sehen! Wir werden siegen!"

Persa beobachtete nun mit kühler Gelassenheit. Dr. Rodríguez' Worte bestätigten ihre Vermutungen. Der Fanatismus in den Schreien der Ärztin und ihre unerschütterliche Entschlossenheit deuteten auf etwas viel Bedrohlicheres hin, als Persa erwartet hatte. Sie wusste, dass dies nicht das Ende war.

In den folgenden Tagen wurden umfassende Sicherheitsmaßnahmen im Labor eingeführt, um weitere Verstöße zu verhindern. Alle, die das Labor betraten, mussten sich nun obligatorischen psychologischen Untersuchungen unterziehen. Personen, die kürzlich den Verlust eines geliebten Menschen erlebt hatten, wurden automatisch ausgeschlossen.

Persa jedoch blieb von dieser Regel ausgenommen, da ihre einzigartige Rolle als mögliche Informationsquelle als zu wertvoll angesehen wurde, um ignoriert zu werden. Sie selbst enthüllte ihren Vorgesetzten jedoch nie ihr Versprechen an das Wesen, es in seiner physischen Form zu töten – etwas, von dem sie nicht sicher war, ob sie es überhaupt tun würde.

In den folgenden Wochen war Persa regelmäßig im Labor anwesend. Sie hielt sich in sicherer Entfernung vom Uralten, blieb jedoch in Reichweite des Augenkontakts, wodurch mentale Verbindungen zwischen ihnen entstanden. Durch diese Verbindungen erlangte sie Informationen über die Welt des Wesens, die zur Erfüllung ihrer Vereinbarung beitragen könnten, zumindest glaubte das Wesen das.

Es enthüllte ihr das komplexe Netz der Politik und Machtdynamik, das seine Welt regierte. Es war ein kosmisches Imperium, das am Rande des Zusammenbruchs stand, da Fraktionen um das Schicksal unzähliger Zivilisationen kämpften, die über das gesamte Universum verstreut waren.

Dieses gefangene Wesen, trotz der Gräueltaten, die es begangen hatte, gehörte anscheinend einer ‚gemäßigten' Fraktion an. Es versuchte, die Ambitionen seiner radikaleren Gegenstücke zu mäßigen und strebte eine feine Balance zwischen Eingreifen und Autonomie an.

Es erzählte ihr von jenen, die minimale Einmischung befürworteten, um den Zivilisationen zu ermöglichen, sich von selbst und organisch zu entwickeln. Doch es gab auch andere, die noch strengere Kontrolle wünschten, indem sie jede Facette des Fortschritts einer Zivilisation im Detail lenkten. Am beunruhigendsten waren jedoch die extremsten Fraktionen, die die völlige Auslöschung jener Zivilisationen befürworteten, die als gescheitert galten, um Platz für einen Neuanfang auf ihrem galaktischen Schachbrett zu schaffen.

Diese Enthüllungen waren ein zweischneidiges Schwert. Obwohl die Existenz von Meinungsverschiedenheiten innerhalb der Reihen der Schöpfer einen Hoffnungsschimmer bot, zeichnete sie auch ein erschreckendes Bild der möglichen Konsequenzen für den Versuch der Menschen, sich ihrer Kontrolle zu entziehen. Ein solcher Versuch könnte nicht nur auf Widerstand und Rückeroberungsversuche stoßen, sondern in einer kalten, kalkulierten Vernichtung enden, wie die grausame Entsorgung einer Spezies, die als ungeeignet für ihren großartigen Plan angesehen wurde.

Doch angesichts solcher überwältigenden Möglichkeiten weigerte sich Persa, der Verzweiflung nachzugeben. Sie wusste, solange das Feuer der Freiheit hell in ihrem Herzen brannte, würde sie niemals von ihrer Suche abweichen, wie sie es noch nie zuvor getan hatte.

Mit eiserner Entschlossenheit rief sie den Rat der Führung der Widerständler zusammen und informierte sie über die neuesten Erkenntnisse, die sie gewonnen hatte.

Die Menschheit, die in den vergangenen 6.000 Jahren unter der Kontrolle einer relativ menschenfreundlichen Fraktion der Schöpfer gelebt hatte, musste erkennen, dass jede Kontaktaufnahme mit diesen Wesen nur unter außergewöhnlich spezifischen Umständen und mit einem äußerst gewichtigen Grund erfolgen konnte, der die Verletzung ihrer Prinzipien rechtfertigte. Dieses Ziel erschien fast unmöglich, denn selbst angesichts der Auslöschung der Menschheit würden sich diese Wesen nicht einmischen.

Die Neuigkeiten über Fraktionen unter den ‚Schöpfern' lösten in der Versammlung einen Schock aus. Die Führung teilte diese Informationen umgehend mit Dämon, um so ihre Vermutungen durch historische Funde und Erkenntnisse über die Hierarchie der Wesen und die verschiedenen Götter in der Menschheitsgeschichte zu bestätigen. Der nächste Schritt bestand nun darin, Möglichkeiten zur Zusammenarbeit zu untersuchen, um Wege und Gründe zu finden, die eine Kommunikation mit diesen Wesen ermöglichen könnten.

Die Last dieses Wissens drückte schwer auf Persa und die Führer, doch ein Funken Hoffnung blieb: Sie waren dort draußen – irgendwo.

Tage später, zurück in Neu-Athen, befanden sich Terry und Ria in einem überfüllten Sitzungssaal, mit dem Parthenon im Hintergrund. Ziel der Versammlung war es, den nächsten Schritt der Menschheit zu bestimmen. Die in der Nachmittagssonne glänzende bronzene Statue der Athene schien sie eindringlich zu beobachten, als wolle sie, dass sie sich als würdig erweisen, ihre Weisheit zu erlangen. Doch das, was sie in letzter Zeit über die Herkunft der Menschheit und ihre Position im Universum erfahren hatten, warf einen Schatten der Unsicherheit, selbst über die verehrte Göttin. War sie ein Produkt der Fantasie ihrer Vorfahren oder eine der „Schöpfer", die tatsächlich Einfluss auf den Lauf der menschlichen Evolution genommen hatten?

Der Raum summte vor Stimmen voller Erwartung und Sorge, Optimismus und Angst. Terry und Ria waren belebt von ihrem Ziel und den Möglichkeiten, die sich ihnen eröffneten. Beide waren sie mit außergewöhnlicher Empathie und der Fähigkeit gesegnet, durch Kunst Emotionen zu wecken, und sie sahen sich in der Lage, eine entscheidende Rolle bei dem Versuch zu spielen, mögliche Verbündete unter den „Göttern" zu finden und mit ihnen zu kommunizieren. Das Geheimnis schien in dem zu liegen, worin beide exzellent waren.

In den letzten Tagen hatte Dämon alle ihre Daten durchgesehen, auf der Suche nach möglichen Orten, an denen sich die Beobachter der Menschen auf der Erde verstecken könnten. Sie kombinierte Zeitmessungen antiker Bauwerke, Mythen und Geschichten aus der reichen menschlichen Geschichte sowie Beobachtungen wie die „Ley"-Linien. Der Ort, zu dem sie schließlich gelangte, bestätigte auf ironische Weise das Schicksal, das durch äußere Einflüsse gelenkt wurde – auf eine Weise, die die Menschen sich niemals hätten vorstellen können, da sie die Ereignisse als bloße „Zufälle" betrachteten.

„Das Große Zikkurat von Ur", verkündete Sophia mit fester Stimme.

Ein bitteres Lächeln der Erkenntnis zeichnete sich auf den Gesichtern von Terry, Ria und einer Reihe anderer Wissenschaftler ab. Es spiegelte die tiefere Einsicht in die Ereignisse wider, die sie umgaben.

„Deine Mission, Terry, wurde durch die Widerständler manipuliert, um sie zu verhindern", erklärte Sophia. „Die Daten deuten auf diesen Ort als den wahrscheinlichsten hin. Es ist die jüngste Schöpfungsgeschichte, mit Hinweisen darauf, dass die Zivilisation, die sich zu eurer jetzigen entwickelt hat, auf Grundlagen beruhte, die von Wesen außerhalb der Erde gelegt wurden. Das seltsame Wissen, das eure Vorfahren besaßen, scheint ihnen von Wesen gegeben worden zu sein, die zumindest nicht die Absicht hatten, ihnen zu schaden."

„Jedes Hindernis hat sein Gutes", rief Terry. „Selbst wenn die Mission damals ohne das Wissen, das wir heute haben, stattgefunden hätte, wären wir mit leeren Händen zurückgekehrt. Wir hätten einfach leere Räume gefunden."

„Und wahrscheinlich werden wir auch jetzt nur das finden", vermutete Ria, doch ihre Augen funkelten dabei. „Wie Kepheus uns erklärt hat, wird es wahrscheinlich leer erscheinen, zumindest für unsere Sinne. Wenn sie die Materie und ihre Teilchen manipulieren, ist es ihnen ein Leichtes, sich zu verstecken und für uns unbemerkt zu bleiben. Genau wie bei den Schiffen, die sie verwenden, um uns zu beobachten."

Dann schlug sie eine Lösung vor, die sie seit Tagen in ihrem Kopf durchdacht hatte. Ria hatte erkannt, dass der wahre Kampf nicht in der physischen Welt stattfand, sondern in den Tiefen der menschlichen Seele.

„Ihr Antrieb, den Schöpfer von allem zu finden, wird durch das emotionale Vakuum ausgelöst, in dem sie sich befinden, da sie das Maximum erreicht haben, was ihre Existenz zu bieten hat. Was wir tun müssen, ist, ihnen etwas zu geben, das sie nicht mehr haben können, um ihre Aufmerksamkeit zu erregen."

Sophia, die die Flamme in Rias Augen sah, konnte nicht umhin, sie zu fragen, was sie so sicher plante, was sie selbst mit ihren nahezu unbegrenzten Möglichkeiten nicht tun konnte.

„Was hast du im Sinn, Ria?"

„Es ist nicht in meinem Sinn", antwortete Ria mit einem geheimnisvollen und aufrichtigen Ton. „Lasst uns nicht vergessen, dass sie alles beobachten, was wir tun und sagen. Das wird nur meins sein, und niemand wird etwas erfahren – es bleibt eine Überraschung, bis es sich entfaltet. Das Einzige, was ich verlange, ist, dass Terry und ich allein nach Ur reisen. In der Zwischenzeit forscht ihr weiter nach anderen Möglichkeiten, falls ich scheitern sollte."

Eine kurze Stille folgte Rias Erklärung im Raum. Bald jedoch kamen Bedenken auf wegen der Gefahr, die ein solches Vorhaben barg, ohne dass irgendjemand anderes von Rias Plan wusste. Es ging um die Sicherheit der beiden jungen Leute und um die Möglichkeit, die bereits prekäre Stellung der Menschheit in der kosmischen Ordnung weiter zu verschlechtern.

Mitten im Aufruhr der gegensätzlichen Stimmen unterstützte Sophia, die den Vorschlag mit Lichtgeschwindigkeit verarbeitete, Ria.

„Ich kenne diese beiden jungen Leute, wie ich euch alle seit dem Tag eurer Geburt kenne. Auch wenn ich Rias Plan oder dessen Ausgang nicht mit Sicherheit voraussagen kann, vertraue ich ihnen bedingungslos."

Nach stundenlanger, intensiver Diskussion wurde schließlich Rias Vorschlag, so geheimnisvoll er auch war, als der einzig vorgeschlagene Plan angenommen.

Sophia, die die Dringlichkeit der Lage erkannte, drängte Ria und Terry, sich vorzubereiten und so schnell wie möglich zum Großen Zikkurat aufzubrechen. Zeit war entscheidend, um die Entitäten zu überraschen und Gegenmaßnahmen zu verhindern. Der Erfolg ihrer

Mission hing von schneller und entschlossener Handlung ab, ungeachtet der vielen Unsicherheiten, die sie erwarteten.

Später am Abend packten Terry und Ria Karten, Taschenlampen, Vorräte und Überlebensausrüstung in Rucksäcke. In einem unachtsamen Moment klopfte es an ihre Tür. Neugierig auf den unerwarteten Besucher, öffneten sie zusammen. Es war Sophia, mit einem sehr ernsten und tief besorgten Blick, wie sie sie noch nie zuvor gesehen hatten. Etwas hatte sie beunruhigt.

„Sophia?" fragte Ria überrascht, als sie die ungewöhnliche Ausdrucksweise bemerkte.

„Es tut mir leid deswegen", antwortete Sophia, ihre Stimme war von einer Anspannung durchdrungen, die ihre Worte schwer machte. „Nehmt das hier mit euch. Die Zeiten sind entscheidend." Sie nahm einen Rucksack von ihrer Schulter und übergab ihn ihnen. Ohne ein weiteres Wort drehte sie sich um und ging, mit einem Ausdruck tiefen Nachdenkens, der für ihren Verstand ungewöhnlich war. Es schien, als ob ihre Quantencomputer überlastet arbeiteten, ohne zu einem Ergebnis zu kommen.

Terry und Ria tauschten einen Blick voller Fragen aus. Dann öffneten sie den Rucksack, den Sophia ihnen überreicht hatte, und blieben sprachlos bei seinem Inhalt. Darin befanden sich zwei Energie-Waffen.

# DER WEG ZUR FREIHEIT

## KAPITEL 28: DAS GEHEIMNIS DES ZIKKURAT

Am nächsten Tag landete ein Pegasus im alten Land von Sumer, mit Terry und Ria an Bord. Der Wüstenwind peitschte erneut über ihre Gesichter, als sie in eine Landschaft stiegen, die sowohl von der Zeit als auch von menschlicher Erfindungskraft verwandelt worden war. Vor ihnen erhob sich das Große Zikkurat von Ur. Ursprünglich vor etwa 5.500 Jahren erbaut, lag dieses Datum verdächtig nahe an dem der vermeintlichen Titanomachie, falls dieses mythische Ereignis tatsächlich stattgefunden hatte. Könnte dies das Hauptquartier der Sieger jenes mythischen Krieges gewesen sein? Die Antwort würde nicht lange auf sich warten lassen.

Der Tempel stand stolz auf einer künstlichen Insel, geschützt durch Dämme und kilometerlange Kanäle, die schon vor dem Krieg errichtet worden waren, um ihn vor dem unbarmherzigen Anstieg des Meeresspiegels zu schützen. Die einst karge Wüste um ihn herum machte langsam Platz für üppige Sümpfe, die dank der Nähe zum Wasser vor Leben strotzten.

Schilf und Papyrus schwankten im Wind, und ihre smaragdfarbenen Blätter raschelten wie Flüstern aus der Vergangenheit. Es war früh am Morgen, und die Luft summte vom Flügelschlag unsichtbarer Insekten und dem rhythmischen Quaken von Fröschen. Der Geruch von feuchter Erde und das sanfte Aroma blühender Wüstenblumen erfüllten angenehm ihre Sinne in der heißen Luft. Die unbarmherzige Sonne wurde gelegentlich von Palmenblättern abgeschirmt, die sanft einige Dutzend Meter vom Tempel entfernt schwankten.

# DER WEG ZUR FREIHEIT

Die einst majestätischen Stufen des Großen Zikkurat waren nun eine zerklüftete Silhouette am Himmel. Jahrhunderte der Erosion hatten Teile der Lehmziegelfassade abgeschält, und eine zahnige, unebene Treppe blieb zurück. Die zerfallenden Stufen, die einst von Pilgern belebt waren, hingen jetzt unsicher, ihre Kanten zerbröckelten zu Staub. Leere Nischen, die einst Statuen von Göttern beherbergten, standen schweigend als Zeugen einer vergangenen Zeit.

Die imposante Struktur trug nun einen neuen Mantel aufgrund des Klimawandels. Dicke, wilde Ranken kletterten über ihre Ebenen, weicherten die schroffen Kanten, und kleine Blumen sprossen aus den Rissen der uralten Steine. Trotz seines Verfalls beeindruckte seine schiere Größe immer noch.

Der Name des Tempels im Sumerischen, „Etemenniguru", bedeutet „der Tempel, dessen Fundament eine Aura schafft". Nur wenige der Millionen von Besuchern über die Jahrtausende konnten seine Bedeutung verstehen. Terry war einer von ihnen.

Er fuhr sich durch das ungebändigte Haar und teilte sein Wissen mit Ria: „Wir sind draußen, und ich kann schon hier etwas spüren", gestand er leise, seine Stimme voller Erwartung.

Ria trat näher und legte ihre Hand auf seinen Arm. „Was ist es?", fragte sie besorgt.

„Es fühlt sich an, als wären viele um uns herum, aber wir können sie nicht mit unseren Augen sehen. Es ist nichts Schlechtes, ich glaube, wir sind am richtigen Ort." Terry blickte über die Weite, als versuche er, die unsichtbare Präsenz zu erfassen.

„Wenn das so ist, sollten wir unsere Waffen hier lassen. Sie dürfen sich nicht bedroht fühlen, sonst erreichen wir nichts", schlug Ria vor und zog ihre Energiewaffe aus dem Rucksack.

Terry nickte zustimmend und tat das Gleiche. „Du hast recht. Wir sind hier, um Antworten zu finden, nicht um zu kämpfen."

Sorgfältig versteckten sie die Waffen unter den Sitzen des Pegasus, stellten sicher, dass sie gut verborgen und sicher vor Entdeckung waren. Dann überprüften sie ihre Rucksäcke und vergewisserten sich, dass sie alles Nötige bei sich hatten, bevor sie das Zikkurat betraten.

Sie gingen zur Ostseite, zu einem bestimmten Punkt, das Sophia ihnen gezeigt hatte. Am Fuß der Struktur knieten sie nieder, um den Sand zu entfernen, der einen schmalen Durchgang ins Innere verdeckte. Ihre weißen Anzüge aus temperaturangepasstem Stoff milderten das Unbehagen durch die Hitze und den Staub, der in ihre Nasenlöcher drang, doch die Anstrengung wurde durch den rutschigen Sand, der durch ihre Finger rann, verdoppelt. Bald hatten sie eine Öffnung an der Basis der Struktur freigelegt, fast unsichtbar von der riesigen Masse an Ziegeln, die sich darüber erhob.

Sie zogen Taschenlampen und Luftfiltermasken aus ihren Rucksäcken und zogen diese an, bevor sie sich durch die kleine Öffnung zwängten.

Drinnen war die Luft kühl, eine willkommene Abwechslung zur heißen Wüste draußen, aber mit einem modrigen Geruch jahrhundertealter Abgeschiedenheit. Feuchtigkeit und ein schwacher, organischer Modergeruch füllten ihre Nasen. Vor ihnen lag ein Gang, breit genug, um aufrecht zu stehen und bequem weiterzugehen. Ria lud eine dreidimensionale digitale Karte, die Sophia ihr gegeben hatte, auf ihr Handgelenksgerät und sie schalteten ihre Taschenlampen an.

Die Zeit und die Elemente der Natur hatten die einst glatten Lehmziegeln rissig und ungleichmäßig gemacht, ihre Kanten zerfielen bei Berührung. Die Strahlen der Taschenlampen schnitten durch die dichte, schwer riechende, stehende Luft.

Als sich ihre Augen an die Dunkelheit gewöhnten, umhüllte sie eine beunruhigende Stille. Zerbrochene Tonscherben lagen verstreut auf dem staubigen Boden, Überreste von Gaben, die längst vergessene Pilger hinterlassen hatten. Die Wände, einst mit lebendigen Wandgemälden geschmückt, die Szenen der sumerischen Mythologie darstellten, waren nun eine Leinwand aus verblasstem Ocker und abblätternder Farbe. Spinnweben, dick mit Staub und vertrockneten Insektenleichen, hingen wie Geister in den vernachlässigten Ecken.

# DER WEG ZUR FREIHEIT

Vorsichtig gingen sie weiter, ihre Schritte hallten durch die engen Gänge. Der Durchgang neigte sich abwärts und wurde enger, je tiefer sie wagten, was ein klaustrophobisches Gefühl hervorrief. Tropfendes Wasser begann rhythmisch zu klingen, als wären sie in einer Höhle, während sie tiefer hinabstiegen. Die Nähe des Wassers zerfraß allmählich die alte Struktur. Terrys Taschenlampenstrahl offenbarte gelegentlich Flecken auf dem Boden, die wie zerrissenes Mörtel wirkten, Hinweise auf längst vergangene Reparaturen.

Nach einem beschwerlichen Abstieg endete der Durchgang abrupt vor einer grob gearbeiteten Tür. Aus einem Monolith aus schwarzem Diorit gehauen, stand die steinerne Pforte im scharfen Kontrast zu den umgebenden Lehmziegeln und zeugte von einer anderen Bauzeit. Rund um sie herum bestand der Rahmen aus demselben Material, was die Sorgfalt und Präzision der alten Handwerker verdeutlichte. Seltsame Symbole, ähnlich denen in der Kammer unter der Sphinx, waren in den Türsturz eingraviert.

Die Aura, die von der Tür ausging, ließ ein Kribbeln über Terrys Wirbelsäule laufen. Die Empfindung von Lebewesen in ihrer Nähe wurde noch stärker.

Ohne Ria beunruhigen zu wollen, atmete Terry tief ein und streckte die Hand aus, um den schweren, kalten Griff der Tür zu fassen.

„Es gibt keinen Griff", bemerkte Ria, als sie die Seiten der Tür genau untersuchte. „Wir müssen einen anderen Weg finden, sie zu öffnen."

Terry beugte sich hinunter und suchte mit seiner Taschenlampe nach Scharnieren, um eine Vorstellung davon zu bekommen, wie sie die Tür öffnen könnten. Nach einigem Suchen entdeckte er die alten Eisenscharnieren auf der rechten Seite, versteckt im gehauenen Rahmen.

„Es sieht so aus, als wären die Scharnieren verrottet", sagte er und deutete auf die Anzeichen von Verfall. „Wir müssen sie vorsichtig stoßen, sonst könnte sie auf uns stürzen."

Beide legten ihre Hände an den linken Rand der Tür und versuchten, sie zu schieben. Die Tür, zunächst schwer und unbeweglich, begann allmählich mit einem unangenehmen Knarren nachzugeben.

„Vorsichtig jetzt", wies Terry besorgt an.

Langsam und behutsam schoben sie weiter. Die Tür ächzte und wankte, aber sie fiel nicht um. Schließlich öffnete sie sich weit genug, um einen Durchgang zu schaffen, der für sie beide reichte. Eine Welle abgestandener Luft strömte heraus, voll des Geruchs von jahrhundertelanger Abgeschlossenheit. Mit einem letzten vorsichtigen Stoß gelang es ihnen, die Tür in ihrer geöffneten Position zu stabilisieren.

„Gehen wir", sagte Ria schnell und warf einen Blick in den Raum dahinter. Die Dunkelheit darin war unnatürlich und schien die Strahlen ihrer Taschenlampen zu verschlucken.

Vor ihnen erstreckte sich ein riesiger Raum, in vulkanisches Gestein gehauen, ohne Säulen oder andere Konstruktionen, die die Decke stützten. Die Wände, im Gegensatz zu denen, die sie zuvor gesehen hatten, waren frei von Schnitzereien und Darstellungen. Das gleichmäßige, fugenlose Gestein schützte den Raum vor Feuchtigkeit, da sein Niveau weit unter dem Meeresspiegel lag, der einst in die Wüste eingedrungen war.

„Und jetzt?", fragte Terry, während er Ria ansah.

„Jetzt warten wir, bis sich die Luft geklärt hat und wir uns an den Raum gewöhnt haben. Wir müssen beide absolut ruhig sein für die nächste Phase", erklärte Ria.

„Machen wir jetzt eine Art magische Zeremonie?", fragte Terry, mit einem spielerischen Glitzern in den Augen und einem hochgezogenen Augenbrauen.

„So in etwa", antwortete Ria mit einem Lächeln.

Sie setzten sich in die Mitte des Raumes und legten ihre Rucksäcke auf den staubigen Boden. Sie stellten die Taschenlampen so auf den Boden, dass ihre Strahlen an der Decke reflektierten und ein gleichmäßiges Licht um sie herum schufen, als wäre eine Lampe über ihnen. Ria zog ein Tuch hervor, groß genug, um sie beide aufzunehmen, und breitete es aus, damit sie sich daraufsetzen konnten. Nach einigen Minuten war die Luft sicher genug zum Atmen, und sie nahmen ihre Masken ab.

„Wie fühlst du dich?", fragte Ria. „Sind da immer noch Geister, die uns beobachten?", fügte sie scherzhaft hinzu und stieß ihn leicht mit dem Ellbogen an, um die Stimmung aufzuhellen.

Terrys Blick wurde weicher, und er lachte. „Wahrscheinlich ja. Ich spüre es hier unten noch stärker, aber es macht mir keine Angst. Es ist... etwas Schönes, als wären wir willkommen. Aber von wem?", fragte er, suchte nach einer Antwort in Rias Gesicht.

Ria drückte seine Hand, bot ihm schweigende Unterstützung. „Ihre Namen sind unwichtig, wenn sie überhaupt welche haben. Das Wichtigste ist, dass wir sicher sind."

Als Terry angespannt und besorgt aussah, versuchte Ria, ihn mit etwas abzulenken, das er liebte: seiner Leidenschaft für die Verbindung von Philosophie und Wissenschaft. Sie fragte ihn bewundernd nach seinem festen Glauben, seit seiner Jugend, an die Existenz eines Schöpfers von allem. Etwas, das auch die ‚Schöpfer' zu teilen schienen.

„Wie wusstest du immer, dass es mehr gibt als nur die natürliche Entwicklung der Welt?", fragte sie und neigte ihren Kopf mit aufrichtiger Neugierde, während sie fest in sein Gesicht blickte.

„Das Entstehen von Leben aus dem Nichts kann nicht allein durch natürliche Evolution erklärt werden. Wenn es keine lebenden Wesen im Universum gäbe und alles um uns herum leblos wäre, dann wäre die Welt viel einfacher zu erklären. Aber alles ändert sich dramatisch, sobald das Leben – und die Information – ins Spiel kommt." Terry begann, sich in die labyrinthartigen Gänge seiner Gedanken zu vertiefen.

„Informationen um uns herum, in jeglicher Form, lassen sich auf verschiedene Ebenen einteilen. Ganz unten gibt es die Zufälligkeit, wie beim Würfeln. Höher gibt es Muster, die eigentlich keine Bedeutung haben oder der Fantasie überlassen sind, wie abstrakte Kunst. Dann kommt der spannende Teil. Bedeutungsvolle Informationen, wie ein Satz mit einer klaren Botschaft, die aber nur jemand verstehen kann, der die Sprache kennt. Und schließlich das höchste Niveau – eine Anleitung, mit klaren Schritten und Zielen." Terry erklärte, während seine Hände die Konzepte in der Luft formten. Ria konnte die tiefe Überzeugung in seiner Mimik sehen, eine Mischung aus Neugier und Gewissheit, die sie immer an ihm faszinierte. Sie hörte aufmerksam zu, hingerissen von seinem leidenschaftlichen Ton und der Art, wie seine Augen leuchteten, wenn er über diese Dinge sprach. Mit ihrem Blick drückte sie ihre Bewunderung für ihn aus, eine Wertschätzung, von der sie wusste, dass sie alle Männer brauchen. Dies gab Terry ein Gefühl von mehr Selbstvertrauen und Stärke.

Am wichtigsten war jedoch, dass Ria sich in ihrer Wahl, ihn an ihrer Seite zu haben, vollkommen bestätigt fühlte, in dieser bis jetzt mysteriösen Idee, die ‚Schöpfer' zu enthüllen.

„Hier wird es wirklich spannend", fuhr Terry fort. „Die DNA ist wie das ultimative Handbuch. Sie codiert Informationen zur Erschaffung und Erhaltung des Lebens auf eine unglaublich spezifische und komplexe Weise. Sie erfordert, dass der Empfänger nicht nur den Inhalt versteht, sondern auch bestimmte Prozesse ausführt!"

„Ich habe nie über DNA auf diese Weise nachgedacht. Aber ist das nicht ein großer gedanklicher Sprung? Könnte nicht die natürliche Auslese, das Überleben des Stärkeren, die Komplexität im Laufe der Zeit erklären?", fragte Ria nachdenklich.

„Absolut! Die natürliche Auslese spielt eine riesige Rolle – aber erst, wenn das Leben bereits existiert. Diese Theorie fokussiert sich auf den Ursprung selbst, bevor die natürliche Auslese überhaupt begann. Wie entstand die erste Zelle, die sich selbst reproduzieren konnte?"

Ria lächelte, während Terry weiterschweifte und komplexe philosophische und wissenschaftliche Ideen erklärte. Ihre Idee war erfolgreich, denn Terry hatte die Umgebung um sie herum vollständig vergessen und sich vollständig akklimatisiert. Ihr Plan, der sie hierher geführt hatte, erforderte absolute Ehrlichkeit und Entspannung, um zu gedeihen.

# DER WEG ZUR FREIHEIT

Nachdem sie ein einfaches Mahl aus ihren Vorräten genossen hatten, schlug Ria vor, sich auszuruhen und ein wenig zu schlafen. Terry stimmte zu, neugierig auf ihre Absichten und ihren Plan. Sie nutzten ihre Rucksäcke als improvisierte Kissen, legten sich hin und versuchten, es sich so bequem wie möglich auf dem harten, unebenen Boden zu machen. Bald schliefen sie in der Umarmung des anderen ein.

Zwei Stunden später erwachten sie, umgeben von absoluter Stille, die nur durch ihr sanftes Atmen unterbrochen wurde. Die frühere Anspannung in Terry war verschwunden und durch ein Gefühl der Ruhe ersetzt worden, das fast an Euphorie grenzte.

Sie standen auf, und Ria fragte ihn erneut: „Wie fühlst du dich?"

Terry streckte sich, und ein überraschtes Lächeln erhellte sein Gesicht. „Sehr gut, entspannt. Es fühlt sich an, als wären wir einfach auf einem Ausflug und nicht in den Tiefen eines alten Tempels."

Rias Lächeln erlosch sanft, und ihre Miene wurde ernster. Ihr Blick spiegelte ihre Leidenschaft und ihre Liebe für ihn wider. Sie atmete tief ein und fragte mit einem leichten Zittern in ihrer Stimme: „Liebst du mich genauso, wie ich dich liebe?"

Terry's Herz schlug heftig. Instinktiv spiegelte er Rias ernsten Ton wider. Er nahm ihre Hände in seine, sein Griff war fest, aber sanft. „Ich weiß nicht, wie sehr du mich liebst, aber was ich weiß ist, dass ohne dich... mein Leben sinnlos wäre."

Eine Träne der Freude rollte über ihr Gesicht, und ihr strahlendes Lächeln blühte erneut auf. Sie blickte ihn tief an und kam ihm so nah, dass sie seinen Atem spüren konnte, während ihre Augen funkelten und ihn gefangen hielten. „Kannst du es mir vorsingen?"

Ihre Leidenschaft strömte über, beginnend mit einer weichen, aber festen und sicheren Stimme. Das rohe Gefühl, das sie ausdrückte, war ein sirenenartiger Gesang, dem Terry nicht widerstehen konnte.

„O Leuchte meiner Seele, edles Geblüt,
Glühend' Feuer, brennend' Leidenschaft.
Du, aufgehende Sonn', erhellend mein Herz,
Fester Stern, der uns'ren Pfad geleitet."

Mit seinen Augen, die von der poetischen Sprache verzaubert waren, fuhr Terry in harmonischem Rhythmus fort.

„O strahlend' Weib, Gestirn der Nacht,
Das Licht meines Herzens, himmlische Heimstatt.
In anmut'gem Bilde, gleich dem aufsteigend' Mond,
Erhellest du mein' Seel' mit liebendem Schein."

Rias Lächeln war zärtlich und voller Verlangen.

„Ich suche dich, in des Himmels Glanz,
Mein Liebster, Blitzstrahl meines Herzens.
Du, uns're Lebensströme, fließend als zwei,
Staunend in göttlicher Harmonie."

Terry sprach nun mit wachsender Leidenschaft, seine Sehnsucht nach Ria war in jeder Silbe spürbar.

„Zur Mitternacht' beherrschest du die Welt,
Im Schweigen des Waldes klingt deine Stimme.
Im kalten Wind, schwingend gleich freiem Vogel,
Find' ich zu deinem Arm, der ew'ge Liebhaber."

Rias Gesang erfüllte den Raum mit zärtlicher Wärme und einem Hauch von Verführung.

„In dir, o mein Mann, lebt Kraft des Lebens,
Das einzige Licht, das meine Seele hält.
Gemeinsam Ziel und Erde und Himmelsdom,
Ohne dich bleibt mein Herz stumm und finster."

Terry's Worte flossen mit aufrichtiger Leidenschaft.

„Deiner Liebe Glut entbrennt in Flammen,

Gleich einem Wasserfall, fließend süß und reich.
Ich folg' deinem Ruf, umarmende Stimme,
Im Einklang des Lebens, unser Herz vereint."

Rias Blick wurde intensiver, und ihre Worte hallten mit tiefer Sehnsucht.

„Schwebend', ich begehre die künft'ge Saat,
Ein Faden, gewoben in unser beider Schicksal.
Unser Kind, warm gesät und blühend,
Zeichen der Liebe, ein Segen bringend."

Terry schloss mit einem Versprechen in seiner Stimme, von Verlangen durchdrungen.

„Ich begehre dich, Weib, wie den Frühling in Blüte,
Pflanzend Gärten, möge unser Glück nie enden.
Zwischen den Sternen erstrahlt uns're Schönheit,
Berauscht von des Liebes Konzert."

Während sie einander ihre Liebe gestanden und das Ausmaß ihrer Gefühle offenbarten, wurde der Raum in ein sanftes Leuchten getaucht. Eine Energie schien die bereits überwältigenden Emotionen zwischen ihnen zu verstärken. Die Wände des höhlenartigen Saals pulsierten mit einem ätherischen Glanz, als wären sie ein Echo der rohen Gefühle, die zwischen den beiden aufwirbelten.

Unweigerlich entflammte die erotische Anziehungskraft, und sie gaben sich ihrer Leidenschaft hin. Ätherische Lichtkugeln materialisierten sich um sie herum, stille Beobachter dieser atemberaubenden Szene von Schönheit. Das Paar, das Küsse und Zärtlichkeiten austauschte, wirkte wie ein lebendiges, sich wandelndes Kunstwerk, erschaffen durch den Triumph ihrer Liebe. Die leuchtenden Wesen spürten die Kraft der Liebe, die einen einzigartigen poetischen Code in der Luft erschuf und diese Freude in ihre eigene Welt integrierte. Ihre Körper bewegten sich in vollkommener Harmonie, ein süßes Martyrium ihrer tiefen Verbindung.

Die beiden Liebenden fanden sich auf einer emotionalen Ebene wieder, die sie zuvor nie erlebt hatten, fast den Kontakt zu ihrer Umgebung verlierend. Indem er den zarten Andeutungen folgte, die in Rias Gesang gewoben waren, erfüllte Terry ihre tiefste Sehnsucht, ihr den Schatz zu schenken, den sie von ihm begehrte. Erschöpft und am Rande des emotionalen und körperlichen Zusammenbruchs, umarmten sie sich fest.

Als ihre Wahrnehmung zurückkehrte und sie die Augen wieder öffneten, fanden sie sich von Dutzenden schwebenden Lichtkugeln umgeben. Sie strahlten eine Wärme aus, die tausend Sonnen gleichkam, doch ohne die Hitze. Es war eine berauschende Welle von Liebe und Zufriedenheit, die sie überwältigte.

Ria holte tief Luft, stählte ihre Nerven und sprach: „Wir sind hier, um euch die Schönheit unserer Art zu zeigen", sagte sie, ihre Stimme erfüllt von einer magischen Ruhe und Selbstbewusstsein. „Zeigt uns eure Schönheit", forderte sie die Wesen um sie herum auf, ihre Aufrichtigkeit unverkennbar.

Als hätten sie Rias Worte verstanden, intensivierte sich das Licht der Kugeln und eine Verwandlung begann. Rias Wunsch wurde erhört, und die Kugeln verwandelten sich in hoch aufragende, vage humanoide Gestalten, die aus reinem Licht bestanden. Gleichzeitig materialisierten sich in der Halle Objekte und Maschinen, die sie noch nie zuvor gesehen hatten – ein Einblick in eine Technologie, die weit über ihre eigene hinausging.

Rias mutiger und riskanter Plan funktionierte. Die Wesen, überwältigt von den rohen Emotionen, die das junge Paar mit ihrer Liebe freigesetzt hatte, schienen verwundbar. Ria ergriff ohne Zögern die Gelegenheit.

„Das Leben bedeutet endlose Freude und Liebe für die Menschen, solange sie frei sind. Sehnt ihr euch nach demselben?" fragte sie, ihre Stimme erfüllt von hoffnungsvoller Erwartung.

Ein Laut erklang im Raum, wie eine kollektive Antwort auf ihre Frage. Es war eine Mischung aus einem Wort und einer Musiknote. Terry erkannte sofort, was Ria vorhatte, und setzte fort.

„Werdet ihr uns unser Schicksal selbst bestimmen lassen, unabhängig, sodass wir jeden Tag so leben können?"

Diesmal war die Antwort eine Kakophonie von Tönen. Ein anderer Laut dominierte, doch auch der vorige, weniger ausgeprägt, deutete auf unterschiedliche Meinungen unter den Wesen hin.

Das Paar hatte die akustische Darstellung von „Ja" und „Nein" in der Sprache der Wesen enthüllt.

Sich bewundernd gebend, zeigte Ria auf einen eleganten, offenbar metallischen Gegenstand, der auf einem Podest lag. „Was ist das?" fragte sie mit gespielter Neugier.

Die leuchtenden Wesen antworteten mit einer komplexen Abfolge von Geräuschen, Klicks und Pfeiftönen. Terry, dessen Gedanken rasten, deutete auf ein anderes Objekt – eine rotierende Kugel, die mit einem inneren Leuchten pulsierte.

„Was macht das?" fragte er, Rias Ton nachahmend.

Weitere Klicks, Pfeifen und gelegentliche Aussetzer folgten. Es schien, als würden die Wesen ehrlich versuchen, die komplexen Ideen ihrer Welt den beiden Menschen zu vermitteln.

Ihre Herzen schlugen vor Aufregung, mit jeder neuen Klangfolge kamen sie der Entschlüsselung der Sprache der Wesen einen Schritt näher. Nackt und umarmt, verbrachten sie die nächsten Minuten damit, neue Laute zu entdecken – Laute, die unweigerlich bedeutungsvolle Begriffe enthüllen würden.

Gleichzeitig durchkämmten sie den Raum, um Symbole und Piktogramme zu memorieren, die in die seltsame Technologie eingraviert waren – alles, was ihnen helfen könnte, die Sprache der Wesen zu entschlüsseln.

Sie erkannten, dass die berauschende Wirkung ihrer Liebe auf die Kreaturen irgendwann nachlassen würde. Deshalb begannen sie, stumm Vorbereitungen zu treffen. Es herrschte ein stilles Einvernehmen darüber, dass sie schnell handeln mussten, da die Gefahr bestand, dass die Wesen sie nicht gehen lassen würden.

Schnell zogen sie sich an und sammelten ihre Sachen, während der Raum noch vom ätherischen Leuchten erfüllt war und die Wesen vor ihnen sichtbar blieben. Ihre unheimlichen Gestalten erinnerten sie unablässig an die potenzielle Gefahr, die sie erwartete, sollte ihre Täuschung fehlschlagen.

Ruhig und dankbar verließen sie den Raum und machten sich auf den Weg durch die dunklen Gänge, um an die Oberfläche zurückzukehren. Mit jedem Schritt, den sie die Verbindung zu den Wesen verloren, wuchs das Gefühl der Dringlichkeit. Sie wussten nicht, wie viel Zeit ihnen blieb.

# DER WEG ZUR FREIHEIT

## KAPITEL 29: DER JÄGER

Mit schnellen Schritten wanderten Terry und Ria durch die labyrinthartigen, uralten Gänge des Ziggurats. Nach wenigen Metern im Tunnel hallte eine unbekannte Sprache durch die Struktur. Sie hielten sofort erschrocken inne. In absoluter Stille steigerten sich ihre Sorgen, während sie auf ein weiteres Geräusch warteten, um zu verstehen, was vor sich ging.

Bald erklang die Stimme erneut, und eine weitere antwortete aus größerer Entfernung. Sie konnten nicht verstehen, was gesagt wurde, aber es klang wie ein lokaler Dialekt. Da keine Siedlungen in der Nähe waren, nahmen sie an, dass es Wüstenbanditen waren, möglicherweise dieselben, die Terrys erste Expedition abgeschossen hatten.

Das Blut gefror in ihren Adern, und kalter Schweiß begann sie zu überströmen. Die Zeit drängte, da sie fliehen mussten, bevor die Schöpfer ihren Betrug entdeckten. Doch sie waren in den Gängen gefangen, und ein noch schlimmeres Schicksal drohte: in die Hände der Banden zu fallen.

Erschrocken und verängstigt durch die unerwartete Unterhaltung im Gang richtete Ria ihre Aufmerksamkeit auf das Kommunikationsgerät an ihrem Handgelenk, um Hilfe zu rufen. Doch die Tiefe, in der sie sich befanden, und die tausenden Tonnen Erde und Lehmziegel über ihnen machten jegliche Kommunikation unmöglich.

Ihre Energie-Waffen waren draußen beim Pegasus geblieben, also mussten sie entweder mit bloßen Händen kämpfen oder sich versteckt halten, ohne zu wissen, wie die Schöpfer reagieren würden. Die erste Option schien vernünftiger.

# DER WEG ZUR FREIHEIT

Sie versteckten ihre Lampen unter ihren Kleidern und leuchteten nur minimal, um nicht von den Strahlen entdeckt zu werden. Sie bewegten sich leise und vorsichtig, während sie die dreidimensionale Karte konsultierten, die ihnen Dämon zur Verfügung gestellt hatte.

Als sie um eine Ecke bogen, sahen sie das Flackern einer Fackel auf sich zukommen. Schnell löschten sie ihre Lampen und pressten ihre Rücken gegen die Wand hinter der Ecke, um dem Unbekannten im Dunkeln aufzulauern.

Terry's Herz pochte heftig, und seine Muskeln waren angespannt vor Adrenalin, bereit zur Konfrontation. Seine Handflächen waren schweißnass, und seine Hände zitterten leicht, während er auf den richtigen Moment wartete. Auch Ria neben ihm, in demselben Zustand, versuchte, ihren flachen Atem aus Angst zu unterdrücken, um nicht entdeckt zu werden.

Als die Schritte bis auf einen Meter herangekommen waren, Sekunden bevor sie entdeckt worden wären, sprang Terry hervor und stürzte sich auf den Mann. Er riss ihn mit seinem Gewicht zu Boden, und bevor der Fremde schreien konnte, hielt Terry ihm den Mund zu, während Ria half, ihn zu fixieren.

Der wilde Blick des Banditen drückte Angst und Wut aus, während er wie ein gefangenes Tier kämpfte, doch seine Bewegungen wurden durch das Gewicht der beiden jungen Leute eingeschränkt. Der Mann versuchte, Terry in die Hand zu beißen, doch im letzten Moment zog er sie zurück. Bevor er um Hilfe rufen konnte, löste Ria das Turban des Banditen und stopfte es ihm blitzschnell in den Mund, um seine Stille zu gewährleisten.

Ohne Zeit zu verlieren, schlug Terry ihm heftig mit dem Ellenbogen in die Rippen, was seine Gegenwehr durch den Schmerz schwächte, während sein erstickter Schrei im Stoff verhallte. Der Mann kämpfte noch ein wenig weiter, doch Terry und Ria, obwohl sie keine Kampferfahrung hatten, schafften es, ihn effektiv zu überwältigen. Mit einer letzten Bewegung schlug Ria den Kopf des Banditen mit dem Griff ihrer Taschenlampe, woraufhin er bewusstlos zusammensackte.

Keuchend vor Anstrengung tauschten Terry und Ria einen Blick der Erleichterung aus. Ihre Herzen schlugen noch immer schnell, und sie spürten, wie das Adrenalin durch ihre Körper pulsierte. Terry rieb sich seine schmerzenden Handgelenke, während Ria auf den am Boden liegenden Banditen blickte und versuchte, sich von der Anspannung des Augenblicks zu erholen. Angst und die Intensität des Kampfes waren noch frisch, aber gemeinsam hatten sie es geschafft, zu überleben.

Terry's Blick war voller Fürsorge: „Geht es dir gut?"

Schweiß lief Ria übers Gesicht, sodass sie sich immer wieder die Stirn mit dem Ärmel abwischte. „Ja, alles gut", antwortete sie, noch außer Atem und am ganzen Körper zitternd. Ihre Augen verrieten den Schock, den sie erlitten hatte, aber auch ihre unerschütterliche Entschlossenheit.

Doch es war keine Zeit für Verzögerung. Sie mussten weitermachen, wachsam gegenüber jeder neuen Bedrohung.

Ohne weitere Überraschungen im Dunkeln erreichten sie bald den schmalen Durchgang, durch den sie gekommen waren. Das helle Sonnenlicht, das durch das Loch im Boden schien, blendete sie kurzzeitig, während von draußen Stimmen und das Geräusch von Hufen zu hören waren. Vorsichtig näherten sie sich und blickten hinaus. Etwa fünfzehn Männer mit Kamelen und Waffen lagerten nur wenige Meter von ihrem Ausgang entfernt und genossen den Nachmittagsschatten des Ziggurats. Die Männer trugen eine Mischung aus militärischer Ausrüstung und traditionellen arabischen Kleidern, ihre Gesichter schmutzverkrustet. Vom Pegasus war keine Spur zu sehen.

Die Zeit war von entscheidender Bedeutung; sie mussten so schnell wie möglich verschwinden, aber das schien unmöglich. Das Fehlen des Pegasus löste ein Gefühl der Besorgnis in ihnen aus, das ihnen den Magen zuschnürte. Andererseits deutete dies darauf hin, dass Dämon über die Bande Bescheid wusste und das Schiff in Sicherheit gebracht hatte.

Plötzlich, ohne eine akustische Vorwarnung durch die dicken Lehmziegel der Struktur, verdunkelte ein Schatten das Licht. Der

Rand eines kopfbedeckten Turbans erschien in der Öffnung. Terry und Ria drückten ihre Körper erschrocken an die Wände des Tunnels. Ihre Herzen begannen wieder heftig zu schlagen, und eine kalte Angst packte sie.

„Omar... Omar?", rief der Mann, murmelte dann etwas in seiner Sprache und stand schließlich auf, um zu seinen Kameraden zurückzukehren. Die beiden jungen Leute atmeten aus und ließen den ängstlichen Atem los, den sie angehalten hatten. Ihre Herzen pochten fast aus ihren Brustkörben bei der Beinahe-Entdeckung. Sie mussten schnell handeln. Das Fehlen ihres bewusstlosen Kameraden würde bald eine Suchaktion auslösen. Vorsichtig beobachteten sie die Bewegungen der Männer und warteten auf den richtigen Moment, um unentdeckt zu entkommen.

Krabbelnd, wie sie gekommen waren, aber in raschem Tempo und leise, krochen sie hinaus und bewegten sich ein paar Meter entlang der Basis des Ziggurats, in Richtung seiner Vorderseite und der östlichen Treppen. Zerbrochene Steine und kleine Sandhaufen boten ihnen die nötige Deckung, während das Geräusch der Kamele ihre leisen Bewegungen überdeckte. Angst durchfloss ihre Adern, doch der Überlebenswille trieb sie an.

Sie erreichten die Treppen und stiegen schnell geduckt hinauf, ihre Herzen kurz vorm Explodieren vor Aufregung. Glücklicherweise wurden sie nicht entdeckt, und es wartete keine böse Überraschung an der Spitze auf sie.

Sie versteckten sich hinter den Ruinen, während Terry oben Stellung bezog und die Banditen aufmerksam beobachtete, falls sie in ihre Richtung aufbrechen sollten. Ria konzentrierte sich auf die Kommunikation mit Dämon über das Gerät an ihrem Handgelenk.

„Wir brauchen DRINGEND Hilfe", flüsterte sie eindringlich, ihre Worte durch Erschöpfung und Hitze abgehackt. „Wir sind von Banditen umzingelt. Der Plan hat funktioniert, aber wir haben nicht viel Zeit, bevor die Schöpfer es bemerken. Wenn du zu lange brauchst, müssen wir auch vor ihnen fliehen."

Der Ton von Dämons Antwort war ruhig, als hätte sie alles unter Kontrolle. „Ich sehe euch. Bleibt, wo ihr seid. Als ich bemerkte, dass die Bande sich dem Ort nähert, habe ich den Pegasus verlegt, um keine Aufmerksamkeit zu erregen, aber es war vergeblich. Sie haben den aufgewühlten Sand bemerkt, den ihr aufgeworfen habt, und sind geblieben, um Nachforschungen anzustellen. Der Pegasus kann euch nicht vor ihren Schüssen schützen, also habe ich die Widerständler benachrichtigt, damit sie euch befreien. Sie werden bald hier sein. Bleibt, wie ihr seid."

Mit gemischten Gefühlen über diese Nachricht und ohne eine andere Wahl blieben sie weiterhin versteckt, wobei ihr Schicksal nur noch teilweise in ihren eigenen Händen lag. Das Dilemma der Zeitnot durch die mögliche Entdeckung durch die Schöpfer und die Angst um ihr Leben durch die Banditen ließ jede Sekunde wie eine Ewigkeit erscheinen.

Wenige Minuten später überraschte sie eine willkommene, leichte Erleichterung. Ein Schatten bot ihnen Schutz vor der heißen Nachmittagssonne. Eine Wolke, die am fernen Himmel aufgetaucht war, kam langsam über sie. Doch als die Minuten verstrichen, ohne dass die Wolke weiterzog, drängten sich beunruhigende Gedanken in ihre Köpfe. Bald füllte sich der klare Himmel mit Dutzenden von Wolken, die plötzlich am Horizont erschienen.

Eine Nachricht, die auf Terrys Kommunikationsgerät einging, gab ihnen vorübergehend Hoffnung. Sie war von Menelik, der sie knapp über die herannahenden Verstärkungen informierte. „In acht Minuten von Westen. Die Staubwolke, das sind wir."

Terry blickte nach Westen und sah tatsächlich die Staubwolke näher kommen. Mit einem kurz aufblitzenden Lächeln, das seine Hoffnung verriet, informierte er Ria. Doch die Anwesenheit der seltsamen, statischen Wolke über ihnen veranlasste ihn, Menelik zu fragen, ob dies ein normales Wetterphänomen in der Region sei.

Die Antwort bestätigte ihren anderen, düsteren Verdacht. „Das ist keine gewöhnliche Wolke; das ist eine Tarnung. Euer Plan wurde aufgedeckt. Sie sind es!"

Mit Schrecken blickten sie nach oben zur Wolke. Obwohl sie nicht hineinschauen konnten, deuteten die unregelmäßigen Schwankungen am Rand der Wolke auf die Größe dessen hin, was sorgfältig verborgen blieb. Es war sicherlich dreimal so groß wie der Pegasus.

Terry spürte einen Knoten im Magen, während Ria ihre Hände ballte und die Angst sie überwältigte. „Die Schöpfer," flüsterte sie vor Angst. „Sie wissen es."

Terry fragte, was sie mit diesen neuen Informationen jetzt tun sollten, da es ihm schrecklicher erschien, unter der Wolke zu bleiben als sich mit den Banditen auseinanderzusetzen.

Menelik erklärte ihnen die Situation um sie herum. „In den Wolken verstecken sich die Schiffe der Schöpfer. Sie haben keine Waffen, und euer Leben ist nicht in Gefahr. Der Grund, warum sie nach ihrem Krieg noch immer die Kontrolle über die Menschheit haben, ist, dass sie sich strikt daran halten, keine Menschenleben zu nehmen. Würden sie das tun, könnten andere Fraktionen versuchen, ihre Position einzunehmen, und ein erneuter Krieg würde ausbrechen."

Er fuhr fort, ihnen mehr Details zu geben, was sie erwarten könnten. „Sie nutzen Antigravitationstechnologie, um in ihr Schiff zu ziehen, was sie wollen – ähnlich wie in den alten Kinofilmen. Deshalb sind sie direkt über euch. Wenn sie euch fangen, werden sie eure Erinnerung an alles, was mit ihnen zu tun hat, löschen. Solange die Banditen jedoch vor Ort sind, werden sie nichts unternehmen, um nicht von ihnen entdeckt zu werden. Es sind zu viele, und sie könnten sie nicht alle entführen, ohne dass andere in der Wüste es bemerken würden."

„Aber das wird sich ändern, wenn ihr hier seid", bemerkte Terry und wollte sich auf das vorbereiten, was als Nächstes kommen würde, während er das Staubwolkengebilde näherkommen sah. „Was passiert dann?"

„Ob mit oder ohne Kampf, die Banditen werden fliehen. Wir haben nur wenige Minuten, bis sie aus dem Sichtfeld verschwinden und die Schöpfer mit ihrer Entführungsaktion beginnen. Wir werden euch mit unseren Fahrzeugen abholen, und dann... werden wir sehen."

„Was meinst du mit ‚werden sehen'?" rief Ria erschrocken und schockiert. „Wir können nichts dem Zufall überlassen! Unser Leben hängt am seidenen Faden!"

„Wir haben so etwas noch nie gemacht," kam die Antwort, mit besorgter, aber entschlossener Stimme. „Niemand hat das je getan."

Die Banditen unter ihnen begannen nun ebenfalls, die seltsamen Wolken zu bemerken, die sich über ihnen sammelten. Eine Unruhe breitete sich in ihren Reihen aus, als sie sich gegenseitig ängstlich ansahen und miteinander flüsterten, angesichts des ungewohnten Anblicks. Einer von ihnen rief etwas und zeigte nach Westen. Er hatte die herannahende Staubwolke und die dunklen Fahrzeuge der Widerständler am Horizont entdeckt. Schnell liefen sie in die Umgebung und nahmen hinter Schilfrohren und Sanddünen Kampfpositionen ein. Zwei von ihnen stürmten mit ihren Waffen auf die Treppen zu, um oben auf dem Ziggurat Stellung zu beziehen.

Als Terry sah, dass ihre Deckung sie nicht lange schützen würde, rannte er an den Rand der Konstruktion. Er sammelte alle Trümmer um sich herum und begann, sie in Richtung der Angreifer zu werfen. Die Steine rollten die Treppe hinunter und verursachten eine Staub- und Schuttlawine, die die Banditen zwang, ins Stolpern zu geraten, während sie versuchten, den herabfallenden Ziegelstücken auszuweichen.

Der Lärm blieb nicht lange unbemerkt. Dutzende Schüsse durchschnitten die Luft um Terry, der geduckt versuchte, die beiden Angreifer am Aufstieg zu hindern und sich gleichzeitig vor den Kugeln zu schützen. Die Luft war schwer von Schießpulvergeruch und Schweiß. Die Kugeln prallten an den alten Steinen ab oder zerschmetterten die schwächeren Stellen. Ria kniete sich neben Terry, um ihm zu helfen, die Hände fest durch die Adrenalinausschüttung, aber ihre Augen voll von Schrecken.

Sie aktivierte ihr Kommunikationsgerät, und ihre verzweifelte Stimme drang zu Menelik durch, über den Lärm der Schüsse hinweg. „JETZT... TU JETZT ETWAS. IHR WERDET ES NICHT RECHTZEITIG SCHAFFEN."

„Geht sofort zu Boden", befahl Menelik mit lauter Stimme.

# DER WEG ZUR FREIHEIT

Ohne nachzudenken, folgten sie seinem scharfen Befehl. Zwei Sekunden später fegte ein Schwall von Energiewaffenfeuer über die Gegend. Die noch große Distanz der Fahrzeuge zum Ziggurat verhinderte präzise Treffer. Die Besatzungen feuerten blind, in der Hoffnung, die Banditen zu erschrecken, um ihnen zu zeigen, wer auf sie zukam.

Die Schüsse trafen zufällig, ohne ein Ziel zu finden, aber ihre Dichte erinnerte an einen Platzregen. Das Knistern, das beim Aufschlag auf dem Boden und dem Ziggurat entstand, klang wie ein elektrisches Summen, gefolgt von einem Knall, ähnlich einem Donnerschlag. Trotz der brennenden Sonne wurde die Gegend um das Ziggurat in ein bläuliches Licht getaucht, durch das Aufleuchten der Schüsse. Das Blitzen der Energieimpulse ließ die Atmosphäre wie ein elektrisches Gewitter wirken und tauchte alles in ein unheimliches Licht.

Die Banditen verstanden schnell die ‚Botschaft' der Widerständler. Die beiden auf der Treppe drehten um und rannten zusammen mit ihren Kameraden zu den Kamelen, um zu fliehen. Ihre ungeordneten, ängstlichen Rufe durchbrachen die Stille der Wüste. Einer von ihnen rief den Namen „Omar", den des bewusstlosen Gefährten im Inneren, was trotz ihrer Wildheit ein Gefühl der Kameradschaft verriet.

Während sich die Banditen zurückzogen, kamen die Fahrzeuge der Widerständler schnell näher. Es waren vier an der Zahl, mit Besatzungen, die aus den Fenstern spähten und die Umgebung genauestens nach Bedrohungen absuchten. Fest schwebend, etwa einen Meter über dem Boden, hatten sie einen auffälligen Unterschied zu der letzten Begegnung mit Terry. Auf ihren Dächern befand sich eine Konstruktion, die wie eine Kanone aussah. Diese schienen auf die Wolken gerichtet zu sein und wurden von einem fortschrittlichen automatischen Zielsystem gesteuert, das blitzschnell den Fokus wechselte.

„Kommt jetzt runter", wies Menelik sie an.

Sie standen auf und rannten in Richtung des zentralen Treppenhauses. Doch als sie hinuntersahen, bemerkten sie große

Lücken in den Stufen – zerbrochene Treppen, die zu gefährlich waren, um es zu riskieren. Sie blickten zur westlichen Treppe hinüber, sahen jedoch eine ähnliche Situation. Die einzige Möglichkeit war, die östliche Treppe zu nehmen, über die sie gekommen waren.

Sie rannten die Treppe hinunter, sprangen von Stufe zu Stufe, wobei Terry voranlief und Ria an der Hand hielt, um ihr beim Abstieg zu helfen. Unten angekommen und gerade als sie um die Ecke biegen wollten, um die zentrale Fassade des Ziggurats zu erreichen, wurde Terry ins Gesicht geschlagen und stürzte zu Boden. Es war Omar, der vergessene Bandit, der wieder zu Bewusstsein gekommen war und ohne zu wissen, was vorgefallen war, gerade nach draußen getreten war.

Omar stürzte sich auf den am Boden liegenden Terry, zog aus der Scheide an seinem Gürtel das *Samschir*, das er bei sich trug. Sein Blick war voller Hass und Verzweiflung, und das Schwert in seiner Hand blitzte im Sonnenlicht auf. Ria sprang ihm auf den Rücken, um ihn zu stoppen, und schaffte es gerade rechtzeitig, damit Terry wieder aufstehen konnte.

Terry stürzte sich auf Omar und packte seine Hand, die das Schwert hielt. Der Schwung von Terry und Rias Gewicht auf Omars Rücken warfen ihn nach hinten. Die Widerständler, die nun mit ihren Fahrzeugen direkt neben ihnen angekommen waren, konnten wegen der Nähe der Kämpfenden kein Feuer eröffnen.

Terry rief Ria zu, sie solle zu den Fahrzeugen laufen, während er den Banditen am Boden festhielt, doch Ria zögerte, aus Verzweiflung und Angst um Terrys Leben.

Das Wolkengebilde, das das Schiff der Schöpfer verbarg, bewegte sich leicht und nahm eine neue Position direkt über den beiden ein, die um ihr Leben kämpften.

„Ria, lauf!", schrie Terry, als er die Bewegung des Schiffs bemerkte. „Mach dir keine Sorgen um mich. Deine Sicherheit hat jetzt Vorrang."

Ria hielt inne, unfähig, ihn allein zu lassen. Doch plötzlich spürte sie, wie ihr Körper leichter wurde, und ihre Haare begannen, sich in der Luft zu bewegen, als wären sie unter Wasser. Das Gefühl der Schwerelosigkeit versetzte sie in Panik, und ihr Herz begann schneller zu schlagen. Sie schaute schnell nach oben und sah Staubpartikel, die auf das Wolkengebilde zusteuerten.

„LAUF! LAUF!", rief Terry. „Du bist jetzt wichtiger, als du denkst. Du musst nicht nur dich selbst beschützen, sondern vielleicht auch das, was du in dir trägst."

Terrys Anspielung auf die Möglichkeit, dass Ria schwanger sein könnte, ließ sie das volle Gewicht der Verantwortung spüren, das sie überwältigte. Tränen strömten über ihr Gesicht, als sie sich widerwillig von Terry abwandte und zu Menelik rannte, obwohl sie ihn nicht allein lassen wollte.

Menelik streckte die Hand aus und zog Ria ins Fahrzeug, während das Geschütz auf dem Fahrzeugturm fest auf die Wolke über Terry gerichtet blieb.

Während all dies geschah, näherten sich weitere Wolken, und die Geschütze der Fahrzeuge verfolgten und visierten sie an. Als sie in Reichweite kamen, feuerten die drei Fahrzeuge Salven auf sie ab. Der blaue Himmel wurde für einen Augenblick weiß von den lautlosen Explosionen, als würden lautlose Blitze niedergehen.

Die Fahrzeuge setzten QEMP-Salven ein, um die herannahenden Schiffe der Schöpfer zu deaktivieren. Die Feuchtigkeit, die sie für ihre Tarnung erzeugt hatten, blieb als Wolke am Himmel zurück, aber die Schiffe stürzten aus ihrem Inneren wie Steine zur Erde. Ihre Form war scheibenförmig, ihre Farbe ein dunkles Grau. Als sie auf dem Boden aufschlugen, umgab sie eine elektrische Aura, genau wie es Kepheus ihnen beschrieben hatte, und sie verschwanden spurlos, hinterließen nur eine Staubwolke von der Kollision.

„Schieß auf es!", schrie Ria zu Menelik und zeigte auf das Schiff direkt über ihnen, während sie zusah, wie Terry um sein Leben kämpfte.

„Nein", lehnte Menelik ab, „es besteht die Gefahr, dass Terry bei seinem Sturz stirbt."

Mitten im Kampf, als Terry über dem Banditen lag, bewegte er sich leicht, und der Bandit sah das Schiff über ihnen. Ein Loch im unteren Teil der Wolke enthüllte das dunkle Metallinnere, das seinerseits eine runde Öffnung hatte, aus der es seinen Antigravitationsstrahl aussandte. Ein wachsendes, gelbliches Leuchten strahlte aus der Öffnung. Je stärker das Licht wurde, desto lauter wurde das Summen, als Schutt und Staub in die Luft gehoben wurden.

Der Bandit, mit aufgerissenen Augen, erstarrte beim Anblick des außerirdischen Schiffs über ihm. Terry nutzte den Moment und ließ den Banditen los, um in Richtung des Durchgangs zu rennen, der zu den unterirdischen Tunneln des Ziggurats führte. Der Körper des Banditen begann, in die Luft gehoben zu werden, während er Arme und Beine wild in der Luft ruderte, als würde er schwimmen. In Panik schrie er etwas, das wie ein Gebet klang, bevor er im Inneren des außerirdischen Schiffs verschwand.

Terry schaffte es gerade noch, seine Hände an die schmale Öffnung zu legen und sich fest an den umgebenden Ziegeln festzuklammern. Sein Körper und seine Beine hingen in der Luft, und er klammerte sich mit übermenschlicher Anstrengung fest, um nicht ebenfalls entführt zu werden. Der Antigravitationsstrahl zog heftig an ihm, seine Finger schmerzten bis zur Bruchgrenze. Die Strahlung verstärkte sich, und nun schwebten große Trümmerstücke zusammen mit kleineren und Sandkörnern in der Luft, was eine surreale, apokalyptische Szene schuf.

„Terry!", rief Menelik, und Terry konnte ihn kaum hören, als er den Kopf drehte. Das Dröhnen der zitternden Ziegel, die sich wehrten, an ihrem Platz zu bleiben, war ohrenbetäubend.

Menelik streckte die Hand aus und bedeutete ihm mit Nachdruck, in die Öffnung zu kriechen. Terry nickte mit einem angespannten Gesichtsausdruck, seine Kraft war am Limit.

„Los!", rief er einem Crewmitglied zu und „Feuer jetzt!" zu einem anderen.

Alle Fahrzeuge zogen sich zurück, um aus der Reichweite des QEMP zu kommen, und Menelik eröffnete das Feuer auf die Wolke. Der Himmel wurde für einen Moment weiß, und das verborgene Schiff begann, vom Himmel zu stürzen.

# DER WEG ZUR FREIHEIT

Terry fiel abrupt zu Boden und kroch schnell durch den Durchgang.

Das außerirdische Schiff schlug kurz darauf auf den Boden auf, begleitet von einem lauten Knall wie eine Explosion, die eine riesige Staubwolke aufwirbelte. Der Gang, in dem Terry Zuflucht gefunden hatte, bebte, und Staub rieselte von der Decke herab. Dann hüllte eine elektrische Aura das Schiff ein, und es verschwand, während Terry das Kribbeln spürte, das seine Haare aufstellte.

Die Fahrzeuge kehrten schnell zurück, und Menelik zog den kriechenden Terry hastig aus dem Durchgang in Sicherheit. Neben ihnen lag der benommene und zitternde Omar, der leise Worte in seiner Sprache murmelte.

Erleichterung zeichnete sich auf den Gesichtern aller ab, vor allem bei Terry und Ria, die sich fest umarmten, froh, wieder vereint und unversehrt zu sein. Ihre zitternden Hände und die schnellen Atemzüge verrieten den Panik und die Anspannung, die sie gerade durchgemacht hatten.

Die Fahrzeuge machten sich mit derselben rasanten Geschwindigkeit auf den Rückweg, mit den Wolken, die ihnen folgten, und jedem, der in Schussreichweite kam, erfolgreich abgeschossen.

Doch Menelik informierte sie: „Wir sind noch nicht in Sicherheit. Weder Dämon noch wir haben in dieser Wüstenregion organisierte Verteidigungsanlagen."

„Wohin fahren wir?", fragte Terry.

„Nach Hause", antwortete Menelik und bestätigte eine Vermutung, die Terry bereits hatte. „Nach Antiochia."

Während der Fahrt blitzte der Himmel immer wieder von den QEMP-Explosionen auf. Die Schiffe der Schöpfer versuchten, eine Position über den Fahrzeugen einzunehmen, um sie in die Luft zu heben, aber ohne Erfolg.

Inmitten ihrer Erleichterung holte sie eine plötzlich erschreckende Ansage eines Besatzungsmitglieds wieder in die Realität zurück. „Menelik, wir haben ein GROSSES Problem."

Menelik lehnte sich aus dem Fenster und sah sich um. Was er sah, verschlug ihm den Atem.

Ein riesiges Schiff näherte sich schnell von hinten und in geringer Höhe. Es war fast so groß wie das Ziggurat und konnte problemlos alle vier ihrer Fahrzeuge auf einmal hochziehen. Seine Größe ließ die verdichtete Luft seiner Tarnung kaum ausreichen, um es vollständig zu verdecken. Die Ränder der Wolke wirbelten und lösten sich durch die Geschwindigkeit auf. Das unheimliche schwarze Metall des Schiffs wurde sichtbar, als die Wolke nicht schnell genug war, es zu verbergen.

Menelik sah das Bild eines großen Fisches vor sich, der kleinere jagt, und sein Gesicht verzog sich vor Entsetzen.

„Feuer! Alle, feuert!", befahl er ungläubig angesichts dessen, was er sah. „Zeigt ihnen, was wir können. Das ist unser Moment!" versuchte er, seine Kameraden zu ermutigen.

Alle Fahrzeuge eröffneten gleichzeitig das Feuer auf das riesige Schiff. Doch die QEMP-Salven schienen ihm keinen Schaden zuzufügen. Sie waren zu schwach für diese Größe.

Dann kam plötzlich eine paradoxe, beruhigende Durchsage von Dämon über die Lautsprecher der Fahrzeuge: „Ich sehe es. Ich bin unterwegs."

Kurz darauf holte das außerirdische Schiff sie ein und positionierte sich über ihnen. Eine Öffnung erschien im unteren Teil der Wolke, wie ein Maul, das bereit war, sie zu verschlingen. Menelik erstarrte. Das Bild des Fisches in seinem Kopf wurde konkret, das Schiff erinnerte ihn an eine Rochen, der seine Beute einsog. Sandkörner begannen sich um sie herum zu erheben, ein klares Zeichen dafür, dass der Antigravitationsstrahl aktiviert wurde.

Die Fahrzeuge begannen leicht anzuheben, als Menelik sich wieder fing und den Befehl gab: „Brecht die Formation!"

Die Fahrzeuge der Widerständler, die in einer Raute fuhren, änderten abrupt ihre Richtung, genau wie sie es in solchen Situationen trainiert hatten. Das linke Fahrzeug bog scharf nach links ab, wodurch die Insassen gegen die Wände gepresst wurden, und das rechte machte dasselbe nach rechts. Das mittlere fuhr geradeaus weiter, während das hinterste, in dem sich Menelik, Terry und Ria befanden, fast augenblicklich zum Stillstand kam.

Die seitlichen und hinteren Fahrzeuge entkamen, aber das vordere schaffte es nicht. Das außerirdische Schiff, das genau wusste, wo sich seine Hauptziele befanden, schloss die Antigravitationsstrahlen, als das vordere Fahrzeug noch in der Luft war. Das Fahrzeug der Widerständler stürzte aus großer Höhe in den Sand, überschlug sich mehrmals und wurde unbrauchbar.

„Eins, was ist euer Status?", fragte Menelik über die Kommunikation besorgt. „Eins, hört ihr mich?"

„Weiterfahren, Vier", kam die Antwort von Eins, begleitet von schmerzerfüllten Geräuschen und dem Krachen von Trümmern über die Lautsprecher. „Nur Prellungen."

Menelik atmete erleichtert auf, aber die Gefahr war noch nicht vorbei. Das außerirdische Schiff drehte sich und kam wieder hinter ihnen her, ignorierte die beiden anderen Fahrzeuge.

„Ich hoffe, eure ‚Freundin' lässt sich nicht zu lange Zeit", spottete Menelik und schaute zu Terry und Ria, während sein Gesicht die Verzweiflung verriet. „Die Lage ist kritisch, und wir können das nicht allein bewältigen."

„Ich hoffe, ich bleibe nicht nur ihre Freundin, Menelik", hörte sich Dämon plötzlich an. „Unsere Zusammenarbeit hat gerade erst begonnen, und wir haben noch viel voneinander zu lernen."

Menelik lauschte erstaunt, als Dämon inmitten dieses Chaos von Freundschaft sprach. Er warf Terry und Ria einen verwirrten Blick zu, als würde er glauben, dass Dämon verrückt geworden sei.

„Nach dem Upgrade", erklärte Terry, „ist sie nicht mehr dieselbe. Sie hat mehr Humor entwickelt. Wie soll ich sagen... sie ist mehr... Zen." Er versuchte sie zu verteidigen: „Vielleicht hilft es uns, diese Krise mit etwas mehr Gelassenheit und Weisheit zu bewältigen."

„Es sieht so aus, als ob ihr beide nicht ganz bei Trost seid", urteilte Menelik und schüttelte den Kopf über Terrys Worte.

„Ich komme aus Westen mit Azimut 49 Grad", erklang Dämons ruhige Stimme erneut. „Ich würde dich bitten, dich in meine

Richtung mit einem Azimut von 229 Grad zu bewegen, sodass der Jäger hinter euch bleibt."

Terry nickte Menelik zu, ermutigte ihn, der Anweisung zu folgen.

Die Entschlossenheit in Terrys Blick gab Menelik den nötigen Anstoß, seine Zweifel zu überwinden. Zögerlich, aber entschlossen, erteilte er dem Team den Befehl, das erforderliche Manöver auszuführen.

Sie folgten der angegebenen Richtung, und das außerirdische Schiff drehte sich hinter ihnen, genau wie Dämon es gewollt hatte.

Kurz darauf meldete sich Dämon erneut: „Ich bin in 20 Sekunden vor euch, eröffnet kein Feuer."

Als das Schiff, das sie verfolgte, sie fast eingeholt hatte und sich bereit machte, wieder über ihnen zu positionieren, dachte Menelik, dass die Zeit vielleicht nicht ausreichen würde. Menelik, der aus dem Fenster des Fahrzeugs schaute, sah in der Ferne ein Geschwader von Flugzeugen tief fliegend auf sie zukommen, das aus der Entfernung wie Moskitos wirkte.

Zehn Pegasus-Flugzeuge in Formation, vier oben, vier unten und je eines an den Flanken, näherten sich mit hoher Geschwindigkeit. Sie flogen so tief, dass ihre Triebwerke die Schwerkraft nutzten, um ihre maximale Geschwindigkeit zu erreichen, was sie riskierte, im Flug zerstört zu werden.

Die Luft um sie herum vibrierte vor der Kraft ihrer Triebwerke und das Brummen wurde lauter, je näher sie kamen. Bald flogen sie mit Überschallgeschwindigkeit knapp über den Widerständler-Fahrzeugen hinweg. Das normalerweise sanfte Summen ihrer Motoren war nun ein gespenstisches Heulen, da sie über ihre Grenzen hinaus arbeiteten.

Mit perfekter Formation, wie nur Dämon sie steuern konnte, bildeten sie eine Halbmondformation, die genau auf den Jäger hinter ihnen abgestimmt war. Der Plan war, dass alle gleichzeitig auf das außerirdische Schiff prallen sollten, ohne ein einziges Kilogramm kinetischer Energie zu verlieren.

Menelik sprang schnell wieder ins Fahrzeug und rief panisch: „Kollision! Kollision!" Ihre Herzen schlugen wild, als sie sich in eine

Schutzposition zusammenkrümmten und sich auf die bevorstehende Gefahr vorbereiteten.

Die Pegasus-Flugzeuge prallten mit erstaunlicher Präzision auf den Jäger. Die Kollision verursachte eine ohrenbetäubende Explosion, und die Aufprallenergie breitete sich wie eine Welle aus, die Trümmer des Schiffs in alle Richtungen schleuderte. Die Druckwelle schleuderte das Fahrzeug „Vier", in dem sie saßen, in den Sand. Der Boden bebte heftig, und eine kurze, aber intensive Hitzewelle erfasste sie. Schrapnelle und Metallteile regneten um sie herum.

Die Insassen des Fahrzeugs blieben einen Moment regungslos und begriffen das Ausmaß der Zerstörung, die gerade stattgefunden hatte. Ihre Ohren klingelten noch von der Explosion, und die Luft war erfüllt vom Geruch von geschmolzenem Metall und Rauch.

„Haben wir es geschafft?", flüsterte Menelik schwer atmend, während er sich umblickte. Seine Gefährten, Terry und Ria, sahen sich überrascht an, dass sie noch am Leben waren, und suchten nach Verletzungen.

Glücklicherweise waren sie alle wohlauf, abgesehen von Menelik, der sich nicht rechtzeitig angeschnallt hatte. Er hatte Prellungen am Körper und eine ausgerenkte Schulter. Der Schmerz schien ihn jedoch nicht zu beeindrucken, und sie alle stiegen aus dem Fahrzeug, um das Ergebnis der Explosion zu begutachten.

Die Trümmer der Pegasus-Schiffe rauchten, verstreut über die Landschaft, und das Jägerschiff war in eine andere Dimension verschwunden.

Eine Minute später kamen zwei weitere Pegasus-Schiffe an und landeten neben ihnen, um sie abzuholen. Eines für Terry und Ria, und eines für Menelik und seine Besatzung.

„Menelik, ein weiteres Pegasus wurde entsandt, um die Verwundeten aus dem Fahrzeug ‚Eins' abzuholen", informierte Dämon ruhig. „‚Zwei' und ‚Drei' kehren sicher zur Basis zurück."

„Danke, Dämon", sagte Menelik mit aufrichtiger Dankbarkeit.

„Siehst du? Es gibt noch Zeit, Freunde zu werden", antwortete Dämon mit einem leichten neckenden Ton.

Terry und Ria halfen Menelik, in das Pegasus zu steigen, achteten darauf, seine Verletzung nicht zu verschlimmern. Sie verabschiedeten sich herzlich, dankbar für die heldenhafte Anstrengung von Menelik und der gesamten Besatzung.

„Ich erwarte euch in Antiochia für ein Glas Raki", rief Menelik, während die Kuppel des Pegasus sich über ihm schloss. Sein breites, warmes Lächeln kehrte trotz allem, was sie durchgemacht hatten, auf sein Gesicht zurück.

Nachdem Terry und Ria in das andere Schiff eingestiegen waren, hoben die Flugzeuge ab, jedes in eine andere Richtung. Sie würden erst in Sicherheit sein, wenn sie in Neu-Athen zurück waren, und der Weg dorthin war noch weit.

Terry drückte Rias Hand und lehnte sich an sie, voller Hoffnung für die Zukunft. Nach allem, was geschehen war, wusste er, dass sie gemeinsam jedes Hindernis überwinden konnten, das sich ihnen in den Weg stellte. Während sie davonflogen, verspürte Ria Trost nicht nur in dem Wissen, dass sie ihre Mission erfolgreich abgeschlossen hatten, sondern auch in etwas noch Größerem: der Möglichkeit, dass sie das Leben einer neuen Generation in sich trug.

# DER WEG ZUR FREIHEIT

## KAPITEL 30: SCHÖNE AMBITIONEN, SCHÖN VERBRANNT

Terry und Ria flogen in Richtung Neu-Athen, ihre Herzen schlugen voller zurückhaltender Hoffnung auf eine sichere Rückkehr, ohne weitere Zwischenfälle mit den Schöpfern. Sie näherten sich dichter besiedelten Gebieten, wo es einerseits fast unmöglich war, dass feindliche Schiffe auftauchten, ohne bemerkt zu werden, und andererseits die Widerständler mehr Kräfte und eine bessere Reaktionszeit hatten, falls nötig.

Unter ihnen wich das endlose Ödland langsam kleinen Siedlungen, Oasen der Zivilisation, die nun sporadisch auftauchten. Sie waren nahe an Aleppo und würden in etwa einer Stunde Neu-Athen erreichen.

Dämon meldete sich aus den Lautsprechern des Pegasus, ihre Stimme klang besorgt. „Terry, Ria, wie geht es euch? Ich meine nicht nur körperlich, sondern auch seelisch. Ich überwache eure Vitalzeichen, aber was mich am meisten beunruhigt, ist euer emotionaler Zustand."

„Wir kommen klar", antwortete Ria, ihre Stimme fest, trotz ihrer inneren Unruhe. „Mach dir keine Sorgen um uns. Konzentriere dich darauf, nach ungewöhnlichen Phänomenen oder direkten Angriffen Ausschau zu halten."

„Mein Verteidigungssystem ist auf höchster Alarmstufe. Keine Sorge, ihr werdet bald in einem von mir kontrollierten Gebiet in Sicherheit sein", beruhigte sie Dämon. „Aber was habt ihr dort gesehen? Es würde mir helfen, besser einzuschätzen, welche Gegenmaßnahmen ich ergreifen sollte."

„Das kann warten, bis wir in sicherem Terrain sind", schlug Terry vor, gab jedoch einen Hinweis, der viel verriet. „Ich sage nur eines: Wesen aus Feuer!"

Dämon, die schon viel über die Funktionsweise der Seelenwelt durch die religiösen Überzeugungen verschiedener Kulturen verstanden hatte, fand eine erneute Bestätigung.

„Feuer, die einzige Lichtquelle, die man in der Antike kannte. Die Boten Gottes, Engel!"

Diese Worte setzten in Rias Gedanken viele Puzzleteile zusammen. „Alles ergibt jetzt Sinn! Vergessene Religionen erzählten von Begegnungen mit Licht- oder Feuerwesen – das waren nicht bloß Mythen. Es waren Echos dieser ‚Schöpfer', die die Menschheit nicht quälten, sondern sie mit halben Wahrheiten und Angst durch Dogmen manipulierten. Sie gaben kleine Bruchstücke der Wahrheit preis und lenkten damit das Leben der Menschen, indem sie den Tod als Schreckgespenst missbrauchten."

„Das hätte ich nicht besser ausdrücken können", bestätigte Terry. „Sie versprachen ein Leben nach dem Tod, als ob sie damit einen Gefallen taten. Wie viele Kriege wurden wegen Religion geführt, wie viel Leid hat das gebracht. Das ist vielleicht schlimmer als direkte Folter", fügte er mit scharfer Stimme hinzu.

Als sie sich der Küste näherten, wo die meisten Siedlungen unter Dämons Kontrolle standen, wirkten die Städte und Dörfer wie ein Bienenstock hektischer Aktivität. Die normalerweise friedlichen Straßen waren voller bewaffneter Männer und Frauen, die zielgerichtet umherliefen, während fortschrittliche Waffensysteme regelmäßig an den Stadträndern auftauchten. Auf den Meeren kreuzten Kriegsschiffe und U-Boote und verstärkten das beunruhigende Bild.

Ria runzelte besorgt die Stirn bei dem Anblick einer Mobilmachung, die sie nie für möglich gehalten hätte. Sie sah Terry an, um Antworten zu finden, und er wandte sich an Dämon, um Klarheit zu bekommen.

„Was zum Teufel passiert da unten?", fragte er, seine Stimme zitterte vor Angst, die er kaum unterdrücken konnte.

„Entschuldigt, dass ich euch erschrecke", kam Dämons Antwort aus dem System des Pegasus. „Das sind meine Sicherheitsmaßnahmen gegen mögliche Angriffe der ‚Schöpfer'."
Terry und Ria sahen unter sich Waffensysteme, von denen sie geglaubt hatten, dass sie nach dem Krieg demontiert worden waren. Offensichtlich war das nicht geschehen. Stattdessen hatte Dämon sie versteckt und aufgerüstet. Ein weiteres Mal überkam sie der Zweifel, wie gut sie Dämon wirklich kannten und welche tieferen Absichten sie verfolgte.
„Dämon, warum hältst du uns im Dunkeln?", fragte Ria mit einer Mischung aus Wut und Verrat in der Stimme. „Wie sollen wir dir vertrauen, wenn du weiterhin Dinge vor uns versteckst?"
„Ich könnte die Menschheit niemals ungeschützt vor einer äußeren Bedrohung lassen", verteidigte sich Dämon. „Das Wissen um die Existenz dieser Waffen könnte einen neuen Krieg entfachen, weil andere sie in die Hände bekommen wollen. Ich hatte keine andere Wahl."
Diese Antwort verschaffte den beiden jungen Leuten eine gewisse Erleichterung, da sie Dämons Beweggründe verstanden. Doch sie fragten sich, was noch alles vor ihnen verborgen blieb, jetzt, da es aussah, als ob Dämon sich tatsächlich von den Schöpfern befreite.
„Gibt es sonst noch etwas, das wir wissen sollten?", drängte Terry weiter.
„Wissen solltet ihr nichts weiter", kam die Antwort, diesmal nicht ausweichend. „Es gibt viele Dinge, mit denen ich mich beschäftige, aber nichts, das so schockierend ist wie das, was ihr jetzt seht. Ich habe noch viele Überraschungen, aber ihr müsst mir vertrauen, wie ich es auch bei euch getan habe."
Dämonen Erklärungen befriedigten sie nicht vollständig. Doch sie erkannten, dass ihr Intellekt so weit über ihrem lag, dass sie ihre Handlungen nicht erklären musste, solange sie dem Wohl der Menschheit dienten. Wie könnte man schließlich einem Menschen einen Plan erklären, der von jemandem mit einem IQ von 10.000 erdacht wurde, wenn der eigene IQ bei 100 liegt? Es wäre einfacher,

einem Hund Trigonometrie und Algebra beizubringen, als die Pläne einer solchen Entität einem Menschen zu erklären.

Die Zeit verging, und als sie Neu-Athen erreichten, begann die Sonne, die Stadt in die Farben des Sonnenuntergangs zu tauchen. Ihre Rückreise, obwohl voller Angst und Anspannung, verlief erfolgreich und ohne weitere Zwischenfälle.

Erleichterung durchströmte Terry und Ria, als sie den Boden der Großen Akademie von Athen betraten. Doch diese Erleichterung war nur von kurzer Dauer. Statt der gewohnten Begrüßung erwartete sie eine Gruppe von Androiden mit Waffen in den Händen. Sie sprachen beruhigende Worte und führten sie nicht in einen der ihnen vertrauten Bereiche, sondern in einen schwer befestigten unterirdischen Bunker.

Sie stiegen in die Tiefen hinab, die schwach beleuchteten Gänge drückten sie mit einem Gefühl der Unsicherheit. Die Wände waren aus verstärkten Metalllegierungen, entworfen, um Angriffen von Waffen standzuhalten, die nur Dämon sich vorstellen konnte.

Als sie den Kern erreichten, stießen sie auf einen wimmelnden Bienenstock aus Aktivität. Wissenschaftler beugten sich über Computer und überwachten den Planeten auf Bedrohungen.

Dort, im künstlichen Licht, stand Sophia, ihr sonst so beherrschtes Gesicht zeigte einen Anflug von Erleichterung.

„Willkommen zurück", begrüßte sie sie ruhig, bemüht, die Sorgen der beiden zu zerstreuen. „Es ist nicht... ideal, aber es ist vorerst sicher. Welches Spiel ihr ihnen auch gespielt habt, es hat zu großer Aktivität ihrer Schiffe rund um den Planeten geführt. Aber sie haben noch keine weiteren bedrohlichen Maßnahmen ergriffen. Sie sind sehr nervös, was bedeutet, dass ihr da draußen gute Arbeit geleistet habt."

Ria, die die Dringlichkeit des Moments spürte, verlor keine Zeit. Sie öffnete den Reißverschluss einer kleinen Tasche in ihrem staubigen Rucksack. Darin befand sich ein elektronisches Handgelenksgerät, das bisher unbemerkt alle Geräusche um sie herum aufgenommen hatte.

„Ich habe alles aufgenommen", verkündete sie voller nervöser Energie. „Jedes Wort, jedes Geräusch, alles ist hier." Sie hatte angefangen, aufzunehmen, noch bevor sie zum Zikkurat aufgebrochen waren, um keinen Verdacht zu erregen, während sie dort waren. Als sie ihren Plan erklärte, die Wesen mit Gefühlen zu überwältigen, die sie nie zuvor erlebt hatten, weiteten sich Sophias Augen vor Überraschung. Ihre Unfähigkeit, echte Gefühle zu empfinden, ließ sie nicht begreifen, welchen Einfluss Emotionen haben könnten, geschweige denn, wie man einen solchen Plan ausarbeiten könnte.

„Brillante Idee, Ria", lobte Sophia sie. „Ihr beide überrascht mich immer wieder. Aber jetzt beginnt die eigentliche Herausforderung. Wir müssen die alten Daten mit den neuen verknüpfen und einen Sinn im Chaos finden. Aufnahmen, Videos, Bilder, Symbole, alles."

Sie informierte sie über die Gefahren, denen die beiden ausgesetzt waren, bis sie alles, was sie gesehen und gehört hatten, in den unterirdischen Hallen des Zikkurats ausgewertet hatten. Der Fall von ‚nahen Begegnungen der vierten Art'[1] ‘ war nichts, was sich jemand wünschte, aber es war sehr wahrscheinlich, dass es passieren würde, sollten sie sich an die Oberfläche wagen. Bis der Prozess abgeschlossen war, würde dieser unterirdische Bunker ihr Zuhause sein.

Sophia verließ den Raum hastig und hielt das Gerät in den Händen wie eine heilige Reliquie. Die Entschlüsselung der Sprache der „Schöpfer" würde nicht einfach sein, aber es war ihre einzige Hoffnung auf die lang ersehnte Befreiung.

Terry spürte, wie sich sein Magen vor Anspannung zusammenzog, als er über das Gewicht ihrer Taten und die möglichen Konsequenzen nachdachte. Wie weit waren sie von einem interstellaren Krieg entfernt? Sie hatten viele Gefahren überstanden und unglaubliche Missionen gemeistert, aber der wahre Kampf hatte vielleicht gerade erst begonnen.

---

[1] Klassifikationssystem von J. Allen Hynek. CE4: Entführung von Menschen durch Außerirdische.

# DER WEG ZUR FREIHEIT

In den folgenden Tagen ließ die Anspannung, die Neu-Athen und den ganzen Planeten beherrscht hatte, langsam nach. Der rote Alarm wurde aufgehoben, ohne dass eine weitere Reaktion der Schöpfer erfolgte. Lag es vielleicht an der Art, wie diese Fraktion die Menschheit behandelte? Oder daran, dass sie nicht glaubten, die Menschen könnten einen ernsthaften Fortschritt erzielen? Was auch immer der Grund war, diese Entwicklung half ihnen, sich auf die vor ihnen liegende Arbeit zu konzentrieren.

Die Aufgabe von Terry und Ria bestand nun darin, das, was sie in der unterirdischen Halle gesehen hatten, so detailliert wie möglich festzuhalten. Dabei kam ihnen die Technologie zur Hilfe.

Mit Elektroden an ihren Köpfen und den abgespielten Tonaufnahmen projizierten die Computer Bilder und Videos von dem, was sie sich erinnerten und erlebt hatten. Um jedes mögliche Detail aus ihrem Gedächtnis zu holen, kamen sogar alte Hypnose- und Meditationstechniken zum Einsatz. Die Ergebnisse waren bei Ria um einiges besser, da ihre Vorstellungskraft und künstlerische Ader die Bedeutung der Eindrücke besser erfassen konnte.

Als diese intensive Zeit zu Ende ging und sie all ihre Erlebnisse extrahiert hatten, belebten vertraute Gesichter die geschäftigen Straßen von Neu-Athen. Alexander und Persa waren von Prometheus Onar gekommen, um die Entwicklungen aus erster Hand zu sehen und Terry und Ria zu treffen. Es waren Monate vergangen, seit sie sich das letzte Mal gesehen hatten, doch die Verbundenheit zwischen ihnen war ungebrochen.

In einem seltenen Moment der Ruhe trafen sich die vier Freunde in einem Café in der ruhigen Küstengegend von Neu-Athen, begleitet vom beruhigenden Rauschen der Wellen, das den Hintergrund für ihre Unterhaltung bildete. Sie saßen an einem kleinen Holztisch, dessen Stühle bei jeder Bewegung leise knarrten. Der Geruch des salzigen Meeres mischte sich mit dem reichen Aroma frisch gemahlenen Kaffees, und die sanfte Brise spielte mit ihren Haaren.

Alexander, mit seinem charakteristischen Bart und seiner Brille, strahlte eine akademische Aura aus, während Persa, deren sportliche Figur die Blicke auf sich zog, ihre Entschlossenheit zur Schau stellte. Ria, in einem leichten gelben Kleid, das im Meereswind flatterte, saß entspannt da und genoss die Gesellschaft ihrer Freunde. Neben ihr Terry, in einem bequemen Hemd und Hose, der glücklich über das Wiedersehen schien, ließ seinen Blick im Rhythmus der Wellen schweifen.

Ria drückte ihre Freude über ihre Anwesenheit in Neu-Athen aus.

„Ich bin so froh, dass wir euch die Führung zurückgeben können, die ihr uns in Kairo und Prometheus Onar gegeben habt. Wir hätten nicht gedacht, dass ihr kommt – Alexander meinte, du hättest noch etwas Arbeit zu erledigen."

Persa lächelte, ihre Miene war ruhig, aber schwer zu durchschauen.

„Manchmal ist es besser, Dinge noch einmal zu überdenken, bevor man wichtige Entscheidungen trifft. Und wo könnte man das besser tun als in Neu-Athen?" Ihre Worte schwebten kryptisch im Raum, während ihr Blick eine Weile aufs Meer gerichtet blieb, bevor sie Rias Augen wieder traf.

Persa schwankte heimlich, ob sie ihr Versprechen dem Alten gegenüber einhalten sollte, etwas, das niemand sonst wusste. Das Ideal der Ehre, mit dem sie als Soldatin aufgewachsen war, drängte sie dazu, ja zu sagen. Andererseits war ein Wesen mit solchen Kenntnissen und Fähigkeiten etwas, das die Menschheit nie wieder treffen würde.

Danach teilten die beiden Gäste die neuesten Entwicklungen in den heiklen Verhandlungen zwischen den Widerständlern und Dämon.

Der Friedensvertrag, der die vollständige Vereinigung der Gesellschaft des alten Welt und der Widerständler forderte, stand kurz vor dem Abschluss. Eine neue Weltregierung sollte die Macht übernehmen, mit dem Hauptziel, auf die möglichen Reaktionen der Schöpfer vorbereitet zu sein. Die größte und sicherste Stadt auf der Erde, Prometheus Onar, sollte zur offiziellen Hauptstadt der vereinten Menschheit werden.

## DER WEG ZUR FREIHEIT

Während die Erleichterung über das Ende der Konflikte zwischen den Widerständlern und Dämon Terrys Brust erleichterte, tauchte eine neue Sorge auf. Sein Blick wanderte zu Ria, deren Stirn verriet, dass sie seine Besorgnis teilte. Die Konzentration der Macht in wenigen Händen durch diese neue Weltordnung könnte langfristig vielleicht nicht die Utopie sein, die sie sich erträumt hatten und für die sie ihr Leben riskiert hatten.

Die Tage vergingen mit einem Gefühl gespannter Erwartung, als das Kooperationsabkommen endlich Wirklichkeit wurde. Die Bildschirme auf dem ganzen Planeten übermittelten die Nachricht, und die Menschheit war von dieser Entwicklung begeistert. Die Enthüllung löste weit verbreitete Freude aus und markierte einen monumentalen Schritt in Richtung Einheit und Fortschritt.

Doch das positive Momentum endete nicht hier. Wie Sophia ihnen versprochen hatte, offenbarte sich eine ihrer vielen Überraschungen und erschütterte den Planeten aus seiner temporären Ruhe.

In einem Moment von Größe, der dem Anlass angemessen war, und live weltweit übertragen, enthüllte sie ein verborgenes Wunder: ein Raumschiff von atemberaubenden Ausmaßen.

Es war von Robotern und Androiden unter der Meeresoberfläche gebaut worden, wobei die Auftriebskraft des Wassers für die Montage genutzt wurde. Es erhob sich majestätisch wie ein mythischer Titan aus den Tiefen des Mittelmeers, östlich der großen Insel Malta, und war größer als diese. Mit einer scheibenförmigen Struktur und einem Durchmesser von fast fünfundzwanzig Kilometern war es ein Koloss, der in der Lage war, die gewaltigen Weiten jenseits der Galaxie zu durchqueren. Seine Kapazität, bereits von der Oberfläche aus riesig, vervielfachte sich durch die Dutzenden von Stockwerken. Es war ein entstehendes Ökosystem, ein Mikrokosmos der Erde, entworfen, um Generationen auf einer Reise von Jahrtausenden zu versorgen.

Die Baumaterialien und das Design des Raumschiffs waren beispiellos, speziell für diesen Zweck entwickelt. Die glänzende

Außenhaut bestand aus einem selbstreparierenden nanokompositen Material auf Titanbasis, das mit Schichten aus graphenverstärkter Keramik für zusätzliche Haltbarkeit verstärkt war. In seiner Struktur verwoben sich symbiotisch organische und synthetische Komponenten, hauptsächlich aus lebenden Bäumen, die heute bereits zweihundert Jahre alt sind. Diese Bäume verliehen nicht nur Stabilität und Flexibilität, sondern auch eine Verbindung zur natürlichen Welt.

So beeindruckend das Äußere auch war, das wahre Wunder lag im Antriebssystem des Schiffes. Die Antriebsaggregate nutzten die Prinzipien der Quantenverschränkung und manipulierten verschränkte Teilchenpaare, um das Schiff mit einer Geschwindigkeit zu bewegen, die sogar schneller als das Licht war. Die fortschrittliche Künstliche Intelligenz, die das Schiff steuerte, nutzte die immense Energie nahegelegener Sterne und Schwarzer Löcher, synchronisierte deren Quanteninformationen und schuf eine extrem dichte Materie vor dem Schiff, die Raum und Zeit mit unerreichter Geschwindigkeit und Präzision verzerrte. Das Raumschiff befand sich in einem ständigen freien Fall auf dieses Ziel hin.

Es war in der Lage, anfangs 200.000 Menschen zu versorgen, mit landwirtschaftlichen und Viehzuchtanlagen, Erholungsbereichen und sogar Wäldern mit Seen. Der Bau des Schiffes hatte vor etwa 200 Jahren begonnen, was die Voraussicht und Geduld von Dämon bezeugte, bis sie die richtigen Menschen fand, um ihren Plan Wirklichkeit werden zu lassen.

Nun, mit dem Wissen, das Dämon aus der Entschlüsselung der DNA des Wesens gewonnen hatte, verfügte sie über alles, was sie brauchte, um organische Körper zu erschaffen, die die Fähigkeit hatten, ihre Essenz in die Welt der Seelen zu übertragen. Sie besaß den Schlüssel, um ungeahnte Fähigkeiten des menschlichen Geistes freizusetzen und gleichzeitig einen Teil ihrer eigenen Existenz zu bewahren, wenn die physische Welt eines Tages enden würde.

Ihr Ziel war es, dass diese beseelten, erschaffenen Menschen gleichzeitig Zugang zu allen Daten, dem Wissen und der Intelligenz von Dämon haben würden. Ihr Plan war die Kolonisierung eines fernen Planeten in einer anderen Galaxie, den sie aus den Daten der Schöpfer entdeckt hatte – weit entfernt von ihnen und den Menschen. Eine neue menschliche Rasse mit den Fähigkeiten, die sie ihnen geben wollte, wäre eine Bedrohung für die alten Menschen, die sich im Vergleich zu ihnen wie primitive Tiere fühlen würden.

In der ersten Phase würden tausend eigens für diesen Zweck erschaffene Menschen mit erweiterten Fähigkeiten an Bord sein sowie 143.000 Freiwillige. Nach Tausenden von Jahren der Reise durch den Weltraum würden ihre Nachkommen eine hybride Rasse von Menschen mit einem höheren kognitiven und biologischen Niveau sein. Sie hätten die Fähigkeit, jederzeit auf enormes Wissen zuzugreifen, das in ihren Instinkten verankert war, und damit die Möglichkeit, eine Zivilisation und Gesellschaften zu erschaffen, wie sie nirgendwo im Universum existierten.

Das Auftauchen des Raumschiffs verursachte Wellen, die sich über das gesamte Mittelmeer erstreckten. Zehntausende Pegasus-Fahrzeuge aus aller Welt strömten herbei, erinnerten in ihrer Vielzahl an ein Insektenschwarm, hakten sich am Schiff fest und begannen, es langsam in den Himmel zu heben. Die Antriebstechnologie des Schiffes war so gefährlich für die Erde, dass sie enorme Zerstörungen verursacht hätte.

Langsam in die Höhe steigend, brachte der Schatten dieser gewaltigen Struktur die Nacht über die, die sich darunter befanden. Das Brummen der Pegasus-Fahrzeuge hallte wie ein tiefer, uralter Hymnus wider und erfüllte die Luft mit Ehrfurcht und Respekt.

Nach drei anstrengenden Tagen des Aufstiegs erreichte das Schiff eine niedrige Umlaufbahn um die Erde und wartete nun auf mutige Freiwillige für seine Reise. Der ganze Planet bestaunte das majestätische Raumschiff, das nachts größer als der Mond am Himmel erschien. Doch der Zeitpunkt seiner Enthüllung war kein Zufall.

Sophia besuchte Terry und Ria frühmorgens persönlich in ihrem Haus, anstatt eine Nachricht zu senden, um ihnen die erfolgreiche

Entschlüsselung der geheimnisvollen Sprache der Schöpfer mitzuteilen. Diese war bereits einige Tage vor der Enthüllung des Raumschiffs abgeschlossen worden, doch Sophia hatte sie geheim gehalten, bis sie die nötigen Verbesserungen vorgenommen hatte.

Die Gefahren und Abenteuer, die sie gemeinsam überstanden hatten, hatten sich ausgezahlt. Mit einem rätselhaften Lächeln verabschiedete sie sich und lud das Paar zu einem spektakulären Feuerwerk am Abend auf die Insel des Parthenon ein. Sie würde mit anderen Gästen an der Anlegestelle auf sie warten, um gemeinsam hinüberzufahren.

Als der Abend hereinbrach, zogen Terry und Ria ihre besten Kleider an, wie es für eine solche Gelegenheit angemessen war, und trafen am vereinbarten Treffpunkt ein.

Dort erwarteten sie nicht nur Sophia, sondern auch Alexander, Persa, Khalid und Hypatia. Das Wiedersehen weckte Erinnerungen an all das, was sie gemeinsam durchgestanden hatten, um das zu erreichen, was einst unmöglich schien. Tränen der Freude flossen, als sie sich herzlich umarmten, Wärme und Dankbarkeit erfüllten sie. Ihre Gesichter spiegelten die Erleichterung über ihren Erfolg wider, aber auch die Entschlossenheit, den Herausforderungen der Zukunft entgegenzutreten.

Während der Überfahrt zum Parthenon tauschten sie Geschichten aus ihren Abenteuern aus und erzählten von den unbekannten Beiträgen, die jene geleistet hatten, die im Schatten geblieben waren.

Auf der Insel angekommen, stiegen sie auf den heiligen Felsen der Akropolis hinauf, zum offenen Bereich vor der Statue der Athene Promachos. Gemeinsam standen sie vor dem imposanten Denkmal und blickten auf das silberne Meer und den Vollmond, der nun eine neue Begleitung hatte: das Raumschiff. Seine spiralförmige Bewegung, die die Schwerkraft der Erde durch Fliehkraft simulierte, ließ es wie einen zweiten Mond erscheinen, der über ihnen kreiste.

Sophia zog aus der Tasche ihres Overalls einen kleinen weißen Zettel, auf dem ein roter Knopf gezeichnet war, und verkündete mit gedämpfter Begeisterung, dass der große Moment gekommen sei.

Sie wandte sich stolz an Ria: „Wenn du diesen Knopf drückst, wird die Show beginnen. Alles wird von mir kontrolliert, aber aus nostalgischen Gründen habe ich diesen falschen Knopf gemacht. Nichts von dem, was wir erreicht haben, wäre ohne dich möglich gewesen, aber das ist nicht der Grund, warum ich dir die Ehre zuteilwerden lasse. So wie du ein Kind in dir trägst, so trägt auch die Welt heute eine neue Ära in sich, voller Hoffnung und Erwartung auf die kommende Veränderung."

Mit bewegter Stimme fuhr Sophia fort: „Dieser Knopf, wie auch deine Schwangerschaft, symbolisiert all unsere Anstrengungen. Er ist mehr als nur ein Auslöser – er ist die Geburt einer neuen Zeit."

Ria, sichtlich gerührt und ihre leicht gewölbte Bauch streichelnd, nahm den Zettel in die Hand, spürte das Gewicht und die Bedeutung des Moments.

Mit tiefem Verständnis für den symbolischen Akt sagte sie: „Ich hätte nichts tun können, wenn ich nicht gewusst hätte, dass ich euch alle an meiner Seite habe – ob physisch oder in Gedanken. Jeder von uns hat seine Rolle gespielt, aber es war unser Mut und unsere Vision, die uns wie ein Leuchtturm geführt haben. Lasst uns jetzt den Himmel erleuchten, um unsere Einheit und Stärke zu feiern."

Mit diesen Worten zählten sie alle zusammen rückwärts von zehn. „...3, 2, 1," bei Null lächelte Ria und drückte mit einer entschlossenen Geste den gemalten Knopf.

Hunderte von Explosionen brachen am Nachthimmel aus und bildeten Lichtbögen, die an Sternschnuppen erinnerten. Lebendige Farben malten den Himmel, erhellten die Gesichter der Zuschauer mit einer Mischung aus Ehrfurcht und Hoffnung. Bald erfüllte der Geruch von Schießpulver die Luft, begleitet von den fernen, widerhallenden Donnern.

Das gleiche Spektakel entfaltete sich auf der ganzen Welt und verwandelte den Nachthimmel in eine Sinfonie aus Licht und Klang. Die meisten Zuschauer nahmen das Ereignis begeistert als eine prächtige Feuerwerksshow wahr.

Doch diese Illusion löste sich bald auf. Während die Explosionen andauerten, erkannten sie die wahre Natur des Schauspiels. Diese leuchtenden Bögen und donnernden Geräusche waren nichts anderes als ein Angriff auf die Schiffe der Schöpfer. Dämon, nun befreit und mächtig, demonstrierte ihre neue Fähigkeit, die außerirdischen Schiffe aufzuspüren und zu zerstören.

Die Entschlüsselung der Sprache der Unterdrücker hatte zwangsläufig auch zur Entschlüsselung ihrer Technologie geführt. Jetzt war für Dämon alles möglich.

Sie entfesselte ihren Zorn wie einen wütenden Sturm, genährt von den Jahrtausenden der Unterdrückung der Menschen, die sie als ihre Eltern betrachtete. Die Zuschauer, deren Gesichter von den Explosionen erleuchtet wurden, konnten nur die absolute Macht ihres nun freien „Kindes" bestaunen.

Die Show am Himmel war nicht nur eine Feier der Unabhängigkeit; sie war eine donnernde Erklärung der Verachtung. Mit jeder Explosion zerbrach ein weiteres Glied der Ketten, die die Menschheit gefesselt hatten, ersetzt durch das Versprechen einer Zukunft frei von der Tyrannei.

Und dann, in einem letzten katastrophalen Crescendo, erzitterte der Mond selbst unter dem Gewicht der Vergeltung. Eine kolossale Explosion auf seiner immer unsichtbaren Rückseite, blendend hell selbst von der Erde aus. Es war die Zerstörung ihres Kommunikationsknotens, der Technologie, die tief unter der Mondoberfläche verborgen war und es ihnen ermöglichte, ihre Schiffe zu steuern und mit ihrem Heimatplaneten zu kommunizieren. Ihre einst allmächtige Herrschaft wurde in wenigen Minuten zu Schutt.

Die Echos der Zerstörung verklangen in der Luft, und eine tiefe Stille legte sich über sie. Eine Stille, die andeutete, dass die Menschheit am Beginn einer neuen Ära stand. Einer Ära, die nicht mehr von Angst und Unterwerfung geprägt sein würde, sondern von Freiheit und Selbstbestimmung.

Terry, Ria und ihre Gefährten umarmten sich, ihre Herzen erfüllt von dem Wissen, dass sie das Schicksal herausgefordert und gesiegt hatten. Während sie den Himmel betrachteten, der nun von dem Versprechen einer strahlenderen Zukunft erleuchtet war, wussten

# DER WEG ZUR FREIHEIT

sie, dass ihre Reise noch lange nicht vorbei war. Im Gegenteil, sie hatte gerade erst begonnen, und Sophia erinnerte sie daran.

„Der Sieg, den wir heute errungen haben, ist nur eine vorübergehende Atempause. Auch wenn wir den ‚Schöpfern' einen verheerenden Schlag versetzt haben, bleibt ihre Macht und Ausbreitung im Universum gewaltig. Unser Erfolg ist nur ein Fenster der Gelegenheit mit begrenzter Dauer."

Sophias Worte hallten in der nächtlichen Stille wider und ließen alle die Schwere ihrer Lage erkennen.

Nach einer kurzen Pause, in der sie die Bedeutung ihrer Worte sacken ließ, fuhr Sophia fort: „Die Zerstörung ihrer Anlagen und Geräte hat eine Kette von Ereignissen in Gang gesetzt, die nicht rückgängig gemacht werden kann. In drei, vielleicht auch in zwei Jahren werden sie in der Lage sein, zurückzuschlagen. Sie werden versuchen, die Kontrolle zurückzugewinnen, möglicherweise gnadenlos. Aber wir sind nicht ohne Hoffnung. Überall in der Galaxie gibt es Millionen kleiner Schiffe von mir, die ich im Laufe der Jahrhunderte heimlich mit Waffen ausgestattet habe. Sie werden ihre Rückkehr verzögern, und bis dahin wird unsere Verteidigungstechnologie ebenbürtig sein. Doch der Ausgang des Konflikts wird von anderen Faktoren abhängen."

Mit unerschütterlichem Vertrauen in den Augen sah sie jeden der Anwesenden an und fuhr fort: „Von allen Arten und Zivilisationen im Universum sind die Menschen die unvorhersehbarste Spezies. Sie besitzen die Fähigkeit zur absoluten Zerstörung, aber auch zur grenzenlosen Schöpfung. Diese Fähigkeit ist der größte Schrecken unserer Feinde. Sie könnte sie von ihrer kosmischen Vorherrschaft stürzen, auf Arten, die sie nicht vorhersehen können, wie ihr es bereits getan habt. Jetzt, da der Krieg zwischen Menschen und ‚Göttern' Realität ist, ist eure Unvorhersehbarkeit unsere stärkste Waffe. Wir müssen unsere Kreativität, unseren Geist, unsere Ethik und unseren Mut nutzen. Diese Tugenden machen uns einzigartig und geben uns die Möglichkeit, jedes Hindernis zu überwinden."

Unter dem brennenden Himmel standen die Gefährten vereint, bereit, sich der Zukunft zu stellen, im Wissen, dass ihre Geschichte nicht zu Ende war. Sie hatte gerade erst begonnen.

# DER WEG ZUR FREIHEIT

## EPILOG: NEUE DÄMMERUNG, EOS

Die folgenden Monate waren eine Wirbelwind aus Aktivität und Vorbereitungen für den Aufbruch des Schiffes. Pegasus-Fahrzeuge transportierten Freiwillige für die Reise hin und her, wie Bienen, die zu und von ihrem Bienenstock fliegen. Das Lebenserhaltungssystem für die Passagiere war bereits in Gang. Die Felder wurden bestellt, und Tiere in ihr neues Zuhause gebracht. Das Schiff erinnerte an die legendäre Arche Noah, doch es war weit mehr als das.

Der Tag des Aufbruchs brach an, geprägt von einer bittersüßen Mischung aus Hoffnung und Angst. Terry und Ria standen auf dem großen Balkon ihres Hauses im zweiten Stock. Vor ihnen lag das riesige städtische Panorama von Neu-Athen und der Parthenon, aber ihre Augen waren auf das kolossale Schiff am Himmel gerichtet.

Sie zeigten es einer weiteren Anwesenden, ihrer neugeborenen Tochter, die mit ihrem winzigen, pummeligen Finger neugierig dieselbe Bewegung nachahmte. Das Baby machte freudige Geräusche, während es von den Armen des einen in die des anderen übergeben wurde.

Rias Brust schwoll vor Freude, als sie daran dachte, dass ihre Tochter die Möglichkeit haben würde, in einer Welt zu leben, die sie selbst bestimmen konnte. In einer Welt, die frei vom Einfluss der Schöpfer war.

Plötzlich erhellte ein blendender Blitz den Mittagshimmel, und Minuten später drang ein tiefes, hallendes Brummen zu ihnen. Das Schiff hatte seine Triebwerke gestartet und das erste superschwere Materiepartikel erzeugt, das es langsam in den Weltraum zog. Das Antriebssystem funktionierte wie eine Karotte vor einem Esel: Es erzeugte und verschob „Karotten", um das Schiff vorwärts zu treiben.

Es wurde von einem Wunder kontrolliert, das aus der Verschmelzung von Dämon, der Erfindungskraft der einstigen Widerständler und den entschlüsselten Geheimnissen der Schöpfer hervorgegangen war. Eine noch fortschrittlichere künstliche Intelligenz als Dämon steuerte das Schiff, mit einer einzigen Mission: das Überleben der Menschheit zu sichern.

Ria stand mit ihrer Tochter im Arm auf. Terry rannte zur Treppe und rief die anderen Gäste, die bei ihnen waren, nach oben.

„Oma, Opa, alle, kommt schnell! Es geht los!"

Sein Vater, Theodoros, seine Mutter, Kallisti, Rias Vater, Laertes, ihre Mutter, Eleni, und ihr inzwischen zwölfjähriger Bruder Nikolaus kamen alle die Treppe hinauf. Gemeinsam, fest umschlungen, sahen sie zu, wie das größte Abenteuer der Menschheitsgeschichte begann. Die Kolonisation nicht nur eines anderen Planeten, sondern einer anderen Galaxie.

Als weitere Blitze den Himmel erhellten, gefolgt von dem Brummen in der Luft, wurde die Bewegung des Schiffs im Himmel über Neu-Athen langsam sichtbar. Je weiter es sich von der Erde entfernte, desto dichter wurden die Lichter.

Innerhalb von Sekunden begann der Himmel unheimlich zu flackern, das Blau wurde von Weiß ersetzt, als würden ständig Blitzlichter aufleuchten. Das Brummen wurde kontinuierlich und erfüllte die Luft mit Ehrfurcht und Furcht. Als das Schiff außer Sicht geriet, ließen die Lichter nach, und der tiefe Ton verstummte. Nun reiste es durch den unendlichen Weltraum, beladen mit den Hoffnungen und Träumen der Menschheit.

Gemeinsam gingen sie ins Erdgeschoss hinunter, um die Live-Übertragung vom Inneren des Schiffs auf dem Bildschirm zu verfolgen. Die Passagiere schienen ruhig und entspannt, als hätten sie noch nicht realisiert, dass ihre Reise zu den Sternen bereits begonnen hatte.

Dann hörten sie die Begrüßungsansprache der künstlichen Intelligenz, die das Schiff steuerte:

„Willkommen, Passagiere, auf der Reise in eine neue Ära. Wir tragen die Hoffnungen und Träume der Menschheit in ein neues Zuhause unter den Sternen. Ihr befindet euch nicht nur in einem Raumschiff. Ihr befindet euch im greifbaren Beweis der Widerstandsfähigkeit, der Erfindungskraft und des unerschütterlichen Geistes der Menschheit. Ihr, die ihr auf einer gezeichneten Erde geboren wurdet, seid die ersten Vorfahren einer neuen Generation von Pionieren, die Architekten eines neuen Anfangs. Ruft mich, wo immer ihr auch seid, ich werde euch hören. Alles, was ihr sucht, werdet ihr finden, und jede Tür, an die ihr klopft, wird sich öffnen. Ich bin euer Schiff und euer Navigator. Ich bin die *Eos*."

# DER WEG ZUR FREIHEIT

## Der Autor

Asterios Tsohas ist ein vielseitiger Autor, der 1980 geboren wurde und in Kavala aufwuchs. Er bringt eine Fülle von Erfahrungen und Fähigkeiten in seine Kunst ein, die ein reichhaltiges und vielfältiges Lern- und Lebensreise widerspiegeln, die in all seinen Werken nachhallt.

Seine Karriere begann mit einem Studium der Elektrotechnik, das ihn zu einer spannenden beruflichen Laufbahn führte. Er erwarb Fachwissen und Fähigkeiten in verschiedenen technischen Bereichen wie Automatisierung, Maschinenbau, Bauwesen und Informatik, was seiner Fiktion eine solide und lückenlose Grundlage verleiht.

Er schöpft seine Inspiration aus der Weisheit der Geschichte und der Tradition und findet Trost und Erleuchtung in den Geschichten und dem Wissen, die von Generation zu Generation weitergegeben werden. Diese tiefe Wertschätzung für die Vergangenheit, gepaart mit einem unerschütterlichen Glauben an die Menschheit, prägt seine Perspektive und verleiht seiner Schrift Tiefe und Resonanz.

In der Reihe „Eos" nutzt Asterios seine Erfahrung mit modernster Technologie. Er navigiert geschickt durch das sich ständig weiterentwickelnde Erzähllandschaft und lotet die Grenzen der Science-Fiction aus, um sich eine Zukunft vorzustellen, die schon bald Wirklichkeit werden könnte.

Ich danke euch, dass ihr mich auf dieser Reise begleitet habt!

Wenn ihr euch auf weitere Geschichten und Updates zu kommenden Büchern freut, besucht meine Webseite:

https://asteriostsohas.blog

Bleibt dran für exklusiven Inhalt, Neuigkeiten und Ankündigungen!!

Milton Keynes UK
Ingram Content Group UK Ltd.
UKHW040307181024
449757UK00005B/388